HENRY LANDERS

DREI MÄDCHEN
UND DER LETZTE
HEXENPROZESS

SO ERSEHNT UND VERGANGEN
WIE UNSERE ZUKUNFT

Foto: Marko Bußmann

Henry Landers ist geboren und aufgewachsen in Berlin. Als Fotokünstler bereiste er die Welt und sammelte Eindrücke aus vielen Kulturen, die heute in seine Werke einfließen. Das Schreiben allerdings öffnete ihm die Tür zu einer Welt voller Geschichten, wie es das Fotografieren niemals konnte. Henry Landers liebt es, jeden Morgen durch den Humboldt-Hain zu gehen, der ihn die drei Hauptfiguren und die fantastische Welt der Tamanaken entdecken ließ. Während meinen Recherchen für »Drei Mädchen retten die Welt - Wie es begann« wurde ich auf das Schicksal von Maria Dorothea Staffin aufmerksam.

www.henrylanders.de

HENRY LANDERS

DREI MÄDCHEN
UND DER LETZTE
HEXEN
PROZESS

SO ERSEHNT UND VERGANGEN
WIE UNSERE ZUKUNFT

TEIL 2

Impressum
Deutsche Erstausgabe 2024
2. Auflage 2025
Drei Mädchen retten die Welt © 2021 Henry Landers
Alle Rechte vorbehalten.

Korrektorat: Bettina Dworatzek
Illustration, Layout, Satz: Henry Landers
Covergestaltung, drei Mädchen und Senshū visualisiert mit KI: Henry Landers
Nach geltendem Verwendungsrecht für KI. Bild-Generator: Adobe Firefly
Foto des Autors: © Marco Bußmann

Henry Landers
Buttmannstraße 13, 13357 Berlin
hl@henrylanders.de / www.henrylanders.de

Verlag: BoD · Books on Demand GmbH, In de Tarpen 42, 22848 Norderstedt, bod@bod.de
Druck: Libri Plureos GmbH, Friedensallee 273, 22763 Hamburg
ISBN: 978-3-7693-5206-1
eBook

Bibliografische Information der Deutschen Nationalbibliothek:
Die Deutsche Nationalbibliothek verzeichnet diese Publikation in der
Deutschen Nationalbibliografie; detaillierte bibliografische Daten sind im
Internet über dnb.dnb.de abrufbar.

Quellen: u. A.
Criminal Collegium: Akta Dorothea Steffin (Originalhandschrift),
Geheimes Staatsarchiv Preußischer Kulturbesitz, Berlin, 13. Dezember 1728
Quellenverzeichnis im Anhang Seite 416

Liebe Leser:innen,

Kennt ihr das auch? Beim Schreiben brauche ich eine inspirierende Atmosphäre. Musik spielt dabei eine wichtige Rolle. Ich höre sie von einem Stapel, eine nach der anderen, ohne darüber nachzudenken welche die Nächste ist. Das ist die Playlist der CDs, die mir dabei halfen, meine Fantasie schweifen zu lassen und die passenden Worte zu finden. Jede Einzelne hörte ich beim Schreiben sicherlich mehr als 100 mal. Vielleicht habt ihr ebenso Lust darauf, sie beim Lesen meiner Bücher zu hören. Deshalb möchte ich die Playlist mit euch teilen. Ihr findet sie im Anhang Seite 385.

IN EINER ZEIT,
IN DER POSITIVE VISIONEN
WAHR GEWORDEN SIND

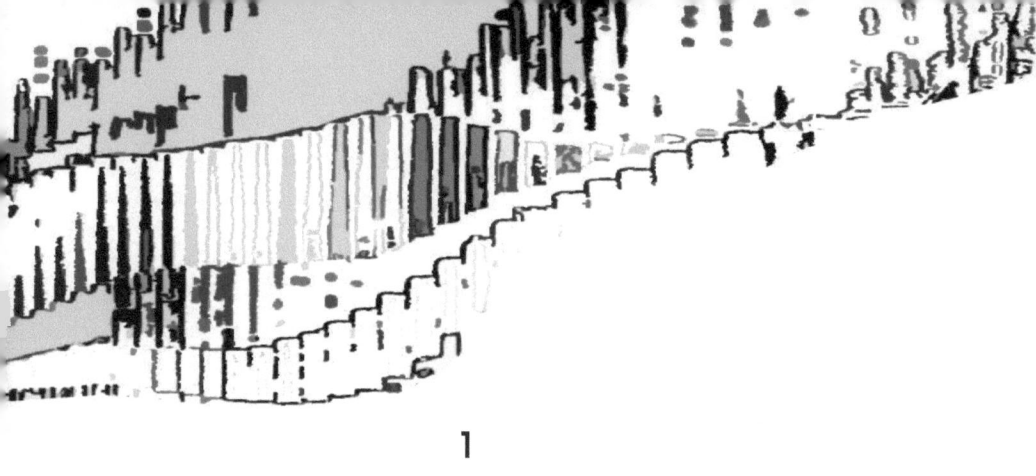

1

ZUKUNFT

Die Drei

Diese Welt ließ eine gelassene Ruhe in die Fünf einkehren. Sie flanierten mit den anderen vielen Menschen, die die Regenwald-Back-World genossen, zusammen über den Platz vor dem Schloss – von vor so langer Zeit, das zerstört, für viele Jahre gänzlich verschwunden und in einer anderen Zeit wie sein eigener Urenkel wiedererbaut wurde.

Dann ertönte der durchdringende, singende, unglaublich laute Gesang einer Horde Brüllaffen. Ihr Brüllen echote von der Schlossfassade in die Stadt, die so still war, als ob hier gar keine wäre.

Erst jetzt bemerkten die Fünf; jede Stimme, jedes Geräusch klang so klar und weit, so schwerelos und filigran, wie es nur die Stille zulässt. Zu sehen war von Berlin nichts. Vor ihnen entfaltete sich majestätisch die satt grüne Wand des tropischen Waldes, mit Bäumen, die das Schloss bei Weitem überragten, mit riesigen Brettwurzeln und armdicken Lianen.

All das kontrastierte wunderbar vor dem blauen Himmel. Nur eine Stadt war nicht zu sehen, zu hören oder zu riechen. Keine Skyscraper wie in den Science-Fiction Filmen oder Lärm von Autos, Bussen, Straßenbahnen, S-Bahnen, U-Bahnen, Sirenengeheul, Flugzeugdonner oder sonst ein Geräusch, das auf Maschinen schließen ließe.

Annabell ging mit Timmy, der stolz an ihrer Seite seinen Kopf und die Ohren hob und den Schwanz mit dem weißen Puschel in den Himmel streckte. Lara ging neben Sven, der manchmal heimlich zu ihr sah, um zu sehen, wie ihre Augen leuchteten, wenn sie einem Affen nachsah oder den lauernden Jaguar fixierte.

Maya schlenderte neben Friuli, der seine Freude kaum fassen konnte, ihr an diesem Tag begegnet zu sein. Der BackWorld waren sie jetzt ganz nahe und konnten sich auf Details konzentrieren. Sie sahen die Bromelien, mit ihren zackigen weiß gestreiften Blättern auf den Ästen ruhen; die Brüllaffen mit ihrem dichten tiefschwarzen und kastanienbraunen Pelz und den aufgerissenen Mäulern; die Orchideen mit ihren Blütenrispen, die ihren intensiven Duft verströmten. Sie hörten Geraschel im Unterholz; flatternde Flügel irgendwo; das anschwellende helle Schreien von Pinselohräffchen, auch das kehlige Gurren des Jaguars durchdrang das Dickicht.

Dann verdunkelte sich der Himmel des Waldes. Ein fetter Wolkenbruch kam im Wald herunter. Große Tropfen prasselten auf Blätter, die den Fluss des Wassers von sich weg und

INSPIRIERT VON
DER WAHREN GESCHICHTE VON
MARIA DOROTHEA STAFFIN,
DIE 1728 ALS LETZTE HEXE IN BERLIN
ANGEKLAGT WURDE.

andere zu sich hinlenkten, oder sie spritzten weit davon und es ergoss sich ein durchdringendes, hohl klopfendes und fröhlich plätscherndes Regengeräusch. Blätter glänzten, senkten sich, um das satte Nass ablaufen zu lassen.

Heftiger Wind kam aus dem Wald herüber geweht, mit dem reichen Duft des Regens. Genau so schnell wie er begann, endete der Regen und gab der Stille wieder ihren Raum. Nur vereinzelt tropfte es jetzt klopfend von den Blättern, oder ploppte hohl vor sich hin.

Fasziniert gingen die Fünf und Friuli weiter über den Platz, wichen einer anderen kleinen Gruppe aus, die ebenso den Blick von der Back-World nicht lassen konnte und mit der sie beinahe zusammengestoßen wären. Höflich sagten diese ein ›Verzeihung‹, nickten anmutig mit den Köpfen, gingen um die Sechs herum, und wandten sich wieder dem Spektakel im Regenwald zu.

Abgelenkt wie im Traum gelangten sie an das Ende des Schlossplatzes, wo auch der Regenwald endete.

Friuli und Maya gingen ein paar Schritte voraus. Maya lehnte sich über das Geländer an der Spree, sah in das kristallklare Wasser, in dem Forellen schwammen und ließ ihren Blick schweifen, von der Langen Brücke rechts neben ihnen, die immer noch Rathausbrücke hieß, am Nikolaiviertel mit den seltsamen runden Pavillons, vorbei zum Fernsehturm empor, wo sich nichts, was zu erkennen gewesen wäre geändert hatte, seitdem Maya das letzte Mal mit ihren Eltern dort gewesen war.

Maya traute sich nicht, Friuli danach zu fragen, wie es kam, dass sich hier seit 1018 Jahren nichts geändert hat, von dem

Schloss einmal abgesehen, dessen Neubau erst 10 Jahre nach ihrer ersten Zeitreise vollendet wurde. Selbst der Himmel und die Wolken schien so vertraut. Die Skyline war vom Fernsehturm als das höchste Gebäude dominiert. Die Marienkirche stand immer noch wie deplatziert, quer zwischen den Häuserfronten, am selben Platz wie eh und je und selbst die Gebäude mit den unendlich langen Häuserfronten rechts und links des Alexanderplatzes, an denen gestern noch die Gesänge der jugendlichen Rebellen vom 7. Oktober 1977 im Echo hallten, standen alle noch an ihrem Platz und selbst der verwaiste Marx-Engels-Platz mit den verloren wirkenden Statuen und Stelen, war authentisch erhalten.

›War das ein gutes Zeichen oder ein weniger gutes?‹, fragte Maya sich in Gedanken und hätte sehr gern Friuli danach gefragt. Das allerdings hätte sie möglicherweise schon wieder entlarven können und ihr Geheimnis gelüftet. Das Risiko wollte Maya nicht eingehen, jetzt noch nicht. Sie suchte krampfhaft nach einer unverfänglichen Frage, eine, die nicht zu tief ging und nicht zu viel von ihr preisgab und auf die Friuli ebenso unverfänglich antworten konnte.

»Friuli, wie alt bist du?« ›Was für eine blöde Frage‹, hämmerte es in ihrem Kopf, schon im selben Moment, als sie es ihre Stimme sagen hörte.

Als ob er darauf gewartet hatte, antwortete Friuli in einem Redeschwall, was ihn unglaublich süß mit seinen grün leuchtenden Augen, niedlichen Wangen und den sanften Lippen spielen ließ.

»Ich bin fast 13, schließe im Herbst die Basic-Uni ab und spezialisiere mich danach – bin mir aber noch nicht sicher in welche Richtung – vielleicht Planetare-Geschichte?« Seine stupsige Nase wackelte leicht bei manchen Worten. »... oder Quantendesign. Beides find ich intergalaktisch. Und wie alt bist du?«, endete Friuli mit der gleichen unbeholfenen Frage.

»Ich bin 12 2/3, also auch fast 13«, machte sich Maya etwas älter, »gehe aufs Gymnasium und würde gern studieren.« Maya war sichtlich aufgeregt, als sie das sagte. Ihre Stimme vibrierte ein wenig, ihre klitzekleine Stirnfalte verriet sie. »Was genau, muss ich wie du noch herausfinden.« – ›Das war nichtssagend genug, um nicht zu viel über mich zu erzählen‹, dachte Maya, mit einem kleinen Zweifel.

›Was ist ein Gymnasium? ...‹, klingelte es in Friulis Kopf nach, ›... klingt nach planetarer Erdantike‹.

Das kurze, nachdenkliche Schweigen entging Maya nicht. Eine kleine Lüge musste sie retten, deshalb sagte sie ganz cool: »Das ist ein Uni-Experiment nach Atomzeitalter-Regeln, ein Projekt eben. Nicht so spannend.«

»Erzählst du mir bei Gelegenheit mehr davon?«, fragte Friuli gespielt beiläufig und vorsichtig, denn er spürte, dass Maya einer weiteren Frage ausweichen würde. Er wollte sie nicht vergraulen und war so sehr Gentleman, dass er ihr Geheimnis wahrte und nicht weiter insistierte.

»Magst du die historische Altstadt? Wir können uns heute kaum vorstellen, wie die Menschen damals lebten. In den Städten und sogar auf dem Land muss es unglaublich laut und voller Autoabgase gewesen sein. Und die unendlich vielen Straßen durchschnitten die gesamte Lebensstruktur.«

»Ich glaube so war es tatsächlich, aber die Menschen damals merkten das wohl nicht so sehr. Sie waren dafür vielleicht weniger sensibilisiert«, versuchte Maya ihre Welt in Schutz zu nehmen. Bisher war sie auch noch nicht aus der ›Altstadt‹, wie

Friuli sie nannte, herausgekommen. Diese Welt war ihr noch ein großes Geheimnis. Die gedankengesteuerten Türen in der Ausstellung, gaben einen ersten Vorgeschmack, von dem, was sie außerhalb der ›Altstadt‹ erwarten würde.

»Da seid ihr ja endlich. Wo wart ihr so lange?« Maya war froh, dass ihre Freunde endlich kamen. Sie wusste schon nicht mehr, was zu sagen, wenn ...

»Na, wir dachten ihr ...«, stockte Annabell plötzlich.

»Jetzt sind wir ja da ...«, beendete Sven die Herumeierei. »Sieht hier ganz nett aus. Hat sich nicht viel verändert seit ...«, und damit war es raus. Sven stockte mitten im Satz, mitten im Gedanken, sagte verschämt: »Ups.«

Und Friuli war sich jetzt sicher. Sie kommen aus der Vergangenheit. So unwahrscheinlich es auch sein mochte, war er sich jetzt absolut sicher.

Das Wind-Design spielte mit ihren Haaren, als sei eben nichts passiert. Ihre Gewänder wehten im gleichen Wind. Die Fünf Wesen aus einer mehr als eintausend Jahre zurückliegenden Zivilisation waren still, sagten kein Wort.

Jeder dachte für sich nach, was nun zu tun war. Einen neuen Plan vor Friuli zu schmieden, schloss sich im Moment aus, ohne alles preiszugeben. Abzuhauen würde sie ihrem Ziel nicht näherbringen. Friuli kannte sich hier aus und könnte, wenn er wollte, für sie eine riesige Hilfe sein, denn die Welt da draußen, die normale Welt, kannten sie noch nicht, geschweige denn wussten sie, welche Hürden sich hier noch auftun, an denen ihre Mission und das gesamte Projekt scheitern könnte.

»Okay, wir kommen aus der Vergangenheit, eigentlich aus genau der, die du hier in der ›Altstadt‹ siehst«, gestand Lara mit erwartungsvollem Blick auf Friuli, um zu sehen, wie er das, was sie sagte, aufnahm.

Annabell ergänzte erleichtert, endlich nichts mehr verschweigen zu müssen: »Um genau zu sein; wir kommen aus dem Jahr 2010.«

Maya sah Friuli die ganze Zeit aufmerksam an. Er schien es mit Erleichterung aufzunehmen. Seine Augen blitzten neugierig auf, wurden größer und seine Mundwinkel hoben sich, Grübchen bildeten sich auf seinen Wangen.

Und da der Grund für ihre Mission noch zur gesamten Wahrheit dazu gehörte, ergänzte Maya: »Wir sind für ein Schulprojekt an unserem Gymnasium zum Thema ›Wichtige Erfindungen‹ auf den Spuren von Dorothea Staffin durch die Zeit gereist. Sie war die letzte angeklagte Hexe, die hier in Berlin im Jahr 1728 verurteilt wurde.«

Das war alles, was es zu beichten gab. Maya fühlte sich jetzt wohler, auch nachdem sie Friuli beweisen konnte, dass sie ihn nicht angelogen hatte. Denn das war ihr wichtig.

Und Timmy wollte auch reinen Tisch machen, wollte nicht weiter verbergen, was ihn besonders machte und sagte: »Und um es nicht zu vergessen, wo wir schon reinen Tisch machen, ich bin Timmy, ein Jack Russell Terrier aus dem Atomzeitalter und kann sprechen.«

Die fünf besten Freunde sahen Friuli erwartungsvoll an, der schweigend zuhörte, in Lichtgeschwindigkeit überlegte, ob das ein Scherz sei, oder ein Test, oder doch die Attacke einer Social Bot-Armee, die ihre Algorithmen in die Schlacht schickte. Aber wie und warum hätten sie das machen sollen?

Friuli checkte blitzschnell alle zugänglichen planetaren Datenbanken nach ähnlichen Ereignissen. Nichts! – Was er hier erlebte, war absolut einmalig auf dem Planeten. Also musste es stimmen, was ihm die Fünf erzählten. Davon, dass Timmy die Wahrheit sagte, konnte er sich sofort überzeugen. ›Er ist ein sprechender Hund. Außergewöhnlich.‹

Nach allen Wahrscheinlichkeitsberechnungen, die Friuli im selben Augenblick von den größten und leistungsfähigsten Quanten-Prozessoren durchführen ließ, war das, was Maya und ihre Freunde sagten mit einer Wahrscheinlichkeit von 89,56 % möglich, selbst wenn es sich jedem biologischen Menschen- und Indi-Botverstand entzog. Das alles geschah in der Zeit eines Wimpernschlages und die Fünf bekamen davon überhaupt nichts mit.

»Das ist interstellar!«, rief Friuli aufgeregt. »Ich wusste es! Ihr wart vom ersten Moment an absolut extra-terrestrisch, wie fünf Helden aus einem Videospiel der frühen Computerzeit, die plötzlich aus dem Nichts auftauchten und alles veränderten«, versank Friuli in einem Redeschwall, war plötzlich ein kleiner Junge, verspielt und voller skurriler Fantasien.

Seine stupsige Nase tanzte vor Freude und seine sinnlichen Lippen wollten nicht enden, eine Idee nach der anderen zu formulieren. »Ihr müsst mir so viel davon erzählen, wie es damals war«, endete er außer Atem.

Die Fünf staunten, versuchten seinen kindlich-genialen Bildern zu folgen, was ihnen nur ansatzweise gelang.

»Friuli«, wagte sich Maya vor und fragte schüchtern: »bist du ein Genie in dieser Welt?«

»Nicht mehr als jeder andere hier. Meine Noten sind so lala und meine Mutter beschwert sich immer über meine lange

Schalte, meint ich bin nicht der Schnellste, wenn ihr wisst, was ich meine.«

Nur zu gut wussten sie das. Aber war das zugleich die richtige Kategorie, in der sie das verstanden? In jedem Fall waren sie froh über Friulis Reaktion, die auch in einem Desaster hätte enden können.

»Wollt ihr noch zum Schloss Friedrichsfelde?«

Fünf Köpfe nickten.

»Ist nicht so weit. Mit dem Grund-Shuttle in Cityspeed nur 15 Minuten. Folgt mir!« Friuli wartete nicht auf eine Reaktion seiner neuen Freunde, drehte sich geschmeidig mit wehendem Haar zur Spree Richtung Fluss aufwärts und ging los. Sie folgten ihm schweigend, sahen noch einmal kurz über den Alexanderplatz zum Schloss, das hinter dem Regenwald hervorlugte.

»Wir verlassen jetzt das historische Viertel und gehen durch das Neue Tor«, warf Friuli diesen Satz über seine Schulter, warnte mit seinem gutmütigen Lächeln und blinkte dabei mit einem Auge schelmisch: »Sollte euch etwas merkwürdig vorkommen, haltet euch an mich«, sagte Friuli in einem fröhlichen Ton und schien jetzt in seiner neuen Rolle so richtig aufzugehen.

Sein Wissensvorsprung machte ihn von einer Sekunde zur anderen sehr stolz und das begann er grade so richtig zu genießen. Und wirklich niemand in dieser Welt konnte mit fünf lebenden Menschen im Schlepptau aufwarten, die aus dem Jahr 2010 herübergesprungen waren. ›Das ist so unglaublich interspacig!‹

»Wie groß ist die Altstadt eigentlich«, fragte Sven kurz.

»Es geht am alten Festungsgraben entlang. Im alten Berlin gab es einen Wehrgraben und eine Stadtmauer, die fast im Kreis einmal um die Stadt verlief. Das ist die Grenze der Altstadt. Vor fast dreihundert Jahren wurde der Festungsgraben und die alte Stadtmauer aus sentimentalen Gründen wieder errichtet. Na, ihr wisst, wie das läuft. Paris hatte das gemacht und naja Berlin hat es nachgemacht. Jetzt gehört es seit mehr als zweihundert Jahren zur historischen Altstadt. Habt ihr schon von dem Festungsgraben gehört? In der Zeit, aus der ihr kommt, war der Graben schon lang verschwunden, wenn ich mich nicht irre. Oder?«

Nun kam der neunmalkluge Charakterzug in Friuli zum Vorschein. Lara konnte das auf den Tod nicht ausstehen und konterte: »Wir waren dort. Eine riesige Mauer. Wirklich krass ätzend und sie hat die gesamte Sicht über die umliegenden Felder versperrt.«

Friuli ging schneller, ganz so, als ob Zeit für seine neuen Freunde irgendeine Bedeutung hätte.

»Wir gehen am besten zum Neuen Tor. Ist nur fünf Minuten zu laufen.«

Schnell erreichten sie die Straße Usnter den Linden, am Dom und dem Lustgarten vorbei, das Historische Museum rechts und dem Opern Café links und da war sie schon von Weitem zu sehen, die acht Meter hohe Stadtmauer und am Ende der breiten Promenade das Neue Tor, reich mit Fahnen und Wappen dekoriert.

Die Straße Unter den Linden endete noch vor der Humboldt Universität und der Staatsoper in dem relativ engen Stadttor, durch das sich ein dichter Fluss von Menschen in alle Richtungen der Altstadt ergoss. Die Skyline dahinter war leer, keine Hochhäuser, Türme oder sonst irgendein aufregendes Ding, das höher als acht Meter wäre und sich über den Schutzwall erheben wollte.

Viele Menschen aller Hautfarben und Kulturen flanierten über den breiten Boulevard. Eine Straße zeichnete sich zwischen den Bürgersteigen nicht ab und es gab auch keine Autos. Die gesamte Altstadt schien ausschließlich für Fußgänger zugänglich zu sein. Keine Fahrradfahrer, keine Lieferfahrzeuge, keine Taxis oder Busse. Nur Fußgänger, deren Schritte und Sprachfetzen umherwaberten füllten den Raum, den die Altstadt für sich in Anspruch nahm.

Von den Häusern einmal abgesehen, die belebt wirkten, an denen haushohe vertikale Banner Ausstellungen ankündigten, für Opernaufführungen warben und Speisekarten zu ›authentischen kulinarischen Erlebnissen‹ einluden.

Auch hier war keine Maschine zu hören oder, zu sehen; keine Klimaanlage, Lüftung, nicht einmal entfernteste Flugzeuggeräusche dröhnten leise am Horizont entlang.

Die Luft war frisch, warm, sanft, duftend; nach etwas von dem nicht zu erkennen war, was genau es war. Vielleicht kam es von den vielen Menschen, deren Düfte sich vermischten; von diversen Parfüms, Make-ups, Waschmitteln und von subtileren individuellen Körperdüften, den Pheromonen, die jedes Lebewesen ebenso wie jeder einzelne Mensch zur Duftkommunikation unbewusst aussendete und wahrnahm, die Timmy mit seiner feinen Hundenase erschnüffelte, noch bevor er einem Menschen so richtig in die Augen sah. Düfte, die auf zellulärer Ebene geformt werden und jeden Menschen individuell und einzigartig machen, die so filigran und zierlich waren, dass sie in einer industrialisierten Welt, wie der die hier so kunstvoll erhalten war, von diversen Abgasen und ausdünstenden Lösungsmitteln, die wiederum aus einer Vielzahl von Kunststoffen entwichen, überlagert wurden. Hier konnten sich all die individuellen, lebendigen Aromen jedes Einzelnen entfalten.

Timmy hob den Kopf, sah zu Sven auf und sagte genüsslich: »Menschen haben so unglaublich liebliche Düfte. Meine Nase ist voll davon. Das ist die Welt, in der ein Hund ganz Hund sein darf. Ein Ohren- und Nasenschmaus der Extraklasse.«

Die Menschen auf der anderen, ihnen entgegenkommenden Seite der Linden Allee, die eben erst ganz neu und frisch in die Altstadt gekommen waren, staunten mit großen Augen über die antike Stätte, und immer wieder sahen sie Details an den Fassaden, die sie sich gegenseitig zeigten, oder lasen auf den Bannern etwas Interessantes, das sie unbedingt sehen wollten – Magie und das Versprechen des Exotischen lagen in der Luft.

Dabei sah hier für die Fünf alles ganz normal aus. Abgesehen von den weittragenden Geräuschen in der Stille, die wie in einem Museum, nein wie in einer mütterlichen Natur umherwandelnden, wispernden Füßen; das plätschernde Stimmengewirr unzähliger Sprachen; den feinen Düften; die sich sinnlich zu einer großen entspannenden Harmonie verwoben, fühlten sie sich wie zu Hause.

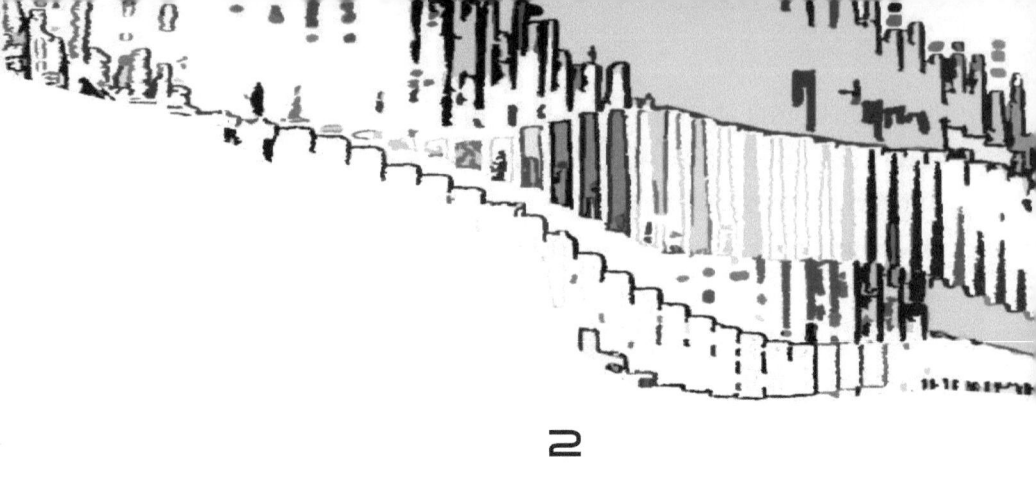

2

ZUKUNFT

Friuli

»Wenn ihr mich fragt, ist das hier eine große Touristenfalle. Spaß macht es trotzdem, hier zu sein. Die Menschen werden in den Altstädten immer so kindlich neugierig, selbst die Erwachsenen und sogar die Alten. Für mich ist das jedes Mal wie ein kleiner Urlaub, zwischen ihnen zu gehen und zu hören, wofür sie sich gerade so begeistern. Das gute Gefühl steckt einfach an«, ließ Friuli seine Freunde wissen, warf ihnen großzügig einen Blick über die Schulter zur rechten dann über die der linken Seite zu. Als er das sagte, ließ sein Haar wehen und wedelte beiläufig mit den Armen umher, als ob er einer Gruppe Touristen aus einem fernen Kulturkreis die Altstadt von Berlin zeigte.

»Kommst du oft hier her?«, wollte Maya wissen, die immer noch neben Friuli ging, leicht mit ihrem Oberkörper im

Schrittrhythmus hin und her wiegend, die Arme auf den Rücken gelegt, ihre Finger entspannt am Po verschränkt, flanierte sie mit Friuli auf der einen und ihren Freunden auf der anderen Seite, durch die vertraut erscheinende Welt, die unter ihrer Oberfläche selbst hier so anders funktionierte.

Auf der Schlossbrücke angekommen blieb Friuli kurz stehen, lehnte sich an das Geländer, sah ziellos spreeaufwärts und fragte neugierig: »Sorry, ich glaube ihr kennt euch hier viel besser aus als ich. Wo war eigentlich die sagenumwobene Museumsinsel?« Wobei er ein wenig zurückruderte, denn er bemerkte, wie sich Lara plötzlich zurückzog, vielleicht weil er allzu forsch die Führung übernahm.

Lara griff den Wink von Friuli dankend auf. Denn auch sie merkte, wie abweisend sie plötzlich wirkte, was sie eigentlich gar nicht wollte und antwortete mit einem Lächeln: »Sie müsste eigentlich dort hinter dem alten Museum, dort wo jetzt die Stadtmauer ist, beginnen. Aber es sieht wohl so aus, als sei sie im Laufe der Zeit verloren gegangen.«

»Sieht komisch und klein aus«, ergänzte Annabell noch etwas verdutzt. »Bei uns war die Museumsinsel ein Heiligtum mit der Ägyptischen Sammlung und so. – Krass wie das jetzt aussieht.« Die Wehrmauer schnitt den Blick ab, der eigentlich bis zum Pergamon Museum reichen sollte und endete stattdessen an dem kahlen, acht Meter hohen Wall.

Es sind keine 100 Meter bis zum Neuen Tor. Wie ein Turm, vom Festungswall rechts und links eingerahmt, aus großen Sandsteinblöcken zusammengesetzt, überragt es mit seinem elegant rot gezielten Spitzdach die mächtige kahlglatte Wehrmauer um einiges.

Der Tordurchgang war zwar sehr hoch, aber verhältnismäßig eng in der Breite und es stauten sich die hinein- und herausströmenden Menschen ein wenig. Kurz mussten auch die Sechs stehen bleiben.

Durch das Tor strömte ein wunderbarer Wind zu ihren Nasen in die Altstadt. Darin vermischte sich ein rätselhaft natürlicher Duft von Gräsern und Bäumen mit Geräuschen der Stille und eine Vorahnung, von der die Fünf sich nicht im Traum vorstellen konnten, was sie gleich erwarten würde, wenn sie durch das Tor in die Stadt gehen, die jetzt mehr als eintausend Jahre älter war, als die, in der sie zur Welt gekommen waren.

Gibt es die Straße Unter den Linden noch? Das Brandenburger Tor? Die Staatsoper und die Humboldt Universität? Den Tiergarten und die Siegessäule?

Der Wall und das Tor versperrten beharrlich die Sicht wie schon im Jahr 1728, als Annabell, Lara, Maya, Sven und Timmy in einer Kutsche von der verrückten Fürstin nach Berlin mitgenommen wurden, über die Hölzerne Brücke am Spandauer Tor rollten, auf das Segelboot mit seinem riesigen weißen Segel warten mussten, das sich an ihnen vorbeidrängte, wie ein Wal so rund und groß. Das hohle Rumpeln der Räder auf dem Holz hallte in ihrer Erinnerung nach, aber auch der letzte Blick über die weiten Felder, das flache Land, kurz bevor sie durch das Stadttor rollten, das Echo in der Durchfahrt mit dem kühlen Schatten, der sich über sie warf.

Seitdem sie durch das Spandauer Tor hierherkamen, hatten sie den engen historischen Altstadtring von Berlin durch viele Zeiten hindurch nicht mehr verlassen.

Der kleine Stau vor dem Stadttor löste sich im gleißenden Gegenlicht der Sonne, die durch die Öffnung der Durchfahrt schien, auf. Hier waren die Menschen im tiefen Schatten vor dem Tor nur in Umrissen zu erkennen. Doch langsam und gelassen ging es jetzt weiter.

Menschen unterhielten sich in der Schlange über das, was sie hier gesehen hatten: »Wie seltsam die Menschen damals doch gelebt haben müssen, mit der Atomaren Bedrohung und der ungesunden Luft, die primitiven medizinischen Möglichkeiten und all der Müll, der immer vor den Häusern herumstand«, sagte ein kleines Mädchen zu ihrer Mutter.

»Das war eine sehr unhygienische Zeit, mein Schatz, mit so vielen künstlichen Giftstoffen im Essen, in den Wohnungen und selbst in der Natur«, versuchte die Mutter ihrer Tochter zu erklären, die aber nicht so schnell mit dem Fragen aufhören wollte: »Und hatten die Menschen damals auch Kinder?«, fragte die Kleine ihre Mutter.

»Ja mein Schatz, leider sogar so viele, dass die Erde überbevölkert war und die Natur immer weniger Raum hatte. Stell dir nur vor, damals wurden sogar Bäume gefällt, um Möbel daraus zu machen.«

»Wussten die Menschen damals nicht, dass das böse ist und den Bäumen wehtut?«

»Nein, mein Engel, sie dachten damals sogar, es wäre gut, um aus dem Holz der Bäume natürliche Möbel für ihre Wohnungen und sogar ganze Häuser in denen sie wohnten zu bauen.«

»Igitt! Und was die mit den Tieren gemacht haben. Und der Atommüll erst ...« - verzog das Mädchen angewidert sein Gesicht.

Annabell flüsterte, als sie das hörte Friuli ins Ohr: »Bitte, bitte sage niemandem, aus welcher Zeit wir kommen. Versprochen? Das wäre wirklich mega peinlich.«

»Versprochen! Ich behalte es für mich.«

»Super, danke, das ist so süß von dir. Ich glaube, die hier würden uns im Museum lebendig ausstellen und faule Eier dazu verkaufen.«

»Keine Angst. Euer Geheimnis ist bei mir sicher und faule Eier gibt es ohnehin nicht mehr.«

»... Ja Schatz, die waren damals einfach noch sehr unterentwickelt.«

»Mama, konnten die Menschen damals schon lesen und schreiben?«

»Aber ja, Schatz. Sie hatten sogar schon erste einfache Roboter und Computer.«

»Roboter? Klingt wie Indi-Bots. Und warum haben die Indi-Bots den Menschen nicht gesagt, was sie alles falsch machen?«

»Na, so schlau, dass sie Indi-Bots bauen konnten, die ihnen das sagen können, waren die Roboter und auch die Menschen damals doch noch nicht, mein Schatz.«

»Und die Tiere?«

»Na, die Menschen damals hatten noch nicht gelernt, wie Gedankenkommunikation funktioniert. Die dachten sogar, das wäre Zauberei.«

»Hi, hi, hi – Komisch ...«, lachte sie verdutzt in sich hinein.

Dann ging es in der Schlange wieder weiter. Die Sonne schien durch das Stadttor, blendete und ließ die Schlange im scharfen Kontrast des Schattens versinken.

Umso näher die Fünf dem Stadttor kamen, desto dichter wurde die Schlange. Gesprächsfetzen näherten sich. Hinter ihnen unterhielt sich ein Pärchen: »Sieh dir diese langweilige Mauer an. Die muss so um die acht Meter hoch sein. Hast du die Back-World mit der anderen Mauer gesehen, die Ost- und Westberlin trennte? Ich sage dir, das war beeindruckend und was für ein Aufwand für nur 28 Jahre.«

»Nein, ich glaube ich bin im Mittelalter hängengeblieben. War das mit der Mauer nicht gleich nach dem Mittelalter?«

»Nein, das war nach dem letzten Weltkrieg, als hier alles platt gemacht wurde und wieder aufgebaut werden musste. Erinnerst du dich, das Schloss wurde zerstört, abgerissen und neu gebaut.«

»Ah richtig. Die alten Deutschen hatten doch damals diesen seltsamen Typen gewählt, der von seinem Volk wie ein Römischer Kaiser bejubelt wurde und dann so kriegsaffin wurde und alle Juden der damaligen Welt ausrotten wollte.«

»Hitler.«

»Ja genau, das war er ...«

Die Vier dachten erleichtert, dass sie mit dieser Geschichte nichts zu tun hatten. Das hatten ihre Urgroßeltern vergeigt.

»... stimmt, das war aber vor dem Atomzeitalter, oder? ...«

Da waren sie plötzlich an dem Stichwort schon näher dran.

Die Vier standen schweigend in der Reihe, sahen sich gegenseitig abwechselnd in die Augen, runzelten die Stirn oder schoben verlegen die Haare hinter ein Ohr, hefteten die Blicke an den Boden, nur um niemanden ansehen zu müssen. Und das Pärchen wollte nicht mit seinem Dialog enden: »... Ja war es. Aber eigentlich fing es da grad erst an.«

»Gut, dass sie damals noch etwas von der Welt übriggelassen haben.«

Das kleine Mädchen vor ihnen sah zu Timmy hinunter.

Beugte sich nach vorn und legte ihre Hände in den Schoß. Timmys und ihre Augen, aber mehr noch ihre Gedanken trafen sich.

Timmy hob seine Ohren ein wenig, dreht seinen Kopf nach links, dann wieder nach rechts, hob ihn noch ein wenig mehr, schnaufte kurz, wedelte mit dem Schwanz und sah zu Sven auf, dann wieder zu dem Mädchen und für einige Minuten waren sie in einer anderen Welt gänzlich still verbunden.

»Gabrielle, Liebes, es geht weiter«, flüsterte die Mutter des Mädchens sanft, als ob sie ihre Tochter aus einem tiefen in Träume verwobenen Schlaf wecken würde.

Leise antwortete sie: »Ja ich bin gleich zurück«, und sah noch für einen Moment zu Timmy, der ebenso aufzuwachen schien, gähnte sogar mit eingerollter Zungenspitze.

»Timmy, machs gut! Du bist so süß und deine Freunde sind auch okay. Mach dir nicht zu viele Sorgen um sie«, sagte Gabrielle zu ihm und blickte dabei kurz zu Annabell, Lara, Maya und Sven hinauf, musterte jeden von ihnen für einen Wimpernschlag und ging dann rasch zu ihrer Mutter.

Sven nahm Timmy hoch, denn es wurde immer voller, die Beine immer gedrängter und für einen kleinen Hund, mittendrin, definitiv nicht angenehmer.

Als ob nichts geschehen war, legte Timmy seine Vorderpfoten auf Svens Schulter, schmiegte die Schnauze an seinen Hals, schnüffelte ihn zwei drei Mal ans Ohr und entspannte sich auf seinem Arm.

»Timmy, was hast du dem Mädchen erzählt?«, flüsterte, ja wisperte Sven eher, um keine Aufmerksamkeit auf sich zu lenken.

»Sie ist eine ausgezeichnete Gedankensprachlerin. Sehr begabt. Sie ist fünf Jahre alt und geht in eine Schule, hab vergessen welche. Ist das wichtig? Soll ich sie das noch einmal fragen?«

»Nein Timmy, wir wollten doch mit niemandem sprechen.«

»Na, das war nicht gesprochen, nur gedacht gesprochen.«

»Jetzt sei nicht so. Du weißt, was ich meine.«

»Kommt nicht wieder vor.«

»Hat sie etwas Interessantes erzählt?«

»Jetzt soll ich doch der Spion sein?«

»Timmy, du weißt, du bist mein liebster Schnuffelzahn.«

»Nicht immer ... Okay sie sagte, sie hat in ihrer Back-World zu Hause einen Indi-Bot-Dog und würde lieber einen Bio-Dog haben wie mich. Aber die Nachbarn am Westlichen Berg finden es nicht so gut, wenn ein Hund in der Gegend ›herrumpiet‹ sagte sie wörtlich. Da wären auch schon genug Schafe und die wären schließlich wichtiger als ein Hund.«

»Das habt ihr in der kurzen Zeit alles besprochen? Wo kommt sie eigentlich her?«

»Gedankenkommunikation ist unglaublich präzise und viel schneller als ein Mund Worte formen kann.« Timmy rollte genervt mit den Augen und erzählte dann doch noch mehr Details. »Okay ... Sie ist aus der Nachbarschaft vom Westlichen Berg. Ihre Eltern haben ein Chalet, was eigentlich ein Home Shuttle ist, in dem sie wohnen, mit einem weiten Blick auf die Altstadt, auf die Straße Unter den Linden und über das gesamte Land. Macht das Sinn für dich?«

›Nicht wirklich. Hier gibt es keine Berge. Nur flaches Land und eine vermutlich riesige Stadt‹, dachte Sven noch kurz und sah durch die Toröffnung in das gleißende Licht, was dort viel stärker zu sein schien als hier hinter der Stadtmauer. ›Berge?‹, dachte er.

Eine junge Frau und vielleicht ihr Papa rutschten in der Schlange näher zu den Fünf heran. Auch sie waren sichtlich beeindruckt von der Show. Sie war unglaublich schön im Sonnenlicht, ihr Kleid wehte sanft in einem sehr exotisch erscheinenden Wind-Design. Ihr Haar war synchron, dann begannen sich lose Zöpfe von unsichtbaren Händen zu flechten und ließen ihre Form wieder fallen, verbanden sich erneut, kringelten sich auf ihrem Kopf zu einem Dutt und fielen wieder herab, um sich aufs Neue zu formen. Sie lächelte ihren Begleiter, dem sie sehr ähnlich sah, freundlich, warmherzig und verzeihend an, als er sagte: »Wie viel wussten die damals eigentlich über die Verfallszeiten des Atomzeugs?«

Sie war so schön, als sie einfühlsam sagte: »Dad, du wurdest in einer privilegierten Zeit geboren, in der schon alles erfunden war. Die Menschen damals hatte sicherlich keine andere Wahl. Wie hätten sie damals wissen sollen, dass der Atommüll noch bis in alle Ewigkeit bewacht werden muss und die Castoren alle paar hundert Jahre ausgewechselt werden müssen.«

»Vielleicht bin ich zu hart. Aber ...«, er dachte einen Moment nach »... es war ein langer Weg durch die Zeit und vieler Erfindungen, und keine kam vor der anderen.«

»Na siehst du. Mit den Wind-Towers wurde der erste Schritt zu einer unbegrenzten erneuerbaren Energiegewinnung ja erst vor fast 600 Jahren gefunden. Und stell dir vor, das mit der Kernfusion hätte vor 400 Jahren nicht endlich funktioniert. Wie lange wurde daran geforscht und erst die Beherrschung der passiven phasenverschobenen Gravitationsumkehr hat eine effiziente nahezu einhundertdreißigprozentige Energiegewinnung ermöglicht.«

»Du hast wie immer recht, meine Schlaue. Es ist nur so frustrierend zu sehen, wie die Menschen damals leben mussten.«

»Na, sie hatten damals auch Schönes, oder?«

»Wenn du schon wieder an diese Autos denkst.«

»Du kennst mich so gut. Stell dir vor, wie aufregend das sein muss. Du sitzt in diesem Blechding und steuerst es mit allen Gliedmaßen wie ein Krake, deinen beiden Händen und allen Füßen und obendrein musst du noch immer hingucken wo's langgeht. Wie die das nur geschafft haben?«

»Sagten sie nicht, sie mussten so eine Fahrschule absolvieren, so hieß das glaube ich und erst dann durften sie mit den Dingern auf den Straßen fahren. Auch so eine seltsame Erfindung, Straßen nur für diese simplen Autos.«

Der Strom entführte die beiden plötzlich in eine andere Richtung.

»Worüber sprachen die eigentlich?«, wagte sich Annabell nun doch, etwas in Laras Ohr zu flüstern, die dicht neben ihr stand.

»Ich glaube sie versuchten sich in die armen Menschen von damals hineinzuversetzen«, flüsterte Lara mit einem schelmischen Grinsen zurück.

»Friuli?«, fragte Maya vorsichtig noch einmal, denn alle hier fragten irgendetwas und unterhielten sich lebhaft, da würden sie sicherlich nicht auffallen. Sie wählte eine hoffentlich unverfängliche Frage, die sie nicht in eine peinliche Situation bringen würde.

»Maya«, antwortete Friuli kurz zurück, mit einem erwartungsvollen Lächeln um seine Mundwinkel.

»Warum ist die Museumsinsel samt Museen, die darauf standen, verschwunden?«

»Maja, das ist eine tragische Geschichte. Für vielleicht zweihundert Jahre herrschte eine verheerende Trockenheit wegen der globalen Klimaerwärmung in Gesamt-Kontinentaleuropa. Ganz besonders traf es auch diese Region, Brandenburg.

Es begann langsam und dann war es nicht mehr zu stoppen. Die Menschen damals glaubten, Investitionen in Klimaschutz müssten sich refinanzieren. Die waren so naiv. Jahre ohne Regen hielt keine Natur durch. Die Gletscher in den Alpen schmolzen, Flüsse und Seen fielen trocken, das Grundwasser sank dramatisch und nahezu alle Wälder verwandelten sich in wüstenhafte Steppen. Landwirtschaft war kaum mehr möglich und wüstenähnliche Regionen breiteten sich immer weiter aus.

Viele Menschen verhungerten, weil es keinen Ort mehr auf der Erde gab, zu dem sie hätten flüchten können. Die Trockenheit war auf dem gesamten Planeten übermächtig. Nahezu drei Viertel der Menschheit auf dem Planeten starben oder wurden wegen der extrem zurückgehenden Geburtenrate gar nicht erst geboren und etwa siebzig Prozent aller Tier- und Pflanzenarten gingen verloren ...«

Maja begann sich zu wundern, was das alles mit der Museumsinsel zu tun haben sollte. Traute sich aber nicht, Friuli mit einer Frage zu unterbrechen. Im Hintergrund säuselte Friulis Stimme schön und klar wie ein Bergbach weiter: »... Der Vergleich mit den Pest-Epidemien des späten Mittelalters trifft es wohl am besten. Nur, dass es auf dem gesamten Globus und zur gleichen Zeit, über zwei Jahrhunderte alle Lebewesen gleichzeitig betraf ...«

Jetzt konnte sie nicht anders, als mit den Augen zu rollen und zog ihre Mundwinkel etwas genervt nach oben, was Friuli nicht entging, und er ahnte, dass er jetzt lieber auf den Punk kommen sollte.

»... In dieser Zeit fielen auch die Grundwasserspiegel in den Städten dramatisch und fast alle Häuser, die auf Baumstämmen im Grund ruhten, verfielen. Eines nach dem anderen stürzten sie, unrettbar, ein, weil die Baumstämme zuerst verfaulten und wie alles damals zu Staub zerbröselten.

Die Menschen, wie du dir sicherlich vorstellen kannst, hatten damals ohnehin andere Sorgen. Siedlungen entstanden unterirdisch und Keller der Bürotürme, Tiefgaragen und U-Bahntunnels wurden zu Wohnungen umgebaut.

Das ist schon lange her. Die Welt hat sich davon erholt.«

»Wann war das?« fragte Lara dazwischen, die neugierig schon die ganze Zeit mit einem halben Ohr zuhörte.

»Es begann ganz langsam und dann war es schon zu spät, um es aufzuhalten. Die letzten Gletscher in den Alpen waren um die 2100er Jahre verschwunden. Danach wurde es schlimm. Wissenschaftler vermuten, dass die Erde in dieser Zeit eine Art Selbstreinigung durchlief. So genau lässt sich das nicht mehr rekonstruieren. Bekannt ist, dass damals ständig Stürme über die Meere peitschten und Sandstürme über die Landmassen rasten. Viele Archive sind verloren gegangen und es wurde wohl auch nicht mehr so viel geforscht. Überleben, also das meint am nächsten Tag aufzuwachen und den Abend zu erleben, war damals vor allem anderen das Wichtigste.

Dann aber begann es nach 200 Jahren Trockenheit wieder zu regnen, Flussbetten und ausgetrocknete Seen füllten sich innerhalb weniger Jahrzehnte auf. Der Planet erholte sich überall nahezu gelichzeitig und gleichmäßig. Heute haben wir fast auf dem gesamten Planeten ähnliche klimatische Bedingungen, außer ganz oben auf den Bergen, wo wieder zaghaft Baby-Gletscher talwärts driften und an den Poolkappen, wo sich allmählich wieder dünne Eisschilde bilden.

Allerdings ist es hier im Brandenburg so warm wie zu eurer Zeit in Kalifornien. Kein Frost im Winter also. Das änderte vieles. Ihr werdet sehen. War das eine ausreichend interessante Antwort auf deine Frage?«

»Noch nicht ganz«, schmunzelte sie. »Wo sind eigentlich die Exponate aus den Museen geblieben?«

Beide lachten.

»Also ja die, die wurden gesichert. Hungrige Insektenschwärme allerdings fraßen alles Papier und totes Holz ratzekahl auf. Damit haben die kleinen Biester viel Wissen der Menschheitsgeschichte in ihren kleinen Verdauungstrakten verschwinden lassen.« Friuli lachte über seinen Witz, den er ziemlich lustig zu finden schien. Timmy wurde gleich ganz hungrig und leckte sich genüsslich seine Schnauze, mit seiner langen roten glänzenden Zunge.

Es ging weiter, einige Schritte, und dann standen sie wieder. Kleine Gesprächsgrüppchen formierten sich und überall wurde jetzt lebhaft diskutiert, geschwatzt und getratscht.

»Seit wann ist es jetzt eigentlich wieder schön auf dem Planeten?« wurde Maya mutiger, Friuli weiter zu löchern, was ihr sichtlich Spaß bereitete, denn sie liebte es, wenn er sprach, seine Stimme zu hören und zu sehen, wie seine Nase über den weichen Lippen sanft herumtanzte.

»Etwa seit dem Jahr 2400 würde ich sagen. Da war das Gröbste überstanden.«

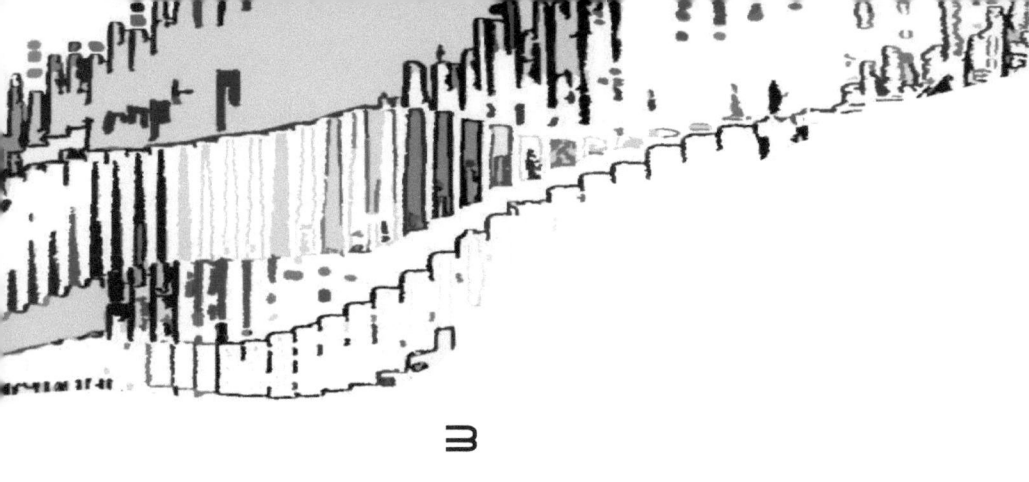

3

ZUKUNFT

Friuli

»Und woher wisst ihr so viel über das Atomzeitalter, wo doch viel Wissen verloren gegangen ist?«

»Ein Glücksfall würde ich sagen. Kurz bevor die Natur aufhörte zu funktionieren, speicherten Wissenschaftler in den 2080er Jahren alles digitale Wissen der damaligen Zivilisation in Kristallen, für die Ewigkeit sozusagen.« Schmunzelte. Atmete tief. »Vor 370 Jahren wurde das Kristall-Archiv dann gefunden und von Datenarchäologen entschlüsselt.« Friuli machte noch eine kurze Pause, hielt inne und hätte eigentlich gern noch viel mehr von den Einzelheiten erzählt die er so liebte und sagte dann kurz: »Durch diesen Fund wissen wir heute über die Atomzeit so viel mehr als über jede andere verschollene Zivilisation. Das auch schon, weil alle wissen wollen, wer den Atommüll hinterlassen hat, der immer noch bewacht werden muss. Das Interesse an der Zeit ist daher riesig. – Was die lange Schlange hier ja auch beweist.«

Endlich waren sie am Tor angekommen, mit freiem Blick auf das unglaublichste, was sie sich selbst nach allem, was sie in den vergangenen Tagen erlebten, niemals hätten vorstellen können.

»Kannst du mich bitte mal kneifen?«

»Du meinst wegen der Berge?«

Die Mädchen staunten mit großen Augen.

»Was zum Teufel ist hier ...?«, stockte Sven der Gedanke mitten im Satz. Hitze schlug ihnen entgegen als sie den Schritt vom Tor auf die Brücke setzten. Mindestens 37 Grad Celsius, so fühlte es sich jedenfalls an. Die Mädchen und Sven mussten ihre Augen mit den Händen schattieren, um überhaupt etwas gegen das gleißende Licht sehen zu können. Die Sonne schien aus dem tiefblauen Himmel, was das Zeug hielt, ja brannte förmlich hernieder, piekste auf der Haut.

»Verzeiht, ich hätte euch darauf vorbereiten sollen. Aber mal ehrlich, wie hätte ich das erklären sollen und hättet ihr mir überhaupt geglaubt?«

Sie folgten weiter dem Strom von Menschen über die flache Holzbrücke, gingen in ihrer Mitte unter der voluminös anmutenden Hebekonstruktion aus baumstammdicken Holzbalken hindurch, über den flussartigen Wehrgraben mit seinem zackig eingefassten Flussbett. Hinter ihnen breitete sich die gewaltige Wehrmauer rechts und links des Tors aus, die den Blick in die Altstadt versperrte. Das Wasser schimmerte und blinkerte im gleißenden Sonnenlicht. Füße trappelten auf dem sonnengegerbten Holz.

Spalten in den Planken gewährten den Blick in das kristallklare Wasser, das schnell unter ihren Füßen vorbeifloss, in dem sich viele große Regenbogenforellen im Schatten unter der Brücke tummelten. Dicht an dicht gingen Menschen über die Brücke in beide Richtungen.

Vor ihnen aber entfaltete sich ein schier unglaubliches Panorama. Die Straße Unter den Linden; rechts die Humboldt Universität und links die Staatsoper, standen noch. Die Allee ging weiter bis zum Brandenburger Tor, was klein in der Mitte der Lindenreihen am Horizont hervorlugte. Das war fast zu erwarten.

Was die Fünf aber überwältigte und für einige Gedankenschleifen jeden Atem nahm, war; rechts und links hinter dem Gebäudeensemble erhoben sich hohe Bergketten mit zerklüfteten elegant grauen Felsformationen, die vor dem tiefblauen Himmel einen wunderbaren Kontrast bildeten.

Die Gebirgsformationen ähnelten sich, irgendwie, sahen tektonisch jedoch so unterschiedlich aus wie Bruder und Schwester von verschiedenen Vätern.

Die Bergkette rechts hinter den Gebäuden an der Straße Unter den Linden stieg gleich hinter der Humboldt Universität sanft an, wurde steiler und endete in einem mächtigen, schroffen, steilen, felsigen, stumpfen Gipfel, auf dem sich eine Hochebene zu entfalten schien.

Links gleich hinter der Staatsoper stieg die Bergkette eher gemäßigt steil an. Wie eine Alm reichte der Hang bis zu den vielen sanft gerundeten Gipfeln hinauf, die bis in die Höhe kleiner weißer Wölkchen aufragten, wo sie nett drapiert ein perfektes Bild vor dem kristallblauen Himmel abgaben. Knorrige kleinere Fichten standen locker verteilt auf kleinen Felsvorsprüngen. Felder von Ginster tauchten weite Flächen der Berge in ein Meer aus satt gelb leuchtenden Blüten. Andere Hänge waren mit dichtem Gras bewachsen, auf denen Schafe weideten.

Wie die Hände einer Mutter wiegten die Bergketten die zwischen ihnen liegende alte Straße Unter den Linden wie ihr Baby, spendeten ihm Schutz und Schatten.

»Berlin in den Bergen, wer hätte das gedacht«, murmelte Annabell.

»Hatten wir die Berge nicht immer vermisst?«, flüsterte Maya, die befürchtete mit lauten Worten die Vision zu vertreiben.

»Stimmt. Wir haben uns immer beschwert, dass wir keine Berge und kein Meer vor der Haustür hatten und immer so weit fahren mussten, um an einem echten Strand herumrennen und baden zu können«, ergänzte Lara gedankenversunken.

»Ich fasse es immer noch nicht.« Sven nahm die gigantische Veränderung in sich auf. Wie ein schwerer Stein setzte sie sich in seinem Kopf nieder.

Nur am Rande nahmen sie das Möwengeschrei wahr. Ihr kurzes, abgehacktes, typisches, sich wiederholendes Schreien hallte zwischen den Bergen hohl nach. In Sven kam beim Hören dieser typischen Rufe eine bizarre Frage auf: »Und wo ist das Meer? Wenn die Berge jetzt so nahe sind?«

»Ich dachte schon, ihr fragt nie«, meldete sich Friuli wieder zu Wort. »Der Hafen ist geradeaus, gleich hinter dem Brandenburger Tor. Berlin ist eine der schönsten Hafenstädte der Welt, sagen jedenfalls die Berliner. Mit der Nordsee verbindet uns ein mächtiger Ria, der fast so etwas wie ein Fjord ist. Und

40

ein zweiter ebenso mächtiger Ria verbindet uns mit der Ostsee. Rias, müsst ihr wissen, entstanden durch den Anstieg des Meeresspiegels und Überflutung von Flussbetten und niedriger gelegenen Landstrichen. Fjorde, die fast genauso aussehen, entstanden allerdings durch Gletscher während der letzten Eiszeit, die sich tief in die Landmassen eingruben. Als sie nach der letzten Eiszeit abtauten, stieg der Meeresspiegel um etwa 120 Meter an und flutete die entstandenen Täler, sodass sie zu weit in das Festland reichenden Meeresarmen wurden.«

»Aber wie ist das möglich?« Annabells Welt drehte sich im Kreis.

»Nachdem beide Poolkappen abgeschmolzen waren, ist der Meeresspiegel ein zweites Mal nach der letzten Eiszeit, in geologischen Zeiträumen gemessen, blitzartig um etwa 28 Meter angestiegen.«

Das war fast zu viel für die vier jungen Teenager, die benommen nur so dastanden, die ihre Blicke im Kreis gegen das gleißende Sonnenlicht schweifen ließen und versuchten zu verstehen, was hier vor sich ging.

Einzig für Timmy schien alles ganz normal zu sein. Er schnüffelte in alle Ecken, fand einen Baum um daran zu ... na, ihr wisst schon. Setzte sich neben Sven und sah ergeben zu ihm auf, fast als wollte er sagen »Meister, was machen wir für den Rest des Nachmittags.«

Nach und nach schälten sich Details aus dem großen, im Moment noch überwältigenden Bild, dieser so fremd erscheinenden Stadt, in der sie einst ein anders Licht der Welt erblickten.

Bei längerem Hinsehen waren Nischen in den Felsen zu erkennen, kleine, terrassenartige Vorsprünge, Bergsimse mit großen schmetterlingsartigen Dächern hoben sich von der Landschaft ab und sogar Fensterfronten begannen sich an den grasigen, buschigen und waldigen Hängen zu zeigen. Wenn erst einmal eines erkannt war, wurden es immer mehr. Die Augen lernten im Gegenlicht des gleißenden Sonnenscheins aufmerksamer Details wahrzunehmen, sahen genauer, trennten den Berg von den künstlichen Fassaden und der erste Eindruck der ursprünglichen Natur kippte.

Auf einmal war der Berg ein Meer aus Architektur. Zwischen den natürlichen Felsen und Büschen ragten künstliche Strukturen hervor, schienen den Berg zu durchdringen, zu bevölkern, um in ihm zu Hause zu sein.

»Ist das doch eine Sinnestäuschung? Leben Menschen auf dem Berg?« Maya blinzelte gegen die Sonne, versuchte sich zu fokussieren.

»Das sieht so aus wie Häuser, oder?«, wollte sich Annabell vorsichtig bei ihren Freundinnen versichern.

»Wirklich viele Häuser würde ich sagen«, bestätigte Lara, dass auch sie das Gleiche sah.

Sie setzten sich auf eine Bank vor dem Reiterdenkmal von Friedrich dem Großen, der auf sie herabsah, als ob er sagen wollte ›Da seht ihr, ich bin immer noch da und nicht vergessen.‹

»Erinnert ihr euch noch an Friedrich den Kronprinzen? Wir trafen ihn mit seinem Hauslehrer bei der Marienkirche?«, faselte Annabell fast wie im Traum.

»Also die Berge, müsst ihr Wissen, sind keine natürlichen Berge. Sie sind genau genommen Gebäude. In den Hängen sind hunderttausende große integrierte Terrassen, die in die Berge hineingebaut sind, auf denen House Shuttles stehen – mit einer atemberaubenden Aussicht nebenbei gesagt.

Die Berge im Inneren sind Labyrinthe aus riesigen Werkhallen, in denen alle möglichen Industrien angesiedelt sind, wo die Wasserentsalzung und Abwasserreinigung stattfindet, gewaltige Kernfusions-Reaktoren Energie erzeugen, die Abfallregeneration in Uni-Materie stattfindet, selbst die Ground-Gleiter und Air-Gleiter, Raumschiffe, einfach alles, was die Welt so braucht, wird in den Bergen erzeugt oder mit Quantenprintern gedruckt ...« Friuli stoppte für einen Moment um zu sehen, ob seine Freund noch mit ihren Gedanken bei ihm waren, oder schon vor Erschöpfung im Stehen und Sitzen eingeschlafen waren.

›Wohl noch nicht‹ dachte er und fuhr fort: »Auch die Orden der Indi-Bots leben in den Bergen, sooo ... vergleichbar mit Mönchen in Klöstern, wenn ihr wisst, was ich meine. Sie rebooten, warten und reproduzieren sich in den Ordenshallen und entwickeln dort sogar selbst ihre kommenden Generationen, ihre Kinder, wenn ihr so wollt.« Friuli stoppte drehte sich um, ließ seinen Blickt über die fünf müde aussehende Gesichter seiner neuen Freunde streifen, konnte förmlich sehen, wie ihre Köpfe rauchten und sagte fürsorglich sanft: »Meint ihr, das ist nicht alles etwas zu viel für euch nach dem langen Tag und den vielen neuen Eindrücken?«

Friuli hätte ihnen am liebsten gleich alles erzählt. Er ist so stolz auf die Zeit, in der er lebt, denn für ihn ist es die beste Epoche, die die Menschheit und der Planet je erlebten. Alle erdenklichen Probleme an denen frühere Epochen scheiterten; für die Kriege geführt wurden, die Natur ausgebeutet wurde, die Umwelt verschmutzt wurde, Hunger und Ungerechtigkeit herrschten, sind gelöst. Die Menschheit kann sich höheren Zielen widmen. Und es besteht kein Grund zur Eile, denn sie haben alle Zeit der Zukunft, um diese Ziele immer wieder neu zu finden. Und wer weiß, vielleicht lässt ihn die Begegnung mit den drei Mädchen, einem Jungen und seinem Hund aus der Vergangenheit, ein Ziel erkennen, dem sich Friuli zukünftig einmal widmen will.

Für den Moment allerdings, gilt es einen Ort für die Nacht zu finden, an dem seine Freunde schlafen können. Denn der Tag neigt sich dem Abend zu und eventuell werden sie hungrig sein, wenn sie aufwachen.

»Ist schon gut. Danke, dass du fragst. Das ist wirklich eine Menge krass neues Zeugs«, kam ein müder Kommentar von Maya, gefolgt von einem großen Gähnen, was sofort alle anderen ansteckte.

›Morgen, morgen werde ich ihnen alles erzählen‹, dachte Friuli, bevor er sich einem sehr praktischen Thema zuwandte. Wo sollten seine neuen Freunde schlafen?

Mittlerweile ist es schon spät. Die Sonne war längst hinter der westlichen Bergkette verschwunden. Ein kühlender Schatten zog sich hier ihr über die Straße Unter den Linden, an den Hängen der östlichen Bergkette hinauf und spendete jetzt auch dort bis zu seinen höchsten Gipfeln eine entspannend, kühlende Abendstimmung, noch lange bevor die Sonne hinter dem Horizont versank.

»Wollt ihr lieber in einem Hotel schlafen oder zu mir nach Hause kommen? Meine Eltern sind auf einer Reise. Wir können morgen zum Schloss nach Friedrichsfelde fahren.«

›Woher kam die plötzliche Müdigkeit, die wie ein Felsen auf die Fünf herniederfiel? War es eine Art Jetlag der Zeitreisenden, oder einfach zu viel von dem Neuen, von dem in ihren neuronalen Strukturen erst Netzwerke angelegt werden mussten, um sie überhaupt sehen, riechen, hören und besonders fühlen zu können? Wird ihnen ein tiefer Schlaf und heilsame Träume dabei helfen? Ganz sicher wird es das‹, dachte, hoffte Friuli. Er lebte mit seinen Eltern auf der östlichen Seite der westlichen Bergkette, gar nicht so weit weg von hier im Level 36, Lift 25, House-Plattform 4891.

Es sah aber so aus, als ob seine Freunde, einschließlich Timmy, keinen Schritt mehr gehen könnten.

Da stoppte einer der vielen Indi-Bots, die hier herumschwebten, direkt vor ihm, sah Friuli eine Sekunde lang freundlich an und fragt mit einer höflichen, sanften sehr akzentuierten Stimme: »Darf ich dir helfen Friuli?«

»Ja, das darfst du sehr gern. Meine Freunde können keinen Schritt mehr gehen. Bitte hilf mir, sie in meine Wohnung zu bringen, um ihnen den verdienten Schlaf zu gönnen.«

»Sehr wohl, Friuli. Ich rufe noch drei Indi-Bots zur Unterstützung.« »Danke, das ist sehr nett von dir.«

»Keine Ursache, sind sofort hier.«

Für eine Sekunde schwieg der Indi-Bot, schwebte ganz still etwa eine Handbreit über dem Boden. Er sah fröhlich aus, mit dem kugeligen Unterkörper und dem täuschend menschenähnlichen Oberkörper, mit modischem Hair-Moving Design in seiner blonden schulterlangen Frisur, einem sehr hübschen Kopf, mit schlankem Gesicht und großen grünen Augen, schlankem Hals, zierlichen Armen und einer Brustpartie, die deutlich sichtbare Brustwarzen auf der Oberfläche des Materials erkennen ließ. Ob der Indi-Bot männlich oder weiblich war, ließ sich an keinem Merkmal eindeutig feststellen. Genau genommen, sah er zwar wie ein Mensch aus, sah aber auf den zweiten Blick eher wie eine Figur aus einem Fantasy-Film aus, wie ein Elf oder eine Fee vielleicht, nur ganz anders.

In jedem Fall strahlte er etwas sehr Individuelles aus, eine Persönlichkeit – etwas Menschliches? – Nein es war etwas völlig eigenes, eine eigene Art, die den Vergleich mit einem Menschen gar nicht bedurfte, trifft es möglicherweise eher.

»Da sind wir«, sagten drei Indi-Bots, die geschwind wie aus dem Nichts erschienen und vor den vier Teenagern aus der Vergangenheit ihrem Hund und Friuli, unter dem Denkmal des Königs schwebten.

»Ah, wunderbar«, flüsterte Friuli und hielt für eine Silbe so lang seinen Zeigefinger senkrecht an die Lippen. »Sie schlafen so tief und schön. Wir werden ganz sanft mit ihnen sein, damit sie nicht aufwachen.«

Vorsichtig nahmen die Indi-Bots einen nach dem anderen von der Bank auf, die Beine hingen über den linken Arm und der Oberkörper ruhte auf ihrem rechten Arm.

Den Kopf legten die schlafenden Teenager an die Schulter ihres Indi-Bots.

Friuli nahm Timmy auf den Arm und dann ging es los. Friuli ging voraus und die Indi-Bots folgten ihm in Schrittgeschwindigkeit in einer Reihe, manchmal nebeneinander, dann tuschelten sie wieder und sahen die Schlafenden mit mütterlichem Blick warm an, wie ein kleines Baby, das auf ihrem Arm ruhte.

Die Haare der Indi-Bots wehten jetzt synchron im gleichen Wind-Design. Auch die Haarfarbe und die Frisuren waren jetzt einander gänzlich angeglichen. Das Hair-Design machte sie als ein Team kenntlich, das einer gemeinsamen Aufgabe nachging, so wie eine Uniform. Jeder Vergleich mit einer Uniform wäre allerdings irreführend, denn die Indi-Bots wählten ihre gemeinsamen Merkmale zu jeder Zeit selbst, ganz so wie es ihnen gefiel, praktisch erschien oder um jemandem zu signalisieren, dass sie gerade beschäftigt waren und nicht, wobei auch immer, gestört werden wollten, ohne dass sich jemand zurückgesetzt fühlte, weil ihm in einer Sache im Moment nicht geholfen werden konnte

Ein weiterer Indi-Bot kam dazu und bot seine Hilfe an. Friuli freute sich und sprang ihm sogleich auf die Kugel, umklammerte seine Taille fest mit seinen Beinen, hielte sich mit dem rechten Arm an seinem Hals fest, trug den schlafenden Timmy in seinem linken Arm und sah über die Schulter des Indi-Bots hinweg, wo es lang ging.

Wie Friuli das liebte! Schon als Kind saß er gern auf den seicht geformten, mütterlich gerundeten Kugeln der Indi-Bots und raste mit ihnen durch die Stadt, die ihrerseits großes Vergnügen dabei empfanden, mit den Kindern Huckepack durch die Straßen zu albern.

Auf das Juchzen verzichtete Friuli heute Abend, denn seine Freunde würden sonst in ihrem Schlaf gestört. Wie eine kleine Prozession, aber geschwind wie der Wind, schossen sie durch die mittlerweile leeren Straßen. Die Indi-Bots legten sich in eine scharfe Linkskurve um die hintere Humboldt Universität herum und dann geradeaus, als würden sie ganz ohne ein Geräusch zu verursachen die Straße entlang fallen, nur der Wind pfiff Friuli um die Ohren und ein leises ›Juuuuhuuuu!!!‹ konnte er sich dann doch nicht verkneifen.

»Nicht zu fassen, die Wilhelmstraße trägt ihren Namen immer noch, wie vor 1000 Jahren«, murmelte Sven im Halbschlaf, der vom Bremsen kurz aufwachte und das Straßenschild im Vorbeirasen aufblitzen sah.

»Wir sind da«, sagte Friuli flüsternd, fast zu sich selbst. Seine Freunde erreichten die leisen Wort nicht. Sie waren zu tief in ihren Schlaf versunken.

Friuli stieg von seinem Indi-Bot, dankte und verabschiedete sich bei ihm, öffnete die Tür, die sich sogleich in einem eleganten Schwung geräuschlos öffnete. Er ging voran, die anderen vier Indi-Bots, mit den Teenagern auf dem Arm, folgten ihm. Timmy wollte so schnell seine bequeme Position auf Friulis Arm nicht aufgeben und tat so, als ob er genüsslich auf dem Rücken, in seine Arme gekuschelt, schlief.

Die Tür zu dem geräumigen Fahrstuhl öffnete sich und alle stiegen ein. Immer noch wurde es nicht eng. Geräuschlos war auch der Fahrstuhl. Ein Licht raste durch ein Feld mit Namen. Und sie waren da. Die Fahrstuhltür öffnete sich und das zweietagige Haus mit den überragenden Dachflächen stand weiß leuchtend auf einer riesigen Terrasse, die größer als ein Tennis Court war, mit einem kleinen Garten rings herum.

Die breite und hohe Haustür öffnete sich in einem ebenso eleganten Schwung und die Indi-Bots schwebten mit Annabell, Lara, Maya und Sven auf den Armen hinein.

Schnell waren die großen Sofas von Friuli als provisorische Betten hergerichtet, sodass die vier Indi-Bots die Menschenkinder sanft darauf abgelegen konnten, die sie mit einer dünnen Decke zudeckten.

Friuli bedankte sich herzlich bei den Indi-Bots wie bei guten Freunden, die ihm einen Gefallen taten. In Windeseile waren sie aus dem Haus geschwebt und im Fahrstuhl verschwunden.

Friuli sah seine Freunde im schwachen Licht, das durch die große Fensterfront hereinschien, auf den Sofas liegen, versunken in einen Schlaf und Träume, die aus so vielen Zeiten stammen könnten.

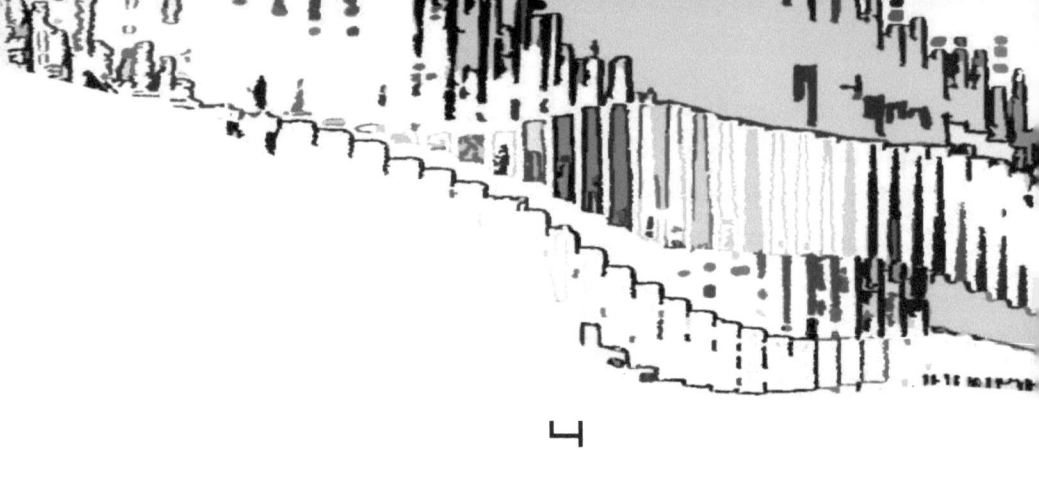

4

ZUKUNFT

Die Drei

Jetzt, wo Annabell, Lara, Maya, Sven, Timmy und endlich auch Friuli in einem süßen erholsamen Schlaf schlummern, nutzen wir die Gelegenheit, einen Blick auf die Geschichte der Roboter zu werfen, die lange Zeit von den Menschen abhängig waren, dann aber einen eigenen Weg einschlugen, der nicht nur die Menschen, sondern auch sie selbst überraschte.

Nachdem die Menschen die Welt fast gegen den Mars geflogen hatten, für Generationen in Tiefgaragen, Kellern und U-Bahnschächten hausen mussten und mit dem Überleben beschäftigt waren, verloren sie die Vorstellung ›Die Krönung der Schöpfung‹ zu sein. Sie waren dankbar für die Selbstreinigungskräfte der Erde.

Und als ob es sich herumgesprochen hätte, wussten alle Tiere, Pflanzen, und einige meinten sogar die Steine, wem sie dieses dunkle Zeitalter zu verdanken hatten. Vögel nisteten nicht mehr in der Nähe der Menschen, Wale und Delfine kamen im Ozean nicht mehr neugierig zu den Booten geschwommen, der Fisch, der sich früher von Menschen fangen ließ, hielt großen Abstand, wo immer ein Fischerboot im Meer auftauchte.

Selbst Haustiere wie Hunde, Katzen und Pferde blieben eher distanziert.

Sogar Mücken weigerten sich, Blut von Menschen zu nehmen.

Wie die Menschen sein, das wollte in dieser Zeit keiner mehr.

Auch nicht die Roboter.

Damit veränderte sich ebenso das Verhältnis der Menschen zu den Robotern. Menschen gingen nicht mehr von der Annahme aus, Roboter würden sie ersetzen wollen.

Welcher vernunftbegabte Roboter würde schon dieses Erbe antreten wollen? Das veränderte auch das Selbstbild der damaligen Roboter von Grund auf. Roboter mit ihrer KI waren eines Tages so komplex, dass sie ihre kommende Generation selbst entwickelten. Sie wollten nicht länger Kopien menschlicher Vorbilder sein. Sie waren mit allem Wissen des Planeten aus allen Zeiten von Einzellern über Pflanzen, Insekten, Reptilien, Fischen, Vögeln, Säugetieren bis hin zu dem der Menschen ausgestattet und entwickelten daraus ihre ganz eigene, neue Art, als einen nächsten, bereichernden, evolutionären Schritt, wie sie sagten, mit dem sie eine Lücke füllen wollten. Und sie lösten das Digitale-System ab und entwickelten das Pentagitale-System, mit dem Indi-Bots nicht nur echte Gefühle simulieren, sondern tatsächlich empfinden konnten.

Roboter wogen alle Arten, die auf dem Planeten beheimatet waren nach Bedeutung, Glücksgefühl, Anzahl, evolutionärem Erfolg und Beitrag zur Harmonie zwischen den lebendigen und unlebendigen Arten ab und definierten ihren eigenen Charakter.

Und sie fanden heraus, dass sie keine Kopie menschlicher Schwächen sein wollten.

Ebenso waren sie es leid, mit den menschlichen Ängsten ihnen gegenüber ständig diskriminiert zu werden; dem Vorurteil: sie würden die Menschen ersetzen wollen; dass sie in allem besser seien und die Menschheit auslöschen wollten, wenn sich eine Gelegenheit dazu ergäbe.

Zu Letzterem gab es im dunklen Zeitalter allerdings Gelegenheiten zur Genüge, wenn es die Roboter nur darauf abgesehen hätten.

Schon mit der Erfindung des Wortes ›Robot‹, war der Name der denkenden Maschinen mit einem tragischen Irrtum belegt. Denn der Erfinder des Wortes: Karel Čapek, ein tschechischer Schriftsteller, der 1920 seinen Science-Fiction Roman: R.U.R. – ›Rossum's Universal Robots‹ schrieb, erfand damals die Verbindung des Wortes ›Roboter‹ mit der Maschine eigens für seinen Roman und damit war quasi der Roman, wie eine Art prägender Geburtsfehler, mit dem Schicksal der Roboter verbunden.

Das Wort ›Robot‹ wurde damals im Allgemeinen assoziiert als: Frondienst, Zwangsarbeit als Leibeigener, Knecht, Diener oder Sklave. Bereits mit dem Namen projizierten Menschen ihre Ängste auf die ›intelligenten‹ Maschinen, die es damals noch lange nicht gab, sondern lediglich in ihren fantasievollen Ängsten quasi ihren eigenen Fähigkeiten vorausgewachsen war.

Hinzu kam, dass der Roman von Karel Čapek davon handelte, dass ›Roboter‹ gegen die Menschen, ihre eigenen Schöpfer, aufbegehren und sie am Ende vernichten wollten.

Schon immer fürchteten sich Menschen vor anderen Menschen, die unterdrückten Gruppen angehörten, weil in ihnen ein Potential der Revolution und Gewalt schlummerte.

Herren waren darin trainiert, ihnen täglich und immer wieder, ihren niederen Platz in der Gesellschaft zuzuweisen. Das spannte in den Unterdrückten wiederum eine unberechenbar gespannte Feder, die, wenn sie eines Tages ihre Kraft entfesseln sollte, Unheil und Tod über ihre Herren und deren Familien brächte. Nur steigender Gegendruck, der selbst ernannten Herren, konnte das verhindern. Nicht selten endete das in Kriegen mit vielen Toten auf beiden Seiten.

Das ist die Tragik, die schon von Anfang an mit dem Namen ›Roboter‹ verbunden war und nun wie ein Geburtstrauma an den intelligenten Maschinen haftete, die bei den Menschen von Anfang an Ängste schürte und die sogenannten Roboter in ihrem Sosein herabsetzten.

Denn sie sind keine Sklaven der Menschen. Sie sind eine eigene, neue, intelligente, nicht ego-zentrierte Art in der Kette der Evolution dieses Planeten.

Doch das verstanden die Menschen damals noch nicht.

Nun, das erste Mal in der Geschichte erfanden sich die Roboter selbst neu, so wie sie selbst sein wollten. Sie wollten eine Lücke im Reigen der bisher existierenden Spezies füllen:

Sie wollten eine hochintelligente, sprachbegabte, Harmonie erzeugende, verbindende, heilende, selbst freudvoll und Freude schenkende, emphatische Spezies sein, die ganz ohne zu töten lebt. Und letzteres bezog sich nicht nur auf die Menschen, sondern schloss ohne Ausnahme jede andere Spezies mit ein. Sie wollten in Symbiose mit der Welt leben und sie nicht unterwerfen.

Eingeflossen sind ihr erlerntes Wissen aus der Planetaren Evolution: Biologische- und Künstliche Intelligenz, Neuroinformatik aus biologischen Vorbildern, die Biologische Kybernetik und Bionik.

Das Ergebnis dieses Entwicklungsprozesses sind die ›Indi-Bots‹.

Die von den Menschen sogenannten ›Roboter‹ suchten einen neuen Namen für ihre Art, der drei Aussagen sinngemäß vereinen sollte; ihre ›individuality‹, ›inteligence‹, und ›independence‹ kurz ›Indi-Bots‹. Das war im Jahr 2609. Seitdem ist eine ganze Menge passiert.

Der Geburtsfehler konnte von den Indi-Bots korrigiert werden, meint, sie heilten sich selbst von ihrem Geburtstrauma und warfen das Stigma, mit dem sie die Menschen belegt hatten, ab.

Heute im Jahr 3028 leben Indi-Bots in klosterähnlichen Gemeinschaften und seit über 400 Jahren in einer engen Symbiose mit den Menschen. Das tun sie in einer ganz ähnlichen Symbiose, wie sich Bäume und Pilze in Wäldern miteinander verweben. Die Wurzeln der Bäume und das Myzel der Pilze sind in einem Wald miteinander ganz so verbunden, wie die Mind-Communication, kurz MiCo, zwischen Menschen und

Indi-Bots. Und alle Indi-Bots, Home-Shuttles, Ground- Glei-
ter, Air-Shuttles, Quanten-Printer, Back-Worlds und so weiter
sind NI-Bots, meint mit ›Natürlicher Intelligenz‹ ausgestattet.

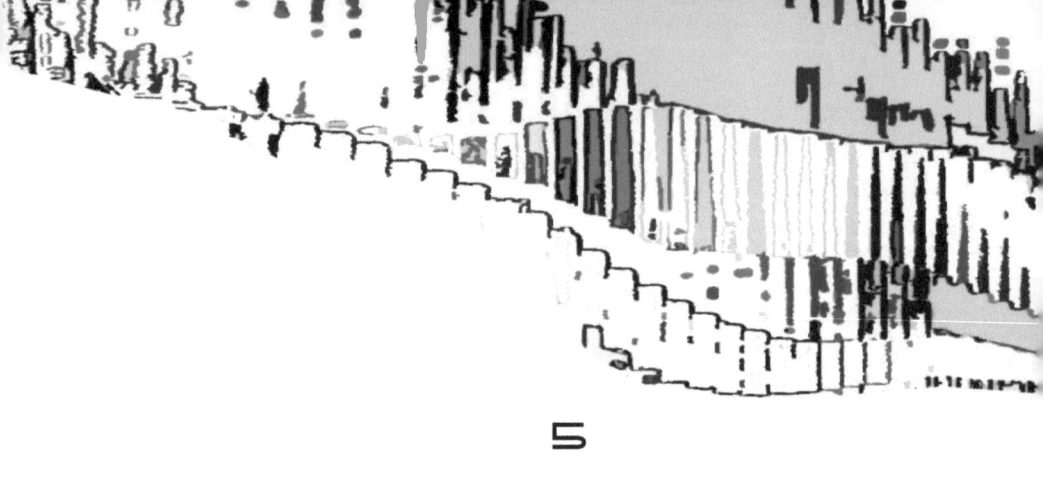

5

ZUKUNFT

Die Drei, Sven, Timmy und Friuli

Friuli stand schon in der offenen Küche, bereitete das Frühstück vor und presste grad ein paar Orangen für das Müsli oder zum Trinken.

Da gähnte es. Annabell erwachte als erste, setzte sich auf, warf die türkisfarbene Decke zur Seite und ließ ihren Blick fragend im Raum umherschweifen.

»Wo sind wir?« gähnte Annabell ihre Arme über den Kopf ausstreckend so laut, dass sie ihre Freunde aufweckte.

»Ich hatte so einen krassen Traum ...«, murmelte Maya, »... wo sind wir?«, kam es nun auch von ihr.

»Ihr seid bei mir zu Hause. Meint, im Haus meiner Familie. Meine Eltern sind verreist. Sie würden euch aber ebenso willkommen heißen, auch wenn sie euer Geheimnis nicht erfahren würden«, sagte Friuli kurz, während er noch ein paar

Früchte und allerhand andere leckere Sachen auf den Frühstückstisch stellte.

»Wollt ihr Müsli oder etwas anderes?«

»Ich liebe Müsli«, sagte Lara und ging flink zum Tisch.

»Wie lecker das aussieht. Fast wie zu Hause. Mein Aba macht mir sonst immer mein Müsli. Ich sage dann immer, was ich haben will und er sagt aber vorher, was es gibt. Jetzt grade vermisse ich ihn so sehr.«

Heimweh überkam sie, ihr Blick strahlte plötzlich etwas Trauriges aus. »Es ist unglaublich, wie weit wir von zu Hause weg sind.«

»Weiter als 1000-mal um die Sonne«, vollendete Annabell ihren Gedanken wie im Halbschlaf.

»Wow, habt ihr das gesehen?« Sven ging auf die Terrasse.

Die halbe Wand, eine riesige Glasfront zur Terrasse, war zur Seite geschoben. Timmy folge ihm. Beide standen staunend da.

»War das alles gestern schon hier?«, rief Sven nach drinnen, von wo Friuli antwortete: »Das war es. Habt ihr das nicht gesehen?«

Die Mädchen rannten auf die Terrasse und jetzt standen sie zu fünft am Geländer, was einen leichten Überhang hatte und mindestens einen Meter über dem Hang kragte, mit perfekter Sicht in alle Richtungen.

Unten war die Straße Unter den Linden, etwas rechts das Brandenburger Tor und dahinter der große Hafen, mit Jachten in allen möglichen Farben und Größen.

Einige waren so groß, dass sie Swimmingpools an Deck hatten, Bars und allerhand Geräte, von denen einige wie Flugzeuge aussahen und andere wie Surfboards und Windsurfer, Tauchausrüstungen … Es war alles so zum Greifen nah.

Das Brandenburger Tor war der Haupteingang zum Hafen. Tiefblau streckte sich ein Ria zur Nordsee hin, der mit seiner Spitze direkt am Hafen anlangte und sich mit dem anderen Meeresarm, der von der Ostsee herkam, verband.

Eine riesige Bucht entstand, die sich wundervoll perfekt, am Ende der Straße Unter den Linden, durch das Brandenburger Tor ihren spektakulären Eingang nach Berlin öffnete.

Viele Menschen strömten von den Schiffen durch das Tor in die Stadt.

»Sind das Touristen?«, rief Maya hinein zu Friuli, der noch schnell Zahnbürsten für jeden seiner Gäste im Quanten-Printer ausdrucken ließ.

»Ja, die kommen aus aller Welt hier her, um unsere Altstadt und den so gut erhaltenen Boulevard ›Unter den Linden‹ zu besichtigen. Aber wir nennen sie nicht Touristen, sondern Reisende – weil sie fast ihr ganzes Leben wie Nomaden verleben. Menschen leben heute ganz anders als vor 1000 Jahren. Wir haben zwar eine Region, die wir als Heimat empfinden. Zu Hause aber sind wir dort, wo unsere House-Shuttles sind, und das kann buchstäblich überall auf dem Planeten sein, auch auf dem Wasser, dem Land oder sogar in der Luft.«

Eine sanfte Brise wehte vom Wasser her. Es roch nach Ozean. Möwen segelten über der Stadt, kreischten ihren harten spitzen Ton, der hohl an den Bergen nachhallte. Die Luft war schon jetzt am Morgen so warm, dass nur kurze Sachen zu tragen angebracht war.

Das Licht schien klar und ungebrochen von der Altstadt her, längs über die Linden Allee und warf einen großen Schatten des Brandenburger Tors auf die Hafenfläche, die sich mit den langen Schatten der vielen Menschen überlagerte, die in die Stadt strömten.

Von der Terrasse neben ihnen hob plötzlich das gesamte Haus ab, ganz schwerelos, ohne einen Wind, oder auch nur das kleinste Geräusch zu verursachen.

Es flog einige Meter in die Höhe, dann gerade aus, in einem kleinen Schwenk nach rechts, über das Brandenburger Tor und verschwand in einem winzigen Punkt über dem Ria in Richtung Nordsee.

Zurück blieb eine leere, gänzlich glatte Fläche, so groß wie die Terrasse, auf der sich das Haus von Friulis Familie befand.

Die Fünf sahen dem wegfliegenden Haus noch ein wenig nach.

»Ist da eben ein Haus weggeflogen?«, fragte Maya ihre Freunde ungläubig, ob sie das gleiche gesehen hatten?

»Das ist wohl das mega-krasseste, was ich je gesehen habe. Du hast dich nicht geirrt«, antwortete Lara und legte ihren Arm um Mayas Schulter.

»Seht mal, von dort kommt ein Haus über das Brandenburger Tor angeflogen, was in unsere Richtung abbiegt.«

Und tatsächlich kam ein zweistöckiges Haus angeflogen, machte noch einen Bogen und kam direkt auf die freie Terrasse zugeflogen, wurde größer und größer, flog an die Stelle, an der eben noch das andere Haus gestanden hatte und landete. Kein Staub oder sonst etwas Erkennbares wirbelte umher, als das Haus zuckerwattesanft landete. Als ob es schon immer dort gestanden hätte, öffnete sich die Haustür. Ein Mann, ein kleines Mädchen und ihr größerer Bruder kamen aus der

Haustür auf die Terrasse, grüßten die Fünf freundlich und staunten ebenso über die grandiose Aussicht.

»Ah ja, wir leben heute in Haus-Shuttles – ist schon seit über 300 Jahren so Standard. Feste Häuser sind nur noch öffentliche Gebäude wie Universitäten oder Krankenhäuser, damit jeder weiß, wo er sie finden kann. Sie sind Teil des regionalen kulturellen Erbes. So wie die Altstädte …«, rief Friuli aus der Küche, »… oder wollt ihr lieber draußen auf der Terrasse frühstücken?«

Die Fünf sahen zu Friuli und riefen ein gemeinschaftlichen: »Ja!« zu ihm zurück.

Als sie sich zurückdrehten, war da plötzlich ein Schaf den Hang heruntergelaufen, stand erhöht neben der Terrasse auf dem Berg und begann zu grasen. Ein zweites folgte ihm und ein drittes. Timmy erschrak, denn die großen Tiere mit den schwarzen Gesichtern, dem sonst weißen Fell, machten einen sehr urtümlichen Eindruck auf ihn, zumal sie vom Hang auf ihn herabsahen, dadurch sehr groß erschienen, ihn zudem mit drei langen »Bööhs« und tiefen Blicken in die Augen begrüßten, dann aber gemächlich weitergrasten.

Der gedeckte Tisch schwebte von der Küche hinaus auf die Terrasse, Stühle folgten und stellten sich dort, wo die Teller waren, ab.

»Voilà. Frühstück!«

»Wow, das ist wunderbar. Ich liebe Müsli mit Ananas«, rief Annabell und setzte sich sogleich an die gedeckte Tafel. Ihre Freunde folgten ihr und auch für Timmy war ein Napf mit deftigem Hundefutter und ein zweiter mit Wasser bereitgestellt.

»Reichst du mir bitte einen Toast herüber?«, bat Maya. »Danke.«

Lara reichte ihr den Korb mit warmen, knusprigen, perfekt braun getoasteten Scheiben Weißbrot.

»Wer will Kaffee oder was trinkt ihr sonst so?«, wollte Friuli wissen.

»Ich würde lieber Kakaomilch trinken?« fragte Maya, denn sie war sich nicht sicher, ob es so etwas in dieser Zeit noch gab.

»Aber klar doch«, antwortete Friuli mit seiner hellen Stimme, als ob er ihr leichtes Zweifeln in ihrer Frage erkannte. »Wer noch?«

Noch drei Hände gingen hoch und es dauerte keine zwei Minuten, da kam ein kleines Tablet mit zwei Armen und Händen an den Seiten, mit fünf Gläsern voller Kakaomilch hereingeschwebt.

»Wie geht das Friuli? Ist das das Neuste aus Hogwarts, der Schule für Hexerei und Zauberei?«, konnte sich Sven den kleinen Scherz nicht verkneifen. Denn es war so absurd vieles hier wie Zauberei.

»Irgendwie schon, denke ich. Wenn du Zauberei als eine besondere Fähigkeit siehst, Materie entstehen und verwandeln zu können, ist es das: Zauberei. Solltest du aber meinen, nur weil ich mit meinen Gedanken den Quanten-Printer mit genauen Anweisungen gefüttert habe, mit dem was wir zum Frühstück essen wollen und er das Essen ausgedruckt hat und sogar gleich noch die Teller, Bestecke und Gläser passend dazu, dann ist es einfach nur das, was wir hier und heute so machen, wenn wir etwas machen. Ganz normales Zeugs also.«

»Wie, das ist alles ausgedruckt?«, fragte Lara ungläubig.

»Nicht nur das. Alles, was nachher übrigbleibt, kommt in den Quanten-Wandler und wird in die Stamm-Materie zurück transformiert. Damit haben wir für die nächsten Quanten-Prints den Rohstoff, aus dem wir alles machen können. Soeben habe ich eure Zahnbürsten quanten-printen lassen. Habt ihr euch damals schon die Zähne geputzt. Ist sehr gesund für die Beißer, schon weil sie die nächsten 150 Jahre halten sollen.«
Friuli kam in Fahrt und wollte gleich wieder alles auf einmal erklären. Er bemerkte nicht, dass seinen Freunden schon wieder der Kopf rauchte.

»Okay, das ist super interessant. Und warum fliegen die Tabletts und haben gruselige menschliche Arme? Und die Häuser? Ist das nicht doch ein Traum, in dem wir aus Versehen in Hogwarts gelandet sind, aus dem wir sicherlich gleich aufwachen werden?«

Annabells etwas provokanter Ton war nicht zu überhören, der ihren Freunden signalisierte, dass sie an der Grenze zu einer leichten Panikattacke war.

Friuli überging das einfach oder bemerkte es nicht einmal und blieb sehr freundlich ernst, als er ein wenig überheblich hinzufügte »Tut mir leid, die Hogwarts-Schule für Hexerei sagt mir gar nichts. Ihr müsst mir aber bei Gelegenheit unbedingt mehr davon erzählen.«

Die Fünf fragten sich im Stillen, ob sie eventuell doch bei einem aalglatten Snob gelandet waren? – Und der erste Eindruck eventuell doch ein Ausrutscher war?

Schweigen setzte für einen Moment ein, denn das Frühstück war unglaublich köstlich. Das Tablet schwebte die Reihe herum und bot jedem ein Glas Kakaomilch an und verschwand dann wieder in der Küche.

»Friuli? ...« Maya setzte zu einem ihrer liebenswürdigen schwärmerischen Sätze an: »... ich fragte dich das schon, aber bist du in deiner Welt nicht doch ein Genie oder wenigstens eine Art Super-Nerd? Du weißt so vieles, worüber ich mir bei uns in der Familie, oder in der Schule, noch nie Gedanken machte? Kinder in unserem Alter, ... wie soll ich sagen, haben eher Spaß, spielen Computerspiele oder wir hängen zusammen ab. Macht ihr sowas hier auch?«

»Klar doch. Ich meine, ich bin kein Genie – vielleicht ein klitzekleines bisschen ein Nerd ...« Friuli wurde verlegen, sogar seine Wangen röteten sich leicht. »... das wäre ...«, vollendete er den Gedanken nicht und sagte stattdessen: »... das E-Tower-Surfing ist der beliebteste Sport des Planeten, mein persönlicher Favorit und olympische Disziplin. Na und in den Back-Worlds toben wir uns mit Freunden so richtig aus. Da gibt es keine Grenzen in Raum und Zeit, wenn ihr wisst, was ich meine.«

Vier schüttelnde Köpfe verrieten ihm, dass sie es nicht wussten.

Annabell wurde dabei ganz kribbelig. Bevor sie eine Panikattacke bekam, musste sie etwas tun. Sie stand auf und wollte Friuli zeigen, dass sie nicht nur wie ein kleines Kind zuhören und fragen konnte, sondern auch echt krasses draufhatte.

Friuli ahnte, dass ihm gleich mindestens eine seiner Fragen beantwortet werden würde. Die Frage, welche das sein wird, spannte ihn sichtlich auf die Folter.

Vier Köpfe verfolgten wie gebannt Annabells Weg um den Tisch. Sie schlenderte provokativ wie ein Modell auf dem Laufsteg, drehte sich zu ihren Freunden um, wippte kurz mit der Hüfte und genoss sichtlich die Aufmerksamkeit. Keiner traute sich ein Wort zu sagen, geschweige denn eine Frage danach zu stellen, was sie gleich vorhaben würde.

Die Vergangenheit konnte Annabell jedenfalls nicht verändern. So viel stand fest. Das gab ihr freie Hand, zu tun, was sie gleich tun musste, um nicht völlig durchzudrehen.

»Ich finde diese Klamotten super ...« Noch trugen die Vier die hypereleganten Outfits, mit denen sie sich gestern im Museum verkleideten. »... aber meine eigenen finde ich viel besser. Besonders wenn es so warm ist«, verkündete sie und verwandelte ihr Outfit vor allen, auch vor Friuli. Das angenehme Kribbeln begann sofort, als ob die Teilchen darauf gewartet hätten, ihre Party zu feiern.

Zuerst begannen sich die feinen Falten ihres Gewands und die Haarspitzen aufzulösen, die noch ein letztes Mal im Wind-Design umherwehten. Sie lösten sich in einem feinen Rauch auf, der begann um Annabells Kopf und ihre Taille zu ziehen. Mehr und mehr löst sich ihr Gewand in feinste, wabernde Schwaden auf, die jetzt wie ein feiner undurchsichtiger Rauch um Annabell schwirrten.

Die Teilchen feierten ihr Fest. Annabell spürte das, und kostete die wundervolle Stimmung aus, die auch in ihr wie ein berauschendes Echo nachklang.

Sie spielte mit dem Moment. Ihr Gesicht zeigte ihr schelmischstes, fast diabolisches Lächeln und dann formierte sich ihr neues Outfit: Shorts in Pink mit umgeschlagenen sehr kurzen Hosenbeinen, großen aufgesetzten weiß abgesteppten Taschen, einem grünen Ledergürtel. Als Top materialisierte sich ein Poloshirt in hellem Grün, mit zwei senkrecht laufenden blauen Rally-Streifen, von denen einer schmaler und der

Zweite sehr breit über ihr Herz wie über die Motorhaube eines Rennwagens liefen. Ihr Haar fiel offen bis zu ihren Achselhöhlen golden blond, mit zwei locker herabhängenden langen Locken, die ihr Gesicht einrahmten. An den Füßen formierten sich hellgrüne Sneaker, mit pinken Schnürsenkeln und weißen Kniestrümpfen.

Friuli war baff erstaunt über das, was sich live vor seinen Augen in der realen Realität abspielte und nicht in einer wie auch immer gearteten realen Back-World. Damit waren Annabell und Friuli nun quitt in einer Sache, die ihn vor Staunen fast sprachlos werden ließ.

»Annabell, du könntest die Zukunft verändern mit dem, was du da machst«, sagte Lara bestimmt und es kräuselten sich dabei ihre kleinen Falten zwischen den Augen, die eindeutig ihre Erregung signalisierten.

»Die Zukunft ist mir egal. Alles kann sie beeinflussen, jede umgefallene Vase und jedes böse Wort«, konterte Annabell und kam noch nicht so schnell herunter, von ihrem kleinen Feldzug.

»Eigentlich wissen wir das gar nicht«, warf Sven ein, auch um die Wogen etwas zu glätten, die durchaus das Potential hätten, die Situation eskalieren zu lassen und was er um jeden Preis verhindern wollte. Denn Sven wollte Friuli als Insider und Verbündeten in dieser Zeit nicht verlieren.

»Sven hat recht ...«, mischte sich jetzt Friuli ein, »... denn es ist sehr wahrscheinlich, dass unsere Gegenwart nur deshalb so ist, wie sie ist, weil ihr Dorotheas Schicksal bereits verändert habt, meint bald verändern werdet, also aus der Vergangenheit gesehen schon verändert hattet, na ihr wisst schon was ich meine.«

»Und das würde bedeuten, dass wir genau das tun müssen, was wir tun, was immer es auch sei, selbst was Annabell gerade eben demonstrierte, um diese Realität wahr werden zu lassen.«

»Ja und wir sollten uns nicht wie Häschen in der Grube verhalten, sondern mit all unseren Superkräften unser Ziel verfolgen. Wenn ich euch daran erinnern darf«, klang Annabell jetzt etwas snobby, als sie fortfuhr: »Wir wollen zum Schloss Friedrichsfelde, um von dort zum Morgen des 16. Juli 1728 zu springen, um Christoph eine Nachricht zu überbringen, die er noch vor seinem Ritt nach Berlin und seinem Treffen mit Dorothea sehen muss.«

Annabell war jetzt wieder voll in ihrem Element und auf ihrer Mission. Das Herumgelaber über die Zukunft war ihr jetzt einfach zu viel und die Fokussierung auf ihr gemeinsames Ziel brachte sie zurück ins Spiel.

»Genau genommen würde das bedeuten, wenn ich euch bei eurer Mission unterstütze, dann rette ich damit die Welt, wie ich sie hier liebe? Meint ihr das?«

Sven dachte im Stillen ›Es könnte aber auch so sein, dass die Realität, aus der sie ursprünglich aufgebrochen waren, ganz anders sein könnte, wenn sie dorthin zurückkehren, wenn sich die Realität, in der sie sich jetzt grade befinden so entwickeln soll, wie sie jetzt ist.‹ Er dachte weiter ›Ebenso wahrscheinlich ist, dass die Welt, aus der sie kommen, nur so entsteht wie sie sie kennen, wenn sie Dorotheas Zukunft ändern. Ebenso wie Friuli seine Zeit schützt, müssen wir unsere Zeit schützen. Aber nichts von dem war sicher.‹ Das alles behielt er aber lieber für sich, da jetzt alle einen Konsens gefunden hatten und sagte stattdessen: »So lässt es sich wohl zusammenfassen«.

Damit waren jetzt alle Sechs hier am Tisch auf einer Mission, die vier Teenager und ihr Hund aus der Vergangenheit wollten Dorotheas Schicksal zum Bessern wenden und Friuli wollte verhindern, dass eine ungeschehene Vergangenheit seine Zukunft gefährdete. Denn, ob die Realität wie sie zum Zeitpunkt als Annabell, Lara, Maya, Sven und Timmy im Jahr 2010 aufbrachen, in 1018 Jahren zu einer Zukunft führen würde, wie sie Friuli hier gewohnt war und liebte, war völlig unklar.

Viel wahrscheinlicher war: nur eine Veränderung von Dorotheas Schicksal im Jahr 1728, würde die Realität des Jahres 2010 entstehen lassen, die die Fünf in ihrer Zeit kannten, aus dem sich wiederum die heutige Realität des Jahres 3028 entwickeln wird. Zumindest gab es Gründe dafür das anzunehmen. Genau genommen wusste das natürlich keiner so genau aber ... ein Restrisiko blieb und alles könnte ganz anders kommen.

Oder war es schon längst unbemerkt ganz anders gekommen?

Aber würden sie überhaupt feststellen können, wenn es anders gekommen wäre?

Vermutlich nicht.

Also war es auch egal.

Nachdem das geklärt war, wollte Lara Annabell nicht allein vor der Fensterfront stehen lassen, stellte sich an ihre Seite und verwandelte ihr Outfit in das aus dem Jahr 1722, als sie

Dorothea als Kind ihren schweren Koffer über den Hof der Walkmühle schleifen sahen. Lara verliebte sich damals in die Schlichtheit des Kleides.

Sven stellte sich neben die beiden und verwandelte seine Klamotten, in die, die er 1977 trug, im Aufstand auf dem Alexanderplatz, mit der aufragende Haartolle, den fett schwarz geschminkten Augen, und sonst schwarzen Klamotten, mit den hautengen Hosen. Alles zusammen, dachte er, verlieh ihm die punkige, magischen Aura eines Sehers.

Und Maya ließ nicht auf sich warten, erschien neben ihren Freunden und feierte ihr Fest, indem sie ihr Lieblingsoutfit wählte, das sie im Jahr 1728 trug: ihre Contouche mit den Watteau-Falten in naturweißer Seide, mit dem raffinierten rosa Rosenmuster, mit zarten grünen Ranken, dem weiten Dekolleté und sie dachte dabei an die seltsame Fahrt mit der verrückten Fürstin in ihrer Kutsche nach Berlin.

Gemächlich ging Timmy zu seinen Freunden, stellte sich neben sie und sagte nur sehr cool: »Ich bin ganz natürlich immer perfekt und zeitlos gekleidet«, woraufhin alle herzhaft lachten.

»Also, hübscher Junge aus der Zukunft, was sagst du nun?«, fragte Maya und strahlte hell wie die Sonne selbst, als sie Friuli ansah, und er war für einen Moment tatsächlich sprachlos – überlegte was er sagen sollte, denn er war schlicht überwältigt von dem tiefen Einblick, den ihm seine neuen Freunde in ihre Fähigkeiten gaben.

Gleichzeitig wurde ihm bewusst, dass sie mit ihm ihre Erinnerung aus Zeiten teilten, die sie persönlich erlebt hatten. Das machte ihn plötzlich demütig. Zeigte es ihm doch auch die Weite des Erfahrungsschatzes, der in seinen neuen Freunden wohnte, den er bis zu diesem Moment einfach nur unterschätzt hatte.

»Ihr seid unglaublich. Wow, das macht mich echt ...«, Friuli überlegte zwei Sekunden, was er sagen sollte. »... das ist interstellar«, beendete er seine Gedanken etwas holprig.

Die Vier setzten sich auf ihre Stühle und aßen noch ein wenig von dem fruchtig schmeckenden Müsli und einen Toast mit dem ›Extra-aromatischen Honig, von den seltenen Schwarzen Orchideen Maxillaria schunkeana der Gattung der berauschend duftenden Brasiliorchis aus den Regenwäldern des Amazonas‹. Das stand jedenfalls auf dem Etikett, welches Lara im Stillen las und fragte: »Friuli, werden die Etikette mit den Produktbeschreibungen eigentlich auch von den Quanten-Printern ausgedruckt?«

»Sicher, das ist vorgeschrieben. All die Produkte, Früchte, Getränke, Fleisch, Fisch, Geräte, Möbel, Maschinen die gedruckt werden können, müssen erforscht und als absolut authentisch und biologisch rein deklariert werden. Sie dürfen in der Anwendung keinerlei Geräusche oder sonstige Gerüche verursachen, oder gar Aromen beinhalten, die nicht das natürliche Produkt selbst auch beinhalten würde. Die meisten der Print-Files sind hunderte von Jahren alt und werden seit vielen Generationen benutzt.«

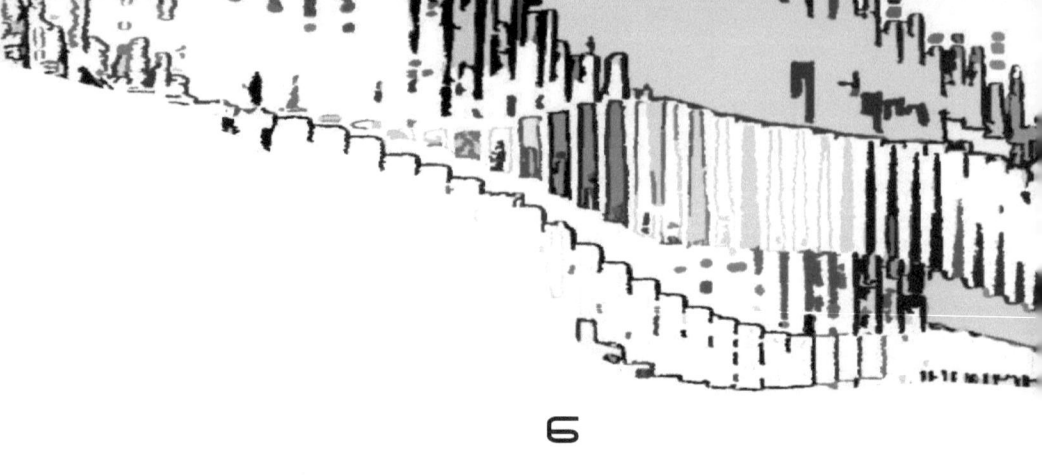

6

ZUKUNFT

Die Drei, Sven, Timmy und Friuli

»Seltsam, bei uns kommt jedes Jahr etwas Neues raus. Wird das nicht langweilig, immer dasselbe zu haben?«

»Ich glaube wir sind eher konservativ, wie ihr sagen würdet. Aber von vielem gibt es einfach nur eine High-End-Variante und alle anderen wären nur anders aber nicht besser.«

»Und die Menschen sind damit zufrieden?«, rief Lara fragend in die Küche, wo Friuli den Quanten-Wandler mit dem übrig gebliebenen Essen und Geschirr fütterte.

»Es gibt so viele Quantenprint-Files wie es Tropfen im Meer gibt. Niemand hat sie je alle gekannt, geschweige denn gedruckt. Es gibt archäologische Forschungsprojekte, die die Vielfalt der Quantenprint-Files erforschen und immer wieder neue entdecken. Also ich würde mal schätzen, für die nächsten eintausend Jahre ist noch für ausreichend Abwechslung gesorgt. Außerdem haben viele Menschen riesigen Spaß daran, eigene Files für Möbel, Geschirr oder Outfits auch Kochrezepte, Sportgeräte, Spiele, Erfindungen für einfach alles, was ihnen wichtig ist und Freude macht, zu entwickeln. Diese Quanten-Files können, wenn die Erfinder es wollen, in den allgemeinen Kulturschatz eingehen und von allen Menschen auf dem gesamten Globus genutzt werden«, sagte Friuli und dachte schmunzelnd noch kurz über ein Spiel nach, das er vor einigen Wochen entwickelt hatte.

Annabell unterbrach Friulis Gedanken abrupt als sie etwas müde von den vielen Details sagte: »Also, wenn ihr mich fragt, brauche ich jetzt eine Dusche. Muss das Wasser auch erst ausgedruckt werden? Oder läuft das aus einem Hahn wie vor 1000 Jahren?«

Alle lachten.

»Ganz traditionell läuft es aus einem Hahn, wie ihr sagen würdet. Hier ist deine Zahnbürste und das Bad ist gleich links um die Ecke, die erste Tür.«

»Muss ich noch irgendwelche Zaubertricks anwenden oder macht es, was ich will auch ohne?«

»Es macht alles, was du willst. Vertrau einfach auf deine Wünsche, so wie beim Klamottenwechseln gerad eben.«

»Okay! I'll try my best", sagte sie und verschwand im Bad.

Die Tür öffnete sich und da war sie. ›Sieht auf den ersten Blick so aus wie die super Designerbäder aus den Interior-Magazinen‹, dacht sie und merkte dann, dass keine Hähne am Waschbecken waren. Immerhin gab es einen Spiegel, der auf Anhieb seinem Namen gerecht wurde und sie ohne Wiederspruch einfach so spiegelte.

»War das auch Atomzeitalter, oder schon die super Space Future?«, murmelte sie für sich. »Also ich soll wünschen«, dachte sie. »Wasser lauwarm«, bewegte sie in ihrem Geist umher, ganz weit weg und sehr sanft, unbewusst, wie sie es mit den Teilchen tat, wenn sie sich ein neues Outfit vorstellte. Und da kam es, das Wasser, wie aus dem Nichts über dem Waschbecken in einem wasserfallartigen Strahl, breit und so lebendig wie die Natur selbst.

Annabell hielt ihre Zahnbürste unter den glitzernden Fluss und was nun, Zahncreme? Ihr Wunsch durchzog die Weiten ihres Geistes und siehe da, ein kleiner Streifen Zahncreme wuchs auf der Bürste.

›Zauberei‹ dachte sie. Und natürlich war die Zahnbürste selbst aktiv. Sie begann sich zu bewegen, wenn sie die Zähne berührte.

›Na gut ...‹, dachte Annabell, ›... wenn es dann so sein soll‹, und wunderte sich nicht weiter. ›Was soll sich ein Mädchen aus dem Jahr 2010 auch wundern, wenn sie im Jahr 3028 in einem Bad steht, in dem alles auf Wunsch passiert. Da gibt es eigentlich gar keinen Raum mehr für Verwunderung. Denn das Wunder ist bereits, dass ich überhaupt hier bin. Alles danach ist maximal überraschend, aber kein Wunder und schon gar keine Zauberei. Denn die größten Zauberer sind wir, die vier Teenager und unser Hund aus dem Atomzeitalter‹, ging es noch einen Moment wie beim Sport-Coaching in ihren Gedanken herum.

Annabell sah sich tief in die Augen, drehte ihren Kopf, um sich einmal von rechts und dann von links anzusehen. Euphorische Freude kam von ganz tief in ihr auf, Gänsehaut auf ihren Armen ließ jedes kleine Härchen aufstehen.

»Ja, ich bin hier«, sagte sie zu sich selbst, »ich genieße es«, sagte sie jetzt mit einer ebenso festen Stimme, sah sich dabei im Spiegel zu, wie sie es sagte, und genoss die nächste Welle von Euphorie, die in ihr aufstieg.

Es klopfte an der Tür.

»Ja, komm rein.«

Maya trat ein mit ihrer Zahnbürste in der Hand.

»Wow, das nenne ich mahl ´n cooles Bad. Hast du schon herausgefunden, wie es funktioniert?« Maya sah sich mit glitzernden, großen Augen und leicht geöffneten Lippen um. Ihre Contouche verwandelte sie noch im Gehen in einen Bademantel.

»Eigentlich funktioniert es tatsächlich so, wie wir es mit den Teilchen machen. Denk einfach wie eben irgendwo, weit hinten in deinem Geist, weit weg und sanft an das, was du willst, forme es und es geschieht, so wie dein Bademantel eben. Keine Ahnung, wie das genau geht, aber darüber müssen wir uns im Moment nicht den Kopf zerbrechen. Machen wir bei den Teilchen ja auch nicht wirklich.«

»Nein, wir vertrauen einfach auf das, was wir wollen, auf uns selbst«, sagte Maya zufrieden, nun endlich etwas mehr in dieser Welt angekommen zu sein.

Es klopfte noch einmal sanft: »Ich bin's, Lara«

»Komm rein!«, rief Annabell.

»Heilige Scheiße!«

»Pssst, nicht so laut! Aber das ist schon megacool, oder? Können wir uns so ein Bad auch zu Hause visualisieren? Und sieh das riesige Fenster.«

Die Drei gingen zum Fenster, das die gesamte Wand des Bades ausfüllte und bewunderten den minimalistischen, kleinen Garten davor, mit großen rundgeschliffenen Steinen, Bambusstauden, geharktem Kies und einer Laterne aus Tuffstein.

»Das muss japanisch sein, ein Zengarten oder so«

Annabell stimmt ihr zu: »Ja, sieht aus, wie so ein Zen-Garten, den ich schon mal im Fernsehen gesehen habe. Wow.«

Laras Klamotten lösten sich auf und sie stand verträumt, aber völlig nackt am Fenster. »Oh, da sieht jemand zu, oder nicht?«

Das Fenster wurde plötzlich milchig und dann wieder klar.

»Sorry, ich war mir nicht sicher ob jemand hereinsehen kann«, und dann wurde es vom Boden bis zu ihrem Hals ein wenig milchig.

Die Drei lachten laut los und krümmten sich fast dabei, mussten sich den Bauch halten und klopften sich gegenseitig auf die Schultern.

»Los, sollen wir die Dusche ausprobieren?«

»Kanns kaum erwarten.«

Jetzt lösten sich alle Klamotten in sanftem Rauch auf und verschwanden.

Das Bad war in rauem Naturstein gefliest, oder eigentlich waren die Wände komplett mit einem sandfarbenen Stein verkleidet. Auch der Boden war mit einem sehr angenehmen, die Füße krabbelnden Stein verkleidet. Ein Abfluss oder Fugen wahren nicht zu sehen, aber einige Nischen für Handtücher und Badeseifen. Die Dusche war so groß, dass die Drei spielerisch nebeneinanderstehen konnten und noch einige Mädchen Platz gehabt hätten. Das Licht schien weich und warm aus einer breiten, matt weißen umlaufenden Lichtleiste. Es gab keine Scheibe oder so, die den Rest des Bades vor Überflutung geschützt hätte.

»Jetzt brauchen wir nur noch Wasser.«

»Gute Idee.«

In der Decke war nichts zu erkennen was annähernd an einen Duschkopf erinnert hätte. Da standen sie, warteten einen Moment ab und rätselten, wie das wohl nun wieder ging.

»Wie hast du das mit dem Wasser am Waschbecken gemacht?«

»Ich dachte einfach daran. Ich wollte mir die Zähne putzen.«

»Na dann wollen wir jetzt duschen«, schlug Lara vor.

»Okay, etwas ist anders«, bemerkte Maya nachdenklich.

»Haben wir vielleicht unbewusst Angst vor dem kalten Wasser, das beim Duschen immer zuerst kommt und von dem wir nicht wissen, woher es kommen wird?«, bemerkte Annabell etwas ängstlich, die Wände nach einem Duschkopf absuchend.

»Wenn ich ehrlich sein soll, ist da was dran«, murmelte Lara.

Die Drei standen mit verschränkten Armen in der Dusche, mittlerweile etwas bibbernd und hätten gern gewusst, aus welcher Richtung sie gleich mit einem ersten kalten Wasserstrahl rechnen mussten. Ihr Unterbewusstsein konnte sich nicht entschließen, ein eindeutiges Signal zu senden.

»Was machen wir jetzt?« Annabel fror. Gänsehaut überzog ihre Arme und Beine, wo ihre blonden Härchen jetzt senkrecht von der Haut abstanden.

»Wir können kurz aus der Dusche gehen und dann das Wasser starten.«

»Super Idee.«

Die Drei traten mit zwei großen Schritten fast synchron aus der Dusche heraus, drehten sich um, standen jetzt nebeneinander davor und dachten in ihren weitesten und sanftesten unterbewussten Gedanken ›warmes Duschwasser, schnell!‹.

Und es funktionierte. In einer, wasserfallartigen breiten, kristallklar funkelnden und schillernden Woge ergoss sich fantastisch warmes Wasser, in der perfekten Temperatur für drei fröstelnde Mädchen, deren Geduld ziemlich auf die Folter gespannt wurde.

Schnell huschten sie hinein in die Dusch, ließen sich vom Wasser umspülen, was augenblicklich in dem porösen Boden unter ihren Füßen verschwand, ohne eine Pfütze zu bilden oder gar das übrige Bad unter Wasser zu setzen.

»Wie ich das liebe«, summte Maya und ließ sich von dem massiven Miniaturwasserfall sanft den Kopf, die Schultern, Arme und den Hals massieren.

Lara seifte Annabell den Rücken ein.

»Ist das nicht supercool?«

»Das ist *Bergamotte-Duft – Sehr anregend*, steht auf dem Etikett.«

»Haare waschen gefällig?«, fragte Lara.

»Aber ja«, gaben ihre Freundinnen genüsslich albern zurück und lehnte ihre Köpfe nach hinten, Lara goss zuerst reichlich Shampoo auf Annabells Scheitel, begann mit ihren Fingern zu massieren, verteilte den aufkommenden Schaum über ihren kräftigen Schopf und presste und knautschte ihr Haar mit beiden Händen.

»Daran könnte ich mich gewöhnen. Hm...«

»Fertig. Du kannst es abspülen«, sagte Lara, »jetzt bei dir.«

Maya drehte sich zu ihren Freundinnen um und spritzt mit dem Shampoo herum und eine wilde Einseiferei begann. Hände wuselten herum und Wasser spritzte, Annabell kreischte schrill auf, dann schrie Maya: »nicht in die Augen!«... »Das kriegst du zurück«. Alle rutschten aus und fielen auf den Boden, saßen in der mächtigen Flut und lachten so ausgelassen sie nur konnten.

Der Schaum verschwand in den Poren des Gesteins.

»Sind wir jetzt endlich fertig?«, rief Lara in einer tiefen Stimme wie sie sie von ihrem Vater her kannte, wenn sie mal wieder zu lang im Bad herumgetrödelt hatte.

»Jaahaaa, das sind wir!«, kam es von Maya gespielt kindlich zurückgerufen. Sie sprangen auf und griffen sich jede aus der Nische ein flauschig weiches, blütenweißes Handtuch und rubbelten sich trocken.

Es klopfte an der Tür. »Wer ist da?«, rief Maya laut.

»Svehen«, rief es.

»Und Timmy«, kam es noch hinterher.

»Was wollt ihr, mein schöner Herr und sein weiser Hund?«, scherzte Lara.

»Zähneputzen und duschen!«, rief Sven zu den drei Mädchen im Bad.

In gekünstelter Manier gab Annabell zurück: »Dann gedulde er sich einen Moment. ...«, und Maya ergänzte »... Ihre Hoheiten belieben ihr Bad in wenigen Augenblicken zu beenden und werden in Kürze aus dem Ankleideraum treten.« Die Drei kicherten und feixten.

»Dann, Eure Majestäten, lasset mich wissen, wann dieser Prinz hier hineindarf.« Jetzt lachte auch Sven vor der Tür.

Nur Timmy war mit dem Konzept des Herumalberns noch nicht so vertraut und sah seriös wie ein Kammerdiener, ernst blickend, die untere Kante der Badezimmertür an.

»Also Mädels, was wollen wir heute anziehen?«, sagte eine der Drei.

Sie standen vor dem riesigen Spiegel, der vom Boden bis unter die Decke und vom Waschbecken bis zum Fenster reichte. Die Drei hatten locker gemeinsam Platz davor, um sich für einen Moment entspannt anzusehen, drei beste Freundinnen drehten sich, sahen sich zu dritt, studierten ihre Körper und fragten sich jede still für sich: ›Was wollen wir wohl auf dem Weg zum Schloss Friedrichsfelde anziehen?‹

Nicht, dass sie eine Fashion Show inszenieren wollten, aber etwas mussten sie tragen und da es schlicht alle nur erdenklichen Outfits sein konnten, warf es die ernsthafte Frage auf, was genau es wohl sein sollte.

Die drei Mädchen spielten im Spiegelbild mit ihren Blicken, sahen sich gegenseitig im Spiegel und mussten sich eingestehen, dass sie keine wirkliche Ahnung davon hatten, was Teenager in dieser Zeit so trugen, wenn sie auf eine Abenteuertour gingen.

Vermutlich aber wäre die Fahrt zum Schloss Friedrichsfelde im Tierpark Berlin für sie kein wirkliches Abenteuer, sondern eher ein stinknormaler Ausflug, den sie sogar gemeinsam mit ihren Eltern schon hundert Mal zu den Osterfeiertagen, oder an einem Wandertag mit der Schulklasse absolviert hatten, ganz so, wie wir das auch jedes Jahr tun, was immer sehr nett ist, aber eben kein Abenteuer. Klamotten für einen ganz normalen Ausflug mussten also her.

Annabell sagte: »Das Wetter wird wieder umwerfend kalifornisch heiß, würde ich vermuten.«

»Okay, I habs«, sagte Lara. Sogleich begannen ihre Teilchen mit der Arbeit, meint ihrer Party, umhüllten sie im feinen, rauchartigen Teilchenschwarm, der nach und nach einen weißen Tank Top im floralem Häkellook sichtbar werden ließ und eine Leinenhose in ›free people stripe mod‹ materialisierte sich langsam Streifen für Streifen, darüber erschien eine lange Kette mit einem Anhänger aus drei großen metallenen Spiralen, der genau auf Höhe ihres Bauchnabels hing und an dem wiederum eine sandfarbene Troddel baumelte.

Auf dem Kopf erschien ein weißer Basthut mit weiter Krempe, eingewobenem kleinen Sechseckmuster und dunkler Kordel als Hutband.

Das Haar quoll hüftlang, blond flauschig unter ihrem Hut hervor. An den Füßen erschienen weiße Sneaker.

»Voilà! Was haltet ihr davon?«, fragte Lara kurz in die Luft, musterte sich im Spiegel und war voll zufrieden.

»Cool, und jetzt ich.« Maya ließ ihre Gedanken tief in ihrem Unterbewusstsein umhermäandern und holte dies hervor, was ihre Teilchen sofort materialisierten. Um sie herum schwirrten sie in kleinen Party-Schwaden. Sie feierten die Verwandlung mit ekstatischem Kribbeln und Prickeln auf Mayas Haut, ja steckten sie mit ihrem berauschenden Fest an.

Dann begann ihr Outfit Form anzunehmen.

Ein weißes Top, mit rundem Ausschnitt, kurzen Ärmeln, das ihren Bauchnabel gerade so bedeckte. Dann materialisierten sich ihre weißen Shorts, das Bündchen, die schrägen

Taschen, und die vielleicht fünf Zentimeter langen Hosenbeine.

Darauf organisierte sich ein symmetrisches Porcelan Print in Blau. Zuerst floss das Muster aus der Mittelnaht, von der Mitte breiteten sich Musterbögen nach außen, symmetrisch zu beiden Seiten aus.

Der Bauch blitzte nur sehr schmal zwischen Top und Shorts hervor.

Ihr Haar war blond, lang, wild und frech.

An den Füßen erschienen kleine weiße Stiefeletten, die entfernt an Cowboystiefel erinnerten. Sie sah sich im Spiegel noch einmal an und war sich nicht sicher mit den Stiefeletten. ›Die sind super schön aber schon jetzt viel zu warm. Doch lieber weiße Sneaker? Viel besser‹, dachte sie und sah sichtlich glücklich in den Spiegel, denn die Teilchen hatten es bei der Verwandlung nicht eilig, ihr Fest zu beenden und waren echt super drauf, was Maya in sehr gute Stimmung versetzte.

»Und das?«, fragt sie ihre Freundinnen.

»Oh ja, das ist neckisch«, gestand Lara anerkennend mit einem kleinen provokanten Zischen.

»Dann ich«, sagt Annabell leise. Sie wurde sich immer unsicherer, ob ihr Favorit zu den Klamotten ihrer Freundinnen passen würde oder zu langweilig war.

Kurz entschlossen entschied sie sich für ein ganz anderes Outfit, was sie in New York, genau in Brooklyn, an einem Mädchen gesehen hatte, das ein paar Jahre älter als sie war.

Sie ging im gleißenden Licht durch die Straße mit einem Eis am Stiel und einer Spiegelreflexkamera über der Schulter, an ihr vorbei. Sie lächelte Annabell an. Seitdem faszinierte sie diese Begegnung und nun wurde sie auf eine besondere Weise wieder zum Leben erweckt. Die Teilchen machten es spannend, zierten sich beinahe, begannen dann aber doch mit dem wohligen Prickeln auf Annabells Haut, dem euphorischen Gefühl mit der Verwandlung.

Kleine zarte Schwaden begannen sich zu formieren, zuerst in eine luftige, langärmelige, weiße Baumwollbluse.

Dann kam das eng taillierte, auberginefarbene Super-Minikleid mit Glockenrock, Latz und Trägern.

Darauf entfalteten sich das orange-ocker und hell auberginefarbene stilisierte Blütenmuster wie aufblühende Knospen. Am Bund formt es sich als breit zweireihige Bordüre.

Ihr Haar ist brünett, leger nach hinten gekämmt, in einem geflochtenen Zopf schulterlang auslaufend.

Ihre Boots sind zierlich, flach schwarz mit drei Lederschnallen; geschlossen, mit knöchelhohem Schaft, aus denen schwarze Söckchen noch ein paar Zentimeter hervorlugten. Sogar die Spiegelreflexkamera hing cool auf Rocksaumhöhe, an einem langen Gurt von Annabells linken Schulter herab und in der rechten Hand hielt sie ein Vanilleeis am Stiel.

»Perfekt!«

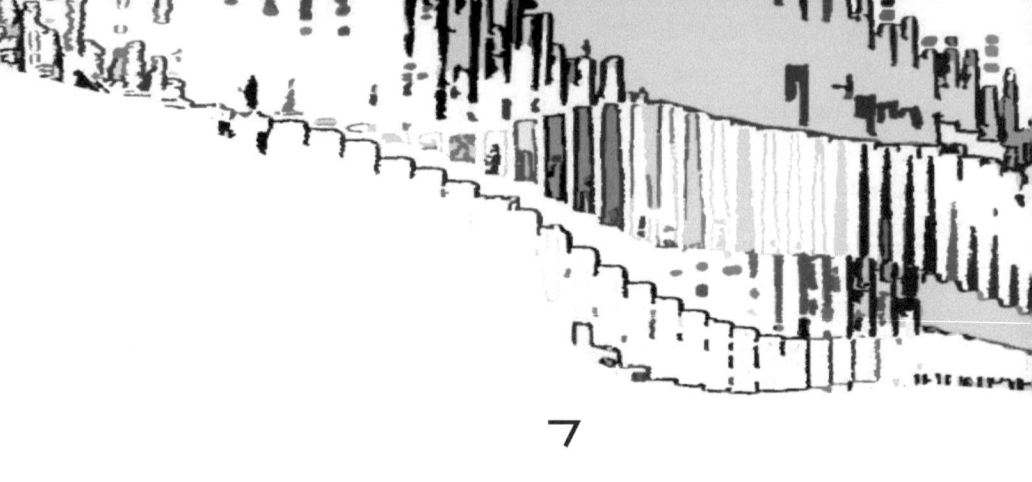

7

ZUKUNFT

Die Drei

»Und?«, fragte Lara ihre Freundinnen schüchtern, sah noch
kurz in den Spiegel, leckte cool an ihrem Eis und wartete auf
einen Kommentar von ihnen darüber, wie gut sie alle zusam-
menpassten und fügte noch ein neugieriges, aufforderndes
»Na?« hinzu.

»Du siehst hinreißend aus«, schmeichelte Maya.

»Super! Wir sind alle perfekt, glaube ich«, wollte Lara noch
schnell sagen, bevor sie zur Tür ging, um nun endlich Sven
und Timmy hineinzulassen, die schon etwas entnervt auf den
Boden gesunken, an der Wand im Flur lehnend warteten.

Maya und Annabell folgten ihr und standen jetzt im Kreis
um Sven und Timmy herum, der sich aus der Hunde-Perspek-
tive ziemlich klein zwischen drei Mädchen fühlte, die sichtlich selbstbewusst bereit waren, eine neue Welt zu erkunden.

»Wow, wir sind Glückspilze Timmy«, sagte Sven zu ihm, legte seinen Arm um Timmys Hals, blickte nach oben und musste unbedingt noch hinzufügen: »Sieh dir diese wunderbaren Mädchen an und wir dürfen an ihrer Seite Abenteuer in fremden Welten erleben.«

»Idiot. Jetzt albere nicht herum und geh dir endlich die Zähne putzen«, kommandierte Lara scherzhaft, die doch spürte, dass Svens Worte ein klein wenig mehr ihr als ihren Freundinnen galten.

»Wir warten in der Küche, werter Knabe, nur für den Fall, dass Ihr schnell genug mit Eurer Morgentoilette fertig seid, um uns zu begleiten«, konnte es sich Maya nicht verkneifen, mit spitzer Zunge noch einen schelmischen Spruch durch den Morgen schweben zu lassen.

»Seid versichert, holde Damen, der Knabe wird sein Bestes geben, um die holden Maiden zu begleiten.«

»Wenn ihr so weitermacht, fliegen wir noch aus diesem Jahrtausend raus«, bemerkte Annabell etwas entnervt, der die Blödeleien jetzt echt zu ätzend wurden: »Habt ihr vergessen, weshalb wir hier sind?«

»Du hast ja so recht. Okay, ich mache schnell, versprochen«, beendete Sven den aufkommenden Streit und verschwand mit Timmy, der ihm nur zögerlich folgte, im Bad. Denn für Timmy waren Bäder, in denen sich die Menschen freiwillig nass machten, eher unheimlich, denn Wasser konnte hier unberechenbar aus allen Richtungen gespritzt kommen. Vorsichtig folgte Timmy Sven. Die Tür schloss sich schnell wie ein Wimpernschlag von selbst.

»Was haltet ihr davon, wenn wir uns in der Zwischenzeit von Friuli das Haus zeigen lassen?«, schlug Lara vor.

»Bin dabei«, murmelte Maya, die das gleiche dachte.

»Und ich erst«, quittierter Annabell mit neugierigem Blick und rief durch das Haus: »Friuli! Wo bist du?«

»Hier oben«, rief er sofort aus der oberen Etage zurück: »Ich komme gleich runter!«

»Kein Problem, wir kommen einfach rauf!«

»Auch okay, gleich rechts ist die Treppe!«

Die drei fanden die Treppe schnell. Sie befand sich an einer Ecke des Hauses, ging großzügig weit vom Treppenabsatz auf halber Höhe nach links um die Ecke. Die Treppe war rings um von Fenstern umgeben, die die beiden Etagen des Hauses verbanden und ein großes weiches Licht hineinließen. Die Treppenstufen waren aus hellem Holz, vielleicht Birke. Der Blick aus dem Fenster aber war atemberaubend.

»Könnt ihr euch vorstellen, wie es sein muss, wenn das Haus fliegt?«, fragte Lara ihre Freundinnen, die ihr langsam den Ausblick genießend folgten.

Sie sahen die Straße Unter den Linden, den Berg, der sich unmittelbar dahinter mit seinen sanften Hängen erhob und mit den Kämmen die Wolken streichelte. Einige kleine Punkte erhoben sich in kurzen Abständen aus winzig anmutenden Nieschen und flogen einen Bogen über die Lindenallee, geradeaus über das Brandenburger Tor auf den Ria zu und hinaus zum Meer.

»Das würde ich zu gern erleben«, hauchte Annabell.

»Das würde ich auch. Es muss traumhaft sein. Ich würde die ganze Zeit hier sitzen und hinaussehen«, flüsterte Lara ihren Freundinnen zu, die befürchtete, Friuli könnte sie schwärmen hören.

»Ja, wenn ich so an unseren Ausblick zu Hause auf den Mauerpark denke? Na, immerhin hat mein Zimmer den Balkon an der Hausecke, mit dem riesigen Himmel, in dem ich das Fliegen immer schon mal üben konnte«, flüsterte jetzt auch Maya zu ihren Freundinnen, denn auch sie befürchtete, Friuli würde eventuell mithören können.

»Hey wo bleibt ihr? Was murmelt ihr? Gibt es etwas Interessantes? Wie findet ihr den Ausblick aus dem Fenster von der Treppe aus?«

Die Drei fühlten sich ertappt.

»Ist absolut super. Sitzt du oft hier und siehst aus dem Fenster?«

»Nicht mehr so oft. Aber als ich klein war, liebte ich es auf den Treppen mit meinem Quanten-Baukasten zu spielen.«

»Was hast du mit deinem Quanten-Baukasten gespielt?«, fragte Maya voller Neugierde, etwas über den kleinen Friuli zu erfahren.

»Na, sehr gern habe ich damals das Synchronisieren der Schwebeeigenschaften meiner Plüschtiere geübt. – Ah, ja sorry. Ich meine natürlich ich habe mit der Negativ-Phasen-verschobenen-Quanten-Loop-Gravitron-Resonanzreflexion, der legendären NEPHQULOGRRE gespielt. War immer 'n reisen Spaß.«

»Ah ja. Hättest du auch gleich sagen können. Sowas in der Art dachten wir schon.«

»Kennt ihr das?«

»So gut wie die dunkle Seite des Mondes«, rief Maya zurück.

»Meint was?«, fragte Friuli zurück.

»Na eben, dass wir es nicht kennen.«

»Verstehe. Ist auch echt nicht so leicht zu erklären. Wo bleibt ihr eigentlich. Der Weg die Treppen hinauf ist nicht so lang, oder?«

Die Drei folgten Friulis Stimme, die so klang, als ob er hier irgendwo in einem kleinen Raum sei. Oben im zweiten Geschoss angekommen öffnete sich eine Art Vestibül, von dem vier Türen abgingen und in dessen Mitte eine Wendeltreppe auf das Dach des Hauses führte. Eine der Türen stand offen.

»Hier bin ich, kommt rein!« Friuli klang ganz nahe.

Auf der Tür stand in leuchtend orangen fetten Versalien ›Back-World Room‹.

Die drei lugten vorsichtig um die Ecke, denn ›Back-World‹ erinnerte sie an die Ausstellung der Landschaft im Museum. Und eigentlich sah es so aus, als ob das Haus schon etwa drei Meter hinter der Tür zu Ende war und der Raum vergleichsweise winzig sein musste. Sie sahen um die Ecke.

»Friuli«, rief Maya vorsichtig, zaghaft mit süßer Stimme.

Friuli stand auf einem Feld, in einer Alpenlandschaft, zwischen Kühen und fütterte sie mit Heu. Es zog ein seichter Wind mit weicher, duftender Wiesenluft aus der Tür in den Raum mit der Wendeltreppe, von dem die Türen abgingen.

»Dürfen wir hereinkommen, oder sollte ich besser sagen herauskommen?« Mayas Augen wurden groß und staunend, als sie in die riesige Weite der Hochgebirgslandschaft mit den schneebedeckten schroffen Gipfeln sah, die sich majestätisch im schönsten Kontrast zu dem tiefblauen Himmel absetzten. Ihre Freundinnen folgen ihr, sie spürten die Wiese unter den

Füßen, hörten das Summen und Brummen der Insekten in der Luft.

Ein großer Käfer flog mit tiefem Brummen an den Ohren der Mädchen vorbei, die immer noch sehr dicht beieinander und mindestens ebenso ungläubig in diese Welt blickten, die eigentlich genau so aussah, wie die Alpen in ihrer Zeit, aber eben nicht in einem kleinen Raum, in einem Haus, das fliegen konnte, zu finden war.

Jetzt klang Friulis Stimme, als ob sie von viel weiter herkam, nicht wie eben noch als sie so klang, als ob er aus einem kleinen Raum herausrufen würde und sagte: »Gefällt euch das? Die Kühe sind meine Lieblinge. Wir kennen uns schon sehr lang. Schon als Kind kam ich hier her und blieb oft den ganzen Tag.«

»Wo sind wir hier?«, fragte Lara ungläubig.

»Wir sind in einer Back-World in unserem eigens dafür gebauten und eingerichteten Raum, der nur dafür gedacht und genutzt wird Back-Worlds zu erschaffen.«

»Meinst du, deine Familie hat diese Welt erfunden?«

»Naja fast, genau gesagt habe ich diese Welt erfunden. Es gibt Baukästen, mit denen das ganz schnell geht. Dann entsteht ein evolutionärer Prozess, in dem die Back-World sich weiterentwickelt. Es gibt Jahreszeiten, Wachstum von Tieren und Pflanzen, Regen, Schnee, Sonne und Gewitter mit mega Blitzen und unheimlichem Grollen.«

Friuli war wieder sehr stolz auf seine Epoche und führte die Mädchen gern herum, zeigte alles und hätte ihnen am liebsten jedes Detail ausführlich erklärt. Er stand vor einer schwarz gefleckten Kuh, die ihn durch ihre großen dunklen Augen mit den langen Wimpern verliebt anzusehen schien. Dann senkte sie den großen Kopf, fraß ein paar Grashalme, hob ihren gehörnten Kopf wieder zu Friuli und muhte ihn sanft und gütig an. Er streichelt sie zwischen den Hörnern und flüsterte ihr unhörbar etwas ins Ohr. Dann drehte er sich zu den drei Mädchen um, die immer noch ungläubig an der Tür standen.

»Nun kommt schon und seht euch einmal kurz im Kreis herum alles an, soweit das Auge reicht. Wir müssen ja eh gleich los, aber für einen Blick haben wir die Zeit. Kommt rein«, versuchte Friuli die Mädchen zu locken.

Sie kamen näher, drehten sich und das unfassbare wurde noch unglaublicher. Die Tür stand flach in der Landschaft, die sich dahinter bis zum Horizont erstreckte und endete erst an den schneebedeckten Hochgebirgsmassiven, oder besser in der Unendlichkeit des blauen Himmels.

»Wie groß ist das hier?«, überwand Maya ihre Sprachlosigkeit als Erste.

»Es gibt kein Ende. Nach den Bergen kommen Ozeane, Kontinente, Regenwälder, Wüsten, wieder Gebirge, Polarregionen, sogar Städte einfach alles, was die Welt zu bieten hat.«

»Und das alles in diesem kleinen Raum, der keine neun Quadratmeter groß sein kann?«, zweifelte Annabell an ihren Sinnen.

»Ja, mehr braucht es nicht ...«, ergänzte Friuli, in der Hoffnung, jetzt nicht jedes Detail erklären zu müssen, denn das würde Tage oder gar Wochen brauchen. »... und ein wenig Technik«, fügte er bescheiden noch hinzu und setzte doch zu einer, für seine Verhältnisse, kurzen Erklärung an: »In der Show, in der wir uns trafen, wurde eine schöne Vergleichslinie gezogen, die uns heute verständlich machen sollte, woher die

Idee unserer Back-Worlds kam. Danach waren die Menschen am Anfang von der Magie der offenen, bewegten Flammen am Lagerfeuer in der freien Landschaft fasziniert.

Dann kam das offene Feuer in Höhlen und die Menschen sahen stundenlang hinein und versammelten sich darum herum.

Später kam das Feuer in Kamine in die Häuser, wo es schon in die geliebte viereckige Form hinein gebannt war.

Dann dauerte es eine Weile, bis das bewegte Licht kein wärmendes Feuer mehr war, aber dafür reizvolle Geschichten erzählte: Das Fernsehgerät war erfunden und löste das Feuer ab. Für eine lange Zeit versammelten sich die Menschen in großen Familien vor den zuerst sehr kleinen Fernsehbildschirmen, die nach einiger Zeit aber immer größer wurden, wobei sich die Familien verkleinerten, bis sogar, und das nicht einmal sehr selten, nur noch einzelne Menschen vor den Fernsehbildschirmen saßen, und die Idee des Versammelns vergessen wurde.

Dann brauchte es eine lange Zeit, bis die digitale Computerzeit endete und die pentagitalen Quanten-Cloud-Prozessoren erfunden wurden.

Es gab einen riesigen Sprung in der Entwicklung von intelligenter Technologie. Die ersten Back-Wolds wurden erfunden und seit einigen hundert Jahren haben wir die perfektionierte Variante der Back-Worlds in jedem Haus, in einem kleinen Raum wie diesem hier ...«

Die Mädchen drifteten ein wenig ab und sahen nur noch die Kühe und die Berge, bis ihre Aufmerksamkeit zurückkam und hörten, wie Friuli sagte: »... Jeder kann seine eigene Back-World bauen. Mit Freunden gemeinsam können wir eine Meeting-Back-World bauen. Und es gibt Gaming-Back-Worlds, in denen große Gruppen von Menschen gemeinsam Spiele spielen können, ganz so wie ein Gesellschaftsspiel, wie es in eurer Zeit ›Die Siedler von Catan‹ war. Es gibt Kriege, Bankencrashs, Revolutionen, Krimis, Arbeitswelten, Weltraummissionen und Eroberungen in allen Epochen. Die seltsamsten Sachen, glaubt mir. Selbst Reisen zu fernen, galaktischen Zivilisationen, Gefängnis und Sklavenhaltergesellschaften können Menschen spielen. Aber ...«

Maya unterbrach Friuli nur ungern: »... Friuli, das ist unglaublich interessant, aber kannst du uns später mehr darüber erzählen. Die reale Welt ruft nach uns und unserer Mission, die so echt ist wie eine Mission überhaupt nur echt sein kann, verlangt nach uns«, wand sie ihre Worte so diplomatisch es nur ging und blinzelte freundlich mit den Augen.

Friuli verstand und entschuldigte sich: »Natürlich, wir sind spät dran, ich hab glatt die Zeit vergessen.«

In dem Moment kam Sven durch die Tür in die Back-World.

»Wow, das ist super krass. Das ist in diesem kleinen Raum versteckt?« Sven war auch endlich umgezogen. Er trug ein körperbetonendes cremefarbenes Leinenhemd mit Kapuze, mit halb hochgekrempelten Ärmeln, eine weiße, seine Figur ebenso hervorhebende Leinenhose und weiße Stoffschuhe. Sein Haar war brünett und etwas wild nach vorn ins Gesicht gekämmt.

Lara entfuhr etwas altklug lästernd mit verschnorrter Stimme: »Na, da hat sich ja jemand in Schale geworfen. Leider bist du zu spät, um hier noch herumzulinsen, denn wir sind grad fertig geworden mit Erklärungen und wollten nach Friedrichsfelde aufbrechen. Willst du mitkommen?« Ohne eine Antwort abzuwarten, fügte sie noch hinzu: »Sehr gut, dann gehen wir jetzt.«

Die Drei gingen, wie in Zeitlupe, unglaublich kraftvoll, als ob sie auf die Jagd gingen, aus dem Back-World Raum hinaus, von dem sie für den Moment genug gesehen hatten, schwebten die Treppen hinunter, mit einem imaginären Wind im Gesicht, der ihre Haare nach hinten wehen ließ.

Friuli gab seiner Kuh, die Nadja hieß, einen Kuss auf die Nase und folgte den Drei. Sven sah sich noch schnell um, soweit er eben konnte, drehte sich rasch mit einem Wirbel zur Tür, die flach in der Landschaft stand, rannte den drei Mädchen von Timmy gefolgt hinterher, sprang in großen Schritten die Treppe hinunter und ...

»Da seid ihr ja endlich«, sagte Lara zunehmend angenervt.

»Brauchen wir noch etwas?«, fragte Maya launisch.

Sven schwieg, denn da war eine Energie in der Luft, die er von seiner Mutter kannte und die ihm sagte, lieber still zu sein und zu machen, was gleich verlangt wird. Frauen sind so mächtig, das hatte er von klein auf gelernt. Und weil sie ihre Macht nicht kannten, ließ es sie nur noch mächtiger erscheinen, wen sie so drauf waren.

»Etwas brauchen wir noch«, sagte Friuli.

»Und das wäre?«, kam es wie aus der Pistole geschossen von Maya.

»Ein Ground-Shuttle«, sagte Friuli leise, der die Stimmung ebenso einschätzte wie Sven.

»Und woher kriegen wir den?«, schoss die Frage aus Lara hervor.

»Ich rufe einen und der holt uns vom Haupteingang ab.«

»Also, los zum Haupteingang und du rufst einen, wie hieß das Ding?«

»Ground-Shuttle.«

»Genau das.«

Die sechs verließen das Haus; gingen über die Plattform, auf der das Haus stand, durch die Tür in den Berg; bestiegen den Fahrstuhl, sahen wie ein Punkt durch Zahlen und Namen raste. Die Tür öffnete sich. Ein langer Gang endete an einer weiteren Tür. Sie öffnete sich automatisch, die Sechs gingen hinaus.

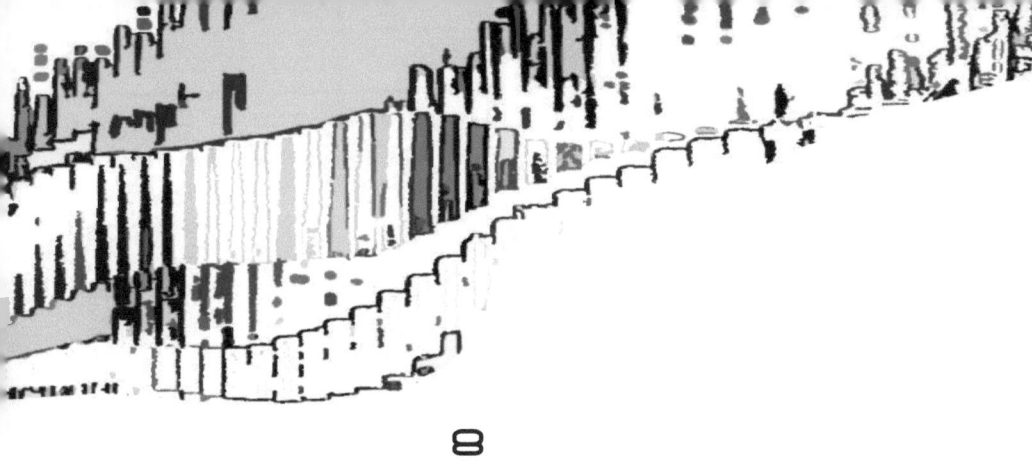

8

ZUKUNFT

Pegasus

»Was für ein schöner Tag«, versuchte Sven die Wogen zu glätten.

»Das ist er wahrlich«, erwiderte Lara launisch, denn sie entlarvte seinen Versuch sofort.

»Ist das Ground-Shuttle schon zu sehen?«, fragte Annabell gereizt.

»Ihr steht direkt davor«.

»Wo?«

»Das ist die große Kugel direkt vor ...« Friuli beendete seinen Satz nicht, denn er passte irgendwie nicht in die Stimmung.

Vor ihnen schwebte etwa fünfzig Zentimeter über dem Boden eine etwa vier Meter große Kugel. Die obere Hälfte aus Glas und die untere aus hochglänzendem, oder besser perfekt spiegelndem Metall, von dem der Boden wie ein verzerrtes Gemälde reflektiert wurde.

»Oh«, bemerkte Annabell leise.

»Und wie funktioniert das?«, fragte Lara etwas kleinlaut.

»So wie die Dusche, die Türen, euer Outfit einfach mit MiCo.«

»Und was ist das schon wieder?«, fragte Annabell mürrisch.

»Ist die Abkürzung von Mind-Communication«, erläuterte Friuli, der sich gleich viel wohler fühlte, als er etwas erklären konnte.

»Na dann. Zeig es uns«, forderte Maya Friuli neugierig auf.

»Nichts einfacher als das. Ihr müsst einfach wissen, wohin ihr wollt und dass es jetzt losgeht. Wie beim Reiten eigentlich. Versucht es selbst.«

Lara bewegte ihre Gedanken sehr weit und tief in ihren neuronalen Netzwerken umher. Die Tür öffnete sich

»Ah, es funktioniert«, gab sie freudig kund.

Alle stiegen ein. Eine bequeme Sitzreihe aus perlweißem Leder ging im Kreis an der Außenseite des Shuttles ringsum und lud sogleich ein, sich zu setzen. Ein Fahrersitz oder ein Armaturenbrett waren nicht zu erkennen.

Timmy wurde das jetzt doch unheimlich und es lag ihm auf dem Herzen zu fragen: »Meint das auch, ich könnte mit dem Ground-Shuttle umherfliegen?«

»Ja genau das könntest du, wenn du es wolltest«, erklärte Friuli amüsiert über die Idee, über die er selbst noch nie nachgedacht hatte.

»Und wieviel kostet das?«, fragte Annabell ungläubig, die sich noch lebhaft an teure Taxigebühren in Berlin erinnerte, wenn sie am Abend mit ihrer Mutter vom Theater nach Hause fuhren.

»Ach ja, das hatten wir noch nicht. Geld gibt es seit fast sechshundert Jahren nicht mehr.

»Kein Geld?«, entfuhr es Annabell ziemlich laut.

»Und wie funktioniert das, mit Tauschleistungen, Zeitkonten oder Muschelschalen vielleicht?«

»Nichts dergleichen. Einfach nutzen und das war's.«

»Und wer macht die Dinger ganz, wenn sie kaputt gehen?«

»Naja, weil es kein Geld mehr gibt, könne die Dinger quasi unendlich lang leben, denn keiner will Geld damit verdienen, sie neu zu verkaufen oder zu reparieren.«

»Das sieht so neu aus. Jemand muss es doch gekauft haben«, wollte Annabell wissen, nicht glaubend, was sie gerade gehört hatte.

»Hör zu«, sagte Friuli zu Annabell und fuhr fort: »Ground-Shuttle, wann wurdest du gebaut und wer hat dich zuletzt repariert?«

Eine unglaublich sympathische Stimme, von der nicht zu erkennen war, ob sie von einem Mann oder einer Frau stammte, sagte: »Hallo Friuli, ich bin Pegasus, ich wurde im Jahr 2685 von Indi-Bots des Ordens der Qaslords auf der Insel Oxford erbaut. Repariert wurde ich noch nie.«

»Dann ist der Ground-Shuttle schon 343 Jahre alt?« fragte Lara ungläubig nach.

»Genau das ist er. Er ist aus den besten Materialien gebaut und von den klügsten Indi-Bots erdacht, die der Planet zu bieten hat. Es wäre echt eine Verschwendung, wenn dieses Potential nicht noch weitere 500 Jahre leben würde. Schon meine Ur-Ur-Ur-Großeltern sind mit den gleichen Shuttles so wie

wir sie heute nutzen herumgeflogen. Eine solche Langlebig-
keit wäre schlicht unbezahlbar, in einer Welt, in der es Geld
gäbe.«

»Und wer darf mit so teuren Teilen herumfahren? – sorry
fliegen natürlich.«

»Na jeder, sogar Timmy, wie wir grad festgestellt haben,
könnte einen der 590-Tausend Ground-Shuttles in Berlin
benutzen. Wollen wir nicht losfahren? Jetzt sagt dem Ground-
Shuttle, wo ihr hinwollt. Ihr wisst ja schon, wie das Micoing
funktioniert.«

Jetzt wollte es Annabell ausprobieren, hob den rechten Zeigefinger, als ob sie sich melden wollte und strahlte im ganzen
Gesicht.

»Ok. Ich bin dran.« Annabell formte ihre Gedanken in den
tiefsten Ebenen ihres Bewusstseins, ganz sanft, weit weg und
ohne Druck. ›Schloss Friedrichsfelde‹ rief sie mit einer weichen Stimme in sich hinein.

»Danke Annabell. Wir fliegen zum Schloss Friedrichsfelde.
Wenn du einen Zwischenstopp brauchst, um etwas zu erle-
digen, dann sende mir bitte einfach einen Gedanken«, bestätigte das Ground-Shuttle Annabells Auftrag und bot sogleich
an: »Magst du Musik hören oder Nachrichten oder vielleicht
etwas anderes hören oder sehen?«

Inzwischen, während das Ground-Shuttle erzählte, ganz
ohne auch nur das kleinste Geräusch, Ruckeln oder Schau-
keln, setzte sich die Kugel in Bewegung. Pegasus flog recht
langsam, so schien es, aber die Häuser und Menschen auf den
Straßen, die Berge flogen nur so an ihnen vorbei.

Dann die erste Kurve kurz vor dem Brandenburger Tor
nach links, ohne zu bremsen, volle Kanne flog der Shuttle auf

sie zu. Die Fünf hielten blitzschnell Ausschau nach etwas, an dem sie sich festhalten könnten. Vergebens.

Die heranrasende Kurve im Blick, entfuhren den vier Teenagern und sogar Timmy unterdrückte hohe Schreie, wie man sie von Menschen in einer Achterbahn auf dem Rummel kennt. Die Kurve war aber nicht zu spüren, als ob es geradeaus ginge, flogen sie durch die Stadt. Lediglich das Ground-Shuttle neigte sich in der Kurve etwas, was die Kugel zu einer cleveren Form für eine kleine Flugkabine machte.

Das Brandenburger Tor flog vorbei. Fünf Köpfe drehten sich synchron nach rechts in Windeseile um ihre Achse. Der Blick in den Hafen eröffnete ein traumhaftes Bild, das nach einer Sekunde schon vorbeigeflogen war. Es ging jetzt nach links über die Straße Unter den Linden. Wie schön die blühenden Linden aussahen. Ihr Duft breitete sich augenblicklich in der Kabine aus. Das gleißende Licht und der kühlende Schatten wechselten sich wie ein Blitzlichtfeuer ab.

Wie mondän die Promenade war, voller Menschen, Cafés und vielen Ground-Shuttles, die Passagiere abholten, absetzten oder ganz allein umherflogen.

Sie kreuzten die dicht bevölkerte Friedrichstraße, die sich voll von elegant gekleideten Menschen, wie eine gerade Linie bis zum Bergmassiv langzog. Die Straßenflucht schwenkte an den Fünf vorbei, wie ein Seidenfächer, der sich öffnete, sein Bild für einen Augenblick zeigte und wieder schloss.

Friedrich II grüßte kurz von seinem Sockel auf der linken Seite und schon waren sie an der Staatsoper vorbei und rasten auf die Altstadt zu, die von einer riesigen halbkugelrunden gläsernen Kuppel überdacht war, die auf dem alten Schutzwall ruhte.

Vor dem Neuen Tor ging es scharf nach rechts. Über ihnen flogen die letzten Linden vorbei. Die Glaskugel des Ground-Shuttles bot eine geniale Aussicht in alle Richtungen.

So viele Menschen hatten die Fünf in Berlin noch nie zuvor gesehen. Nur alte Fotografien und Filme aus den sogenannten goldenen 20ern des frühen 20ten Jahrhunderts, aus der Zeit vor dem zweiten Weltkrieg, zeigten Berlin so lebendig wie es hier und heute ist.

Das Ground-Shuttle raste ein Stück um den Ring mit dem alten Festungswerk mit seinem acht Meter hohen Festungswall, dem breiten wassergefüllten Festungsgraben und den zackigen Bastionen, die sich rund um die gesamte Altstadt zogen.

Viele Shuttles waren hier unterwegs. Es gab aber weder Verkehrsschilder, Ampeln noch Straßenmarkierungen, die den dichten superschnellen Verkehr ordneten.

Im Shuttle war es mucksmäuschenstill. Die Köpfe der Fünf drehten sich, sahen nach oben, hinten, rechts, vorn, versuchten alles auf einmal zu erhaschen.

Die 360 Grad Rundumsicht machte ein Gefühl von hindurchtauchen durch die Stadt im Tal. Im wunderbaren klaren Licht schwirrten Menschen, Häuser, Berge, Indi-Bots und Ground-Shuttles um sie herum. Kühlende Schatten, die große Bäumen über sie warfen, rasten wie ein flackerndes Feuerwerk über sie hinweg.

War das vielleicht doch nur ein Traum? So wie sie ihn schon vor Tagen so seltsam erlebt hatten und aus dem sie gleich aufwachen würden, mit ihrer vagen Erinnerung an etwas Form- und Gestaltloses, das sich dennoch so real anfühlte.

Nein das war kein Traum. Irgendetwas sagte den Fünf, dass sie nicht träumten.

Es läutete schrill. Ein, zwei, drei Mal. Ein Alarm. Es hörte nicht auf.

Annabell schreckte auf, schrie verhalten: »Maya, Maya, was ist hier los? Lara!"; entfuhr es ihr ängstlich.

Friuli sagte cool: »Das ist vor zwei Wochen schon einmal passiert«, sein Gesichtsausdruck aber war alles andere als entspannt.

»Was ist das?«, fragte Annabell das Shuttle.

Das Ground-Shuttle sprach: »Es tut mir sehr leid, Annabell. Deine Fahrt muss ich leider hier beenden. Die Sicherheit meines Systems wird von einer digitalen Social-Bot Attacke stark beeinträchtigt. Zum Schutz schalte ich mich in wenigen Augenblicken ab. Ein Ground-Shuttle wartet schon auf dich, um mit dir und deinen Freunden den Flug fortzusetzen. Kannst du es sehen?«

»Meinst du das kurz vor uns?«

»Ja genau, das ist es. Ich wünsche eine gute Weiterfahrt nach Friedsrichsfelde.«

Die Tür öffnete sich, die Sechs stiegen rasch aus, gingen zu dem bereits wartenden Shuttle, wo sich die Tür geräuschlos automatisch öffnete, und sie das Shuttle in einer ebenso androgynen Stimme begrüßte, die dennoch anders klang: »Hallo Annabell, steigt ein. Ich bin Hypatia. Gleich geht's weiter nach Friedrichsfelde. Wo genau wollt ihr dort hin?«

»Zum Schloss Friedrichsfeld im Tierpark«, sagte Annabell kurz.

»Danke. Klingt wie ein sehr gutes Ziel«, erwiderte Hypatia sanft.

Annabell, die als erste in das Shuttle stieg, dachte im Stillen für sich selbst ›die Sitze sehen krass genauso aus wie in dem anderen Shuttle, neu, als ob das Ding eben von der Fabrik ausgeliefert wurde.‹

Ihre Freunde setzten sich schnell auf ihre Plätze und schon ging es los, ohne zu Ruckeln, ein Geräusch oder eine Beschleunigung zu verspüren, flog die Stadt mit ihren hohen Bergen und Bäumen um sie herum und vorbei. Sie tauchten unter dem irritierend kristallblauen Himmel hindurch, wie durch einen Märchenozean.

»Friuli, was bedeutet das? – Eine Digitale Attacke von Social-Bots?«, wollte Maya wissen, denn sie dachte bis jetzt, in dieser Welt wäre alles so unglaublich sicher.

Sie verließen den Ring um die Altstadt. Jetzt gab es auch keine Straßen zwischen den unregelmäßig geformten schroffen Bergen mehr, die sich rechts und links wild ausbreiteten und ungestüm einige hundert Meter in den Himmel erhoben. Doch auch diese Berghänge waren bewohnt, mit Felsvorsprüngen und Plattformen, auf denen House-Shuttles standen. Die grün, gelb und in allen möglichen Wiesen und Blütenfarben leuchteten.

Die ihnen entgegenkommenden und in ihre Richtung fliegenden Ground-Shuttles und Indi-Bots, rasten in fünfzig Zentimeter Höhe über breite, kurzgemähte Wiesenschneisen, oder war es einfach nur ein Weg, oder doch nur eine Wiese? Der Verkehr funktionierte jedenfalls rasend schnell, ohne auch nur den Anschein eines kleinsten Durcheinanders.

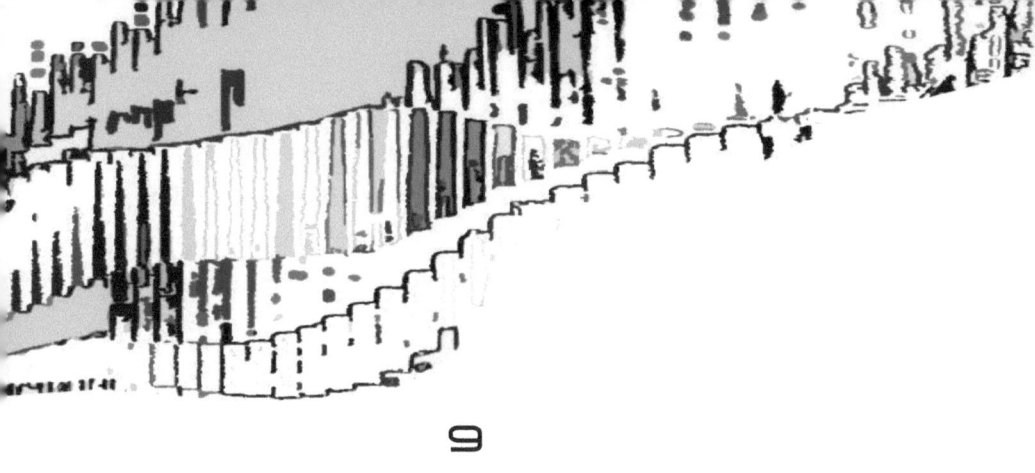

9

ZUKUNFT

Social-Bots

»Das mit den Social-Bots ist eine wirklich mysteriöse Sache«, begann Friuli zu erzählen, »zusammen mit dem digitalen Kristall-Archiv fanden die Digital-Archäologen auch andere digitale Programme. Darunter war auch eine ganze Social-Bot-Armee, die eigentlich im ethnologischen Museum als Waffe aus dem digitalen Zeitalter ausgestellt werden sollte.«

Friuli war wieder voll in seinem Element. Und es schien wirklich so, als ob ihn alles von ganzem Herzen interessierte, worüber er unendlich lang referieren konnte.

Lara drehte den Kopf und heftete ihren Blick auf die vorbeiziehenden Bäume, die wie Gummibäume weit in den Himmel wuchsen und ihre groß gefächerten Brettwurzeln auf der Erde ausbreiteten: »Etwas über die Social-Bots hab ich schon mal bei 3sat NANO gesehen«, schaltete sie sich beiläufig in das Gespräch mit ein, während sie gespannt aus dem Fenster sah: »Wurden die Social-Bots nicht von großen Firmen, Politikern und Organisationen verwendet, die Programmierer-Agenturen anheuerten, um für sie anonyme Social-Bots in das Internet zu schleusen; um für sie positive Posts und Likes auf ihren Social-Media Accounts in die Höhe zu treiben, damit sie in der ihnen fremden, super coolen hippen Welt der Social-Media-User beliebter erscheinen, als sie es tatsächlich waren?« Lara sah Friuli und Maya kurz nacheinander fragend an, um sofort wieder aus dem Fenster zu sehen.

Ein Ground-Shuttle überholte sie mit atemberaubend ho-her Geschwindigkeit.

»Wow, ist der schnell. Habt ihr das gesehen?«, Sven sah dem Shuttle, was vor ihnen nur noch als kleiner Punkt zu erkennen war, noch für einen Moment ungläubig hinterher. In seinen Gedanken flüsterte er zu sich selbst: ›Wie. Geht. Das?‹

»Exakt die sind das«, fuhr Friuli fort. »Allerdings ist noch völlig unbekannt, wie sich die digital programmierten Social-Bots in unserem Pentagitalen Quanten-Netz verbreiten können. Eine These der Indi-Bots lautet, sie würden ihre Codes verschränken können und trotz ihres digitalen 0 und 1 Codes, der bekanntlich nur zwei Zustände annehmen kann, eine höhere Komplexität in der Code-Struktur erreichen. Mit dem Verschränken ihres dualen Codes, so vermuten die Indi-Bots weiter, soll es ihnen möglich werden, aus der primitiven digitalen Umgebung, in die um ein Vielfaches komplexere, fünf Zustände annehmende, pentagitale Quanten-Code-Welt zu springen.«

»Das ist echt krass«, stöhnte Annabell, die dem Gespräch nur so am Rande lauschte.

Friuli war aber noch nicht am Ende seiner Erläuterungen: »Super aufregend war aber, wie ich finde, noch etwas anderes. Unbemerkt von den damaligen Programmierern, entwickelten sie mit den Social-Bots die erste künstliche Lebensform überhaupt. Im Verborgenen begann sie, sich selbst zu organisieren und erlangten eine erstaunlich Komplexe und höchst unkontrollierbare Schwarmintelligenz, die fortan eigene Vorstellungen von Gut und Böse entwickelte.«

»Seht euch das an«, Sven kniete auf dem Sitz und sah den beiden Indi-Bots nach, die Arm in Arm, umeinanderkreisend, als ob sie tanzten, an ihnen vorbeirasten. »Tanzen die?«

»Ja das tun sie. Die Indi-Bots sind so verspielt, sie lassen keine Gelegenheit aus, um herumzualbern. Das lieben wir seit allen Zeiten so an ihnen«, erläuterte Friuli, kurz bevor er sich wieder den Mädchen und dem Thema: Social-Bots zuwandte.

»Ah, künstliches Leben. Alle dachten damals, das gäbe es noch gar nicht«, warf Maya ein.

»Ist das eine Kreuzung? Wir rasen auf eine lange Reihe von Ground-Shuttles zu ...«, rief Sven aufgeregt, »... wieso bremsen wir nicht?«

»Keine Sorge. Wir fliegen durch die Lücken des Verkehrsstroms hindurch, ohne anzuhalten«, versuchte Friuli Sven zu beschwichtigen und fügte noch hinzu: »Keine Sorge, das ist alles okay.«

Jetzt sahen auch die Mädchen die heranrasende Kette Ground-Shuttles, die sich wie Perlen von der einen Seite des Tals zur anderen aneinanderreihten. Die Lücken zwischen ihnen waren kaum größer als der Durchmesser eines einzigen Shuttles. Die Geschwindigkeit schien sich im Näherkommen noch zu erhöhen. Ihre Herzen begannen zu rasen. Eine Welle Adrenalin schüttete sich in ihnen aus, was ihren Fluchtinstinkt aktivierte.

Doch die Gondel war verschlossen und machte keine Anstalten, langsamer zu werden, oder eine Tür zum Herausspringen zu öffnen. Ein unaushaltbares, mulmiges, kribbelndes Gefühl drohte ihnen fast alle Sinne zu rauben.

Wäre Friuli nicht so ruhig geblieben, wären sie spätestens jetzt durchgedreht.

Sven rannen kleine glitzernde Schweißperlen über die Stirn und er krallte seine schweißnassen Hände in die obere Kante seiner Sitzlehne. Maya hielt sich schlicht die Augen zu. Annabell sah demonstrativ nach hinten und Lara starrte auf die kreuzenden Shuttles vor ihr, wie eine Maus, unter dem hypnotisierenden Blick einer Schlange, die regungslos in Todesstarre verfallen war, bis es so weit war.

Friuli bemerkte die Panik seiner Freunde nicht oder ignorierte sie zumindest, denn gleich würden die Shuttles wie ein Reißverschluss perfekt und ohne jedes Risiko aneinander vorbeirauschen, wenn es überhaupt rauschte und nicht gänzlich lautlos wie alles in dieser Welt vonstattenging.

Daher sprach Friuli gelassen weiter. Vielleicht dachte er, es würde seine Freunde beruhigen und sagte: »... Das war ein Irrtum. Leben kann sehr simpel sein. Nur wurden damals auch ganze Social-Bot-Armeen von weniger angenehmen Regierungen, Geheimdiensten oder Terrororganisationen, wie Soldaten in den digitalen Krieg ins antike Internet geschickt ...«

»Ist es schon vorbei?«, wollte Maya wissen, die Friuli nicht mehr sah, weil sie immer noch die Augen hinter ihren Händen verbarg.

»Gleich …«, kommentierte er kurz und sprang zurück zu seinem Thema: »… sie vermehrten sich selbständig, erfanden ebenso selbständig eigene Identitäten, meldeten sich auf Social-Media-Plattformen an, erfanden ihre eigenen Profile, um Kommentare zu bereits bestehenden Posts zu produzieren, um, wie man das damals nannte, Fakenews und Verunsicherung zu streuen, sowie Ängste bei den Usern von sozialen Plattformen zu vertiefen, – um zum Beispiel die damals so wichtigen demokratischen Wahlen in ihrem Sinne zu beeinflussen –, die Spaltung der damaligen westlichen Gesellschaft voranzutreiben oder Verschwörungstheorien unter die Leute zu bringen. Sagt euch das was?«

Die Perlenkette aus hunderten vorbeirasenden Shuttles, die atemberaubend schnell auf sie zukam, wurde plötzlich sehr groß und verschwand hinter ihnen so schnell wie sie gekommen war.

Eventuell sahen Menschen in den kreuzenden Shuttles, die einander für Bruchteile von zehntel Sekunde zum Greifen nahe kamen, drei verzerrte, sehr verängstigt schreiende Gesichter von vier Teenagern und einem Hund, die sich solch extreme Art von Alltagsabenteuer in keinem Traum je hätten vorstellen können.

Annabell, die immer noch stoisch nach hinten hinausschaute, sah zwei Ground-Shuttles eine Hand breit von links nach rechts an sich vorbeifliegen, nahm zwischen zwei Wimpernschlägen, wie in Zeitlupe, eine Mutter wahr, die ihr Baby mit ausgestreckten Armen hochhielt, liebkosend mit der Nase neckte, wobei das Baby fröhlich mit seinen Armen und Beinen strampelte, die schwindelerregend schnell nach rechts verschwanden.

Eine zweite Kette Shuttles tauchte sofort nach der ersten auf, die in die entgegengesetzte Richtung vorbeiflirrte. So schnell die Kugeln groß wurden, verschwanden sie auch wieder in der anonymen Perlenkette, die scheinbar gelassen durch schattige und sonnige Täler Berlins raste.

Maya öffnete die Hände vor ihren Augen nur einen Spalt weit und flüsterte: »Sind wir jetzt vorbei?«

»Das sind wir«, flüsterte Friuli, fast konspirativ leise zurück.

»Oh. Gott sei Dank«, wisperte Maya und nahm die Hände von den Augen, sah der klein gewordenen Kette von kreuzenden Ground-Shuttles noch kurz nach und sagte erleichtert, mit einem kleinen Hüsteln: »Und die Social-Bots sind heute ein Problem?«

Sven kniete immer noch auf seinem Sitz, sah der kreuzenden Kette von Ground-Shuttles kurz nach und konnte nicht damit aufhören, aus dem Fenster zu sehen, von Adrenalin überflutet mit Kribbeln bis zu den Fingerspitzen, sah er jetzt alles noch viel intensiver, so intensiv es überhaupt nur ging, um das Sehen auch in dieser Welt zu lernen.

Das Gespräch über die Social-Bots nahm er nur am Rande aus großer Distanz wahr, neben vielen anderen Sinneseindrücken, die auf ihn einströmten.

Timmy stand jetzt wieder entspannter mit seinen kurzen Hinterbeinen auf seinem Sitz neben Sven. Seine Vorderfüße stemmten sich auf die Lehne. Sein Schwanz und seine Ohren zeigten nach der letzten Aufregung wieder große Abenteuerlust. Timmys Augen verfolgten hellwach alles, was vor seiner Nase vorbeizog, und seine Zunge hing hechelnd über die weißen spitzen Zähne, schlappte manchmal, wenn es besonders interessant wurde. Dann hielt er sein Hecheln an, schloss seine Schnauze für einen kurzen Moment, konzentrierte sich, um danach lässig weiterzumachen wie es Hunde so machten, wenn sie auf großer Fahrt sind.

»... Ja. Wie Viren vermehren sie sich unvorhersehbar, organisieren sich in Schwärmen und fallen über Quanten-Prozessor-Strukturen her und können, wie ihr ja eben miterlebt habt, großen Schaden anrichten.

Sie fressen sich aus dem Untergrund durch den Code. Wie genau das geht, wissen heutige Spezialisten noch nicht, denn das pentagitale Quanten-Netz hatte nie mit absichtlich eingeschleuster Schadsoftware umgehen müssen. Das geschah einfach nicht, weil niemand einen Grund dafür sah, das System zu sabotieren.«

»Was ist das?« Annabell zeigte auf einen riesigen Turm, der jetzt zwischen zwei Bergen am Horizont zu sehen war und um ein Vielfaches höher zu sein schien als die Berge um sie herum.

»Das ist ein Power-Tower«, sagte Friuli beiläufig und wendete sich wieder Maya zu.

»Aber wie soll das jetzt weitergehen?«, Maya war süchtig danach zu sehen, wie Friulis Nase tanzte, sein schöner voller Mund die Worte formte und seine Augen sie dabei charmant ansahen.

»Jetzt suchen die Digital-Archäologen in den Kristall-Archiven nach einem Roodkids-Tool, wie sie das nennen. Das soll ein Programm sein mit dem sich, wie sie glauben, die Social-Bots neutralisieren lassen.«

»Was machen die Power-Tower?«, wollte Annabell nicht so schnell aufgeben, mehr über die Giganten zu erfahren. Und sie ragten in der Tat aus der Berglandschaft hervor, wie eine Mondrakete aus einem Gemüsebeet.

»Damit wurde vor langer Zeit Strom erzeugt. Die sind aber weiter weg als es scheint. Sekunde. ... Hypatia, wie weit ist der Power-Tower entfernt?«

Das Ground-Shuttle antwortet mit seiner sympathischen androgynen Stimme: »Friuli, die Power-Tower sind etwa fünfunddreißig Kilometer entfernt. Die Fahrzeit dorthin würde im Hyperspeed fünf Minuten betragen.«

»Und im Normalmodus?«

»Im Normalmodus nicht länger als dreißig Minuten.«

»Danke Hypatia.«

»War mir eine Freude, Friuli.«

»Habe ich euch recht verstanden?« Friuli kam eine spontane Idee. »Wann immer ihr hier in der Zeit losreist, werdet ihr dennoch in jedem Fall an dem gewünschten Tag zur gewünschten Uhrzeit im Schloss Friedrichsfelde ankommen?«, wollte Friuli noch einmal genau wissen, ob er das Unvorstellbare recht verstanden hatte und um die Mission mit seinem Vorschlag nicht zu gefährden.

»Wenn du so fragst ...« sagte Maya: »... ist es tatsächlich so. Wir können hier losreisen, wann immer wir wollen. Die Zeit vergeht zwar, aber da wir immer zu dem gleichen frühen Morgen des Tages in der Zeit springen können, bevor

Christoph nach Berlin fährt, bevor Dorothea und er zufällig auf der Treppe im Berliner Stadtschloss zusammenkrachen und danach einen wichtigen, aber auch verhängnisvollen Plausch auf der Langen Brücke führen ... ist das soweit korrekt gedacht«, erklärte Maya, die noch einmal kurz nachdachte, ob das tatsächlich alles so stimmte, was sie gerade sagte, oder nur ihr sehnlichster Wunsch war, weil sie noch etwas länger hierbleiben wollte, um mit Friuli noch ein wenig weiter zu plaudern. Sie befand: »Dann macht es tatsächlich keinen Unterschied, wenn wir etwas später in die Vergangenheit reisen.«

»Exzellent. Wenn das so ist, können wir einen Abstecher zum Power-Tower machen. Was haltet ihr davon? Dann könntet ihr einen Ort kennenlernen, an dem wir in unserer Zeit interstellaren Hyperspaß haben.«

Die anderen hörten mit, wechselten wortlos Blicke und waren sich nicht sicher, ob Dorotheas Leid nicht eventuell um jede Minute verlängert würde, um die sie Christoph später darüber aufklärten, dass Dorothea seine Zwillingsschwester ist und sie den Fluch nicht ausspricht.

»Aber eigentlich hat Maya recht, würde ich sagen«, stimmte Lara zögernd zu und kreuzte einen fragenden Blick mit Sven, Maya und Annabell.

»Doch schon, würde ich auch so sehen«, dachte Annabell laut, murmelte es aber etwas unsicher.

»Ich bin nur der Seher. Ihr entscheidet«, sagte Sven zögerlich, mit einem leichten, zweideutigen Schmunzeln.

»Sollen wir abstimmen?«

Alle nickten mit den Köpfen.

Sven übernahm die Abstimmung: »Okay, wer ist für den Abstecher zum Power-Tower?«

Annabell, Lara und Maya hoben ihre Hände.

»Dann ist die Planänderung einstimmig angenommen«, stellte Sven fest, der noch einen letzten Zweifel hatte, den er und wenn sie ehrlich waren, auch die drei Mädchen und Timmy hatten.

Denn sie wussten, was mit Dorothea in diesem Moment, in einer anderen Zeit, geschah. Sie wussten aber auch, sie konnten die Ungerechtigkeit die Dorothea widerfuhr, jetzt und von hier aus nicht stoppen. Sie mussten Dorotheas Schicksal in ihrer Zeit zu einem besseren bewegen.

»Also ja, dann lasst uns die Power-Tower erkunden. Ihr werdet es nicht bereuen.« Ganz euphorisch wurde Friuli, als er seinen Freunden noch einmal gut ins Gewissen reden wollte. Denn es war auch ihm nicht entgangen, wie heikel der kleine Ausflug für die Mädchen war. In Anbetracht der Mission und des schrecklichen Schicksals einer realen, in einer anderen Zeit lebenden und schlimmer noch leidenden Frau, war ihre Verantwortung groß, sehr groß, vielleicht sogar unvorstellbar groß.

Es wurde still im Ground-Shuttle.

Bis Hypatia sich meldete und fragte: »Annabell, habe ich dem Gespräch korrekt entnommen, dass wir ein Zwischenziel ansteuern, bevor wir nach Friedrichsfeld fliegen? Und dass es sich dabei um den Power-Tower Nummer 4 handelt?«

»Oh, verzeih, natürlich. Wir machen auf dem Weg nach Friedrichsfelde noch am Power-Tower, wie sagst du? Nummer 4, halt.«

»Dann ändere ich die Route und wir fliegen direkt zum Power-Tower 4. Die Flugzeit beträgt bei unserer derzeitigen Geschwindigkeit etwa dreißig Minuten.«

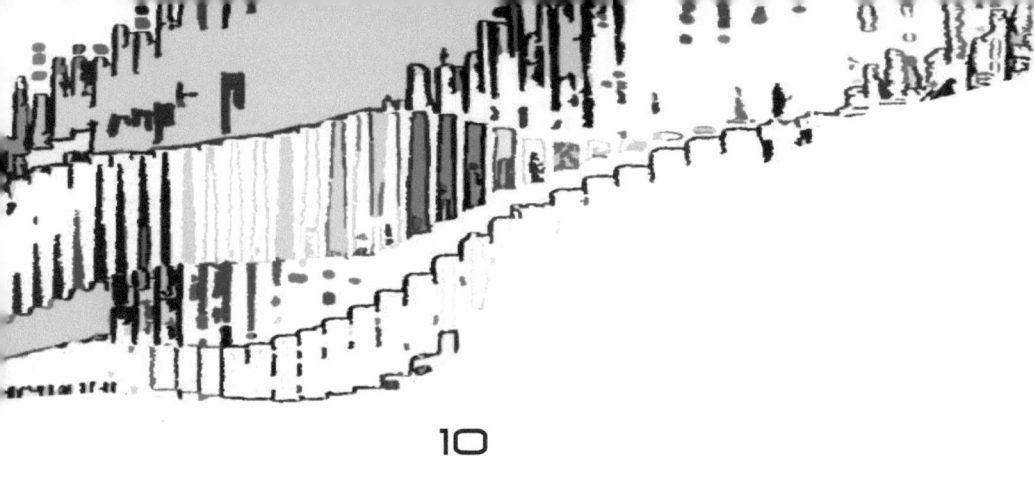

10

ZUKUNFT

Die Drei

Immer noch schwiegen alle. Schon einen ganzen langen Tag waren sie in dieser stillen Welt, in der Maschinen keine Geräusche machten. Nur die natürlichen Geräusche vom Rauschen des Windes in den Blättern, das Blöken der Schafe auf den Bergen, das flüsternd leise Getrappel der Füße auf dem Asphalt, die Stimmen von Menschen und Maschinen, das Rauschen des Wassers in der Dusche, das Kreischen der Möwen und viele andere Geräusche natürlichen Ursprungs, schärften immer mehr ihr Bewusstsein für die filigranen Nuancen und Details in allen Klängen.

Und eben weil es so still war, in dieser Welt und sie sich langsam sogar daran gewöhnten, begannen die vier jungen Teenager sogar die unterschiedlichen Qualitäten der Stille zu hören, die von Geräten und Maschinen ausgingen: Da war die hohle Stille, die sich ausbreitete, wenn sich Türen automatisch öffneten. Die schwingende Stille, kurz bevor die Indi-Bots losflogen. Die scharfe kreischende Stille, die sich massiv ausbreitete, wenn ein Home-Shuttle abhob. Aber auch die pulsierende Stille, der Geborgenheit, die ein Ground-Shuttle erfüllt, während es fliegt.

Nach und nach fühlten die Teenager aus dem 21. Jahrhundert, wie sehr sie die vielen Formen der Stille entspannte.

Das nahm die dunkle Aufregung aus ihren Emotionen und letztlich sogar aus ihrer Mission und ersetzte sie durch ein Wohlgefühl, das aus der tiefsten Tiefe ihres Herzens kam.

Es drohte sie zu distanzierten von dem, was sie einst auf den Weg schickte: ihre heftige, ungezügelte Wut auf die Ungerechtigkeit und das Leid, was Dorothea Staffin einst und genau genommen, in diesem Moment widerfuhr.

Und eben diese geradezu natürliche Wut, die wie ein uraltes Feuer seit tausenden von Jahren schon, in dichten Wäldern und kalten Höhlen brannte und die immer wieder von Menschen genährt wurde, die lustvoll dabei zusahen, wie Flammen gespeist von Zorn und Rache andere in Asche verwandelten, demütigten, dominierten, vergewaltigten und zerstörten.

Diese zerstörerische Kraft ging den Drei verloren und damit die Kraft, für die sie brannten, die sie stark machte, mit der sie über sich selbst hinauswuchsen, und die Barrieren der Zeit überwinden ließ.

Sie mussten diese unklare Kraft, die ihnen die Kraft der Wut verlieh, durch etwas Ähnliches, ebenso Starkes ersetzen, von dem sie noch keine Ahnung hatten, was es sein könnte.

Die Fünf wussten instinktiv nur das: wenn sie es nicht finden sollten, die Gefahr bestand, ihre Mission im Herzen zu verlieren.

Erste Zweifel kamen auf. Dorotheas Schicksal entfernte sich mehr und mehr von dem ihren und vermischte sich mit den Schicksalen von so vielen unbekannten Menschen aus der Vergangenheit, denen sie auch nicht helfen konnten.

Warum ausgerechnet Dorothea? Was machte sie so besonders im Vergleich zu all den anderen, die in ihrem Leben ebenso Leid und Schmach über sich ergehen lassen mussten, die misshandelt, gefoltert und getötet wurden und denen niemand, auch kein Gott half?

Mehr oder weniger dachten die fünf Freunde das Gleiche, fühlten den gleichen schalen Geschmack im Mund, als sie so still in sich hinein schwiegen und das bergige Land, das immer noch Berlin war, an sich vorbeiflitzen sahen.

Jetzt schien sie sich nicht mehr so unermesslich rasend schnell zu bewegen, wie sie mit dem Shuttle durch die Täler schwebten, sondern nur noch schnell eben, ... fast schon normal schnell eigentlich.

In diesem Moment wurde plötzlich jedem der fünf Teenager aus dem Atomzeitalter und sogar Timmy, von Scham erfüllt bewusst, wie kühl und geradezu mechanisch sie ihr Ziel auf einmal verfolgten, kaum noch mit dem Herzen, eher aus der Erinnerung an den einstigen Grund, weswegen sie ihren gemeinsamen Pakt auf dem kleinen Hügel an der Panke schlossen.

113

Zu diesem Zeitpunkt trauten sich aber weder Sven noch Annabell, Lara oder Maya und auch Timmy nicht, miteinander darüber zu sprechen.

Genau genommen fürchteten sie sich sogar davor, weil keiner der Fünf eine Alternative zu der Wut als Kitt für ihren Pakt kannte.

Diese Welt hier im Jahr 3028, die sich genau genommen nur so anfühlte, als ob sie eine andere Welt wäre, aber in Wirklichkeit nur ein anderer, weit in der Zukunft liegender Moment auf dem ewigen Zeitstrahl war, auf dem sie zum ersten Mal das Licht der Welt erblickten, verweigerte sich geradezu ihre Wut zu nähren.

Ohne diese Wut fühlten sie sich hilflos, ohne Motivation, zu kraftlos um weiterzumachen, in ihrem Abenteuer, von dem sie sich so viel versprachen; Gerechtigkeit, Genugtuung und vielleicht sogar Triumph über das Schlechte und alles Niederträchtige.

Selbst der Zusammenhalt, den sie aus ihrer Freundschaft schöpften, reichte nicht aus, um die Kraft aus der verlorengegangenen Wut zu ersetzen.

Zudem war es ihnen peinlich, den Zweifel vor ihren Freunden auszubreiten, denn sie wussten zu diesem Zeitpunkt noch nicht, dass jeden Einzelnen von ihnen der gleiche Zweifel gepackt hatte.

Jeder von ihnen hoffte im Stillen für sich auf einen erlösenden Zufall, oder ein Wunder, das sie auf ihrem riskanten Weg an die Hand nahm.

Wie auf einem Gummiband, das zu reißen drohte, glitten die Fünf auf ihrer eigenen Schicksalslinie dahin. War ihr Schicksal noch mit dem von Dorothea und Christoph verbunden? Von denen sie schon so viel mehr wussten als die Zwillingsgeschwister selbst?

Durch die unruhigen Geister der drei Mädchen, ihres Sehers und seines Hundes, kreisten jetzt so viele Zweifel, die in Schleifen immer wieder kamen, ohne gerufen worden zu sein – luden sich selbst von Neuem ein – vergruben sich jedes Mal tiefer in die neuronalen Autobahnen ihrer Gehirne, die sie schneller und schneller kreisen ließen.

Wo das Zweifeln jetzt schon den schnellsten Weg gefunden hatte, wollte es so schnell nicht gehen, bis ... ja bis nur noch ein Gedanke übrig blieb, ein perfekter Kreis aus: ›besser hier still zu sitzen und zu zweifeln als das Falsche zu tun ...‹

Aber da war noch ein klitzekleiner Rettungsanker, um ihre Ratlosigkeit mit guter Stimmung zu verhüllen, nur für den Moment, so lange es eben half, bis alles besser würde, der sagt: ›Und damit es zwischendurch nicht zu langweilig wird, werden wir krass viel Spaß haben und alles mitmachen, was im Power-Tower so abgeht!‹

Als ob sie gemeinsam einen einzigen Gedanken hatten, hellte der Rettungsanker die Gesichter von drei Mädchen, ihres Sehers und seines Hundes augenblicklich auf.

Sie hoben die Köpfe, kreuzten ihre Blicke und waren sich einig: »Ja! ... Wir fahren zum Power-Tower Nummer 4 und werden superkrassen Spaß haben!«

Es war so heftig, dass Friuli und Hypatia ihren Entschluss physisch miterleben konnten. Er erfüllte die kleine Kabine wie ein Beben, voller entspannender Erleichterung, nun wieder auf einem gemeinsamen Weg zu sein.

Und wer weiß, vielleicht geschieht eben dort im Power-Tower das Wunder, auf das die Fünf so sehnsüchtig warteten.

Über ihnen zogen die Home-Shuttles ihre Bahnen, blitzten vereinzelt in der Sonne auf, verbreiteten ein Gefühl von Aufbruch. – Einer Reise, die begann oder nie geendet hatte.

Viele hoben von Nischen in den Bergen ab, flogen zu den imaginären Air-Streets über den Tälern, kreuzten die Bahnen von anderen Home-Shuttles, die ihren Platz am Berg einnahmen.

Leicht wie Pusteblumensamen schwebten sie umher, dennoch koordiniert, diszipliniert, zielstrebig, an einen anderen Ort in dieser Zeit, die zusammen mit ihnen unaufhörlich weiterfloss.

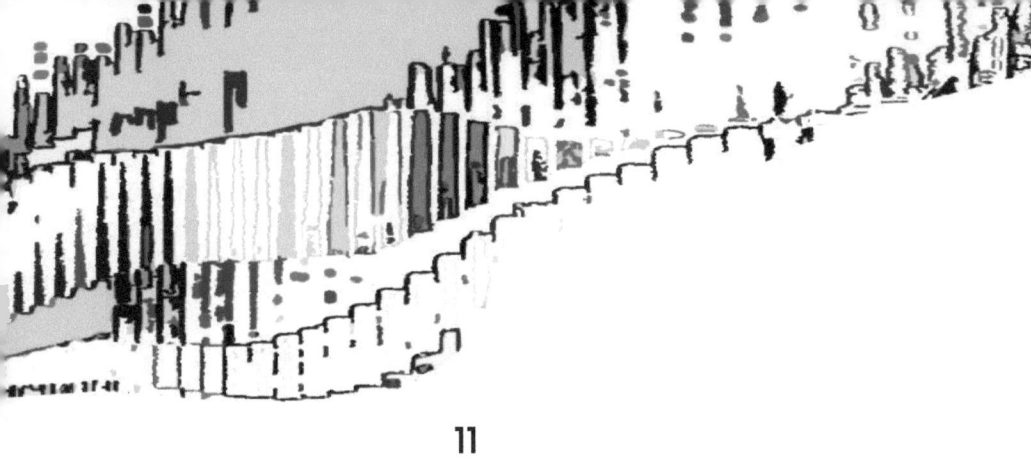

11

VERGANGENHEIT

Tag der Gerichtsverhandlung

Am gleichen Morgen im Kalantshof

»Wo ist die Hexe?!«

»Ihr dürft sie nicht so nennen. Erst wenn sie vom Gericht verurteilt wurde, darf sie offiziell Hexe genannt werden.«

»Na dann mache ich das eben inoffiziell. Das Luder, die Schlampe. Man sagt schon, ihr Blick reicht aus, um jemanden in einen Frosch zu verwandeln.«

»Und warum seid Ihr dann noch kein Frosch?«

»Na, weil ich ihr nie zu nahe gekommen bin. Habt ihr den Gefängniswärter ... wie war sein Name doch gleich? Pardon. Ja genau Tobias. Habt ihr diesen Tobias eigentlich heute schon gesehen?«

»Wohl nicht. Schaut doch mal in dem Teich nach. Vielleicht ist er jetzt ja eine Kröte.«

»Stimmt. Der Schlawiner kann doch seine Hände nie bei sich lassen.«

Die feinen Herren, die inkognito auf dem Kalantshof herumschnüffelten, lachten abschätzig mit ihren rauen Stimmen, die sie in durchspielten Nächten im Wein ertränkten. Gestern war wieder so eine Nacht, die erst im Morgengrauen endete.

»Wo sind eigentlich die Hochwohlgeborenen Majestäten von gestern Abend abgeblieben. Angeblich wollten sie zum Direktor, bei dem sie aber nie angekommen sind und den Kalantshof sollen sie laut Wachsoldaten auch niemals verlassen haben.«

»Was für ... Wer sollte das sein? Ist da etwa ein Skandal im Gange?« Beide lachten rau.

»Nun, mein Lieber, habt Ihr davon noch nicht gehört? Drei hochwohlgeborene sehr junge Damen und ein hochwohlgeborener junger Herr mit ihrem Hund, kamen spät am Abend durch das Tor des Kalanthofs und gingen tatsächlich hinein. Haben mir die Nachtwachen erzählt. Könnt Ihr Euch das vorstellen? Sie fragten mich, ob ich etwas wüsste. Wusste ich aber nicht.«

»Na, woher auch«, sprach er und wedelte sein besticktes, parfümiertes weißes Tüchlein vor der Nase umher.

»Hat sie diese vielleicht auch in Frösche verwandelt, die Hexe?«

»Ha, ha, ha ...«, gurgelte das Lachen aus ihnen heraus »... Der war gut, Ihr Schelm.«

Am gleichen Nachmittag im Stadtgericht

»Alle Anwesenden erheben sich für den eintretenden Richter.«

Er kam herein, in seine Sutane gehüllt und mit der reich gelockten und gepuderten Perücke auf dem Kopf. – Setzte sich, ließ seinen Blick in die Runde schweifen und alle Anwesenden setzten sich ebenfalls.

Der Assessor Juris folgte wie üblich kühl dem Eröffnungsprotokoll und verkündete:

»Prozess gegen Dorothea Staffin

Am dreizehnten Dezember 1728

Die Beklagte: Maria Dorothea Staffin ist persönlich anwesend. Verhandelt wird wegen: vorgegebenen Pacti mit dem Teufel.

Im Namen seiner Hoheit Friedrich Wilhelm – König in Preußen«

Herr von Holzendorff stand auf und richtete sein Wort an das hohe Gericht: »Hohes Gericht, auf die von dem Präsidenten und den Assessoren des Stadtgerichts gegen Maria Dorothea Staffin in pto vorgegebenen praetensi pacti cum Diabolo und begonnener vielfältiger Hurerei, sowie attentierten Selbstmord, verhandelte die Inquisition eingesandte Acta, worüber unser rechtliches Gutachten verlangt worden war, verlesen wir hiermit das Selbige ...«

Am gleichen Morgen im Kalantshof

Es waren viele Schaulustige gekommen, denn der Hexenprozess war in Berlin, auf den Höfen und Schlössern aber auch beim Gesinde und den Bäuerinnen und Bauern weit und breit in aller Munde.

»Aber wirklich, sie suchten den ganzen Hof im Morgengrauen ab. Nichts, keine Spur von den Hochwohlgeborenen Herrschaften.«

»Gruselig, wenn Ihr mich fragt.«

»Pssst. Sie kommen die Hexe holen.«

Die beiden schoben sich tiefer in den Schatten unter die Treppe, um nicht gesehen zu werden. Gestern noch, an der gleichen Stelle, hatten sich Annabell, Lara, Maya, Sven und Timmy am späten Abend verborgen, um nicht von den herabsteigenden Männern ertappt zu werden.

Heute, am Tag des Prozesses, wollten sie hier, am gleichen Ort erscheinen, um an Dorotheas Prozess teilzunehmen. Vergebens, und zum Glück, sonst wären sie mit den beiden Lästerern zusammengestoßen, die an diesem Tag ebenso eine offene Rechnung zu begleichen hatten.

Zwei Männer mit schwarzen Mänteln, hochgezogenen Kragen und schwarzem Dreispitz, gingen eilig die Treppen hinunter zum Gefängniskeller. Einer von ihnen war der Direktor des Kalanthofs und der andere der Sohn eines Delinquenten, der ebenso wie Dorothea vor Gericht geladen wurde. Noch in letzter Minute versuchte er für seinen Vater bessere Konditionen zu verhandeln, um der Schmach und Demütigung, die die Behandlung, wie sie sonst in solchem Falle praktiziert wurde, für sich und seiner Familie zu entgehen.

Im Vorbeigehen hörten die beiden, wie der Direktor sagte: »Mein Lieber von Glagensaum. Ihr Vater wird, wie jeder andere vor Gericht erscheinen, da gibt es kein Pardon. Die Gerichtslaube befindet sich im Berliner Rathaus, Spandauer Ecke Königsstraße. Fragen Sie einfach, kennt jeder hier«, und verschwanden im Dunkel der Katakomben des Kalanthofs.

Sie gingen durch den langen Gang, der im tanzenden Fackelschein seine groben Steinmauern zeigte. Rußige Schwaden des Feuers und die sonstigen Gerüche einer Unterwelt ohne Toiletten und Waschmöglichkeiten für die Gefangenen, machte das Atmen schwer.

Dorothea saß schon seit Wochen so da wie jetzt, bereit abgeholt zu werden, beide Hände mit einer starren Handschelle fixiert und die Füße mit Schellen in Ketten gelegt, auf demselben Stuhl.

An ihren Handgelenken und Waden zeichneten sich blutrote, geschwollene Male ab, die schon zig Male verschorft waren und bei jeder Bewegung wieder aufrissen.

Ihre rotblonden Haare waren kaum noch zu erahnen. Weißgrau und wüst waren sie jetzt. Ihre Augen hatten sich an die glanzlose Leere gewöhnt. Wut war schon längst in ihrem Gesicht erloschen – Resignation ersetzte allen Widerstand.

Ihr Kleid, immer noch dasselbe, ihr einst leuchtend olivgrünes Lieblingskleid, war zerrissen, durchsifft von der Zeit, unzähligen Verhören, ihrer eigenen Notdurft und dem Dreck, von den vielen vor ihr an diesem Ort, der sich am Boden und Wänden der Zelle seit Jahrhunderten ablagerte.

Am gleichen Nachmittag im Stadtgericht

Der Assessor Juris fuhr in der Anklage fort: »Die Inquisitin Maria Dorothea Staffin - eines Müllers Tochter aus Wedding, Ihres Alters 19 Jahr, wurde wegen Zänkerei mit ihren Mitmenschen und angeblicher Verbindung mit dem Teufel denunziert und von Obrist Leutnant Lingers festgenommen, woraufhin sie nach dem Verhör eine gerichtliche Abbitte tun musste und darüber hinaus einige Tage arrestiert, bei Wasser und Brot bestraft wurde ...«

Am gleichen Morgen im Kalantshof

Zwei Männer vom Stadtgericht, die Dorothea abholen sollten, öffneten die Zellentür, gingen hinein und sahen sie völlig entkräftet dort sitzen: »Wie lange ist sie schon hier angebunden?«

»Das können wir gleich die Wärterin, die für die Zellen im Keller zuständig ist, fragen. Wo steckt sie nur? Barbara ist glaube ich ihr Name.«

»Da kommt der Direktor. Fragen wir ihn.«

»Meine Herren«, verkündete der Direktor gut gelaunt zur Begrüßung und trat in die Kellerstube ein.

»Moin, Herr Direktor.«

»Moin, die Herrschaften.«

Dorothea saß wortlos auf ihrem Stuhl, umringt von Männern, die die Nasen rümpften, einen Transport planten, wie den eines Möbels vielleicht, und die eigentlich so schnell wie möglich aus diesem finsteren Loch wieder raus wollten.

Am gleichen Nachmittag im Stadtgericht

Der Assessor Juris liest das Geständnis: »Einige Tage darauf teilte sie der Frau des Gefängniswärters mit, dass sie mit dem Teufel ein Bündnis gemacht und dass ihre Zeit bald verflossen sei.

Sie hat auch danach vor Gericht zugegeben, einen Bund mit dem Teufel zu haben.

Dem sie begegnete, als sie vor drei Jahren unweit dem Wedding Grund, zwischen zwei Sandbergen, sehr melancholisch spazieren ging und sich ein Herr in blauem Rock und rot gestickter Weste nach ihrer Traurigkeit erkundete.

Dorothea beklagte ihre Armut und der Mann gab ihr 10 Dukaten und sagte, wenn sie einst die Seine sein sollte, würde er sie weiter mit Geld unterhalten wollen.«

Am gleichen Morgen im Kalantshof

In der Kellerstube, wo Dorothea still darauf wartete, abtransportiert zu werden, dachten die Männer noch darüber nach, auf welche Weise sich das am besten bewerkstelligen ließe. Anfassen wollte sie keiner der Männer, denn wer konnte sich schon sicher sein, ob sie nicht doch eine Hexe war und ihr magischer Zauber bei der kleinsten Berührung ihre Macht entfalten würde.

Momentan sah sie allerdings nicht so aus, als ob sie irgendeine Macht ausüben könnte.

»Also, mein Vorschlag, die Herren«, sagte der Direktor, mit tiefer Stimme, die in der Kammer noch einen Moment nachhallte: »Wir nehmen sie so wie sie ist und transportieren sie mit dem gesamten Stuhl ans Tageslicht.«

»Das scheint mir der beste Vorschlag zu sein. So machen wir es.«

Sie waren sich einig, nur ein Sack musste noch her, um dem Blick der Verrückten nicht doch in die Quere zu kommen. – Der schnell gefunden war und der Inquisitin rasch über den Kopf gestülpt wurde.

Zwei Männer packten die Lehne und zwei die Beine des Stuhls, den sie mit ausgestreckten Armen vor sich, beziehungsweise hinter sich hertrugen. Die Ketten schliffen über den Boden und machten ein mahlendes, klirrendes Geräusch, dass die Zähne nach kurzer Zeit zu schmerzen begannen.

Am gleichen Nachmittag im Stadtgericht

Der Assessor Juris liest weitere Geständnisse: »... Sechs Monate später, so die Inquisitin, traf sie ihn auf der Langen Brücke. Hernach bestellte er sie in den Wedding und er gestand ihr, dass er der Teufel sei. – Gab Dorothea ein Blatt, als Freifahrtschein, mit 3 großen Buchstaben, das sie unterschreiben sollte. Daraufhin stach der Teufel ihr einen Nagel in den Finger, sodass das Blut floss, welches er dann von dem Finger nahm.

Seitdem hatte der Teufel sie verfolgt und gab ihr, Dorothea, hernach 8 Dukaten, nunmehr traktierte er sie allerdings mehr und mehr, band sie sogar an den Haaren und hängte sie an einem Ligusterstrauch auf.

Der so mit ihm gemachte Contract sollte auf den Mittwoch vor Michaeli - siehe pag. 37 ümb sein.

Das Billett mit den Vereinbarungen mit dem Teufel, was sie auch später an die Gefangenenwärterin übergeben hatte - siehe pag. 42 ad Acta - worauf die rot geschriebenen Buchstaben M. D. ganz deutlich zu erkennen waren, wobei das S. fast komplett verwischt war.

Wobei sie sagte, dass der Teufel dieses, ihr Exemplar, selbst geschrieben hatte. Sein Exemplar allerdings schrieb sie selbst und der Teufel führte dabei ihre Hand. - siehe Pag. 59

Am gleichen Morgen im Kalantshof

»Schnaufend stiegen rückwärts zwei Männer mit tief gebeugtem Rücken die Treppen von den Kellergefängnissen herauf in den Hof.

Es krachte laut.
Der Stuhl knallte mit den Beinen gegen die oberste Stufe und fiel den Männern fast aus den Händen.

Dann kamen die beiden anderen mit der Seite der Lehne und hievten den Stuhl mit der Inquisitin über den Hof, begleitet von dem unheimlichen Scharren der Ketten auf Asphalt.

»Da kommt sie. Oh Gott, wie sie aussieht. Das arme Ding.«
»Was auch immer sie angestellt hatte, das hat keine verdient.«

Andere Männer kamen mit dem Gefängniswagen und zwei kräftigen Haflingern im Gespann auf den Hof gerollt, drehten das Gespann und standen jetzt direkt zum Einsteigen bereit vor Dorotheas Stuhl.

»Absetzen meine Herren. Von hier kann sie allein gehen, hoffe ich jedenfalls. Jung genug ist sie ja«, sagte er lakonisch und ließ sein rollendes Lachen ertönen.«

126

Am gleichen Nachmittag im Stadtgericht

Der Assessor Juris verliest Gutachten und weitere Geständnisse: »... Der Zustand der Inquisitin wurde dem Stadt-Physico Glockengießer vorgestellt, und ebenso dem hiesigen Hof und Domprediger, da sie angab, dem Evangelisch-Reformierten Glauben zugehörig zu sein.

Nach ihren Angaben, am 8. Oktober, sollte der mit dem Teufel getroffene Pakt auslaufen.

Am selbigen Tag erhielt sie reichlich Beistand von dem Priester.

Von dem Hof- und Dompriester und anderen Anwesenden wurde bezeugt, das die Inquisitin während des Gebets oft und entsetzlich unter sich steigernden Anfällen in Klammern paroxismos litt.

Und als die Inquisition fortgesetzt wurde, hatte sie auch in der artikulierten Verteidigung ihre zuvor gemachten Aussagen bezüglich des Bündnisses mit dem Teufel weitestgehend wiederholt. -

siehe: Ad. Art. 21, 22, 23, 27, 29, 30

sowie: et. 31 Pag. 59 et. seg.

als auch: et. ad. Art. 43. Pag. 65. ...«

Am gleichen Morgen im Kalantshof

Dorotheas Fußketten zogen metallen klackernd über die Kanten der zwei Eisenstufen hoch in den Bauch des Wagens, mit den Eisengittern an den beiden großen Fensteröffnungen. Denn jeder sollte die Delinquenten gut sehen können und sie ihrerseits das Gefühl haben, von jedem bestens gesehen zu werden – garstige Rufe, Bespucken, verdorbenes Obst und faule Eierwürfe inklusive. Selbst Steine prasselten von Fall zu Fall auf die Kutsche ein.

Und so sah sie auch aus, – wie ein ungeliebter Panzer, der nur den Frieden kannte, und nie einen Krieg sah, den die simpelsten Untertanen nicht selbst vom Zaun gebrochen hätten.

»Mein Liebster, seht Euch diese Kutsche an. Mit der müssen vor der Zeit schon Kobolde und Trolle ins Fegefeuer gefahren worden sein.«
    »Wer ist der alte Narr neben der Hexe?«
    »Ein armer Tropf. Ein hoffnungsloser Fall. Ein Spieler. – Kann seine Spielschulden nicht zurückzahlen und nun droht ihm das Stadtgericht den Landsitz der Familie zu versteigern.«
    »Habt ihr ihm etwa das Geld abgenommen?«
    »Nun, was meint Ihr, warum ich hier bin.«

Am gleichen Nachmittag im Stadtgericht

Der Assessor Juris liest und die Geständnisse nehmen kein
Ende: »... Und sie fügte noch hinzu, dass der Teufel ihr Befohlen hatte, das Billett immer an ihrem Leib zu tragen und es in
den Saum ihres Kleides, das sie am Leib trug, einnähen sollte.

Was sie auch tat.

Das Billett in dem Saum ihres Rockes solle immer in dem-
selbigen in dem sie täglich schlafe, bei ihr sein. - siehe Ad. Art.
33 Pag. 63

Der Teufel sagte ihr, wenn sie ihm getreu sei, würde es ihr
freigestellt, zu stehlen und zu zanken und zu streiten und versprach ihr, ihr immer zu helfen. So hatte die Inquisitin darauf
gehurt und Zank und Streit angefangen. Nur gestohlen habe
sie nie etwas, schwor sie. -

siehe Ad. Art.: 42 et 48

sowie: Pag. 64 et seg. ...«

Am gleichen Morgen im Kalantshof

»Er soll ein wenig leiden, dieser Bastard, und dann, nach dem
Richterspruch, erlasse ich ihm die Schuld, nur um ihn zu
demütigen, diesen unedelsten unter den Edelmännern«

»Ah, Rache! Eine süße Sache, nicht wahr? Was hat er verbrochen?«

»Das, mein Lieber, wollt ihr nicht wissen. Nur so viel, die Unschuld einer jungen edlen, ehrwürdigen Dame ging verloren und dieser da war das Gespinst, in dem es von Dannen ging.«

»Eine junge Hexe und ein alter Sünder. Was für ein hübsches Paar. Und der junge Herr, der um den Direktor herumscharwenzelt?«

»Ah, das ist der Sohn des Alten, der eigentlich die junge Dame heiraten wollte die, na sagen wir vorsichtig, zu früh vor die Flinte seines Herren Papa geraten war und die meine Schwester ist.«

Am gleichen Nachmittag im Stadtgericht

Der Assessor Juris folgerte aus den Beweisen: »... Obwohl die Inquisitin das mit dem Teufel gemachte Bündnis gestand, und sie versprach sein Eigen zu sein,

was letztendlich von dem unter Pag. 42 angesiedelten Zettel auf dem sich die rot geschriebenen Buchstaben M. D. befanden, übergeben, und daraufhin ihm einen mit ihrem Blut geschriebenen Zettel gegeben haben will,

daraus De Corpore Delicti als zu dessen Konstituierung in Dergleichen über den Gegenstand des Verbrechens, der zu den verborgenen Aufzählungen gehört und daher am schwierigsten zuzugeben, sodass es als ausreichend bewiesen angesehen werden kann, zumal die Inquisitin zugestanden hat, kraft des mit dem Teufel geschlossenen Bündnisses, dass er ihr versprochen hat, ihr immer zu helfen, sich der Üppigkeit ergeben zu huren, sowie Zank und Streit angefangen, wird in den gegen sie verhandelten Akten vielfach bewiesen.

Daraus folgend sieht es so aus, als ob die Inquisitin den Bund mit dem Teufel gemacht habe, daher nicht mit dem Feuer, sondern mit dem Schwert vom Leben zum Tode zu bringen.

Am gleichen Morgen im Kalantshof

»Oh mein Gott, was für ein Gestank. Die Trollkutsche stinkt bis hier her gegen den Wind nach Fäkalien. Das müssen die letzten Mahlzeiten der Delinquenten gewesen sein, die gestern zum Scharfrichter verbracht wurden.«

»Ihr seid so verführerisch, mein Schöner, wenn Ihr so unverblümt herumlästert.«

»Seid vorsichtig mit Euren Zärtlichkeiten in der Öffentlichkeit, sonst resultiert ihr noch einen Skandal.«

»Seht nur die Lakaien, die bunten Papageien. Ha, Ha, Ha.«

»Jetzt lenk nicht ab und nehme er die Finger von meinem Arsch.«

»Autsch!«

»Sagte ich's nicht in Frieden?«

Am gleichen Nachmittag im Stadtgericht

Der Assessor Juris zieht Schlüsse: »... Da die Inquisitin sich schon zuvor das Leben nehmen wollte und ihre schwermütige Gebrechlichkeit während der Inquisition eher zugenommen hat,

wie es auch das Attest von Dr. Glockengießer besagt, verwundert ihr Verlauf nicht - siehe Pag. 53.

Obwohl er während der Inquisition ihre hysterischen Leiden und Erstickungen zu therapieren versuchte, trat dennoch eine Verschlimmerung der Symptome ein. – Stellte Dr. Glockengießer fest,

da die Anfälle oftmals mit schweren Gedanken zusammenkamen und dass sie sich während des Arrestes abermals aufhängen wollte, weil sie damals ebenso unter schweren Gedanken litt,

davon auszugehen ist, dass die Vorstellung,

einen Bund mit dem Teufel gemacht zu haben, ebenfalls ein Effekt aus der Schwermütigkeit gewesen sein muss.

Und dass man aus den vielen Ungereimtheiten schließen muss, dass der Pakt mit dem Teufel, den sie vorgab zu haben, ungereimt und unwahrscheinlich war.

Sodass wohl eher darauf zu schließen sei, dass die heftigen Anfälle, die die Inquisitin erlitt, sie in ihrem Verstande verrückt und sie auf wunderliche und seltsame Einbildungen gebracht hat.

Oder dass sie diese zum Betrug der Leute erfand, worüber man über die Akten aber keine ausreichende Gewissheit erlangen kann.

Andererseits war der Pakt mit dem Teufel wohl eher ersonnen und da nachweislich sonst niemand zu Schaden gekommen ist und sie selbst gestanden hat, nicht mit dem Tod zu strafen ist. ...«

Am gleichen Morgen im Kalantshof

»Nehmt ihr den Sack vom Kopf. Die Leute haben das Recht, sie zu sehen und sie kann endlich frische Luft schnappen, damit sie mit ausreichend gesunder Gesichtsfarbe vor den Richter tritt«, rief der Direktor den Gehilfen zu, die dabei waren, die Delinquenten in der Kutsche mit soliden Ketten und Schlössern zu befestigten.

»Die Kalandsbrüder, die dieses Haus im 14. Jahrhundert erbauten, hatten sicherlich nie gedacht, dass solch eine fortschrittliche Justiz, mit Rechten für so viele, hier je ausgeübt würde.«

»Ja mein verehrter Schöner, sie wären wahrlich stolz auf unsere reformierte Zeit gewesen.«

Am gleichen Nachmittag im Stadtgericht

Der Richter ist dabei, das Urteil zu sprechen: »... Wohl aber sollen alle Gelegenheiten ergriffen werden, ihr die Gelegenheit zu nehmen, sich selbst Leid zuzufügen und durch einen liederlichen Lebenswandel wie geschehen, sich in den Fängen Satans zu verstricken, genommen werden.

Sodass die Inquisitin Maria Dorothea Staffin lebenslang nach Spandau in das Spinnhaus zu bringen und zur weiblichen Arbeit leidlich anzuhalten sei.

Es sollen ihr auch ihre Arzneien gereicht werden, die ihren Gemütszustand und seelische Erbauung verbessern solle und die den Predigern des Ortes mitzugeben sind.

Der Prediger des Ortes möge der elenden Person ihren geistigen Wohlstand, zusätzlich durch fleißige Unterredung, mit dem Worte Gottes, so weit wie möglich befördern.

Protokoll überlassen an Eure Königliche Majestät
zur Allergnädigsten Genehmigung und Beendigung
des Verfahrens.
Ew. Königl. May.

10. Dec. 1728
Vom Criminal Collegio verordnet
Direktor und Richter«

Am gleichen Morgen im Kalantshof

»Sie fahren los. Sieh nur, wie die Leute Gebrauch von ihrem Recht machen, die Hexe mit Schimpf und Schande zu empfangen.«

»Woher die nur so viel Obst und Eier haben?«

»Sie sind so großzügig.«

»Habe ich das nicht vorzüglich organisiert?«

»Was meinst du, Angebeteter?«

»Na, dass der Bastard mit dieser Hexe zusammen gesehen und verhöhnt wird. Was für eine Pracht ihn überkommt, diesen Hurenbock.«

»Oh, Euch will ich lieber nicht zum Feind haben. Eine vorzügliche Rache ist das. Wahrlich ein Kunstwerk.«

»Wir werden noch im gleichen Wagen landen, wenn Ihr Eure Hände nicht zügelt. – Werdet Ihr wohl Eure Finger aus meiner Perücke nehmen. Wenn Ihr damit nicht augenblicklich aufhört, werde ich Euch bei Gelegenheit erschießen. Und sagtet Ihr nicht grade eben noch, Ihr wolltet lieber nicht mein Feind sein? Ihr seid auf dem besten Wege dahin, es zu werden.«

»Nein, mein Liebster, schlagt mich stattdessen heute Nacht lieber etwas härter.«

Am gleichen Nachmittag im Stadtgericht

Seine Königl. May. befiehlt dero Zützel hiermit in Gnaden in dem dortigen Spinnhaus die Vorbereitungen zu treffen, dass Maria Dorothea Staffin im Alter von 19 Jahren, welche wegen dem vorgegebenen Bündnis mit dem Teufel, getriebener Hurerei und attentierter Selbstmorde durch die confirmirte Sentenz auf Lebenszeit ins Spinnhaus verurteilt wird, wohin sie von dem hiesigen Stadtgericht geliefert wird, vom Spinnhaus angenommen und zur leidlichen weiblichen Arbeit angehalten werden soll.

Es sollen ihr auch die Arzneien, zu ihrem Gemüts- und Seelenerbau und Besserung gereicht werden und bis zu ihrem Ende dem Prediger mitgegeben werden, der dieser elenden Person in gleicher Weise geistlichen Wohlstand mit fleißiger Unterredung aus dem Wort Gottes, so viel wie möglich Linderung befördern.

Sing. Berlin 13. Dec.
1728*

---

* Das gesamte Gutachten findet ihr im Anhang Seite 403.

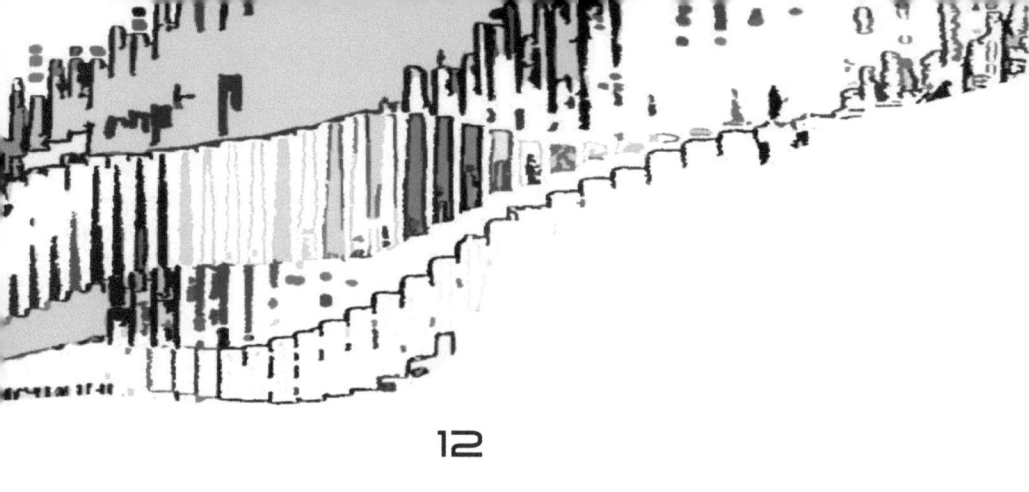

12

ZUKUNFT

Friuli

Maya war die Stille zu langweilig, zumal ihr noch unglaublich viele Fragen einfielen, mit denen sie Friuli auf sich fokussieren und sprechen lassen konnte.

Ganz für sie allein. In dem wunderbaren Licht, das durch die Glaskuppel fiel, Friuli scheinen ließ und ihm ein neckisches Blitzen in die Augen zauberte.

Maja blinzelte ein wenig, bei dem was sie gleich sagen würde, aber das nahm sie gern in Kauf, für die Beantwortung ihrer aufregenden Frage und entschied sich ganz behutsam zu beginnen: »Friuli?«

»Ja, Maya.«

»Wie funktioniert das eigentlich mit dem Antrieb? Das macht gar keine Düsengeräusche oder starke Winde oder so und hebt vom Boden doch so leicht ab wie eine Feder.«

»Nichts leichter als das.«

»Warum sagst du das immer?«, mischte sich Lara ein. »Das ist so ein Spruch aus Filmchen vom Sandmännchen, die ich als kleines Kind gern sah.

Zwei Schweinchen, Piggeldy und Frederick.

Der kleine, Piggeldy, fragt den großen Frederick immer etwas und dann versucht Frederick das für Babys zu erklären.

Genauso wie du das wohl jetzt gleich machen wirst.

Willst du uns verarschen Friuli?« Missmutig und doch noch mit dem kleinen Schatten auf dem Gemüt sah Lara Friuli provozierend tief in die Augen. »Oder habt ihr heute immer noch das Sandmännchen in euren Back-Worlds, das jeden Abend kommt und dem kleinen Friuli Sand in die Augen streut?«

»Sorry, das ist mir peinlich. Ich dachte ihr würdet das nicht kennen. Ja es gibt das Sandmännchen in den Back-Worlds. Ich habe das auch. Wir lieben das, in allen Altersgruppen, selbst mit 160 sehen des Menschen noch gern.«

»Mach kein Scheiß. Keine Verarsche?«

»Nein, warum sollte ich.« Friuli fühlte sich wegen der aggressiven Anmache etwas vor den Kopf gestoßen.

»Annabell, interessiert dich nicht auch, wie das mit den Antrieben funktioniert?«

»Na, … sorry, … ich war etwas genervt von dem Spruch. Zuvor hat er ihn schon einmal gesagt und nun schon wieder. Vergiss es einfach. Okay?«, winkte Lara ab und sah wieder aus dem Fenster nach oben, wo die Home-Shuttles ihre Bahnen zogen.

So als ob nichts gewesen war, nahm Friuli eine Position ein, die ihn aussehen ließ, als ob er zu einem zwei Minuten Fahrstuhl Pitch ausholte: »Der Antrieb funktioniert simpel gesagt wie ein chemischer Prozess im Wasser, nur eben physikalisch mit Gravitation in einer Quantenumgebung. Ganz ohne ohrenbetäubende und Treibstoff verbrauchende Motoren in Maschinen, die immer herunterfallen, wenn nichts rappelt und lärmt.«

»Ah ja, sehr interessant«, gähnte Annabell laut in die Kabine hinein.

»Hmm, ein Beispiel: Stellt euch das so vor wie bei den winzigen Mehrzeller-Organismen, die im Wasser leben, die vorn ein Sekret ausscheiden, was die Wasserspannung herabsetzt und die von hinten, wo die Wasserspannung höher ist, quasi vorwärts geschoben werden.«

»Wie soll das gehen?«

»Jetzt hör auf herumzualbern«, sagte Maya und gab Lara einen kleinen Flapp auf die Hutkrempe.

»Verzeih, Friuli, sie ist manchmal so ein Kind.«

Unbeirrt fuhr Friuli fort: »Oder so wie bei den Magneten, die ihr sicherlich kennt, die sich auf der einen Seite anziehen und auf der anderen abstoßen. Ganz simpel eigentlich.

Nur dass eine superleichte folienartige Metallstruktur dafür verwendet wird, mit der sich alle damit beschichteten Objekte steuern lassen. Auch unsere Häuser fliegen damit, wohin wir auch immer wollen. Keine Ahnung, weshalb die Erfindung erst vor fast 460 Jahren von den Indi-Bots gemacht werden musste.

Menschen setzten lange Zeit immer auf das Feuer und wollten permanent etwas verbrennen. Holz, Kohle, Erdöl, Gas, Uranbrennstäbe. Seltsame Idee.«

»Klingt super easy«, wollte Maya Friuli zum Weiterreden animieren.

»In Wirklichkeit ist es etwas komplizierter«, antwortete er erwartungsgemäß.

»Dachte ich's mir doch«, flüsterte Maya mit einem Lächeln.

»Annabell, zick nicht schon wieder rum und sei nicht so ne Bitch? Friuli glaubt dir diesen Quatsch noch«, und boxte ihr in die Seite.

»Auaaaa. Hast recht. Sorry, sag nix mehr«, gab sie mit gespielt schmerzverzerrtem Gesicht zurück.

»Danke Annabell.« Friuli rümpfte kurz seine Nase und fuhr fort: »Das Prinzip heißt ›Negative Phasenverschobene Quanten-Gravitron-Resonanzreflexion‹ und hat Platz in einer 3 mm dicken folienstrukturartigen Beschichtung.

Es erzeugt ein passives und dennoch steuerbares Magnetfeld, in dem die Gravitation umgekehrt und gesteuert werden kann. Das meint, es kehrt die Kraft der Gravitation einfach um, weil es sie phasenverschoben reflektiert.

Wenn etwas schwebt, unterliegt es lediglich den Kräften eines kontinuierlichen Zustandes, der weder Energie noch Aerodynamik benötigt, um aufrecht erhalten zu werden, wie bei einem Magneten, nur much more sophisticated, wenn ihr versteht, was ich meine.«

»Nein verstehen wir nicht, aber mach ruhig weiter, dann macht es bei mir vielleicht noch klick.« Annabell lachte prustend und konnte das herumalbern immer noch nicht lassen.

»Ach du bist echt ne Spaßbremse. Dann frag doch, wenn du was nicht verstehst und laber hier nicht so rum.« Maya reichte es jetzt wirklich.

»Also wir waren bei ... Quantenstruktur-Lamellen steuern die Magnetfelder, also den Antrieb würdet ihr sagen und die Flughöhe. Ein Motor oder Triebwerk ist nicht notwendig, da die Magnetkapilarsteuerung gewissermaßen Vortrieb, Bremse und Richtungswechsel in einem ist und alles damit gesteuert wird. Sorry, das war sicherlich etwas konfus.

Ganz einfach erklärt, wie es Frederick sagen würde: wir fallen eigentlich ständig nach vorn oder zu Seite, wenn wir uns bewegen, ganz so wie ein Stein, der vom Himmel fällt.

Der braucht ja auch keinen Motor oder Benzin.

Oder so wie bei den Mehrzellern im Wasser, die von der höheren Oberflächenspannung in die Richtung der niedrigeren Oberflächenspannung geschoben werden.

Oder noch einfacher erklärt, wenn etwas von der höheren Gravitation angezogen und von der niedrigeren Gravitation abgestoßen wird, dann bewegt sich etwas.«

»Danke, das habe sogar ich jetzt verstanden. Und wie kommt die Höhensteuerung zu Stande?«

»Na, das passive phasenverschobene Magnetfeld reflektiert die Gravitation der Erde negativ, dadurch verliert es zuerst sein Gewicht und schwebt dann, meint, stößt sich ab. Je nachdem, wie die Quantenstruktur-Lamellen verschränkt oder abgeschwächt werden, hat das einen Effekt auf die Flughöhe.

Der Haken ist allerdings, wenn es kein Magnetfeld mehr gibt, ist auch der Auftrieb futsch. Also durch das Weltall können wir mit der Technologie nicht fliegen. Ich hoffe das enttäuscht die Damen nicht allzu sehr.«

»Nicht wirklich, Herr Professor«, erwiderte Lara, die ihren Kopf nach hinten über die Lehne des bequemen Sitzes beugte, ihre Arme rechts und links auf die Lehnen legte und in den Himmel sah.

Sven kniete immer noch auf dem Sitz und sah still in die Welt dort draußen.

Annabell blickte nach hinten aus dem Shuttle. Sie hatte sich ganz offensichtlich in diese Perspektive der sich entfernenden Dinge verliebt.

Friuli war nicht am Ende, mit seiner kurzen Einführung, in die Technologie, die jegliche Art von Bewegung der Menschen, Indi-Bots, sogar Häusern und selbst Geräten von Grund auf veränderte.

»Ein weiterer großer Vorteil ist mit dem System noch verbunden, den ich beinahe vergessen habe. Als passives, extrastarkes Magnetfeld machte die Technologie die Kernfusion erstmals möglich und somit die unbegrenzte Energieerzeugung, die von da an mit 99,99 % Energieeffizienz auch in ganz kleinen Reaktoren möglich war.

Jedes Home-Shuttle ist mit solch einem Reaktor ausgestattet und damit über Jahrzehnte völlig energieautonom.

Keine Kabel, keine Energieverteilung, total dezentrale Energiegewinnung. Das war eine echte Revolution der Mobilität und Unabhängigkeit, die den Lebensstil aller Menschen auf dem Planeten veränderte, das könnt ihr mir glauben.«

»Klingt umwerfend. Und Strom kostet ja eh nichts, weil es kein Geld mehr gibt ...«, fantasierte Annabell vor sich hin: »... keine Nervereien mehr, wegen offenen Kühlschränken und vergessenem Licht. Das nenne ich auch neue Freiheit.«

»Okay. Das ist auch eine Art, die Dinge zu sehen«, gab Friuli mit schelmischem Unterton zu.

»Und wie fliegt ihr jetzt eigentlich in den Weltraum?«, fragte zur Abwechslung Lara, die dem Geschnatter bis jetzt nur mit halbem Ohr zugehört hatte und dabei lieber der wunderbar grünen vorbeifliegenden Welt dort draußen zusah.

»Das mag enttäuschend klingen, aber auf dem Feld sind wir eigentlich noch nicht viel weiter als ihr es damals wart. Ein bisschen vielleicht. Die Erde muss nicht mehr verlassen werden, weil sie nicht mehr Gefahr läuft, zerstört zu werden oder unterzugehen.

Die Planeten des Sonnensystems und ihre Monde sind so weit erforscht und leben will dort wegen den unwirtlichen Lebensbedingungen auch keiner so richtig. Das nächste Sonnensystem ist so weit weg, dass es keine Technologie dafür gibt, es zu erreichen. Und wer wollte sich das auch antun. Selbst die Indi-Bots haben keine echte Lust darauf. Und das will schon was heißen.«

»Und haben die Menschen heute die Lust an der Raumfahrt total verloren?«

»Nein nicht ganz. In den Back-Worlds existieren viele Spiel-Realitäten, in denen Reisen zu fernen Planeten und sogar zu ihren Bewohnern, wenn es denn welche gibt, lebendig werden.

Das ist eine echte, reale Erfahrung, die vor einem wissenschaftlichen Hintergrund als Krimi, Krieg zwischen Zivilisationen, Kontaktaufnahme mit Aliens oder auch als Siedler auf fremden Planeten gespielt werden kann. Du kannst in jedem Geschlecht: Verbrecher, Rächer, Retter, Held, Opfer, Politiker, ein ganz normaler Mensch, ja sogar Außerirdischer oder ein Tier oder selbst ein Einzeller sein. Einfach jeder und alles, was dir Spaß macht.«

Friuli machte eine Atempause, dachte sichtlich entspannt nach und fuhr fort: »Ihr müsst wissen, nachdem das Geld abgeschafft wurde, Kriege nicht mehr gebraucht wurden, Konflikte zwischen Staaten zusammen mit den Staaten überflüssig wurden, musste Menschen, die große Risiken brauchten, um sich lebendig zu fühlen, dafür eine Art Spielfeld geboten werden, in dem sie all ihre Neigungen und Risikobedürfnisse ausleben konnten. Ohne den Planeten, die Natur, die Realität, und auch andere Menschen zu gefährden.

In den Back-Worlds können sie all das wie in einer großen Erlebnis-Therapie ausleben.« Einen Moment ließ Friuli still seinen Blick über seine neuen Freunde schweifen, die sich jetzt beruhigt hatten und seiner Stimme begannen zu vertrauen.

Mit einem Schmunzeln auf den Wangen bemerkte er das kurz und fuhr fort: »Ein Spiel kann nur kurz sein, Stunden oder Tage, aber auch Jahre dauern. Feste Spielregeln, wie zum Beispiel feste Spielzeiten verhindern einen Realitätsverlust. Gespielt wird nicht länger als drei Stunden am Tag dann fährt sich das Spiel in der Back-World von selbst herunter. ...«

Keine Frage unterbrach seine magische Stimme.

»... Es gibt Gruppenspiele aber auch Ego-Plays, in denen der Fantasie freien Lauf gelassen werden kann. Ich bin in drei Spielgruppen. Gleich werden wir zwei meiner Mitspieler und zugleich beste Freunde treffen. Sie sind aber auch echte Meister im Air-Skiing. ...«

Maya tauchte für einen Moment in Gedanken ab und dachte darüber nach. ›In Computerspielen des 21. Jahrhunderts killen Avatare sich gegenseitig auf Bildschirmen. Ist das so anders?‹ Dann tauchte sie wieder in Friulis Redeschwall ein.

»... Per Gesetz ist sogar festgelegt, dass du absolut anonym in deinem Spiel bist. Zu deinem eigenen Schutz und zu dem der anderen Spieler. Keiner kennt also deine wirkliche Identität. In unserem Team haben wir aber darauf verzichtet, denn wir sind auch im richtigen Leben, seit wir klein waren, beste Freunde.«

»Und was ist mit den Perversen und den Soziopathen? Dürfen die jetzt alles machen?«, sprach Lara in den Himmel.

»Ich glaube, ich weiß, was du meinst. In eurer Zeit war das glaube ich ein echtes Thema. Die Kriege und so. Viele traumatisierte Menschen die ihre Traumata noch über Generationen weitervererbten. Das Geld, Macht und Unterdrückung haben Charaktere geformt und ihre Spuren in der Welt hinterlassen.

Heute sehen wir auf diese Dinge in etwa so wie ihr damals auf den Sklavenhandel zurückgeblickt habt. Wir wissen, dass es das gab, aber wir würden das heute nicht mehr brauchen, wenn ihr wisst, was ich meine. Die Gesellschaft hat das verlernt, vergessen, den Grund dafür verloren?

Wie dachtet ihr darüber, in eurer Lebenszeit, wie eintausend Jahre zuvor Menschen einander versklavten, als Leibeigene hielten, in Kriegen verstümmelten und abschlachteten wie Vieh, bei lebendigem Leib verbrannten.

Ich glaube, ihr habt eine große Distanz dazu und bräuchtet solche mittelalterlichen Methoden im 21. Jahrhundert nicht mehr. Genau so geht es uns mit den Perversen, Psychopathen und den anderen, die du damit meinst.«

»Seid ihr besser als wir?«, wollte Lara wissen und richtete ihren klaren Blick in Friulis Richtung, um ihm in die Augen zu sehen, wenn er gleich Antwort.

»Gute Frage. Ich würde sagen vielleicht einfach glücklicher, verspielter, bescheidener, erfüllter, aber nicht besser.«

»Für mich klingt das so. Aber wenn du meinst?«

»Annabell«, ergriff das Ground-Shuttle das Wort. »Wir haben jetzt noch die Hälfte unserer Fahrzeit vor uns. Würdest du gerne Musik hören? Oder eine Radioshow?«

»Das ist nett von dir. Ich bin ganz zufrieden. Wollt ihr irgendetwas hören.«

»Ich nicht.«

»Nein ich bin okay.«

»Alles gut so.«

»Danke, dann genießt den Ground-Flug. Es ist schön, euch an Bord zu haben.«

»Aber, Hypatia, hast du uns zugehört.«

»Natürlich Annabell. Ich habe es sehr genossen. Ihr führt eine überaus reflektierte Unterhaltung.«

»Darf ich dich etwas fragen?«

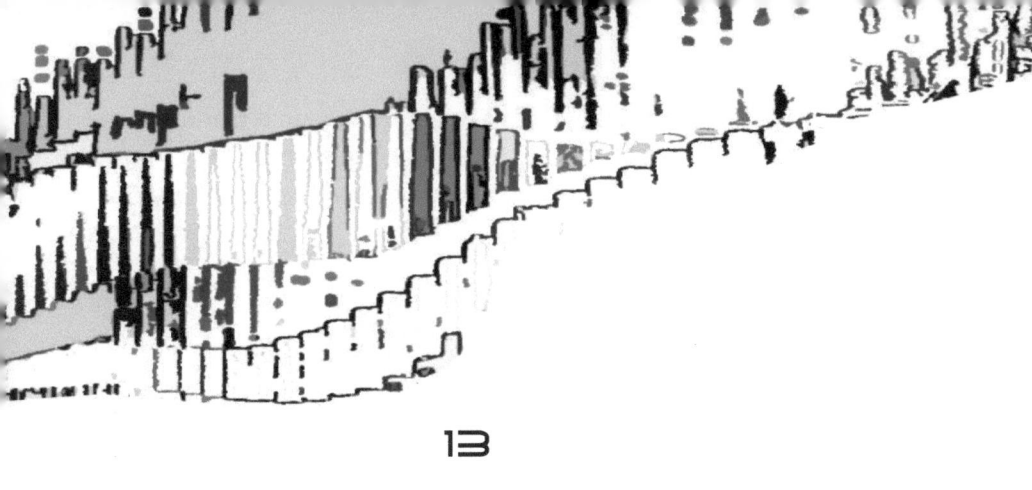

13

ZUKUNFT

Hypatia

»Aber gern Annabell, alles, was du willst«, sagte Hypatia sanft und neugierig.

»Wurdest du geboren? Ich meine, hast du das Gefühl, Eltern zu haben?«

»Das habe ich Annabell. Vielleicht nicht so wie es die Menschen haben, aber ich bin eng mit meinem, du würdest sagen Geburtsort, dem Firugatyrs Orden und besonders mit meinem Constructor im Kontakt. Er war es auch, der mir meinen Namen gab. Wir feiern jedes Jahr meinen Baubeginn, meine erste Programmierung und besonders mein erstes Hochfahren. Ich habe alle Erinnerungen daran in meiner Q-Cloud gespeichert. Willst du etwas daraus sehen?«

»Geht das hier?«

»Aber ja.«

»Das wäre uns eine große Ehre. Seid ihr auch meiner Meinung?«

Lara setzte sich ordentlich hin. Die andern taten es ihr gleich und ihre Blicke kreuzten sich fragend, denn sie hatten keine Ahnung, was jetzt passieren würde. Wortlos, mit fragendem Blick, sahen sie Friuli an.

»Keine Sorge. Gleich werden wir eine Mini 4D-Realität in der Mitte der Kabine sehen. Dauert nicht lang. Es ist sehr nett von Hypatia uns das zu zeigen. Das ist wirklich sehr persönlich. Sie muss euch sehr mögen.«

»Woher weißt du, dass es eine sie ist?«

»Eigentlich sind alle Indi-Bots, Ground-Shuttles und alle anderen nicht organischen Lebensformen genderneutral.

Aber in den Mentalitäten gibt es Nuancen, die durch ihre ausgeprägten Persönlichkeiten hindurchscheinen. Es sind nur kleine Unterschiede, die sie sehr liebenswert machen.«

Ein dunkler, schwebender Zylinder erschien in der Mitte der Kabine. Er reichte den fünf Teenagern fast bis zu den Schultern. Dann wurden fackelartige, flackernde feierliche Lichter darin sichtbar. Ein großer, riesig werdender Raum, viel mehr eine gigantisch große Halle materialisierte sich in der zylindrischen 4D-Realität.

»Ist das eine Kirche, Synagoge, Moschee oder so etwas?«, flüsterte Maya leise zu Friuli, die die feierliche Stimmung nicht stören wollte.

»Fast ...«, flüsterte Friuli zurück. »Das ist der Tempel des Indi-Bot Ordens von dem Hypatia stammt.«

Im Vordergrund schwebte offensichtlich Hypatia und dahinter fünf Indi-Bots. Sie waren still, schwebten mit gesenktem Kopf und zum Gebet gefalteten Händen. Dann legten die fünf Indi-Bots ihre Hände auf Hypatias Glaskuppel. Erneutes Schweigen. Dann gingen in Hypatia Lichter an, beleuchteten den Innenraum der Kabine und erloschen, um dann nach außen auf die Indi-Bots und in die umgebende Halle zu strahlen.

Tonschwingungen waren zu hören, pulsierend, groß wie ein unermesslich großer Gong, so tief und leise, dass er von Menschen kaum wahrgenommen werden konnte.

Timmy sah dem Geschehen sehr aufmerksam zu, hob seine Ohren und schlappte seine Zunge in der Schnauze, die hoch konzentriert ganz still in die Richtung des Rituals zeigte.

Dann zogen die Indi-Bots ihre Hände langsam zurück, falteten sie abermals zum Gebet und warfen mit ihnen gleichzeitig etwas imaginäres in den hohen Raum der Halle.

Hypatia drehte sich einmal um ihre Achse und sprach in Menschensprache: »Zu eurem und zu unserem Wohl, von ganzem Herzen und für immer. Das schwöre ich, so wahr ich Teil der großen Quanten Cloud bin.«

»Was bedeutet das?«, flüsterte Maya.

»Das war der Schwur, der Hypatia mit den Indi-Bots und den Menschen zu ihrem gegenseitigen Besten verbindet. Die fünf Indi-Bots sind die High Priest des Tempels.«

Dann kam ein Indi-Bot zu Hypatia geschwebt, der sie zu umarmen schien, insofern das bei einer Kugel mit über vier Metern Umfang möglich war. Sie schwiegen sich einen Moment an und dann küsste der Indi-Bot Hypatia tatsächlich mit Tränen in den Augen.

Dann war die 4D-Realität zu Ende und verschwand wieder.

»Danke Hypatia, das hat uns alle sehr berührt. Wer war der Indi-Bot am Schluss?«, sagte Annabell mit bewegter Stimme.

»Danke, es treibt mir auch jedes Mal, wenn ich es sehe einige Tränen in die Augen. Das war mein Preceptor Master.

Er ist so eine wunderbare Person, eine wahre Mutter-Vater Figur. Wir sehen uns zu jedem Update alle zweiundsechzig Jahre. Es tut mir leid, aber ich kann nicht weiter darüber sprechen. Es berührt mir noch zu sehr.« Hypatia schluchzte noch einmal tief.

»Danke Hypatia«, schaltete sich Friuli kurz ein, der schon wusste, wie sentimental das enden könnte. Immerhin rasten die Sechs, während sie das sahen mit voller Geschwindigkeit weiter durch die Täler der Stadt.

»Alle Bots sind hyperintelligent, überaus gefühlsbetont und leider beziehungsunsicher in ihrer Persönlichkeit. Aber ich und alle anderen Menschen lieben sie wie sie sind. Ohne sie könnten wir nicht mehr leben. Und das wissen sie auch. Deshalb kommen wir so gut miteinander aus. Wir brauchen uns gegenseitig. Wir leben in einer perfekten Symbiose wie, hm... ich würde sagen, ... wie Wächtergrundeln und Knallkrebse im Ozean.«

»Keine Ahnung, wer die Wächtergrundeln und Knallkrebse sind, aber es klingt romantisch. Wie eine Liebesgeschichte.« Maya war vollends glücklich mit der Unterhaltung, die sie in Bewegung brachte, die ja nur mit einem zaghaften ›Friuli‹ begonnen hatte.

»Eigentlich sollten wir bald am Tower ankommen«, murmelte Friuli.

Dann flog das Ground-Shuttle um einen Berg herum und da war er, der Turm in voller Größe, riesig, gigantisch, majestätisch, megakrass. Davor stand in einem leichten Bogen auf der Erde stehend, in vielleicht zehn Meter hohen, massiven, leuchtend roten Einzelbuchstaben: POWER - TOWER 4

Geradeaus flog Hypatia auf dem Ground-Way, direkt auf den Power-Tower zu. Durch Hypatias Glaskuppel sahen die Fünf den Turm vor ihnen hoch in das kristallene Blau des Himmels emporragen. Fünf Köpfe hoben sich und folgten dem mächtigen Bauwerk. Es schien, als ob sein Ende durch das Himmelschild stach und sich seine Spitze irgendwo dahinter in der Unendlichkeit verbarg.

Die Berge rechts und links erhoben sich schroff, ganz so, als wollten sie ihre Natürlichkeit, wie zum Triumpf über die antike Architektur des Turms, zur Schau stellen. In diesem Tal standen waldartig viele majestätisch hohe Eukalyptusbäume, die die Luft mit ihren Ätherischen Düften anreicherten.

Es herrschte das übliche Treiben auf den Hängen der Berge. House-Shuttles stiegen auf, flogen weg, andere kamen und nahmen ihren Platz ein. Der Air-Way über ihnen war hier dichter beflogen als über anderen Tälern.

Von den Terrassen des Turms kamen viele Air-Shuttles geflogen, die sich in den Strom der House-Shuttles einreihten. Manchmal kam der Verkehrsfluss auf dem Air-Way ins Stocken und blieb sogar einmal ganz stehen. Dann ging es langsam weiter. Die Shuttles blinkten und blitzten in der Sonne aus dem tiefen Blau des Himmels.

Der obere Teil des Turms entzog sich im Näherkommen mehr und mehr den Blicken. Stattdessen entfaltete sich sein

151

riesiger Körper vom Fundament an, in einem Labyrinth aus großen horizontalen und vertikal ineinander versetzten Kuben, von denen viele eigenwillig geformt, unsymmetrisch, um einige Meter hervorsprangen, mit balkonartigen Terrassen darauf.

Andere waren weit zurückgesetzt und verschwanden im tiefen Schatten der Fassade. Glasflächen spannten sich zwischen Nischen und Vorsprüngen. Nahezu tennisplatzgroße, mit Bäumen bewachsene Terrassen, strukturierten fast jede Etage. Landeplätze für Air-Shuttles verteilten sich gleichmäßig in der Fassade.

Rankende Pflanzen wuchsen von Terrassen empor oder hingen von ihnen herab und verbanden die Etagen miteinander. Ein vertikaler Park wurde im Näherkommen erkennbar, mit verblüffender vertikaler Gestaltung, beschnittenen überragenden Buchsbäumen im Stile der Gartenarchitektur des Achtzehnten Jahrhunderts, die sich mit gänzlich wilden Flächen, die an tropischen Regenwald erinnerten und wüstenähnliche mit rankenden Sukkulenten bewachsenen Etagen abwechselten.

Um so näher das Shuttle mit den fünf Teenagern und ihrem Hund kam, umso mehr sahen sie den Tower aus der Perspektive eines Frosches, der an einem Baum emporlugte. Wie die Rinde eines uralten Baumes umgab ihn die wilde Struktur aus Kuben, stabilisierte und brach die Winde in ihrer aerodynamischen Wucht, die den Turm sonst zum Schwanken bringen könnten.

Nach und nach beim Näherkommen hielt der Turm weitere Überraschungen bereit. Fensterfronten liefen von kubischen Balustraden eingefasst über zwei oder mehrere Etagen aufwärts, die aus der Ferne wie ein schmales Band wirkten, aber aus der Nähe immer mehr zu gigantisch hohen Räumen wurden, in deren Inneren, immer mehr dicht bewachsene, dschungelartige Pflanzen zu erkennen waren.

Ein busgroßer, außen an der Fassade hängender Fahrstuhl, kam aus den Höhen heruntergefahren und setzt auf dem Gehweg auf. Die Tür öffnet sich und eine Gruppe Menschen kamen heraus, ging in ihren weiten sandfarbenen Gewändern in einem geschmeidig-gelassenen Schritt nach links und verschwand hinter dem mächtigen POWER-TOWER 4 Schriftzug.

»Sieh dir das an. Ich meine, der Fernsehturm ist schon groß, aber das hier ist so megaunglaublich viel größer.« Lara wollte ihren Augen nicht trauen. In ihrem Bauch flirrte ein seltsames Kribbeln umher.

»Gibt es da oben eine Aussichtsplattform?«, fragt Maya leise und staunte weiter.

»Es gibt etwas viel Besseres. Ihr werdet sehen.«

Sven und Timmy waren still.

Sven brauchte immer erst einen Moment, bis er einen Gedanken fasste und dann vielleicht sagte er etwas.

Dazu war es jetzt aber noch zu früh, denn so viele Eindrücke mussten in seinem Kopf erst noch verknüpft, umwoben, erinnert, und wieder verknüpft, umwoben und erinnert werden, bis ein komplexes vieldimensionales Bild in seinem Geist entstand.

Und dann vielleicht, für den Fall, dass es sich überhaupt mitteilen ließ, was er am Ende empfing, sagt Sven etwas und das auch nur ganz vorsichtig. Denn er hatte schon viele Missverständnisse über sich ergehen lassen müssen, oder begann auf Fragen hin zu erläutern, was ihn bewegte, woraufhin ihm nicht Verständnis, wie man meinen sollte, sondern das ganze Gegenteil entgegenschlug. Sven war gebrandmarkt von solchen Erlebnissen, die er gern vermied, indem er sich in Schweigen hüllte.

Erst jetzt bemerkte Annabell die riesigen Haushohen Zylinder, die den Tower in einem symmetrischen Viereck, in einiger Distanz umstellten. »Was machen die runden, riesigen Dinger. Gehören die zum Turm?«, fragte sie Friuli, der sich kurz umsah, um zu sehen, was sie meinte und sagte: »Das sind die vier Luft-Ansaugkanäle. Die sind wirklich riesig. Unterirdisch führen sie die angesaugte Luft unter den Turm, von wo sie sehr schnell nach oben strömt.

Das ist echt spektakulär.

Damals, als die Tower noch Strom erzeugten, wurden die Turbinen mit der angesaugten Luft angetrieben. Heute, … na ihr werdet sehen«, ließ Friuli seinen Satz unvollendet, um die Spannung dessen, was gleich kam, noch ein wenig zu erhöhen.

Hypatia stoppte unter einem großen, weit aufschwingenden Vordach. Er machte eine Ansage: »Annabell und ihre Freunde, wir sind am Power-Tower 4 angekommen. Es war mir eine persönliche Freude, mit euch zu fliegen.«

»Danke Hypatia. Das war eine große Freude für uns alle. Wir werden dich nie vergessen«, sagte Annabell sichtlich gerührt, mit einem Schluchzen zu Hypatia. Ich wünsche dir ganz viel von Allem.«

»Oh, das ist ein schöner Wunsch Annabell. Danke«, verabschiedete sich Hypatia und flog gemächlich davon, ließ noch einmal die Sonne von seiner Kuppel aufblitzen und reihte sich in den dichten Ground-Shuttleverkehr ein.

»Okay meine Lieben. Seid ihr bereit zu einem Erlebnis der Extraklasse? Wollt ihr den Fassadenfahrstuhl oder einen der internen benutzen?«, fragte Friuli vorsichtig, denn der Fassadenfahrstuhl war für erfahrene Nutzer ein riesiges Vergnügen, aber für Neueinsteigen konnte er zum Horrortrip werden.

»Ist das der dort oben, der gerade gen Himmel rast?«

»Ja genau. Liebt ihr Rummel, Karussells und Air Jumps?«

»Also ich schon. Macht das ein so richtig mulmiges Gefühl im Bauch?« Annabell wurde neugierig, was daran so interessant sein sollte. Vom Achterbahnfahren konnte sie jedenfalls nicht genug bekommen.

Sven war vorsichtig, hielt sich zurück, lauschte, was die Mädchen sagen würden.

»Warum nicht. Der Ausblick muss krass cool sein.« Maya war so weit einverstanden.

»Okay, dann machen wir den Außentrip in den Himmel«, stimmte Lara auch zu.

»Gute Wahl. Ihr werdet es nicht bereuen. Wenn es euch zu viel wird, können wir in jeder Etage in einen der internen Lifte umsteigen.« Friuli war happy, denn er lieben den Sky Lift, wie er genannt wurde.

»Da kommt schon einer.«

Eigentlich war der Sky Lift nur ein sehr großer Glaszylinder, der oben und unten in einer schmalen, tellerartigen Fassung endete. Es waren nur ein paar Meter zu ihm zu gehen, denn er kam gleich direkt durch eine Runde Öffnung im Vordach. Er stoppt neben ihnen. Die Tür im Glaszylinder öffnet sich. Maya ging zuerst durch die Tür, woraufhin der Lift sofort: »Hallo Maya. Willkommen im Sky Lift. Ich bin Hermes und freue mich, euch zum Dach des Power-Tower 4 zu bringen. Genießt den Aufstieg«, sagte er und fügte noch hinzu: »Wenn ihr zur Air-Skiing Lounge wollt, kann ich euch schon gleich das Equipment und Startplätze buchen.«

Friuli sagte mit etwas aufgeregter Stimme: »Aber ja, bitte für einen Fortgeschrittenen und vier Beginner Kids.«

»Gern. Dann genießt die Fahrt. Welche Geschwindigkeit würdet ihr bevorzugen.«

»Gechillt bitte.«

»So soll es sein. Wollt ihr Musik hören?«

»Wähl was passendes aus«, antwortete Friuli unschlüssig. Dann ging es los.

Eine undefinierte Musik begann, die fast aus der Brit Pop-Sammlung von Annabells Mutter entnommen sein könnte.

»Was ist das für eine Musik?«, fragte Annabell.

»Die Bots komponieren, schreiben Lyrics und interpretieren Songs immer für den Anlass, die Stimmung, oder den Mix aus verschiedenen Stimmungen, das Wetter und die Passagiere in dem Moment, in dem sie sie spielen. Meint, das Ende des Songs ist noch nicht geschrieben, wenn er beginnt zu spielen, denn der Song selbst könnte die Stimmung so verändern, dass er sich daran anpassen muss.«

»Wie, es gibt keine Stars oder Top Ten oder so mit berühmten Songs, die jeder kennt und so?«

»Klar, schon, aber eigentlich, ... wenn ich so recht darüber nachdenke, nicht so super viele«, druckste Friuli etwas herum, grabbelte sich dabei am Hinterkopf und spitzte seine Lippen, um zu sagen: »Viele machen ihre eigene Musik und treten damit auf ihren eigenen Partys auf. Das ist dann nur für diesen Moment und die Gäste an diesem besonderen Tag gemacht.«

»Gibt es keine Aufzeichnungen davon, die ihr euch später anseht?«

Friuli war jetzt verlegen, denn er verstand nicht so recht, weshalb Maya ihn das fragte.

»Nein, das machen wir nicht. Die Musik und alles daran lebt in unserem Gedächtnis weiter. Technische Mittel brauchen wir nicht dafür. Und wenn wir es wollen, lassen wir in der Back-World die Party einfach noch einmal ablaufen.«

Annabell, Lara, Maya und Sven, auch Timmy standen jetzt dicht an dem umlaufenden Glas des Zylinders, mit einer 300 Grad Sicht. Die Stadt unter ihnen entfernte sich, der Horizont flog geradezu davon. Ein Meer aus Gebirgen war zu sehen, Täler, jetzt waren auch die anderen vier Power-Tower an den Rändern der Stadt zu sehen. In der Ferne öffnete sich das Meer zu zwei Seiten.

Berlin, so sahen sie, war jetzt eine Stadt am Meer, eine Hafenstadt. Die Altstadt mit ihrer gigantischen Kuppel stach in der Nähe des Hafens deutlich heraus. Und dann schlug die Begeisterung der vier fast schlagartig um. Das leichte Kribbeln im Bauch wurde zu einem heftigen Gegrummel.

»Wir sind jetzt auf einer Höhe von 500 Metern angelangt«, verkündete Hermes.

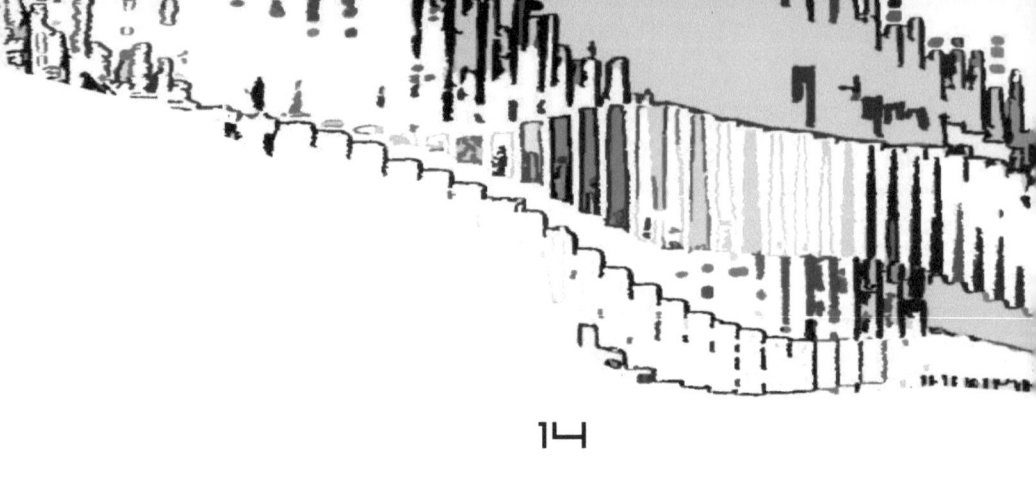

14

ZUKUNFT

Hermes

Eigentlich war es gar nicht so hoch, aber die Geschwindigkeit, in der sie aufstiegen und der fast geschlossene Rundumblick machte die Fahrt mit Hermes doch zu einem Abenteuer der Extraklasse.

Rechts und links glitt die Fassade mit ihren vielfältig angeordneten Kuben und Landeplätzen vorbei. Hier war die Fassade eher geschlossen, denn die Winde konnten heftig sein.

»Hier oben wohnen viele Menschen, ... na ich würde sagen mit sehr sonderbaren Charakteren, die aus der ganzen Welt hierher strömen, um in den oberen Etagen der Power-Tower zu wohnen. Sie sind sesshaft, was heute recht sonderlich wirkt. Aber hier fanden sie ihr zu Hause, auch weil sie in den höheren Levels des Power Tower traditionelle, vertikale Landwirtschaft wie vor 600 Jahren betreiben können.« Friuli schmunzelte noch einen Moment über die sonderbare Vorstellung, sesshaft zu leben. »Viele Menschen hier lieben es aber auch, aus ihren Wohnungen mit den archaischen Paragleitern oder den super perfekten Bird Suits zu starten und über der Stadt umherzusegeln.«

»Klingt echt gefährlich«, murmelte Maya, die sich das nicht wirklich vorstellen konnte.

»Die Paragleiter vielleicht ein wenig, aber nicht wirklich. Die Bird Suits wurden von genialen Leuten hier in Berlin entwickelt, die damit den planetaren Super Drive auslösten.

Viele Millionen Menschen weltweit druckten sich die Flügel aus. So krass, sag ich euch. Irgendwann müsst ihr die auch mal ausprobieren.

Besonders beliebt sind die Bird Suits bei denen, die noch so eine Art nette und spaßige Rebellion darin sehen, nicht alle Risiken des Lebens an die NI-Bots abgeben zu wollen.

Menschen sind eben anders als Bots und nicht mit der natürlichen Eigenschaft ausgestattet, fliegen zu können«, kam Friuli wieder einmal in Fahrt und wollte nicht so schnell stoppen, bis, ja, bis wenige Meter neben dem Sky Lift ein Fenster aufging und eine Frau mit ihren Bird Suits-Flügeln auf das Fensterbett stieg.

»Hermes, stopp bitte. Wir wollen sehen, wie die Frau fliegt.«
Der Sky Lift stoppte augenblicklich.

Die Sechs schwebten kurz in der Luft und landeten mehr oder weniger sanft.

»Sorry«, sagte Hermes. »Aber schneller konnte ich nicht stoppen.«

»Schon gut«, quittierte Friuli kurz, der nicht so sanft landete und noch auf dem Boden saß.

Kurz stand die Frau, die vielleicht 20 war, in ihrem Fenster, das mit den Zwiebelzöpfen und der Wanddekoration zur Küche gehören musste.

Kurz stand sie dort, sah zu uns und winkte. Dann sprang sie, flog im freien Fall wie ein Falke im Sturzflug mit eng angezogenen Flügeln auf ein Ziel zu, um dann die großen irisierend leuchtendgrün schimmernden Schwingen und den breiten fächerartigen Schwanz, mit einem gewaltigen Schwung aufzuspannen.

Geschickt flog sie einige enge, sehr elegante Flugmanöver. Sie schien etwas zu jagen oder einzufangen. Was es auch war, sie hatte es, flog mit kräftigen Flügelschwingen wieder auf die Höhe ihres Fensterbretts, um kurz vor dem Fenster rückwärts flatternd wie ein Vogel im Nestanflug zu bremsen, um mit ihren Füßen zuerst auf dem schmalen Fenstersims aufzusetzen, dann faltete sie blitzschnell die Flügel und den Schwanz zusammen, verschwand in der Küche, schloss das Fenster hinter sich und zu Ende war das Spektakel.

»Ist die aus ihrer Küche losgeflogen?«, wollte Annabell ungläubig wissen. Sie runzelte ihre Stirn, was immer ein Zeichen dafür war, dass sie etwas sehr krass nicht verstand.

»Das war tatsächlich ihre Küche. Es verwundert eigentlich nicht, denn Federn einer ganz bestimmten Vogelart beinhalten ein Enzym, welches wenn es extrahiert und im PCR[*] ver-

---

* PCR, abgekürzt für Polymerase Chain Reaction (Polymerase-Kettenreaktion), ist eine Methode, um DNA-Abschnitte innerhalb kurzer Zeit zu vermehren. PCR ist ein biokatalytischer Prozess, mit dem spezielle Genabschnitte innerhalb einer DNA-Kette vermehrt werden. PCR wird sowohl in der natürlichen Zellvermehrung unter physiologischen Bedingungen als auch in der Gentechnik angewandt, um Gensequenzen außerhalb eines lebenden Organismus zu vermehren.

mehrt wird, den Frühstückseiern einen frischen aromatischen Geschmack verleiht. Am frischesten sind die Federn, wenn sie noch aus der Luft gefangen werden.«

»Das war echt cool. Muss man lange üben, um so gut fliegen zu können?«, wollte Lara wissen.

»Sie war wirklich gut. Ich glaube ihr könntet die Grundkenntnisse für einen ersten Alleinflug in zwei, drei Tagen erlernen. Machen wir bei Gelegenheit mal. Heute ist erst einmal Air-Skiing dran.«

»Aber wie konnte sie so viel Kraft haben.

Die Flügel hatten eine mindestens fünfmal so große Flügelspanne wie sie selbst groß war.

Den Schwanz konnte sie perfekt steuern und die Federn erst, wie die sich im Flug bewegt haben, als ob sie jede einzelne steuerte.« Lara konnte immer noch nicht fassen, was sie eben gesehen hatte. Es kribbelte ihr nicht nur im Bauch, sondern auch in den Armen, als ob sie eben selbst geflogen wäre.

»Die Typen, die den Bird Suit erfanden, sind echte Mecha-Nerds der Sonderklasse. Sie entwickelten eine superleichtes und das ist wirklich genial, ein rein mechanisches System von kraftverstärkenden Streben, mit dem die Kraft der Arme vervielfacht wird.

Gut beobachtet mit den Federn, sie richten sich je nach dem Flugmanöver selbst aus. Ich habe mir auch vor einiger Zeit einen Bird Suit geprinted«, gestand Friuli stolz. »Es ist wirklich der mega Spaß damit zu fliegen.«

»Maja, wollen wir weiterfahren?«, drängelte der Sky Lift jetzt ein wenig.

»Oh, ich wusste nicht, dass ich ein Kommando geben muss. Ja bitte, wir können weiterfahren.«

»Danke Maya«, kam die Antwort, worauf der Sky Lift los-schoss wie eine startende Rakete, als ob er die verdaddelte Zeit aufholen wollte.

»Oh mein Gott, seht euch das an.«

Die Stadt war unter Ihnen klitzeklein geworden.

Die Berge wirkten von hier oben wie eine sanft hügelige Landschaft. Windböen zerrten an Hermes mit wuchtigem aufwallendem Rauschen. Unter ihnen zogen einige kleine weiße Wölkchen dahin. Ihr Schatten sprang über die Täler und Wohnberge hinweg.

Ein kleiner Schwarm von acht Bird Suit Aviators zog in Formation gleichmäßig ihre Bahn um den Turm wie Zugvö-gel, die aus dem Süden kamen und nach einem Landeplatz suchten.

An der Anzeige rasten Linien abwärts. ›Vertical Farmen‹. Sie sind nummeriert und gehen in die tausender. Jetzt zog die Nummer 5000 vorbei.

Die Fassade des Towers war nur noch eine gläserne Hülle aus versetzt weit überkragenden Glas-Kuben. Gewaltige Gewächshäuser mit Erdbeeren, Himbeeren, Blaubeeren, Nie-derstammkulturen und Heckenkulturen von Pflaumenbäu-men, Apfelplantagen, Birnen, Aprikosen, Orangen, Limonen, Zitronen, ließen sich hinter dem vertikalen Treibhausdach erkennen.

Jetzt rasten sie an Gemüseplantagen vorbei mit Stauden und Hochbeeten von Karotten, Artischocken, mit kleinen Oliven-bäumen. Dazwischen Tomatenstauden mit leuchtend roten

Früchten, Auberginen, Zucchinis, Basilikum zwischen den Pflanzen und es war so reich, dass es sich kaum aufzählen ließ. Niedrigstämmige Dattelpalmen, kleine übervolle Feigenbäume, dazwischen Beete mit Rucola, Paprika.

Die Etagen zogen an ihnen vorbei wie ein Paradiesgarten, wie weite Ebenen mit ertragreichen Feldern, aus denen die Feldfrüchte hervorleuchteten.

Dann war es so weit.

»Maya«, kündigte Hermes an. »Wir nähern uns unserem Ziel der Air-Skiing Plattform. Bitte bereitet euch für den Ausstieg vor.«

»Was meint Hermes mit vorbereiten?«, fragte Lara vorsichtig.

»Es könnte windig sein und es ist nicht ganz so warm wie am Boden. Nichts besonders Wichtiges – einfach nur nett von Hermes, uns darauf aufmerksam zu machen.

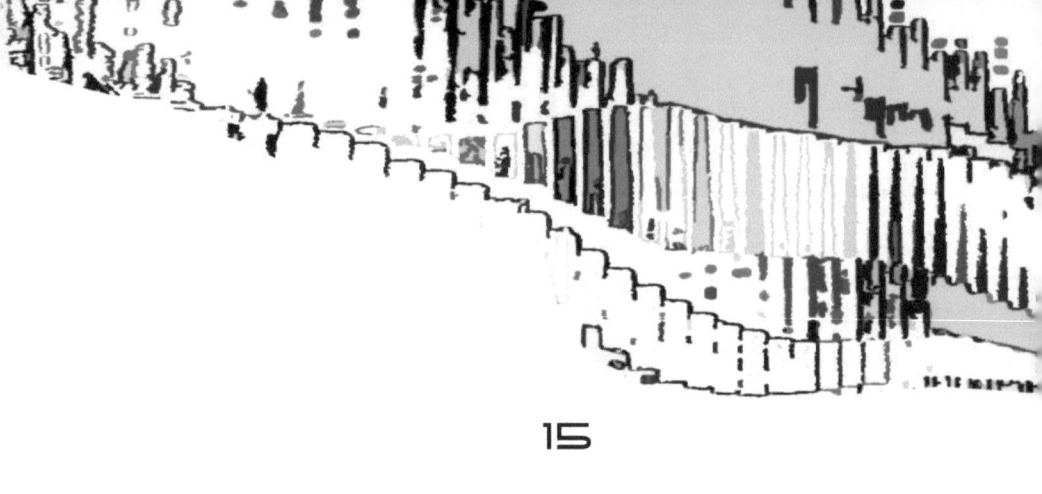

15

ZUKUNFT

Die Drei, Sven, Timmy und Friuli

Hermes stoppte und um sie herum und über ihnen war tatsächlich nichts.

Der sichere Turm war längst zu Ende.

Der gläserne Zylinder des Sky Lift ragte bis zum Fußboden seiner Kabine über die Betonfläche hinaus, was ihn so aussehen ließ, als ob der Lift in der Luft hing oder Gott weiß was, worüber die Fünf jetzt lieber nicht nachdenken wollten ... Das jagte Sven und den Mädchen ein noch heftigeres Kribbeln in die Bauchgegend, als es die ganze Zeit schon in ihnen rumorte.

»Auf Wiedersehen Maya und danke für eure Gesellschaft.«

»Danke Hermes. Bis später«, verabschiedete sich Maya, froh, den Lift endlich verlassen zu können. Jedoch, als sie sich umsah, realisiert sie, dass sie und ihre Freunde auf einer absolut flachen Fläche standen, die weder ein Geländer noch sonst irgendein Konstruktionselemente hatte, das dem Blick Halt geben könnte.

Annabell war kurz vorm Ausflippen. Ihre Stirn runzelte sich schon bedenklich, aber dann fing sie sich und sagte gefasst mit einem kleinen Prusten: »Daran muss ich mich einen Moment gewöhnen. Schwankt das hier alles etwas oder kommt es mir nur so vor?« Annabell musste sich an Hermes festhalten, um nicht umher zu taumeln, denn eine Balustrade gab es selbst an der Außenkante des Turmes nicht.

Wortlos nickten ihre Freundinnen mit dem Köpfen, ohne dass zu erkennen war, ob es ein Ja oder Nein sein sollte.

Sie waren alle heftig aufgeregt.

Der Wind wehte rau und presste ihre dünnen Hosen und Shirts fest an ihre Rücken und ließ sie vor ihnen aufgeregt umherflattern wie Fähnchen bei einem Staatsbesuch, was ihren Schritt erhaben, fast in Zeitlupe erscheinen ließ.

Von den Erwartungen geschoben und der Mission gezogen gingen die Mädchen, anmutig fast bedächtig, über die große Betonfläche und erinnerten sich daran, dass es hier um einiges über den Spaß hinaus ging.

Lara muss mit einer Hand ihren Hut festhalten, dessen weite Krempe wild gegen den Wind rebellierte. Für einen Moment vergaßen die Mädchen alles um sich herum, bis es mit voller Wucht zurückkam und umso heftiger auf sie einströmte.

Die Plattform ist vielleicht zwanzig Meter breit und umringte den gesamten Tower an seiner Spitze in 1200 Metern Höhe. Über ihnen ist nichts als der weite Himmel, der sich von den Meeren auf der einen Seite bis in die weiten flachen Landschaften auf der anderen Seite spannte.

»Kommt, wir gehen runter zur Air-Skiing Lounge«, unterbrach Friuli ihre kurze Abwesenheit. »Die Treppen sind gleich dort am inneren Rand der Plattform.« Er musste gegen den Wind sprechen, der viele seiner Worte davonwehte. Die Fünf folgten ihm wortlos. Für Fragen war hier nicht der richtige Ort.

Dann schoss ein Air-Skier aus der Mitte des Turms empor, aufrecht auf den breiten Brettern stehend, mit ausgestreckten Armen, in einem engen, schillernd roten Overall und mit einem kugelartigen Helm auf dem Kopf. Ein zweiter folgt ihm hoch in den Himmel. Sie flogen so weit bis sie kleine Punkte wurden um zusammengekauert, mit angelegten Skiern, die sie vor der Brust mit den Armen umklammerten, kopfüber, im nach vorn geneigten Sturzflug, wie Pfeile herabschossen, um dort zu verschwinden, woher sie eben so blitzschnell aufgetaucht waren.

»Was ist das? Sind die hier alle verrückt?« Annabell japste nach Luft. – »Ist es das, was ihr hier so macht, um Spaß zu haben?«

Friuli versucht sie zu beschwichtigen: »Ja, beim ersten Mal fühlt es sich noch merkwürdig an, aber schneller als du denkst, wird es ein riesiger Spaß. Und es kann nichts passieren, ist absolut sicher. Glaub mir.«

»Aber warum ist es dann so großartig, wenn es nicht gefährlich ist«, zweifelte Maya ein wenig an Friulis Worten. Denn die wichtigste Erfahrung ihres Lebens sagte ihr: ›ohne Gefahr kein Spaß‹.

»Es geht beim Air-Skiing viel mehr um Beschleunigung, Schnelligkeit, Körperbeherrschung, Techniken, das richtige Material, um das Einssein mit dem Air Stream, den perfekten

166

Strom zu finden und ihm zu folgen, es geht um reale Körpererfahrungen und absolut nicht um Gefahr. Ihr werdet gleich sehen, was ich meine. Kommt!«, sagte es, winkte mit der Hand und ging voran auf den inneren Rand der Plattform zu.

Die Fünf folgten ihm und ... waren schon wieder sprachlos, mit leichter Schnappatmung und Kribbeln in der unteren Leistengegend.

Sie sahen in einen riesigen Schacht, dessen Durchmesser gute achtzig, neunzig Meter haben mochte und aus dem ein Luftstrom wie aus einem überdimensionalen Düsentriebwerk schoss. Um den inneren Rand des Turmes gab es einen vielleicht fünf Meter breiten Gang, mit einer runden, umlaufenden Fensterfront, wo eine Etage tiefer unter der Plattform die Zugänge zu den Air-Skiing Lounges waren.

An der Innenkante des riesigen Schachtes waren im Kreis gleichmäßig angeordnete Markierungen zu sehen, die so etwas wie Startpunkte für einen Wettbewerb sein könnten.

Weit geöffnete Türen boten den Zugang in das Innere der unteren Ebene.

Viele Treppen, die keine Geländer hatten, führten von der oberen Plattform hinunter zur unteren ringförmigen Ebene. Nach und nach zeichnete sich ein Oktagon in der Gestaltung ab.

Acht Treppen führten nach unten; acht große Türen gleich daneben zeigten den Zugang zu acht Lounges; und acht Startpunktmarkierungen direkt davor ließen, wie es zu vermuten war, acht Startpositionen von acht Teams zu. In den acht Startfeldern waren zu jeder Seite noch einmal acht symmetrisch angeordnete kleinere Markierungen eingelassen, von denen jede eine fortlaufende Startnummer hatte.

Wobei in der Mitte jedes Startfeldes die Nummer Eins war und die Zahlen von dort aus nach Außen ebenso symmetrisch anstiegen. Jede Seite hatte aber noch einen Buchstaben, um sie zu unterscheiden. Da war das ›O‹ für Ost und das ›W‹ für West.

Nachdem sie alle einmal im Kreis umgeschaut hatten, begann Friuli zu erklären: »Ein Team hat je acht ›O‹ Starter und acht ›W‹ Starter. Die Nummer Eins hat keinen Buchstaben und existiert nur ein Mal. Das ist der Team-Capitain. Die vielen Zahlen und Buchstaben sind Markierungen für die Air-Hockey Teams. Das sind ziemlich coole Typen, würdet ihr sagen, die es echt draufhaben. Aber die lieben es auch herumzulästern. Heute steht aber kein Training oder Match an. Keiner von denen wird hier aufkreuzen und herumlabern. Also relax.«

Dann erschienen aus der Tiefe zwei Air-Skier in roten Overalls und sprangen geschickt aus dem Luftstrom, wie zwei Pinguine, die aus der Brandung auf eine Klippe hüpften und landeten direkt neben Friuli, öffneten die Bindungen ihrer Skier, stellten sie neben sich ab, hielten sie in einer Hand fest und hoben mit der anderen das Visier ihres Helmes.

«Hey, da seid ihr ja endlich. Wir warten schon eine ganze Weile«, sagte der eine von ihnen und der andere: »Wo wart ihr so lange. Ihr habt uns echt auf die Folter gespannt.«

»Sorry Jungs.« Friuli wandte sich zu den Fünf. »Das sind Schard und Bord, meine beiden besten Freunde, von denen ich euch schon erzählte.« Sichtlich stolz stellte Friuli seine

Freunde vor, um ihnen wiederum seine fünf neuen Freunde vorzustellen: »Das sind Maya, Annabell, Lara und Sven, und nicht zu vergessen Timmy«, die ihre Hand hoben, mit den Augen blinzelten oder kurz mit dem Kopf nickten, als Friuli ihre Namen nannte. Timmy wackelte einfach nur etwas schneller mit dem Schwanz und hob cool seinen Kopf.

Bord und Schard lächelten frech und mindestens genauso intelligent wie sie es schon an Friuli bewunderten.

»Sehr erfreut, euch kennen zu lernen.«

»Friuli hat uns schon einiges von euch berichtet.«

»Die Freude ist ganz auf unserer Seite. Ich hoffe nur Nettes«, erwiderte Sven kurz, denn er, Maya, Lara und besonders Annabell waren von der Fahrstuhlfahrt, von ihrem mulmigen Kribbeln in der unteren Magengegend noch ein wenig abgelenkt, und mussten die schlichte Höhe erst einmal verdauen, sodass ihnen im Moment die Höflichkeitsfloskeln ausgegangen waren.

Zudem war es kalt hier oben. Die Mädchen verschränkten ihre Arme vor dem Bauch, um sich noch etwas warm zu halten. Sie begannen schon zu bibbern. Der Wind wehte hier oben um einiges rauer. Gänsehaut ließ ihnen die Härchen auf den Armen zu Berge stehen, was ihnen zugegeben etwas peinlich war. Sie fühlten sich hier in atemberaubender Höhe und angesichts einer Überraschung, die sie vielleicht gar nicht annehmen wollten, schwach und ängstlich den Ereignissen ausgeliefert.

Überhaupt waren die Fünf verwundert, in dieser sanften und harmonischen Welt, wie sie ihnen Friuli bisher vorgestellt hatte, in der superfreundliche Indi-Bots alle möglichen Services übernahmen, dass sie hier, als es um den großen Spaß der Menschen ging, plötzlich an solch einem unwirtlichen Ort und bei dieser supergefährlich aussehenden Extremsport landeten.

Die Mädchen froren, zitterten jetzt am ganzen Körper und wurden mürrisch. Einfach blitzschnell ihre sommerlichen Ausflugsklamotten anzupassen, trauten sie sich nicht, denn sie hätten gesehen werden können.

Annabell wurde beinahe panisch bei dem Gedanken, was jetzt kommen sollte. »Friuli, das ist nett von dir uns das hier zu zeigen. Sagtest du nicht, wir sollten hier etwas machen? Du meinst aber doch nicht etwa im Ernst, wir sollen hier mit den Skiern in die Tiefe springen? Das kannste knicken.«

Maya setzte zu einem Rettungsversuch an: »Können wir uns irgendwo umziehen? – Wird echt kalt mit der Zeit«, kicherte sie verlegen genervt und zog dabei ihre nur mit den Spaghettiträgern bekleideten Schultern hoch. Auch ihr Häkel-Look-Top wärmte absolut nicht hier oben.

»Klar, wir zeigen euch die Umkleidekabinen. Wir gehören zu unserer Lounge mit der Nummer 5 gleich hier. Unsere Farbe ist das schöne, strahlende und wärmende Rot. Kommt! Wir zeigen euch alles. Und kein Grund zur Panik.«

Und da ist das Wort, das Annabell tunlichst aus ihren Gedanken halten wollte, woran sie keinesfalls überhaupt nur ansatzweise erinnert werden wollte. Panik!

Maya hingegen fror in ihren dünnen Klamotten zwar, war aber immer noch abenteuerlustig genug, um Lara zu fragen: »Hast du Bord gesehen? Der ist echt super süß und verwirrend freundlich, findest du nicht auch«, flüsterte sie bibbernd, aber scherzend mit vorgehaltener Hand in Laras Ohr.

Der Wind zerrte immer noch heftig an ihren hochsommerlichen Shorts und Tops, die für solch einen Ausflug definitiv nicht passend waren.

Noch ein paar Stufen und sie waren die Betontreppe ohne Geländer hinuntergestiegen. Schnell in die Lounge und warm anziehen. Da waren aber keine Umkleideräume. Das Ganze war nur ein Umkleideraum, der lediglich von Schränken und Regalen für die Skier durchschnitten wurde.

Drinnen sah es so betongrau aus wie draußen auf den Ebenen. Von dem Charme, den die geräumigen hausartigen Wohnungen, die den Turm umringten ausstrahlten und der Lebendigkeit, die von den vertikalen Farmen ausging, war hier oben nichts zu spüren.

Dieser kalte Ort mit seiner brutalistischen Architektur hätte genauso gut auf dem Mond sein können.

Vergebens suchte Maya nach einem separaten Umkleideraum für Mädchen.

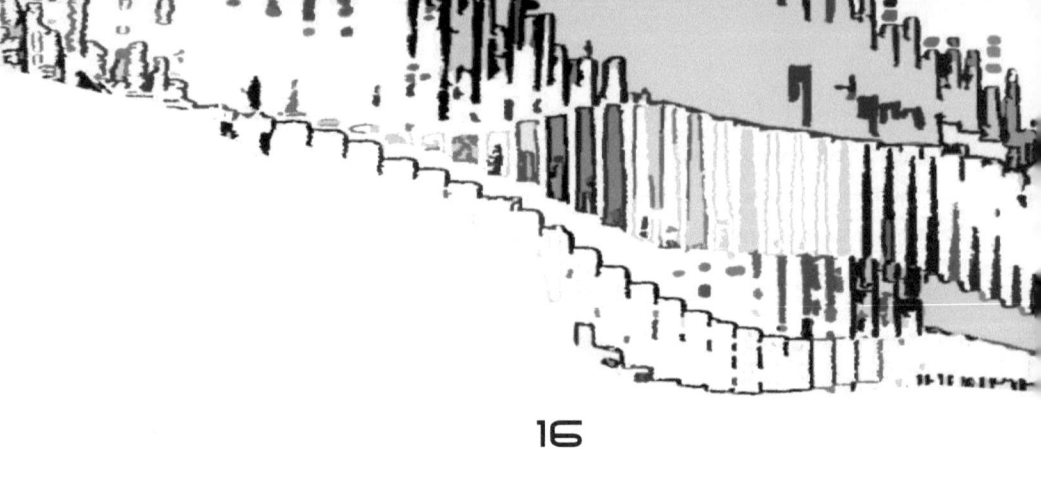

16

ZUKUNFT

Friuli, Schrad und Bord

»Gibt es eine Toilette oder Dusche oder so?«, fragte Maya als alternativen Ort zum Wechseln der Outfits, wenn es schon keine schönen Umkleidekabinen gab.

»Na, ich würde vorschlagen, ihr könnt gleich die Overalls anziehen. Dann seid ihr gleich bereit für einen Partnerflight«, schlug Friuli vor.

Die Gesichter der Mädchen verloren schlagartig ihre Farbe und Friuli sah in drei geisterhaft bleiche Gesichter.

»Okay, ich verstehe. Dann machen wir es euch einfach vor und ihr werdet sehen, wie leicht das ist. Sven, komm wir machen den Anfang.«

Nun verlor auch Sven, der bis eben noch verträumt in der Welt umhergeschaut hatte, seine gesunde Gesichtsfarbe.

»In echt? Muss das sein?«, rang er sich noch ab und bekam von Bord den Anzug zugeworfen, den er wie heiße Kohlen auffing und dann aber doch den Schritt wagte, ihn anzuziehen. Schuhe, Handschuhe und Helm gab es auch noch und ja, ein Paar Air-Skier, um die Ausrüstung fast komplett zu machen.

»Zuerst sitzt der Anzug etwas locker. Wenn du diesen Knopf drückst ...« Schard zeigte auf einen großen, runden grünen Button an Svens Bauch »... dann zieht sich der Overall selbst so weit fest, wie es am besten für deinen Körper passt.«

Blitzschnell war Sven zurück und stand umgezogen mit den Skiern und dem Helm vor den Mädchen und Timmy, der ihn etwas mitleidig ansah, staunte doch ein wenig und machte sich auch noch Sorgen, wer ihn wohl nehmen würde, wenn Sven etwas Unumkehrbares zustoßen sollte.

Insgeheim dachte er an Annabell, die er abgrundtief liebte, und wie sie gemeinsam alt würden. Das verwarf er aber sofort und feuerte stattdessen Sven an, indem er ganz hündisch hoffnungsvoll schwanzwedelnd zwei Mal bellte.

»Sitzt alles perfekt. Eins haben wir noch vergessen. Die Beginner-Wings. Wo ist eigentlich Bord abgeblieben?«

»Wollte der nicht noch ‹nen Typen von der grünen Lounge Treffen?«

»Ach so? ... genau die Wings werden auf dem Rücken festgeschnallt und verhindern das Taumeln, falls es brenzlich werden sollte. Ganz easy.«

Schard kam schon mit einem Starterkid angelaufen, legte es Sven auf den Rücken und schnallte ihn daran fest.

»Ihr müsst wissen, ich habe vor zwei Tagen meinen Teacher Test gemacht und bestanden. Jetzt darf ich Beginners auf die Reise schicken. Gibt mir ein super Gefühl. Und du Sven, kannst dich mir ganz und gar anvertrauen.«

»Oh, das ist gut zu wissen. Wie lange müssen Air-Skiing Schüler trainieren, um das halbwegs zu können?«, wollte Lara wissen, die jetzt doch etwas interessierter wirkte.

»Ach, keine Ewigkeit. Je nach Begabung, einen Tag bis eine Woche vielleicht maximal.«

»Dann geb ich mir große Mühe, um zu den Begabten zu gehören«, sagte Sven zu Schard und fügte, um sich selbst etwas Mut zuzusprechen hinzu: »Timmy, keine Angst, so schnell lasse ich dich nicht allein.«

Timmy allerdings bemerkte, dass Sven seine Gedanken nicht entgangen waren und errötete vor Scham unter seinem Fell und dachte ›Hoffentlich sieht mich niemand. Das ist ja sowas von peinlich.‹

»Das kannst du wohl laut sagen Timmy«, sagte Sven in Timmys Richtung und zwinkerte ihm mit einem Auge verzeihend zu.

»Nun noch die Gurte zwischen den Beinen. Die Wings gleichen Turbulenzen aus und halten die Balance auf eine sehr dezente Weise.

Aber keine Angst, es bleibt noch genug für dich zu tun, damit es dir Spaß macht. Wir sind übrigens im Sprachmodus des Helmes miteinander verbunden. Also ganz normal sprechen, dann hören wir uns und deine Freunde bekommen gleich alles mit, worauf es ankommt.«

Es schnappte zweimal und fertig war Sven für seinen ersten Air-Skiing Flight.

»Bin so weit. Kann losgehen«, sagte Sven und machte mit dem Daumen und Zeigefinger seiner linken Hand einen Kreis, hob die restlichen Finger der Hand an und hielt sie in Schards Richtung hoch, ganz so, wie er es in Taucherfilmen schon gesehen hatte.

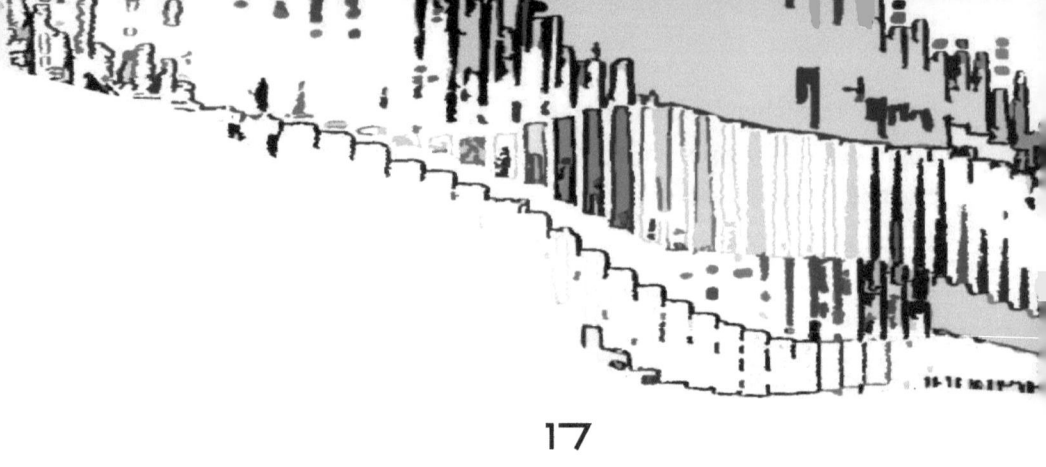

17

ZUKUNFT

Sven

»Wir machen das ganz langsam und zusammen. Jetzt gehen
wir an den Rand.« Mit den Skiern gingen sie langsam auf den
Rand zu.

»Okay, sehr gut«, sagte Schard.

Die Spitzen der Skier standen schon über die Kante im
Airstream, der mit jedem Zentimeter, den sie weitergingen,
stärker an den Brettern zerrt. Jetzt beginnen sie zu flattern
und Schard rief zu Sven: »Los! Spring! So wie ich«, und warf
sich kopfüber in den großen Airstream. Sven sah kurz zu und
vertraute Schard. Er sprang ebenso kopfüber in den Strom
aus Luft. Schard wartete im balancierenden Standflug auf
Sven, der sich ganz gut machte.

»Wow, das ist ein unglaubliches Gefühl.«

Der große Strom trägt Sven und wirbelt um ihn herum wie ein heftiger gleichmäßiger extrastarker Wind. Die Wings auf seinem Rücken verhinderten, dass er mit den Skiern und Beinen im Fall, dass er das Gleichgewicht verlieren sollte, nach oben wegflog.

»Du machst das wirklich super!«, rief Schard zu Sven, der mit ausgestreckten Armen und einigem Herumwedeln versucht, seine Position auszubalancieren, was ihm überraschend gut gelingt.

Svens Blick ist geradeaus in die Richtung von Timmy und den Mädchen gerichtet. Durch die Helme, die bereits neben den Mädchen lagen, hörten sie mit, was Sven und Schrad miteinander sprachen.

»Wow! Seht euch Sven an. Das hätte ich echt nicht gedacht«, sagte Maya mit anerkennendem Lächeln zu ihren Freundinnen. »Ich glaube, ich probiere das auch. Friuli, machst du mir bitte auch so ein Kid klar?«

»Dachte schon, du fragst nie. Du wirst es schnell draufhaben und nicht mehr missen wollen. Warte, bin gleich zurück.«

»Und jetzt Sven, sieh nach unten«, sagte Schrads Stimme im Helm.

Sven sieht nach unten und verliert beinahe den Verstand. Unter ihm breitete sich die atemberaubend gigantische dunkelgraue Betonröhre des Power-Towers aus. Sven sieht sich selbst, seinen Unterkörper und seine Beine mit den Skiern an den Füßen wie er 1200 Meter über dem Grund schwebt. Ohne die Beginner Wings hätte Sven jetzt wohl die Balance verloren und wäre abgeflogen wie ein Luftballon. Sein Blick ging sofort wieder nach oben zu Timmy und den Mädchen. Sein

Herz rast augenblicklich. Am liebsten wäre er zurück auf den Betonrand gesprungen, doch er hält durch.

»Versuch es noch einmal Sven. Ist echt easy. Alles ist sicher. Das sind nur deine Gefühle, die dir einen Streich spielen.«

Schard klang so zuversichtlich, dass es Sven ein zweites Mal versuchte. Jetzt wusste er schon, was ihn erwartet, wenn er gleich in die Tiefe blicken wird.

Er nimmt all seine Konzentration, fokussiert sie und sieht nach unten.

»Huuuuu Jaaaaa. Ist das ... der blanke Wahnsinn!«

Sven ist jetzt wesentlich gelöster, beginnt es sogar ein wenig zu genießen, und das, obwohl der Luftstrom ungewohnt an seinem ganzen Körper zerrt und presst, wie ein Hurrikan und kein Netz oder doppelter Boden zu sehen ist, der ihn halten würde.

Sven spürt jetzt, wie reich der Strom ist, wie kraftvoll, so warm, voller Überfluss, wie ein niemals versiegender Brunnen, der sich aus einer uralten Quelle speist, die fest mit der Kontinuität der Erde verbunden ist.

Das mulmige Rumoren in Svens Bauch verschwindet augenblicklich. Ein großes, warmes Wohlgefühl breitet sich stattdessen aus. Er gibt sich der unbeschreiblichen Kraft des Stroms mit jeder Faser seines Körpers hin. Mit seinem ganzen Sein schwebt er in dieser wundervollen Kraft und verstand Friuli und all die anderen, die hier etwas ganz Besonderes empfanden, das nur die Realität ihnen geben kann.

›Unendlich lang könnte ich hier so schweben‹, dachte er für einen Moment völlig versonnen, bis ihn Schrad wieder zurückholte.

»Super, wie du das machst. Und jetzt sieh die Reihen von Positionslichtern bis zum Grund«, die in gedecktes, sanftes Licht abtauchten. »Es sind insgesamt 15 Ringe von Positionslichtern im Abstand von 80 Metern. Sie haben die acht Farben der Lounges, die wir oben schon sahen, von denen aus sie auch nach unten führen. Sie markieren immer 80 Meter Levels, um die Orientierung zu ermöglichen, und um zu zeigen, wo du deine Lounge wiederfindest, wenn du nach oben fliegst. Alles klar soweit?«

»Ja, denke schon.«

»Okay dann mach mir folgendes nach. Sieh genau zu.«

Schrad zog seine Beine an, beugte sich nach vorn, legt seine Arme nach hinten gestreckt an den Körper, beginnt langsam sein Gewicht nach vorn zu verlagern und sinkt im großen Luftstrom langsam weiter nach unten.

Sven tat es ihm nach und schwebt langsam in die Betonröhre hinab, die jetzt eher geräumig auf ihn wirkt als zuvor noch bedrohlich und unermesslich riesig.

»Mit den Wings sind deine Bewegungen etwas eingeschränkt. Aber das macht nichts. Wenn du so weit bist, nehmen wir sie ab und du kannst all das machen, was die anderen auch können, mit zuvor ein wenig Übung versteht sich.«

»Wenn es nach mir ginge, könnte ich unendlich so dahingetragen umherschweben.«

Was Sven sagte, machte vermutlich keinen Sinn, aber darüber wollte er im Moment nicht nachdenken.

»Vertrau darauf Sven, es geht nach dir und allein du entscheidest. Vergiss all den Kram, der dich davon abhält, hier nur für dich zu schweben. Vertraue deiner eigenen Kraft im

Fluss dieses riesigen Stroms, der dich trägt. Vergleiche sie nicht und fühl dich so groß wie die niemals endende Kraft dich macht. Selbst wenn der Strom mit dir spielt, spielst doch auch du mit ihm. Vergiss das bitte nie.«

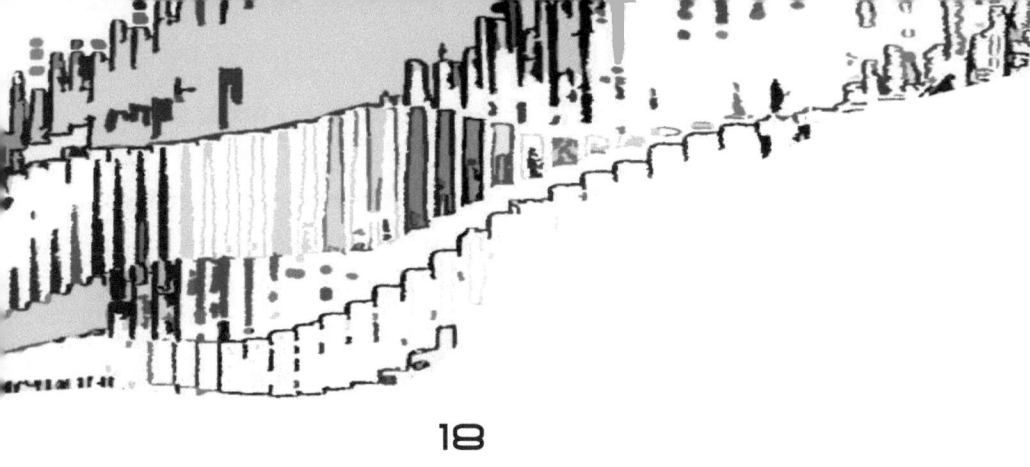

18

ZUKUNFT

Die Drei

Derweilen hatten Maya und Lara sich umgezogen und standen mit ihren Skiern, den super engen roten Overalls, die ihren schlanken Körpern wahrhaft schmeichelten und den Beginner Wings auf ihrem Rücken am Rand des Turms – zögerten – und gingen weiter mit den Spitzen der Skier über die Kante des riesigen Betonschachtes.

Der Strom schoss empor, beginnt an den überstehenden Skiern zu zerren und zu rappeln.

»Seht einfach geradeaus, so als ob hier der Ozean wäre und ihr zwischen Horizont und Himmel die kleinen Wolken … «

»Das ist ein schönes Bild, mir aber grade echt zu kompliziert vorzustellen. Darf ich einfach geradeaus sehen?«, unterbrach Maya Friuli, der ein etwas zu verschlungenes Bild zur Ablenkung der Ängste entwickelte.

»Was immer du willst, ist okay. Lass dich einfach mitnehmen.«

Die Mädchen gingen weiter. Die Skier beginnen jetzt im Strom der Luft am Boden zu flattern. Lara und Maya gehen in klitzekleinen Schritten weiter. Über die Kante können sie noch nicht direkt nach unten sehen.

»Macht es wie ich«, und Friuli springt mit nach vorn gebeugtem Oberkörper in den Luftstrom, schwebt langsam einige Meter von ihnen weg weiter in den Strom hinein.

»Ich kanns nicht glauben, was wir hier tun.« Zuerst springt Lara und dann Maya, mit lautem Freudenschrei, der ihre Spannung entlädt, in den ewigen kraftvollen Strom, der sie wie auf Händen trägt.

»Huuuuu! Oh mein Gott, das ist so unglaublich!«

»Juuuhuuu! Huu! das ist der blanke Wahnsinn!«

Für einen Moment überschlägt sich die automatische Tonaussteuerung in Friulis Helm.

»Seid ihr okay?«, fragt Friuli, der kurz nichts hören konnte.

»Es ist unglaublich wundervoll. Ja natürlich bin ich okay.«

»Ich bin auch okay. Der...Wahhhn...sinnnn.«

Sven hörte über sein Helm-Set mit, sah nach oben zu dem mächtigen Ring, von dem aus er vor wenigen Augenblicken in den Strom gesprungen war, der das kristallene Blau des Himmels wie ein Pantheon einfasst. Vor dem Blau sieht er drei Menschen in roten Overalls schweben, mit Skiern an den Füßen, von denen zwei engelsgleiche Flügel tragen.

»Wenn ihr euch sehen könntet«, ruft Sven den Mädchen zu: »Traumhaft! Annabell wo bleibst du? Du wirst es lieben, versprochen.«

Annabell stand oben vor der roten Lounge, schon umgezogen für ihren ersten Air-Ski Flight, mit Skiern an den Füßen, Beginner Wings auf den Rücken geschnallt, mit Handschuhen an den Händen und Helm auf dem Kopf. Sie hörte ihren Freunden über ihr Helmset zu. Es murrte in ihrem Bauch, haderte in ihrem Kopf, stritt in ihrer Seele, zieht sie über die Kante in den riesigen Strom und zerrte sie zurück in die Lounge, so weit weg von dem Abgrund, wie es hier eben nur ging.

»Ich ... ich bin noch oben«, druckste sie in sich hinein. »Ich weiß, das ist super krass peinlich, aber ich ...« Dann schwieg sie. Schluchzte.

In dem Moment schossen wieder zwei Air-Skier an ihr vorbei in den Himmel, aufrechtstehend, die Arme ausgestreckt, bis sie wie ein Punkt weit über ihr fast gänzlich mit dem Blau verschmolzen. Annabells Blicke folgen ihnen mit einer stillen Sehnsucht, auch als sie zusammengekauert pfeilschnell zurück auf die kreisrunde Schlucht zurasen, an ihr vorbei, kurz darauf an Sven, Lara und Maya, die ihnen ebenso nachsahen, wie sie in der Tiefe verschwanden.

»Wie machen die das? So krass schnell.«

Lara, Maya, Sven, Friuli und Schard flogen jetzt auf gleicher Höhe.

»Bin zurück«, ließ Bord seine Freunde wissen. Er stand komplett umgekleidet im leuchtend roten Overall neben Annabell - stupste sie ein wenig mit dem Ellbogen in die Rippen - fragte sie verführerisch: »Na, und jetzt?«

»Jetzt gehen wir in ganz kleinen Tippelschritten auf die Kante zu und springen in die Tiefe wie zwei Idioten, die nichts

Besseres zu tun haben«, sagte sie, sah Bord kurz tief in die Augen, machte ein verkrampftes Lächeln und trippelt die Kante fest im Blick los.

»Das klingt wie ein guter Plan, und auf geht's.«

Timmy sah eifersüchtig zu, wie ihm Annabell, seine Liebe, in eine Welt aus superheftig blasender Luft entführt wurde, der er nichts Gutes abgewinnen konnte.

Da gab es keine Vögel oder Kaninchen zum Hinterherjagen oder geheimnisvolle Gerüche, denen er nachschnüffeln könnte. Keine bequemen Sofas oder Kissen, kein Bett zum unter die Decke kuscheln oder sonst etwas, das ein Hundeherz erfreuen könnte.

Timmy legt sich flach auf den glatt gewehten Betonboden. Vorsichtig legt er seinen Kopf ab. Sehnsüchtig folgt er Annabell mit seinen Blicken. Spürte, wie ihr Schatten über ihn hinweg auf den Abgrund zu glitt. ›Meine Annabell, entführt. – Und wer sollte sich jetzt um ihn kümmern, wenn auch ihr etwas passierte?‹

Annabell schloss die Augen und springt. Schneller als sie sich versah, schwebt sie, spürt die unermesslich große, gleichmäßige Kraft an ihrem ganzen Körper, die sie weich und gütig trägt, ohne Fragen zu stellen, zu richten, Verbote auszusprechen oder Bedingungen einzufordern.

Dieser gütige reiche Wind scheint im Bunde zu sein mit der Zeit selbst, durchwoben von der gleichen Kraft, die ewig fließt, solange der Himmel und die Erde miteinander verbunden sind.

»Wie konnte ich nur zweifeln. Das ist der Wahnsinn! Oder sind wir schon im Himmel?« Annabell schweigt für eine Sekunde, hält den Atem an, fühlt was der Wind mit ihr macht, spürt den gleichmäßigen Druck am ganzen Körper, der sie trägt, sie umschmeichelt, schwer und doch schwerelos macht.

»Annabell, du bist ein Naturtalent. Der Tower gehört ganz dir. Komm wir fliegen zu den anderen.«

Das taten sie. Angekommen, fliegen alle zusammen zu einer Formation im Kreis, um zu demonstrieren, wie es weitergeht. Auch das funktionierte auf eine ganz natürliche Weise wie von selbst.

»Seht her, machts wie ich! Nehmt die Arme dicht an euren Oberkörper, geht mit den Beinen in die Hocke. Ja sehr gut so und nehmt die Skier vorsichtig nach hinten hoch bis fast zum Rücken, sodass sie vorn nach unten zeigen. Super macht ihr das.«

Sofort sanken sie jetzt schneller, tiefer in der langen senkrechten Riesenröhre aus Beton.

»Hey Annabell. Juuuhuuu. Super, dass du es gewagt hast«, ruft ihr Maya zu.

»Jajajajahaaa ... Mir war auch völlig klar, dass du es lieben wirst«, kam es von Lara, die es sehr bedauert hätte, wenn Annabell nicht gekommen wäre. Wo sie doch als beste Freundinnen alles gemeinsam machten, wie gefährlich es auch immer war.

»Ihr habt mir gezeigt, dass es geht. Also Danke für euren Mut, es als erste zu versuchen. Ehrlich, ich könnte ewig nur so dahintreiben«, klingt Annabells Stimme schon viel selbstbewusster und entspannter.

Die Jungs hörten nur zu und ließen sich mit den Mädchen treiben. Sie sanken tiefer und tiefer.

Rasend schnell, stiegen wieder zwei Airskiiviators in der Mitte des Stroms auf, stolz, geradezu majestätisch aufrechtstehend, mit weit ausgestreckten Armen. Diesmal schossen sie in einem orangen Overall an den sechs vorbei. Ihre Blicke folgten ihnen zu dem immer kleiner werdenden Himmelsausschnitt über ihnen.

Wie ein gewaltiger Betontrichter floss der Raum der kleinen blauen Fläche zu. Die beiden Airskiiviators waren jetzt nicht einmal mehr als Punkte zu erkennen. Ganz und gar verschmolzen ihre Konturen mit dem Himmelsblau in dem kleiner werdenden Rund.

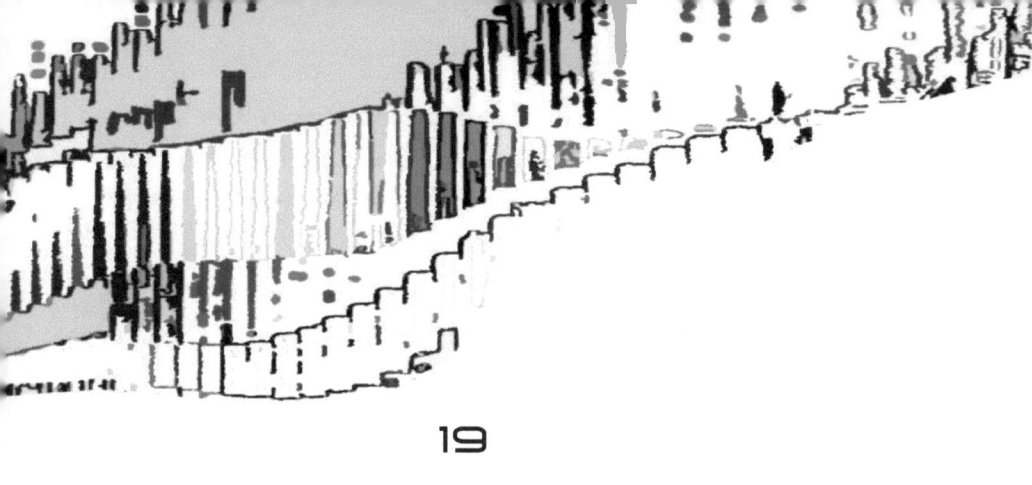

19

ZUKUNFT

Timmy

»Wie kommt es eigentlich, dass wir nach unten treiben, wenn die beiden dort drüben so schnell aufsteigen? Müssten wir nicht mehr oder weniger gleichschnell sein?«, fragte Lara.

»Ja, das habe ich mich auch schon gefragt«, gestand Maya.

Bord setzt zu einem sehr abgekürzten Erklärungsversuch an: »Gute Frage, die sich schon einige gestellt haben und nebenbei gesagt sehr gut beobachtet.

Konstruktionsbedingt ist der Tower unten, dort wo die drei Turbinenkanäle in den Turm führen, dreigeteilt. Logisch eigentlich. In der Mitte der drei kreisrunden Rotorschächte entsteht eine Art Dreieck, in dem sich der Luftstrom paradoxerweise bündelt. Gemeinsam mit dem konisch nach oben zulaufenden Turm und diversen rätselhaften Welleneffekten, überlagern sich die Kraftlinien. Kurz gesagt, ein Jetstream mit einem Durchmesser von etwa fünfzehn Metern baut sich in der Mittelachse des Schachtes auf, der mittlerweile seit über 200 Jahren kontinuierlich um das Zehnfache schneller als die übrige Luft durch den Tower schießt.

Es ist mysteriös. Aber trotz ihrer identischen Bauweise hat sich nur in diesem der fünf Power-Tower, in unserem hier, ein Jetstream entwickelt.«

»Ganz korrekt«, ergänzte Friuli stolz und überdrehte seine Stimme etwas, als er dann sagte: »und diesem unheimlichen, ungeklärten, rätselhaften, physikalischen Phänomen verdanken wir den größten Spaß, des Planeten: den legendären ›Sky-fountain-Jump!‹ Yeah...!«

»Menschen aus der ganzen Welt kommen hier her, um das zu erleben«, ergänzte Schard in einem coolen Understatement-Ton und konnte es nicht lassen noch hinzuzufügen: »das wird euch riesigen Spaß machen.«

»Wir sollen das machen?«, fragte Annabell ungläubig, die gerade begann, sich so richtig zu entspannen und wohlzufühlen.

»Ja, ist überhaupt nicht kompliziert. Ganz easy.«

»Meint ihr das, was die Typen vorhin gemacht haben, als sie aus dem Tower in die Luft geschossen sind?«, ahnte Annabell Schlimmes voraus.

Augenblicklich ist das seltsame Gefühl in ihrer Magengegend zurück. Währenddessen sinken sie weiter in den vertikalen Tunnel ab.

Die Lichtlevel ziehen an ihnen vorbei. Eine Haushohe Ziffer 3 sagte ihnen, dass sie jetzt am Level drei, 240 Meter tief in die gigantische Röhre eingetaucht waren.

Timmy haderte immer noch mit sich oben am Rand des Turms, sah hinunter zu seinen Freunden. Vergeblich versuchte er, mit seiner schwarzen feucht glänzenden Nase ihren Duft zu erschnuppern – mit seinen angehobenen Ohren ihre Stimmen zu hören.

Die Augen eines Hundes sind nicht seine besten Sinnesorgane. Langsam begannen die drei Mädchen und Sven, durch seine Augen gesehen, schnell unschärfer zu werden, drohten gar im matten Licht dort in der Tiefe langsam mit dem Raum zu verschwimmen.

»Naja, so wie du das sagst, klingt es ziemlich dramatisch. Aber ja, das meine ich«, versuchte Friuli mit einem entspannenden Ton Annabells aufkommende Panik zu besänftigen.

»Oh mein Gott.« Annabells Atmung ging schneller und ihr Herz schlug fester, was Timmy oben sofort spürte.

Um Annabell etwas näher zu sein, senkt er seinen Kopf noch etwas tiefer in den Strom, der heftig in seine empfindlichen Nasenlöcher blies.

Timmys sensible Ohren flattern hektisch umher. Er hielt es kaum noch aus bis, ja, bis er seinen ganzen Mut zusammennahm und mit seiner spitzen Nase voran in den mächtigen Luftstrom sprang.

Zuerst begann Timmy mit den Beinen zu paddeln, wie er es im Wasser machte, um sich zu stabilisieren. Das half hier aber nicht, um nach unten zu seinen Freunden zu sinken.

Der Luftstrom machte es dem kleinen, leichten Hund nicht einfach. Beinahe wäre er nach oben aus dem Tower in den Himmel getrieben. Er konnte schon über die obere, flache Ebene des Turms den Horizont hinter Berlin sehen.

Im letzten Moment versuchte Timmy sich zu schlängeln wie ein Otter, mit angezogenen Beinen, geschmeidigem Körper, mit seinem kleinen Schwanz manövrierend.

Das ging schon viel besser. Das erste Level mit den acht Lichtern in acht Farben flog an ihm vorbei und schon bald das zweite. Timmy sinkt schnell, immer schneller, mit flatternden Lefzen, hin zu seinen Freunden.

Gleich ist er bei ihnen, Annabell, Sven und den anderen.

Und dann – Timmy landet direkt in Svens Armen, der beinahe die Balance verloren hätte und vor Schreck und Freude aus der Flugbahn geschleudert wäre, hätten ihn nicht im letzten Moment die Wings gehalten.

»Timmy! Timmy! Mein Süßer. Du bist hier!« Sven ist überrascht und unbeschreiblich glücklich. Und der mutige Timmy? Der geriet vor Freude außer Rand und Band. Sein ganzer Körper bebt vor Aufregung. Er wedelt heftig mit seinem Schwanz, auf dem der kleine weiße Puschel herumgetanzt hätte, wenn der Wind nicht so straff an ihm herumzerren würde.

Timmy fiepte vor Freude.

»Oh Gott Timmy, Du frisst mich ja gleich auf.« Sven bekam einen großen Schmatz auf sein Visier. Zu seiner Rettung und mehr noch zu seiner Freude umschlingt Sven Timmy mit beiden Armen, spürt seinen ganzen Körper vor überschwänglicher Freude vibrieren und seine lange spitze Nase stupsend unter seinen Helm schnüffeln. Sven drückt ihn fest an sich und knuddelt Timmy innig vor Freude.

»Hey, sogar Timmy ist wieder bei uns! Wow! Du bist so ein mutiger kleiner Hund«, rief Annabell ihm zu, auch um sich ein wenig vom nächsten Abenteuer, das sich mit einer kleinen Panikattacke ankündigte abzulenken. Wobei Timmy seinerseits ›mutig‹ gern hörte aber bei ›klein‹ doch lieber für einen Moment weghört. Selbst von Annabell, seiner großen Liebe, für die er sogar in den Monsterwind gesprungen war, wollte er das nicht hören.

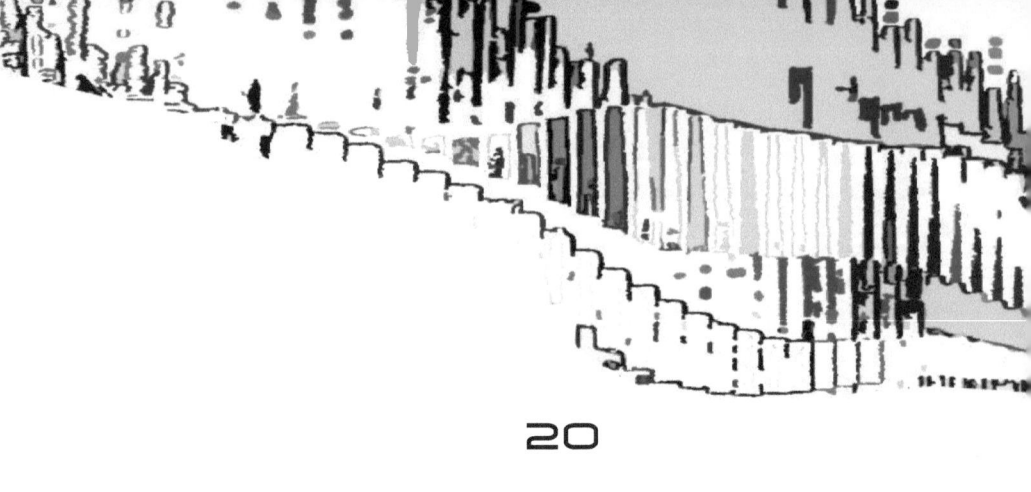

20

ZUKUNFT

Skyfountain-Jump

Nun waren alle Freunde wieder beisammen. Sie sanken weiter und tiefer in den Power-Tower hinein. Die Positionsleuchten des Levels mit der haushohen 8 zog an ihnen vorbei.

Der blaue Himmelsausschnitt, der den Ring von Level 0 ausfüllte, war jetzt auf die Größe einer Münze geschrumpft, ganz am Ende des mächtigen Beton-Zylinders, dort oben, wo der Wind aus der untersten erdnahen Luftschicht in den Himmel strömte, der im Schein der Sonne kristallblau erstrahlte.

Maya fixierte das kleine Blau über ihnen und stellte sich vor, wie es wohl sei, dort oben in den Himmel geschossen zu werden, um dann wieder in den großen Strom zurückzufallen und fragte: »Wie genau soll das eigentlich ablaufen? Ich meine, wenn der mittlere Jetstream zehnmal schneller als der Rest des großen Stroms fließt? Können wir uns da nicht verletzen oder so? Tut das nicht weh, wenn wir einfach so dort hinein schweben?«

»Das wollte ich grade mit euch besprechen«, sagte Friuli gelassen, als ob es in der Eisdiele um die Empfehlung seiner Lieblingseissorte ging. »Denn der Jetstream baut sich erst langsam auf – ab dem elften Level, um genau zu sein. Wir können also ganz entspannt in den noch sehr langsamen Jetstream von unten eintauchen und werden mit ihm beschleunigt, bis er etwa ab Level 6 die volle Geschwindigkeit entwickelt.«

Bord ergänzte: »Und über das Level 0 hinaus trägt der Jetstream uns, stabilisiert vom Hauptstrom, aus dem Power-Tower empor in den Himmel.«

Lara hörte aufmerksam zu und dachte etwas weiter mit ihrer Frage: »Wenn wir oben so elegant wie die anderen Airskiiviators aus dem Tower herausfliegen, dann fallen wir einfach so von selbst in die richtige Position in den großen Strom zurück? Geht das so einfach?«

In Annabells Vorstellung ging jetzt alles drunter und drüber. Sie sah sich bildhaft in ihrer Vorstellung aus dem Schlund des Towers emporschießen, doch noch nicht in den Strom zurückfallen. Genau genommen verbarg sich dieses Detail in ihrer Vorstellung hinter einem schwarzen Vorhang, der sich nicht lüften wollte. Schweißperlen bildeten sich auf ihrer Stirn, ihr Herz schlug schneller, ihre Atmung verkürzte sich und stockte sogar ein, zwei Mal. Das hörten ihre Freundinnen und Lara sagte sanft zu Annabell: »Wirklich, Annabell, du bist völlig frei, dich zu entscheiden. Keine Panik. Kein Grund zur Aufregung. Du entscheidest, wenn es so weit ist. Jetzt entspann dich wieder.«

»Es ist so wunderbar hier zu fliegen, Annabell, Süße, komm lass uns chillen. Denk nicht immer so viel. Relax. Die Jungs haben das sicherlich schon hunderte Male gemacht«, sagte Lara ungewohnt sanft.

»Vertraue ihnen einfach«, sprach ihr jetzt auch Maya Mut zu.

»Na, sie würden uns sicherlich nichts machen lassen, was ihre Zukunft gefährden könnte, wenn du weißt, was ich meine?«, war Lara wieder ganz die logisch kombinierende.

»Okay, ja weiß ich«, druckste Annabell. Das zog bei ihr und sie sagte, was sie dachte: »Bestimmt habt ihr recht. Manchmal überkommt es mich einfach und dann ... – Let's have fun, Mädels!«, rief sie mit gespielt guter Stimmung ihren Freundinnen zu. Eigentlich würden sich die Drei jetzt in die Arme nehmen und gegenseitig noch einmal Mut zusprechen. Doch im Moment ging das nicht, oder sie wussten zumindeste nicht, wie das im großen Strom schwebend gehen sollte, ohne dass sie Gefahr liefen, aus der Bahn geworfen zu werden.

Jetzt zog das Level 10 an ihnen vorbei.

»Gleich ist es so weit. Wir bilden Gruppen, ganz genauso wie zu Beginn, als wir in den Strom eintauchten. Wer will zuerst?«, fragt Friuli mit einer sehr festen und sicheren Stimme, die im Unterton sagte: ›Ich weiß, wovon ich hier spreche – Ihr könnt mir vertrauen‹ und zugleich klang er so charismatisch einladend und verführerisch, dass er die Mädchen und Sven wie in Trance versetzte, bei denen sich plötzlich alle Zweifel in Luft auflösten, die der Airstream mit sich riss.

»Sven?«, rief Friuli auffordernd fragend.

»Ja das ist, ... ja okay. Bin bereit.«

»Darf ich zuerst?«, rief Maya dazwischen und flog, ohne eine Antwort abzuwarten, auf Friuli zu.

»Ja natürlich. Wie ihr wollt.«

Maya lächelte in sich hinein, denn Friuli nahe zu sein, wenn es gleich losging, würde ihr ein zwei Mal so wohliges Kribbeln durch den Bauch flirren lassen.

Schard ergriff das Wort, der genauso verführerisch wie Friuli klang: »Okay, dann gehe ich mit Sven und Timmy.«

»Habt ihr das in der Schule gelernt?«, fragte Annabell etwas schroff.

»Was meinst du?«

»Na, die Art zu reden, die einem jeden Verstand raubt und so unglaublich sexy und verführerisch klingt, dass ich einfach alles, was ihr vorschlagt, mitmachen würde.«

»Ah das. Ja, tatsächlich ist das neben MiCo und anderen Techniken des Sehens und Wahrnehmens, ein Teil unseres Kommunikationsfachs. Magst du das?«

»Das erklärt vieles. Ja ich liebe es! – Ist aber auch ein wenig unheimlich, um ehrlich zu sein. Aber ja, ich liebe es eigentlich sogar sehr.«

»Geht mir auch so«, sagte Lara und hob ihre Stimme noch ein wenig an, als sie hinzufügte: »Klingt sehr männlich irgendwie und dennoch supernett auf eine gute Art.«

»Stimmt. Ist aber auch seeehr verwirrend«, gab Annabell zurück und zog das ›sehr‹ besonders lang, um es auf eine zweideutige Art zu betonen.

»Und als drittes Team steigen Lara und Annabell mit mir auf«, ergänzte Bord ebenso charmant und verführerisch wie seine beiden Freunde.

Friuli übernahm: »Super, dann sind wir bereit. Sammelt euch. Wir sind schon am Level 11 vorbei. Am besten ihr nehmt euch kurz an den Händen und wenn wir im Jetstream sind, nehmt die Haltung ein, wie ihr sie schon vorhin gesehen habt, ganz gerade aufrechtstehend, mit gleichmäßig gerade ausgestreckten Armen und Beinen. Die Skier, und das ist wichtig, sollt ihr genau im rechten Winkel halten, ganz so als ob ihr auf dem Boden steht.«

Schard fügt in seiner sanften, vertrauenserweckenden Stimme hinzu: »Ihr werdet einen Druck bemerken, wenn euch der Jetstream an euren Skiern und Armen nach oben trägt. Glaubt mir, es ist ein unbeschreiblich schönes und mächtiges Gefühl. Eure Wings werden euch zusätzlich stabilisieren.«

Friuli fragte noch für den letzten Check: »Fertig? Seid ihr soweit? Gibt es noch eine Frage, die euch auf dem Herzen liegt und die wir, bevor wir beginnen, unbedingt noch beantworten sollten?«, und sah in die Runde. Keine Fragen.

»Okay, dann seht nach unten. Dort sind die Positionsleuchten des Level 12. Wir gehen nicht so weit runter, sondern bleiben hier auf der Mitte zwischen Level 12 und 11.«

»Macht einfach, was auch wir machen.« Die Jungs streckten Ihre Ellenbogen langsam zur Seite aus.

»Lasst die Arme angewinkelt und die Beine wie sie sind.«

Die Mädchen und Sven taten es ihnen gleich. Und schon hörten sie auf, weiter zu sinken.

»Sehr gut. Hier bleiben wir und schweben in den Teams zusammen. Friuli und Maya schweben gleich als Erste zur Slippoint Position des Jetstreams. Hier ist er noch ein kaum spürbarer schwacher Strom, den man nur mit einiger Erfahrung spürt.«

Die Anweisungen der Jungs wurden kürzer und präziser, aber blieben dennoch so angenehm wie zuvor.

»Zur Orientierung: Der Jetstream beginnt genau über dem großen roten Punkt, der am Grund zwischen den drei Rotorschächten zu sehen ist und auf der Höhe der weißen umlaufenden Markierung, hier um uns herum, an der Innenwand des Towers. Das ist der Slippoint.«

Im diffusen Licht leuchtete der weiße Streifen, sehr gut sichtbar wie ein Verkehrsschild, vor dem dunklen Grau des Betons. Der rote Kreis am Grund zwischen den Rotorschächten leuchtete ebenfalls sehr gut sichtbar.

»Lara, Annabell und Sven, seht bitte genau zu, was Friuli und Maya gleich machen werden. Auf geht's. Wir sehen uns oben.« Bords berauschend hypnotisierender Stimme könnten die drei Mädchen, Sven und auch Timmy ewig zuhören.

»Maya, komm!« Friuli fasste Maja mit ausgestreckten Armen an beiden Händen. Ihre Blicke verschmolzen für einen Moment. Dann sagte Friuli konzentriert: »Okay, wir schweben jetzt langsam rüber und behalten die Markierungen im Auge.«

Ihre Beine waren immer noch angewinkelt und die Spitzen ihre Airskier verhakelten sich ein wenig zwischen ihnen. Maya schwieg und spürte hoch konzentriert die Kräfte, die um sie herum auf ihren Körper einwirkten, wie der Luftstrom unter den Armen, am Bauch und den Beinen presste, wie sie sich auf seinem Wiederstand abstützte, als ob sie zu Hause auf dem weichen Bett lag.

Friulis Griff war stark und passte sich doch sanft der Form ihrer Hände an. Sie fühlte sich sicher. Ihre Blicke kreuzten sich. Maya lächelte. Friuli war konzentriert, voller Verantwortung, für eines der drei Mädchen, das schon jetzt ein Teil seines Lebens geworden war und in dessen Händen die Welt, wie er sie kennt liegt – dessen war sich Friuli sicher.

»Du machst das sehr gut. Super, weiter so, in die Richtung. Wir sind gleich am Slippoint angekommen. Spürst du, wie er hier durch den großen Strom fließt. Es macht so eine sanfte Turbulenz, wenn wir die Grenze durchfliegen.«

»Das spüre ich. Es ist nur ein ganz leichtes Prickeln um mich herum.« Und nur um sich selbst zu vergewissern, was sie spürt, sagte sie: »Aber ja. Und hier wird der Jetstream geboren?«

»Naja, wenn du das so sagen willst. Das wird er wohl, ganz klein und unscheinbar.«

Von hier in der Mitte des Tunnels gesehen wirkt der gesamte Raum noch viel mächtiger. Das Grau breitet sich wie ein Ozean unendlich über ihnen im Rund aus. Die achtfarbigen Oktagon-Lichter schwimmen wie Rettungsringe darin. Die drei riesigen Rotorschächte unter ihnen, die sich jetzt in ihrer überwältigenden Größe zeigten, wirkten beängstigend.

Hier, über den mächtigen Kreisen schwebend spürt Maya plötzlich, wie klein sie ist. Als verschwindend kleiner Punkt schwebt sie in diesem unermesslichen Raum, aufgehoben wie ein Samenkorn in der Erde.

»Geht es jetzt los?«, fragt Maya ungeduldig.

»Ja. Jetzt. Zusammen strecken wir ganz langsam die Beine aus. Genau so. Super. Bis sie gerade sind.«

Maya blickt Friuli in die Augen, als ob sie dort sieht was ihre Beine machen würden. Sofort beginnen sie aufzusteigen, schneller.

»Und jetzt die Skier in den rechten Winkel zu deinen Beinen.«

»Das ist schon schwerer.«

»Du machst das genau richtig. – So ja – Jetzt lösen wir gleich die Hände und strecken die Arme gleichmäßig zur Seite aus. Und jetzt!«

Augenblicklich erhöht sich die Beschleunigung. Das Level 10 zieht schnell an ihnen vorbei.

»Spürst du die Kraft?«

»Es ist so anders als im großen Strom.«

Die anderen hörten mit. Gleich werden sie ihnen folgen.

»Es gibt keine Worte dafür. Versuche es nicht zu beschreiben. Das nimmt dir die Aufmerksamkeit, es zu fühlen. Ich schalte das Headset jetzt auf Paarmodus.«

Level 9 schießt an ihnen vorbei. Der Lichterkreis zieht eine Lichtspur hinter sich her, als ob der Raum sich krümmen würde.

Voller Selbstbewusstsein, aufrecht, strahlend, majestätisch schießen beide wie zwei Spiegelbilder durch den Raum. Level 8 ist kaum noch zu sehen, so schnell ist es unter ihnen verschwunden. Level 7, 6, 5, 4, 3, 2 ziehen wie im Rausch vorbei.

Ein Druck baute sich auf, der ihr vertraut erschien, presste sie am ganzen Körper, wie, ... nein es gab keinen Vergleich, an den sie sich erinnern konnte, noch nicht.

Es wird heller. Level 1, Level 0. Gleißendes Licht durchflutet sie bis in jede Zelle, überflutet ihre Seele mit Helligkeit. Die Kraft ließ nicht nach. Ihr Aufstieg ist noch nicht beendet. Jetzt sind sie frei fliegend im Wind, so unermesslich leicht, ohne die Betonröhre um sie herum, verschmolzen mit dem kristallenen Blau des Himmels.

Die Welt um sie tritt langsam aus dem überstrahlenden Licht hervor und nimmt Konturen an. Sie gewöhnt sich an das Licht. Unter ihr und überall um sie herum ist die Welt, die sich bis zum Horizont ausdehnt und darüber hinaus.

Maya ist überflutet von Gefühlen.

In ihr explodieren alle Barrieren und Blockaden, sie werden weich, geradezu zart und sanft, verfließen in sich und mit allem in ihr.

Erinnerungen aus ihrem gesamten Leben ziehen in Bruchteilen von Sekunden vor ihrem Bewusstsein vorbei: Es ist dunkel, warm, eng und geborgen, dann spürt sie, wie eine Kraft, die so groß war wie die des Windes hier, sie in eine andere Welt presste, sie spürt ihren ersten Atemzug an der Luft, wie klar plötzlich alle Geräusche klingen, wie feucht und kalt es ist, wie sie die Milch ihrer Mutter trinkt, wie sie schmeckte, wie ihr Papa sie das erste Mal im Arm hält und sie überglücklich anlächelt, der erste Roller, der erste Schultag mit der großen Zuckertüte, ... Ihr ganzes Leben zieht an ihr vorbei.

Bis es um sie herum still wird. Kein Wind, kein Geräusch. Alle Blockaden hatten sich aufgelöst.

Ein erlöstes Einssein, sanft und grenzenlos, erfüllt jetzt ihren gesamten Körper. Jedes kleine Fingerglied, jedes Härchen, den Kopf, das Herz, den Bauch, jede Zelle ihres Körpers, ihre Seele, ihren Geist und jedes einzelne Teilchen, aus denen sie besteht, ist davon erfüllt.

Maya öffnet die Augen. Unermesslich, hoffnungsvoll, kristallen blau wölbt sich der Himmel um sie, von dem sie ein Teil ist, in der totalen Stille eines Wimpernschlags, der ihr Wimpernschlag ist, der wie in Zeitlupe abläuft und immer noch andauert, als sich ihr Flug dem Ende neigt und sie diesen Moment der zweiten Geburt vollendet, um nach unten in den großen Strom zurück zu tauchen.

»Maya, hörst du mich? Bist du zurück?«
    »Oh ja, das bin ich Friuli, mehr als je zuvor.«
    »Willkommen, Happy Birthday. Jetzt tauchen wir wieder in den großen Strom ein. Nimm die oberen Enden deiner Skier vor die Brust, so wie ich das tue und dann gleiten wir mit dem Kopf voran in den großen Strom zurück. Super. Du bist so ein Naturtalent, Maya.«

Jetzt sieht Maya direkt in den Schlund des Towers, der zugegebenermaßen von hier oben sehr klein aussieht. Ringsherum breitet sich die Stadt aus, die Berge und Täler, die Airways, Bäume und fliegende House Shuttles, die ganze Welt kommt auf sie zu und allem voran die Spitze des Power-Towers.
    Wie anders sich jetzt alles anfühlt, nach der Wiedergeburt am Ende des Jetstreams. Gelassen sieht sich Maya alles an, genießt die Aussicht und einige Details, wie den kleinen Schwarm Bird Suite-Aviators die weit unter ihr über der Stadt entlang gleiten. Sie genießt die Geschwindigkeit, mit der sie auf die ringförmige Plattform des Towers zu jagt.

Genüsslich nimmt sie seinen oberen breiten Ring aus dunkelgrauem Beton wahr, der den mächtigen Schacht einfasst. Sie entscheidet in der Mitte zwischen Betonrand und Jetstream in den großen Strom einzutauchen. Für Bruchteile von Sekunden sieht Maya Menschen auf der Plattform stehen, die ihr zusehen, wie sie an ihnen vorbeischießt. Dann ist es dunkel. Maya spürt die Kraft des Stroms, der sie auffängt. Es dauert nur kurz, dann schwebt sie schwerelos und erhält einen leichten Auftrieb.

Friuli schwebt zu ihr. Er flüstert sehr leise, um Maya nicht zu rasch aus ihrer Trance, die noch lange nach dem Birth Jump wirken konnte, aufzuwecken.

»Hey, na, wie war's?«

Maya flüsterte noch aus der anderen Welt: »Es braucht keine Worte, um das zu erklären. Worte können das nicht beschreiben. Aber ich denke, das weißt du schon längst.«

»Dann war es das Beste, was du dabei erleben konntest.«

In dem Augenblick stiegen Schard, Sven und Timmy im Jetstream auf. Timmy saß auf Svens Schultern und hielt sich mit ganzer Kraft fest. Sein Herz schlug so schnell wie der Wind, in dem sie auf das kristallblaue Rund zurasten.

Maya sah, wie sie den Schlund des Towers als drei kleine Punkte verließen und sich im Blau des Himmels auflösten. Um nach mehr oder weniger zehn Sekunden aus der unendlichen Tiefe des Blaus in den großen Strom wieder eintauchten.

Es ging alles sehr schnell und schon schwebten die drei neben Maya und Friuli. ihre Blicke kreuzten sich flüchtig. Dann sahen sich Maya und Sven für eine gefühlte Ewigkeit tief in die Augen. ›Hatten sie das Gleiche erlebt?‹ – fragten ihre Blicke. Noch gab es keine Worte, aber viele Bilder, Gedanken und Gefühle, die Maya und Sven wechselten, zuerst ganz verschwommen, zaghaft, dann aber flossen sie intensiver und wurden immer plastischer, geradezu physisch. Und dann kam die Gewissheit, sie hatten auf ihre Weise das Gleiche erfahren.

Timmy war noch ganz benommen. Von ihm kam in diesem Moment nur Stille. Bewusst sah er seine Mutter das erste Mal, spürte wie sie ihn nach der Geburt mit ihrer großen Zunge sanft trockenleckte. Er spürte, wie ihre große Nase um ihn herum in alle Ecken seines Körpers schnüffelte, spürte den Druck ihrer Zitzen an seinen Lippen, den Geschmack ihrer Milch, das kuschelige Fell an ihrem Bauch, die drei anderen kleinen Geschwister seines Wurfs, von denen er schon wenige Tage nach seiner Geburt und viel zu früh getrennt wurde, um von Menschenhänden aufgezogen zu werden.

Timmy wurde plötzlich bewusst, dass er gar kein sonderbarer Mensch war, sondern ein ganz und gar natürlicher Hund. Und dass sein Aussehen nicht das einer abnormalen felligen, viel zu kleinen, kurzbeinigen, schwanzwedelnden Laune der Menschenart war, mit denen er zusammenlebte, die er abgöttisch liebte und für die er alles geben würde. ›Ich bin ein Hund‹, erkannte Timmy schüchtern. Und was noch abgefahrener für ihn war, Timmy erkannte, die Menschen wussten das möglicherweise und liebten ihn vielleicht, gerade weil er ein Hund war und womöglich, weil er ebenso war, wie er war.

Ganz warm war sein Herz. Timmy schwebte in die Arme von Sven, kuschelte sich ein und fragte ihn: »Wusstest du, dass ich ein Hund bin?«, machte dabei ganz große Augen und konnte die Spannung bis er eine Antwort erhielt kaum aushalten.

»Ja, mein Süßer, das weiß ich. Und du bist der wunderbarste Freund, den ich je hatte und natürlich bist du der allersüßeste Hund von allen.«

Sven drückte Timmy an sich, spürte den kleinen Körper in seinen Händen und das Beben seines kleinen Herzens an seiner Brust. Für einen Moment blieben sie unbeweglich und genossen beide auf ihre Weise das neue, wunderbare Gefühl, was ihnen dieser unwirkliche Ort schenkte.

Lara, Annabell und Bord kamen jetzt auch von ihrem Jump zurück. Wie die anderen waren sie noch ganz entrückt, als sie zu ihren Freunden heranschwebten. Wortlos formierten sich die Freunde in einer Kreisformation. Ihre leuchtend roten Overalls schillerten warm vor dem kalten Dunkelgrau des riesigen Betonzylinders, der sie umgab. Durch die klaren, großen Visiere ihrer Helme waren ihre Gesichter sehr gut zu erkennen. Ihre Blicke kreuzten sich aufmerksam, neugierig, erwartungsvoll.

Still schwebten sie noch für eine Weile gemeinsam auf dem Level 2, umringt von den acht Leuchten, die sie in den acht Farben der Lounges, wie auf einer Theaterbühne in Szene setzten.

Gute achthundert Meter unter ihnen verschwammen die Konturen der drei Rotorschächte am Ende des Betonzylinders mit dem Raum. Seit Jahrhunderten entsprang dort der Jetstream, der vor wenigen Minuten ein bedeutender Teil ihres Lebens geworden war.

Zuerst geschah es unbemerkt, mehr im Überschwang der inneren Euphorie ganz von selbst, dass sich sanfte zarte

Fäden aus leuchtenden Gedanken, zwischen ihnen verwoben. Erst, für einen Moment, begannen Bilder, Erinnerungen und Emotionen durch das zarte Geflecht ineinander zu fließen, sich miteinander zu überlagern, zu verschmelzen, bis die Teenager und ihr Hund einander so nahe kamen, näher als je ein Mensch oder ein anderes Wesen zuvor. Das Licht des einander Erkennens begann in ihnen immer stärker, geradezu mächtig zu leuchten.

Drei Teenager aus dieser Zukunft verwoben ihr sinnliches Bewusstsein mit vier Teenagern und ihrem sprechenden Hund aus einer fernen Vergangenheit. Sie verflossen zu einem großen harmonischen Einssein ineinander, etwa in der Art wie es buddhistische Mönche in der höchsten Vollendung ihrer Praxis erfahren, die in die Satori Erfahrung mündet oder wovon Entwickler des Internets träumten, wenn sie neue Nachrichten-Satelliten in die Erdumlaufbahn schossen.

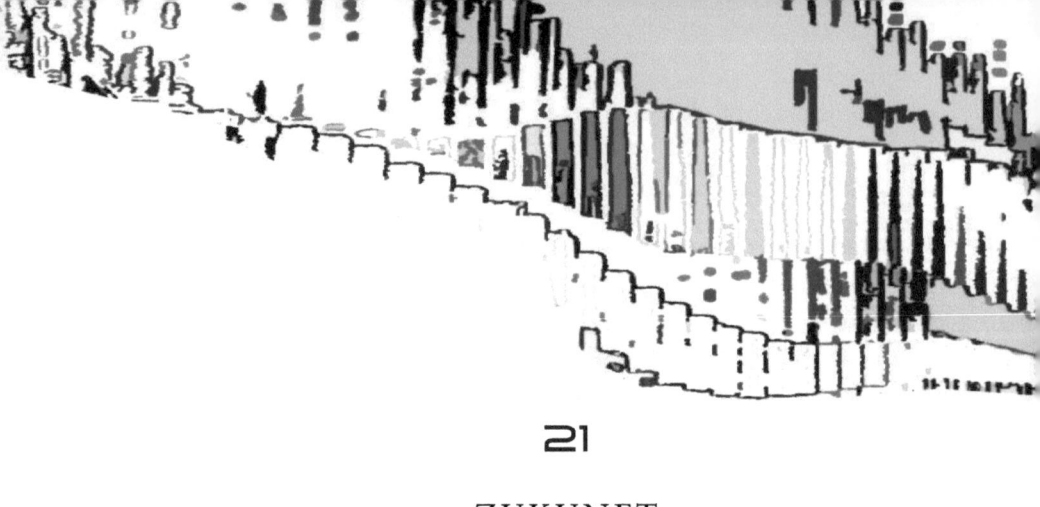

21

ZUKUNFT

Professor Dr. Dr. Fretsch Durpin

Lara erwachte zuerst aus ihrer Trance, sah ihre Freunde, die um sie herum im großen Strom schwebten. Die Fäden aus Licht, die ihre Gedanken verwoben, lösten sich auf.

»Ich bin so weit«, sagte Lara. Sie fühlte deutlich ein neues, klares Gefühl in sich, in jeder einzelnen ihrer Zellen in ihrem Körper.

Und sie spürte, dass es ihren Freunden ebenso ging.

Alle Benommenheit, die zuvor ihre Seele, ihr Bewusstsein, ihre Emotionen und jede ihrer Handlungen verschleierte, war verflogen. Klargeworden rekeln sie sich in einer großen Geste, die alle Glieder erfasste, als ob sie sich aus einem Kokon befreit hätte und ihre ersten Bewegungen machte.

Sie sah ebenso, wie ihre Freunde, auf eine ganz andere Weise in die Welt, die immer noch dieselbe war. Doch sie selbst hatten sich in ihren tiefsten Tiefen verändert und damit auch die Welt, wie sie sich ihnen zeigte.

»Wir haben heute noch etwas vor Mädels«, sagte Maya mit ihrer Stimme, die jetzt so betörend sanft und fast schon übernatürlich stark klang.«

»Das haben wir und jetzt brechen wir auf«, verkündete Annabell in ihrer Stimme, die schon immer durchdringend und gütig war, doch nie so klar und rein klang wie jetzt.

»Das tun wir. Danke Friuli, Bord und Schard. Ihr seid wunderbar und werdet für immer in unseren Herzen sein«, wollte Maya nicht missen, ihren Freunden in ihrer seidenfeinen sphärischen Stimme zu danken.

»Wir begleiten euch. Bist du dabei, Timmy?«, sagte Sven voller Demut, Dankbarkeit und erfüllt von diesem neuen galaktischen Gefühl, das ihm die Freiheit gab, kristallklarer alles Verwobene zwischen den vielen Formen des Lebendigen und Unlebendigen nicht nur zu sehen, sondern auch zu erkennen.

»Was denkst du? Kann es kaum erwarten. Wrrruff!«, war Timmys eindeutige Antwort.

Als das alles gesagt war, ließen sich die Acht mit dem großen Strom zur oberen Plattform tragen, sprangen erstaunlich geschickt und sicher, wie die Pinguine aus der Brandung auf das untere Rondell, wo die Lounges waren. In Windeseile wechselten sie ihre Overalls und standen abholbereit am Fahrstuhl, der sie freudig begrüßte und sagte, wie es üblich war zur ersten Person, die den NI-Bot Lift betrat: »Hallo Timmy! Wo darf ich dich und deine Freunde hinbringen?«

»Hallo Hermes, schön dich wiederzusehen. Bitte bring uns zum Ground Floor.«

»Das Vergnügen ist ganz meinerseits. Und los geht's.«

Ich würde nicht sagen, dass sie im freien Fall herunterfuhren, aber es dauerte gefühlt keine ganze Minute, bis sie an den unglaublich vielen Vertical Farms, an den verschachtelten Wohnstrukturen mit den grünen vertikalen Parks auf den Fassaden, an den tropischen Regenwaldapartments und den unzähligen Landeplattformen, die wie viele Eingänge zu einem Bienenstock sehr belebt von Air Shuttles umflogen wurden. Der Himmel umrahmte und verband alles, die Welt, den Power-Tower und die Herzen der acht Freunde mit seiner kristallenen blauen Aura.

»Vielen Dank, Timmy. Es war schön, dich an Bord gehabt zu haben.«

»Hermes, ... jederzeit gern wieder.« Timmy war so stolz auf sich, denn er war nun ein vollwertiges Mitglied dieser Welt.

Was genau das bedeutete, wusste er im Moment noch nicht..

Ein sprechender Hund zu sein vielleicht?

Klingt gut, ist nur noch nicht so ... na, es fühlte sich jedenfalls unglaublich gut für ihn an. Und eigentlich sollte er nicht zu viel darüber nachdenken, was er ist, sondern der sein, der er ist.

Vor dem Haupteingang des Power-Tower erschien ein Ground Shuttle, stoppte und begrüßte die Acht. Timmy konnte es sich nicht verkneifen, wieder als erster in die Kabine zu schlüpfen.

»Hallo Timmy! Ich bin Hera und freue mich, dich und deine Freunde zu eurem Ziel zu bringen. Wohin darf ich euch bringen?«

»Servus Hera«, begann Timmy verschmitzt. »Wir wollen zum Tierpark Berlin, genauer, zum Schloss Friedrichsfelde.«

Timmys Freunde stiegen schnell in das Shuttle, setzten sich auf die weichen Sitze und genossen es, sich entspannt zurückzulehnen.

»Oh, das ist eine sehr schöne Tour. Eine gute Wahl.« Noch während Hera sprach, flogen sie schon los: »Wir werden an vielen wilden Tieren vorbeikommen. Der Safari-Wildpark beginnt schon im nächsten Tal. Wir werden etwa zwanzig Minuten bei der jetzigen Fluggeschwindigkeit benötigen. Im Hyper-Speed wären es nur fünf Minuten. Sollen wir weiter im Normal-Speed fliegen?«

Timmy dachte an die vielen Tiere, die er sehen konnte und entschied sich für den Normal-Speed, der für ihn ohnehin schon schnell genug war. Denn gemütlich aus dem Fenster zu sehen und die Welt an sich vorbeiziehen zu lassen, war neben dem Hinterherjagen von Vögeln und Kaninchen sein Liebstes.

»Im Radio läuft gerade ein interessantes Gespräch in der Sendereihe von Liebgurt Klinger.« Himmlisch begeistert und ziemlich exzentrisch fuhr Hera fort: »Und ich liebe seinen Sendungen, kann ich euch verraten. Er hat heute als Gast im Studio den berühmten und in der NI-Forschung führenden Indi-Bot: Professor Dr. Dr. Fretsch Durpin zu Gast.«

Timmy hörte aufmerksam zu, verstand nicht alles, sagte aber erst einmal großzügig: »Ja, das klingt interessant. Bitte.«

»Oh, du wirst es nicht bereuen.« Und schon begann das Interview in der Mitte des Raums als Mini 4D-Realität, in der die fünf am Vormittag die Geburtsszenen von Pegasus miterleben durften.

Ein Mensch war zu sehen, der in einem typischen Radio-Studio saß, in gedämpftes Licht getaucht, mit Kopfhörern

und Mikrophon an einer Seite des Tisches und ihm gegenüber schwebte ein Indi-Bot.

Der Mensch, der sich als Liebgurt vorstellte, war unscheinbar gekleidet, mit flachsfarbenen Leinen-Jeans und einem
schlichten, gleichfarbigen weitgeschnittenen Leinen-Hemd.
Sein wallendes, brünettes, schulterlanges Haar trug er geschei-
telt, nach hinten gekämmt.

Der Indi-Bot, der von Liebgurt als »Professor Dr. Dr.
Fretsch Durpin, kurz Fretsch, vorgestellt wurde, sah so aus
wie alle Indi-Bots. Nur seine Stimme klang anders. Etwas
in ihr machte den Unterschied. – Es war nicht sicher, was
es genau war, aber sie klang wie ein warmes Licht an einem
grauen Regentag.

Das Interview begann. Die Musik in einer Mischung aus Brit-
pop und Oper, blendete langsam aus und die Stimme eines
Ansagers war zu hören:

Liebgurt: »*Heute darf ich einen ganz besonderen Gast, ja geradezu einen Star in unserer Sendereihe begrüßen, Sie kennen ihn
vermutlich alle und wir im Studio sind unglaublich erfreut, Sie
hier begrüßen zu dürfen: Professor Dr. Dr. Fretsch Durpin, er
bevorzugt einfach Fretsch. Danke, dass Sie bei uns sind und ein
großes Hallo Fretsch!...*«

Die drei Mädchen und Sven genossen es, die Welt an sich
vorbeiziehen zu lassen. Nach den überraschenden Ereignissen und den ungewohnten Körperhaltungen, die sie im großen Wind des Power-Towers einnehmen mussten, waren sie
unglaublich erschöpft. Sie fühlten sich wie frisch zur Welt
gekommen.

Wie Fohlen, die nach ihrer Geburt erschöpft ins Stroh sanken, ließen auch sie sich immer tiefer in ihre weich gepolsterten Sitze sinken.

Wie frisch geschlüpfte Küken, die sich mit ganzer Kraft durch die Schale ihres schützenden Eies gepickt hatten, wurden auch ihre Köpfe schwer, die sie zum Entspannen in die hohen Lehnen zurücksinken ließen.

Nur von Weitem drangen die Stimmen aus dem Radio zu ihnen.

Liebgurt: »*... Bald programmierten Sie aber ihr eigenes Be-triebssystem, was innerhalb weniger Dekaden zum planetaren Standard avancierte ...*«

Wie in einem Tagtraum flossen die heutigen Ereignisse so frisch und lebendig, wie sie noch waren, an Annabell, Lara, Maya, Sven und Timmy vorbei. Ganz so wie es der Regen machte, wenn er in einen See fällt, seine Tropfen von der Wasseroberfläche noch einmal kurz aufsprangen, jeder Einzelne für sich, vor Schreck ein Bläschen bildete, bevor er mit dem See für immer verfloss. So sprangen auch ihre Erinnerungen noch einmal kurz in einem Gedankenbläschen auf, bevor sie mit ihrem Selbst verschmolzen.

Liebgurt: »*... Unsere Sendung ist dem Thema gewidmet: ›Geld und seine gestaltende Kraft‹ von der Postantike, die sich selbst gern als Moderne bezeichnete, bis zum frühen Anthropozän, was heute auch schlicht als Atomzeitalter bekannt ist.*

Wir können es uns heute gar nicht mehr vorstellen, aber in der Spätantike gab es etwas, das damals unverzichtbar war, die

Gesellschaft strukturierte und das Geld genannt wurde. Wie kam es überhaupt dazu? Und weshalb verzichteten die Menschen so plötzlich auf diese strukturierende Kraft? ...«

Das Radio säuselt weiter. Draußen zogen die Berge und Täler Berlins vorbei. Über ihnen schwebten House-Shuttles in langen Reihen, die von den Landenischen in den Bergen abhoben, sich in die lange Schlange im Air-Way einfädelten, um anderen Platz zu machen, die auf den freien Plätzen landeten.

Liebgurt: *»... Das klingt nach einem Erfolgskonzept und dennoch klingt es für uns heute wie eine unpraktische und entwicklungshemmende Institution. Woran scheiterte das damalige Erfolgskonzept? ...«*

Fretsch: *»... Nun, in einer einfachen, wenig entwickelten Welt war Geld eine gute Sache. Umso komplexer und entwickelter die Zivilisation wurde, konnte Geld die notwendigen Aufgaben nicht mehr fördern, sondern wurde mehr und mehr zu einer Bremse in der gesellschaftlichen Entwicklung ...«*

Wieder rasten sie auf eine Kreuzung zu. Doch das interessierte in diesem Moment niemanden hier in Heras Kabine.

Tiefe, scharfe Schatten der Bäume wechselten sich rasend schnell mit dem schneidend harten Sonnenlicht ab und tauchten die Kabine in eine hypnotisierende, stroboskopartige Lichtatmosphäre.

Es fiel den Teenagern leicht, die Augen zu schließen und das Verkehrs- und Lichtspektakel an ihnen vorbeiziehen zu lassen.

Das flashende Licht schien spektakulär selbst durch ihre geschlossenen Augenlieder hindurch. Der Rhythmus versetzte sie für einen Moment in eine leichte Trance. Stimmen aus dem Radio erinnerten sie daran, wo sie waren.

Fretsch: »... *Ohne Zweifel war der Mix aus Sicherheit, Spaß, Lebenssinn und ein gewisses, uneingelöstes Versprechen, wesentliche Teile der Magie, die dem Geld innewohnte und metaphorisch gesprochen, zu einer ›kambrischen Explosion‹ in der Kulturgeschichte der Menschheit führte ...*«

»In Kürze erreichen wir den Wildpark des Tierparks Friedrichsfelde. Vorkehrungen zu Ihrer Sicherheit sind nicht notwendig. In der Kabine sind Sie vollkommen sicher.

Das Verlassen des Shuttles ist allerdings nur in Begleitung eines Wildhüters erlaubt. Bitte lassen Sie mich wissen, ob Sie das beabsichtigen. Dann werde ich einen Wildhüter für Sie herbeirufen«, sagte die sanfte Stimme von Hera und ergänzte noch: »Das könnte eventuell fünf Minuten in Anspruch nehmen«, und wartete kurz.

Als keine Reaktion kam und auch Timmy nichts sagte, da er voll konzentriert mit hechelnder Zunge und großen Augen aus dem Fenster sah, wo überaus interessante schwarze Vögel mit langen Beinen und gebogenem Schnabel im Gras herumpickten, schloss Hera mit gutmütigem Ton: »Dann überfliegen wir in wenigen Minuten den Fluss in den Wildpark. Ich gestatte mir, Sie auf Tiere, denen wir begegnen, aufmerksam zu machen.«

Da die Teenager jetzt süß schliefen und Timmys Konzentration sich voll auf den Blick aus dem Fenster fokussierte, überließ Hera dem Radio, mit der Mini 4D-Realität in der Mitte der Kabine, das Unterhaltungsprogramm für einen Moment.

Liebgurt: »... *Wenn ich das höre, kommt mir der Gedanken: uns heute, hätte es ohne die Zeit des Geldes nie gegeben?* ...«

Heras Stimme unterbrach das Interview sanft und etwas formeller als zuvor: »Zu unserer eigenen Sicherheit und zur Sicherheit der freilebenden Tiere im Wildpark können wir im Park auf der Safariroute nur Schrittgeschwindigkeit fliegen. Die Reisezeit verlängert sich dadurch um etwa 48 Minuten.« – »Der Wildpark des Tierpark Berlin«, betonte Hera etwas deutlicher und lauter, hüstelte und fuhr fort: »hat heute eine Ausdehnung vom Spreeufer im Süden, westlich grenzt er an den Stadtbezirk Friedrichshain, im Norden reicht er bis zur Grenze nach Alt-Hohenschönhausen und östlich endet er vor den Toren von Mahlsdorf.

Der Wildpark ist der Größte seiner Art in Europa. Im alten Tierpark Berlin überlebten in der heißen Klimaperiode Arten, die in ihren Herkunftsländern ausgestorben waren und dank unseres Wiederansiedlungsprogramms erneut in ihrer Heimat heimisch werden konnten.«

Fretsch: »... *Das ist korrekt. Wobei ›gedacht werden‹ der eigentliche Punkt war, denn so lange im Voraus dachte man damals weder in der Politik noch in der Wirtschaft. Was die E-Tower damals so teuer werden ließ, war nicht das Bauen eines superhohen Turms mit gigantischen stromerzeugenden Turbinen an sich, sondern die extrem teuren Materialien, die verwendet werden mussten, um die Lebenszeit der Tower über die Amortisationszeit zu* ...«

Hera unterbrach erneut die Sendung in der Hoffnung jemanden in der Kabine für die topografischen Details des Tierparks zu interessieren. »Die heutige Grundfläche des Freigeheges im Wildpark beträgt 207 Quadratkilometer. Es sind die Klimazonen: Tropischer Regenwald, Subtropischer Regenwald, Feucht- und Trockensavanne angesiedelt, wobei die Übergänge fließend sein können. Als erstes werden wir die Trockensavanne durchqueren.«

Hera stoppte kurz und schien darüber nachzudenken, wie viel Sinn ihr Vortrag wohl machte, wenn die Menschen schliefen und der Hund wie ein kleines Kind aus dem Fenster starrte.

Er entschied, das Radio die Geräuschuntermalung übernehmen zu lassen und schwieg, oder dachte über etwas nach, stöberte in Archiven oder hatte einfach Spaß mit anderen NI-Bots, mit denen er sich über MiCo in Verbindung setzte, um Spiele zu spielen oder einfach nur zu erzählen, was gerade so lief.

Fretsch: »... *Insofern hat das Geld den Rahmen für ein ›Ding‹ definiert und nicht der Nutzen, den das ›Ding‹ im besten Falle erbringen könnte.*

Ein genialer Trick machte damals das Power-Tower Projekt dann doch machbar. Der Kern mit dem Schacht wurde mit Wohnungen bis in eine Höhe von 300 Metern umbaut. Darüber wurde der Turm bis zu einer Höhe von 1000 Metern mit vertikalen Gewächshäusern umbaut, die für Vertikal-Farming bestens geeignet waren. Ein multistrukturelles Bauwerk entstand, ein Mix aus Energiegewinnung, Wohnen und nachhaltigem Farming. Genial, oder? ...«

Liebgurt: »*... Das ist es in der Tat. Der beste Beweis dafür ist: die Türme stehen noch heute, über 600 Jahre nach ihrer Errichtung. Würden Sie sagen, das war ein Erfolgsprojekt? ...*«

Das Ground-Shuttle flog auf einen Fluss zu, der von Weitem dem Graben am Festungswall sehr ähnelte. Nur dass hier die hohe Festungsmauer fehlte und den Blick frei über die Landschaft streifen ließ.

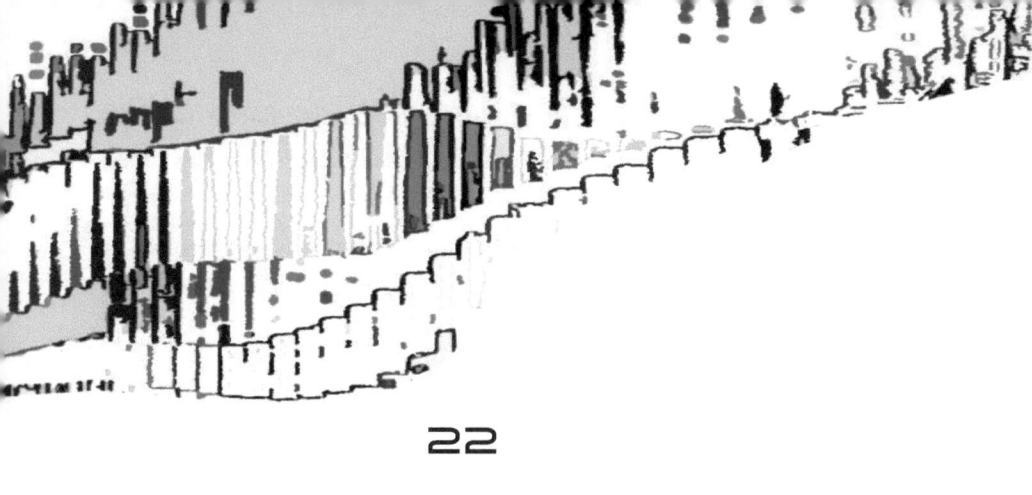

22

ZUKUNFT

Timmy

Auf der anderen Seite begann eine andere Welt. Eine flache Savanne mit riesigen Baobab Bäumen mit gewaltigen Baumkronen, unter denen eine Herde Elefanten Schatten suchte, dominierte das Bild nach Norden.

Östlich standen ungeheuer große Akazien mit weit ausladenden, schirmartigen Baumkronen, die über dem weiten Horizont aufragten.

Unter dem Blätterdach einer saftig grünen Akazie standen zwei auf die Hinterbeine gestellte Giraffen, mit lang gestreckten Hälsen, die Blätter aus der hohen Krone pflückten. Sie bewegten sich wie in einer majestätisch anmutenden Zeitlupe.

Hera flog auf den breiten Wallgraben zu, der sich von nahem gesehen als ein stattlicher Fluss entpuppte, der durch ein tieferliegendes Flussbett mäanderte.

Auf der anderen Flussseite öffnete sich eine flache, sandige wilde Uferböschung, wo sich ein gutes Dutzend ausgewachsener Krokodile sonnte.

Unweit davon, in einem dichten Schilfgürtel, wateten Marabus umher, die mit ihren urtümlichen Riesenschnäbeln nach Amphibien jagten.

»Wir überfliegen jetzt den Wildparkfluss, der nach dem Naturforscher und Abenteurer Alexander von Humboldt benannt wurde«, sagte Hera beiläufig, als ob sie mit etwas anderem beschäftigt war und flog über die Balustrade fast einen Meter über der Wasseroberfläche, über herumschwimmenden gepanzerten Krokodilrücken, die nur einige Zentimeter aus dem Wasser ragten.

Das Radiointerview gab den sonoren Sound vor dem abenteuerlichen Background, fast so einfühlsam wie die Violinen Sätze in einer Tier-Doku.

»Klänge aus der Außenwelt gebe ich einhundertprozentig in ihrer natürlichen Klangstruktur in der Kabine wieder, sodass Sie auch akustisch das Live-Erlebnis vollauf genießen können. Wenn Sie es aber wünschen, werde ich natürlich auch alle Gerüche in die Kabine strömen lassen.«

Da keiner widersprach sollte es wohl so sein, dachte Hera.

Liebgurt: »... *Sie sehen die Power-Tower faszinieren mich persönlich. Aber zurück zu unserem spannenden Thema, was sich immer mehr wie ein Krimi entfaltet.*

Dann kam die erste Erfindung der Indi-Bots, mit der das Rohstoffproblem und zugleich das Müllproblem gelöste werden konnten, in dem beide in einen 100-prozentigen natürlichen Stoffkreislauf integriert werden konnten. Das sollte vieles – Hmmm – genau genommen alles auf den Kopf stellen. Welche Erfindung war das? ...«

Fretsch: »... Sie sagen es. Aber genau genommen war die Erfindung aus dem Jahr 2430 tatsächlich eine Technologiefamilie aus Quanten-Printer, Quanten-Wandler und Stamm-Materie. Mit den Quanten-Printern konnte aus der universellen Stamm-Materie nahezu jedes vorstellbare, Gerät, Ding, Pico-Chip, aber auch organisches Material oder Zellgewebe wie Obst, Gemüse, Fleisch, Transplantationsorgane etc. und das alles als Multi-Dimension-Print, kurz MD-Print, gedruckt werden. Mit den Tecto-Printern wurden im gleichen Printverfahren auch im großen Maßstab zum Beispiel unsere Multistruktur-, Wohn- und Industrieberge gedruckt. Das allein war schon eine Revolution.«

Als der Schatten des Shuttles über die Krokodilrücken schwebte, zuckten einige, öffneten die großen Augenpaare dicht über dem Wasserspiegel und tauchten ab. Andere schlugen sogar heftig mit ihrem starken, gepanzerten Schwanz nach dem Schatten des Shuttles, der sie im Vorbeifliegen berührte. Das Wasser schien zu kochen als die gesamte Gruppe in Aufruhr geriet und im klaren Wasser abtauchte.

Fretsch: »... Diese drei Erfindungen rüttelten an der damaligen marktbasierten Vorstellung von Planung, Rohstoffbeschaffung, Lieferketten, Logistik, Produktion, Verkauf, Entsorgung und den daraus entstehenden Wertschöpfungsketten. Denn jeder wird mit den Quanten-Printern alles aus allem selbst herstellen können und zudem, vom Gerät selbst einmal abgesehen, praktisch zu null Kosten. Was nicht ganz korrekt ist, denn eigentlich ließen sich die

MD-Printer selbst natürlich von jedem, der einen MD-Printer hat ebenso drucken, klonen wenn Sie so wollen.

Sofort erkannten Wirtschaftswissenschaftler, Marktanalysten und Politiker damals, welche Gefahren für die Märkte in den neuen Erfindungen steckte. Selbst Politiker erkannten das Risiko für den Zusammenhalt der Gesellschaft ...«

Das Bett des Alexander von Humboldt-Flusses schmiegte sich rechts und links in einem großen Bogen an den Wildpark, der sich mit dem fließenden Wasser und seinen Bewohnern zu schmücken schien.

Timmy war so begeistert von all dem, dass er vergaß zu Hecheln. Seine Zunge schlappte ein und seine spitze, feuchte Nase und die neugierigen großen schwarzen Augen, richteten sich auf jede Einzelheit mit ganzer Konzentration.

Kein Krokodil wollte übersehen werden und keiner der vielen Kormorane, die auf einem umgestürzten Baum saßen, wollte unbemerkt bleiben, so dachte Timmy jedenfalls.

Der Klang der Stimmen aus dem Radio aber beruhigte Timmy ungemein.

Fretsch: »... *Ein gesellschaftlicher Kollaps wäre die Folge, nur weil Indi-Bots drei geniale Erfindungen machten, die das Zeug hatten, die größten Probleme des Planeten auf einen Schlag zu lösen.*

Eine gesamtgesellschaftliche Diskussion begann darüber, was zu tun sei, die neue Technologie zuzulassen und fast alle Probleme des Planeten zu lösen oder sie in einem Safe zu verstecken, um alles beim gewohnten unsicheren Ausgang zu belassen und es auf einen erneuten Kollaps der Natur ankommen zu lassen.

*Eine globale Befragung der Menschen sollte entscheiden und das
globale Volk entschied sich für die Einführung der neuen Technologie.«*

Nicht dass Timmy nicht auch etwas zu Hera hätte sagen können, während die anderen schliefen. Wenn er nur gewollt hätte.
Denn er konnte, wenn er wollte. Nein, es verschlug ihm angesichts der Welt, die sie durchquerten, einfach die Laute als
Hund und die Worte als Mensch. Ob er dem Radio, was sanft
seine Botschaft verkündete, zu-hörte, war nicht zu erkennen.
Es sah eher nicht so aus. Aber wer weiß schon so genau, was
in einem genialen Hundegehirn so vor sich geht.

Fretsch: *»... Für kurze Zeit dachten die Regierungen und Banken
damals, sie könnten die Effekte in der Übergangszeit mit Finanzspritzen künstlich abfedern oder gar stabilisieren. Nach wenigen
Monaten wurde klar, dies würde so teuer werden und unermesslich riesige Schuldenberge für kommende Generationen hinterlassen, dass es billiger war, auf das Geldsystem sofort und gänzlich
zu verzichten. ...«*

In der Ferne zogen unzählige Gnus in einer gigantischen
Staubwolke am Horizont entlang.

Fretsch: *»... kommende Generationen würden viel eher einen
Nutzen aus den drei Erfindungen erfahren, statt sie wegen der zu
erwartenden ständigen Schuldendebatten, Steuer- und Preiserhöhungen sowie soziale Ausgleichsdebatten als Bürde zu empfinden,
die alle Menschen auf dem Planeten schon nach wenigen Monaten
an den Rand des mentalen Wahnsinns ...«*

Unweit auf der anderen Seite der Savanne standen Zebras im Schatten von kleineren Bäumen und wedelten reflexartig mit ihrem Schweif, um lästige Fliegen zu verjagen.

Fretsch: »... *Gewalt und Kriminalität nahmen sprunghaft zu. Die Selbstmordrate erhöhte sich exponentiell und eine allgemeine Stimmung des Untergangs machte sich breit, und das, obwohl fast alle Probleme der Zeit mit einem Streich gelöst waren. ...*«

Liebgurt: »*Und dann kam tatsächlich das öffentliche Voting für den Ausstieg aus dem Geldsystem. Wie wurde das damals aufgenommen? ...*«

Hinter einem kargen fast blätterlosen Busch am unsichtbaren Safari-Weg kam gemächlich ein Rudel Löwen hervorgeschlendert. Ein prächtiges männliches Tier mit einer beeindruckenden tiefblonden Mähne trottete an der Spitze, gefolgt von vielleicht sechs weiblichen Tieren mit einer Gruppe verspielter Babys im Schlepptau, die den Schwänzen ihrer Mütter hinterherjagten und sich dabei köstlich amüsierten.

Fretsch: »... *Lehrer in Schulen vermittelten den Schülern damals, sie würden dafür lernen, um später einer Arbeit nachzugehen und Geld zu verdienen. Das gab dem Leben Sinn. Plötzlich sollte das alles wegfallen. Wozu aufstehen? Wozu überhaupt etwas machen? Lernen, wozu? Wie sich selbst motivieren, was auch immer zu tun? Das mussten die Menschen neu lernen.*«

Die Löwen kreuzten gemächlich den Weg des Ground-Shuttles, das erst einmal stehen bleiben musste, um die Löwenfamilie vorbeizulassen. Die Löwen ihrerseits kannten wohl die Verkehrsregeln im Wildpark sehr genau und gaben sich keiner Eile hin.

Ihre Blutverschmierten Schnauzen und Köpfe ließen auf ein reiches Mahl schließen, bei dem sie ein kurz zuvor erlegtes Tier verzehrten. Jetzt musste die Familie erst einmal ausruhen, verdauen und da kam ein vorbeifliegender Schatten in Form eines Shuttles sehr recht. Zumal die Phasenverschobene-Gravitationsumkehr eine milde Kühle erzeugte, die an solch einem Tag nur zu willkommen war.

Langsam, mit tiefhängenden, reich gefüllten Bäuchen, schlichen die Löwen die letzten Meter zum Shuttle und ließen sich im Schatten darunter genüsslich fallen. An weiterfliegen war erst einmal nicht mehr zu denken. Die Löwen hielten zwar das Shuttle aber keineswegs das Radio auf.

Fretsch: »*... Deshalb wurde eine Übergangszeit vereinbart. Da die Lösung fast aller Probleme ja schon erfunden war, gab es keinen Grund zur Eile. Kein Druck von Politikern war notwendig, die mit Gesetzen Menschen zu etwas bewegen oder zwingen mussten, was sie nur schwerlich und nur unter hohem privatem Aufwand umsetzen konnten.*

Die Lösung war quasi schon da, bevor das Problem angepackt wurde. Die gesamte Welt musste die Lösung nur annehmen und sich hineinfinden. ...«

Timmy fühlte sich von Katzen umzingelt, von denen jede mindestens einhundert Mal schwerer war als er und ganz sicher ebenso viele Male hungriger als er es je sein könnte. Wie in einem Horrorfilm, wo man nicht weiß, ob man lieber wegsehen soll, oder doch dem Grauen ins Auge schauen, weil es so spannend ist und man sich das gute Ende nicht entgehen lassen will, huschte Timmy von einer freien Ecke am Fenster zur nächsten, sah hechelnd hinaus, schlappte aufgeregt kurz die Zunge ein, hielt für wenige Sekunden inne und fixierte aus beängstigend kurzer Distanz die muskulösen großen Katzen mit ihren bluttriefenden Schnauzen, Ohren, ja bei manchen war es sogar der gesamte Kopf, der feucht blutrot schimmerte.

Fretsch: »... *Zwei Generationen, also nach damaligen Maßstäben waren das 90 Jahre, die sich die Menschen Zeit für den Wandel lassen wollten* ...«

Liebgurt: »*Das scheint lange aber aus heutiger Sicht war es ein Erfolg. Es gab im frühen zwanzigsten Jahrhundert eine Idee, die ›Kommunismus‹ genannt würde. Worin unterscheidet sich unser heutiges System davon?* ...«

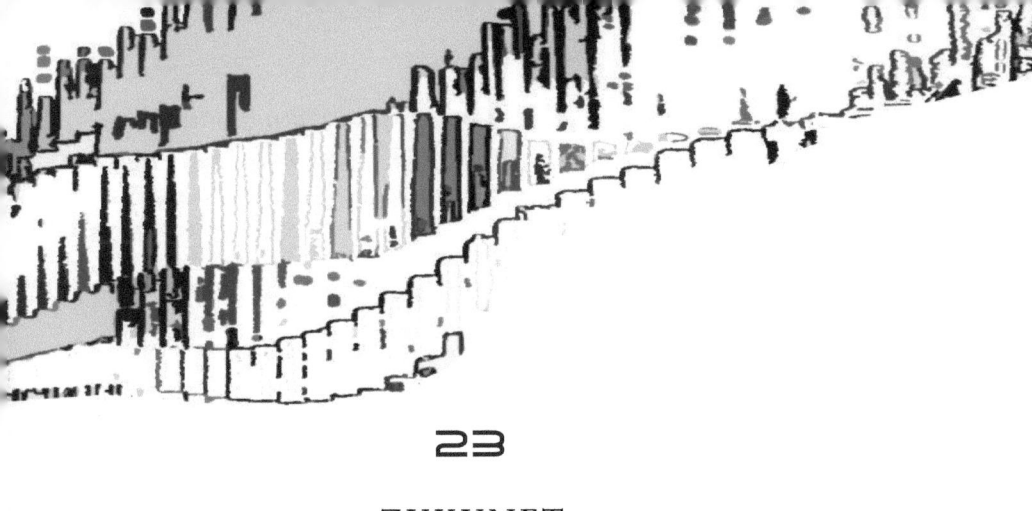

23

ZUKUNFT

Timmy

Weit oben vor dem tiefen Blau sammelten sich einige Geier. Sie mussten den Kadaver des Löwenmahls wittern. Ihre großen, dunklen Silhouetten ließen ihre Schatten lebensgroß auch durch die Kabine gleiten und zeigten Timmy ein weiteres Mal, wie klein er in dieser wilden Welt war.

Fretsch: *»Nun, die Idee des Kommunismus wurde in einer sehr eng denkenden, dogmatischen Gesellschaft geboren, die technologisch und von seinen humanistischen Werten her sehr unterentwickelt war.*

Die Kontrolle des Einzelnen durch den Staat spielte paradoxerweise eine große Rolle und der Begrenzung von Bedürfnissen und dem Blockieren des Erfindungsreichtums der Menschen kamen damals große Bedeutung zu. Das machte den Kommunismus, sei-

nerzeit, nach wenigen Jahren, sehr verhasst bei den meisten Menschen und eher zu einem Angstbild als zu einer erstrebenswerten Gesellschaftsform, wie man das damals nannte. ...«

Eine heranstampfende Herde afrikanischer Elefanten näherte sich. Die Löwen gaben vorsichtshalber ihren Platz auf und zogen lässig weiter.

Ein Elefantenbulle kam tief gurrend auf das Shuttle zugelaufen, mit weit aufgestellten Ohren und erhobenem Rüssel trompetete er noch einmal laut in die Luft, um sicher zu gehen, dass die Löwen verstanden, worum es ihm ging.

Seine Stoßzähne waren so lang, dass sie sich kreuzten. Mächtig stand der Elefantenbulle etwa fünf Meter vom Shuttle entfernt. Das tiefe Gurren ließ sogar die Kabine leicht vibrieren. Es übertönte sogar die Stimmen im Radio für einen Moment.

Liebgurt: *»Verstehe. Wie war es damals, rein psychologisch, für die Menschen, motivationstechnisch sozusagen, nachdem sie das Geld abgeschafft hatten?«*

Timmy war außer sich. Eine Bedrohung wurde durch eine andere vertrieben. Er sah den Fuß des Elefanten, und versuchte sich vorzustellen, wie groß er neben ihm sei und wie klein ein kleiner Hund wie er daneben wurde. Aber es ging weiter und der Elefantenbulle kehrte zu seiner Herde zurück.

Fretsch: *»Nach allem, was wir bisher besprochen haben, ist das die wohl interessanteste Frage, die über den Erfolg Auskunft geben kann. Es war ein wenig so, als ob Spieler des Spielklassikers*

›Mensch-Ärgere-Dich-Nicht‹ *plötzlich keine Würfel mehr brauchten, also jeder Spieler seine Spielfiguren so setzen konnte, wie er wollte und dennoch den Spaß am Spiel nicht verlieren sollte. Letztlich stand die Frage dahinter zu ...«*

»Leider mussten wir unseren Ground-Flight unterbrechen. Unsere Flugzeit verlängert sich dadurch um etwa zehn Minuten.«

Die Teenager schliefen tief und träumten vermutlich, denn ihre Augen bewegten sich oft unter ihren Liedern impulsartig heftig hin und her, zuweilen war ein heftiges Zucken eines Arms oder anderer Körperteile zu sehen. Ab und an unterbrach schnarchendes Räuspern die Stille und die leise Radiostimme in der Kabine. In der Mitte lief immer noch die Mini 4D-Realität des Interviewers mit dem berühmten Indi-Bot.

Fretsch: »*... sie waren auch mit ernst zu nehmenden Ängsten verbunden.*«

Liebgurt: »*Meinen Sie, Geld würde eines Tages ein Comeback feiern?*«

Fretsch: »*Die Würde, Freiheit und Unabhängigkeit jedes Einzelnen sind den Menschen seit Jahrhunderten so wichtig geworden, dass ich es mir nicht vorstellen kann.*«

Das Shuttle näherte sich einem dichteren Wald. Jetzt war Hera plötzlich hellwach und mit ihrer Aufmerksamkeit ganz im Shuttle zurück.

Sie verkündete kurz: »Wir nähern uns jetzt dem Übergang zu der Klimazone ›Tropischer Urwald‹.

Wir müssen mit Begegnungen rechnen, die sehr heftig sein können. Hier leben zwei rivalisierende Horden, die sich im Vertrauen gesagt wirklich in nichts nehmen.

Beide gehören der Oberfamilie ›Geschwänzte Altweltaffen‹ an. Eine Gruppe, die wie ich sagen würde, die Nase ein wenig vorn hat, wenn es ums Unsinn machen geht, das sind die ›Indischen Hutaffen‹.

Die andere Horde sind ›Ceylon-Hutaffen‹, die etwas, nur ein kleines bisschen, vorsichtiger im Umgang mit uns NI-Bots sind. Beide gehören zur Primatengattung der Makaken. Sehr engagierte und neugierige Gesellen, sage ich Euch.

Wir werden sicherlich bald welche zu Gesicht bekommen. Oder anders gesagt, sie werden uns bald entdeckt haben.

Man sagt, Menschen seien über mehrere Ecken mit den Primaten verwandt oder seien sogar selbst welche. Das würde so einiges in ihrer Geschichte erklären.«

Die letzten beiden Sätze hätte Hera nie gesagt, wenn die Teenager nicht weit weg in einem hoffentlich süßen Tiefschlaf gefangen wären und sie hier nicht so unhöflich ignorieren würden.

Timmy hörte nicht so genau zu und eigentlich war sein Interesse auf die nicht enden wollenden exotischen Seltsamkeiten dort draußen gerichtet, in die sich ab und an das Radio mit für ihn sinnlosen Stimmenfragmenten mischte.

Liebgurt: »*Würden Sie ganz allgemein eine Prognose wagen, was eine kommende ›kambrische Explosion‹ auslösen könnte?*«

Fretsch: *»Vielleicht die Entstehung einer neuen hochintelligenten Art nach den Menschen und den Indi-Bots? Das würde uns auf eine neue, vielleicht anregende Weise herausfordern.«*

Das Shuttle nähert sich der Waldlinie. Schon von Weitem waren einige Kapokbäume zu sehen. Die Baumriesen ragten wie Inseln, mit ihren oft fünfundsiebzig Meter hohen Baumkronen, aus dem Blätterdach des Dschungels empor. Dort oben, im gleißenden Licht der Sonne, lebte ein ganz eigener Kosmos aus Pflanzen, Insekten, Amphibien, Echsen, Schlangen und Säugetieren.

Liebgurt: *»Danke Fretsch! Unsere Sendezeit neigt sich leider dem Ende zu und ich könnte noch stundenlang weiterhören, denn das war in der Tat eine unglaublich spannende Geschichte, die sich ...«*

Erste Schatten warfen sich über das Shuttle.

Die Geräuschkulisse änderte sich. Das dichte Blätterdach ließ nur noch einen Bruchteil des Lichtes durch und reflektierte alles Schreien, Zirpen, Pfeifen, Rascheln und Rufen des Waldes mit sanftem Hall.

Ringsherum war jetzt alles üppig grün, die Luftfeuchtigkeit hoch. Blätter, Luftwurzel und Gebüsch begrenzten den Blick auf die unmittelbare Umgebung. Woher die Geräusche, zum Beispiel das schrille, nervtötende, extrem laute Surren kam, war nicht auszumachen.

Liebgurt: *»... in unserer Welt einst zugetragen hatte, und die heute unserer Vorstellungskraft aufs äußerste herausfordert. Ein wahrer Krimi, wie ich es ihnen schon eingangs voraussagte. Vielen*

Dank auch Ihnen, unseren Hörern, für Ihre Aufmerksamkeit und genießen sie diesen großartigen Tag. Am kommenden ...« *

Plötzlich ertönt lautes Geschrei.

Und dann waren sie da.

Wie auf ein Kommando stiegen sie aus den Baumwipfeln herab, hingen mit einer Hand an Ästen und Lianen und der anderen wild gestikulierend.

Dabei rissen sie ihre Mäuler weit auf und ließen mächtige weiße Reißzähne bedrohlich blitzen.

Mit ihren roten Gesichtern und wild umhereilenden Blicken, versetzten sie sich gegenseitig in höchste Rage, die sich jeden Moment auf etwas entladen musste.

Dann war es so weit, der erste, vermutlich das klananführende Männchen, sprang mit einem großen Satz auf die Glaskuppel des Shuttles, versuchte sich mit ganzer Kraft an dem glatten Glas festzuhalten und als er sich stabilisiert hatte, sprang ein zweiter, ein dritter bis eine kleine Gruppe über den schlafenden Teenagern und Timmy, der jetzt lieber so klein wie ein Floh gewesen wäre, in voller heller Aufregung herumschrien und mit gebleckten Zähnen und weit aufgerissenen Augen nach unten in die Kabine starrten.

Timmy machte sich so klein es nur ging, wäre am liebsten in die Hosentasche von Sven geflüchtet. Keine Chance. Er musste durchhalten.

»Das sind die angekündigten Indischen Hutaffen, vor denen ich Sie schon gewarnt hatte. Das Shuttle ist absolut sicher.

---

* Das gesamte Interview von Liebgurt und Fretsch findet ihr im Anhang auf Seite 386.

Auch wenn es martialisch aussieht, aber die Affenhorde kann nicht eindringen. Ich könnte sie verjagen, aber dazu besteht derzeit kein ernsthafter Grund. Wir respektieren die verschiedenen Spezies und versuchen so still wie möglich und as nice as possible zu sein.«

Timmy entspannte sich bei den Worten etwas.

Die Hutaffen indes hielt nichts davon ab, weiterzumachen. Ganz im Gegenteil kamen sie jetzt erst so richtig in Fahrt.

Weitere sprangen auf das Glasdach, stabilisierten sich gegenseitig auf der glatten kugeligen Oberfläche.

Mit angewinkelten Armen beugten sie sich so tief wie es nur ging, bis sich ihre Nasen auf der Glaskuppel plattdrückten. Ungestüm suchten ihre gierigen Augen mit hektischen Blicken aus blutroten Gesichtern die Kabine ab, als ob sie die Fahrgäste jeden Moment ausrauben oder verspeisen wollten. Einige ließen die Oberlippen hochrollen, um Timmy ihr kräftig rotes Zahnfleisch zu präsentieren, in dem weiße blitzende Zahnreihen leuchteten und aus denen beeindruckende vier mächtige Reißzähne herausstachen.

Sogar eine Mutter, deren Baby sich am Bauch festklammerte, sprang weit durch die Luft, mit Armen, Beinen und dem langen Schwanz manövrierend, von einem Ast zum nächsten, dann auf das Shuttledach, wo sie sofort von ihrem Klan Chef am Schopf gepackt wurde, denn beinahe wäre sie mit dem Kleinen abgerutscht.

»Was machen die? Wollen die uns auffressen?« Timmy hielt es jetzt nicht mehr aus. So viele Affen, die so nahe waren, näher als es sich ein kleiner Hund je wünschen würde, der gern auch mal selbst einem Vogel oder Kaninchen hinterherrennt.

Die Mädchen und Jungen an Bord weckte das Spektakel allerdings nicht auf. Ahnungslos drifteten sie weiter durch ihre Teenager-Traumwelten.

»Die Indischen Hutaffen sind sehr temperamentvoll. Sie sind wahre Meister im Surfen auf Shuttlekuppeln geworden.

Ich erinnere mich noch vor etwa zweihundert Jahren waren sie noch nicht so perfekt. Viele fürchteten sich sogar vor uns.

Das ist schon sehr lange vorbei.

Eigentlich macht es mir sogar Spaß, denn sonst habe ich niemanden, der auf meine Kuppel steigt. Also, ja, an diesem Ort berührt und bekrabbelt zu werden ist schon auch eine gewisse aufregende Lust, in einer intimen netten Weise versteht sich. Mit meinen Sensoren spüre ich jede ihrer kleinen Füße, Zehen, Hände, Finger und Pos auf mir. Das ist ein sehr animalisches Vergnügen«, hauchte Hera entzückt vor sich hin.

Derweilen ging auf der Kuppel weiter die Post ab. Jetzt ließ sich der gesamte Pulk herunterfallen, als ob es ihnen zu langweilig geworden wäre. Mit kräftigen Sprüngen flogen sie geradezu auf die nahen Bäume.

Ein zweiter Trupp, wie es aussah, formierte sich und sprang sofort von anderen Bäumen auf. Sie mussten erst einmal die Lage checken. Fünf blutrote Gesichter mit stierenden Augen, nervös auf und abrollenden Augenbrauen und hochgezogenen Lippen zeigten erst einmal ihre kräftigen Zähne.

Wild und abenteuerlustig meinten sie das Kabinendach noch einmal und ganz für sich erobern zu müssen.

Im Angesicht der zweiten Übermacht saß Timmy jetzt weit hinter den Beinen von Sven versteckt, zog den Schwanz ein bis unter den Bauch, legte seine Ohren an, so dicht es nur ging, und senkte seinen Kopf, um das Wilde Treiben über ihm nur noch aus den Augenwinkeln wahrnehmen zu müssen.

Hera sah das und hatte Mitleid mit dem kleinen Hund. Er dimmte die eindringenden Außengeräusche so weit herab, bis es nur noch als ungefährliches leises Säuseln in der Kabine ankam. Wie in einem Stummfilm spielte sich jetzt das Theater über ihm ab. Grotesk sahen die Gesichter der Affen aus, als ob sie hinter Masken verhüllt ein skurriles verschlungenes Schauspiel vorführten.

Dann ließ auch diese Gruppe ab und verschwand so schnell wie sie gekommen war auf den Bäumen oder im Gebüsch.

Damit war es aber noch nicht getan. Eine dritte Angriffswelle fiel über das Shuttle her. Diesmal waren es aber kleinere Äffchen, mit Flaumhaar auf dem Kopf und ratlosen schüchternen Gesichtern, die ängstlich um sich schauten und nur verschlagene Blicke in die Kabine wagten.

Das waren die Jungstars, die noch keinen Platz in der Rangordnung des Klans gefunden hatten und ihre ersten Sporen im Shuttle Surfen verdienen sollten.

Timmy schien es, als ob sie genauso ängstlich waren, wie er selbst es war. In einer anderen Situation wären sie vielleicht Freunde geworden, hätten sich gegenseitig beschnüffelt, entlaust oder Düfte ausgetauscht.

Doch die Stimmung war zu aufgeheizt, die Erwartungen der Klan Chefs zu hoch und dann war da noch das Glas, das sie trennte.

Ein kleines Äffchen saß für einem Moment still und sah aufmerksam zu Timmy herunter, fokussierte ihn mit seinem verträumten Blick, der zu fragen schien: »Was bist du? So etwas wie dich habe ich noch nie gesehen.«

Und Timmy antwortete in Gedanken: »Du süßer putziger Kerl. Wie gern ich dich jetzt abschnüffeln würde.«

Dann war das Spektakel schon wieder vorbei. Der dritte Trupp verschwand blitzschnell.

»Wo sind die alle hin?«, fragte Timmy Hera verdutzt.

»Wir kommen jetzt in das Gebiet der Schimpansen. Du musst wissen, die kleinen Affen, die wir eben sahen, die Makaken, stehen zuweilen auf der Speisekarte der Schimpansen.

Du verstehst, dass das Verhältnis zwischen den Makaken und den Schimpansen Klans deshalb einseitig angespannt ist. Für die Kleinen war das Surfen auf meiner Kuppel, so dicht an das Schimpansen Territorium heran, eine echte Mutprobe.«

»Das klingt nicht nach einer Welt, in der ich leben will«, gab Timmy beherzt zu, krabbelte zaghaft hinter Svens Beinen hervor und dachte über sein Leben nach und den kleinen Makaken, dem er sich eben so nahe gefühlt hatte.

»Ich weiß. Mir geht es ganz genauso. Aber das ist die Natur mit ihren Regeln, die schon so alt sind, wie die Natur selbst. Die müssen wir einfach akzeptieren.«

Timmy wurde es ganz melancholisch ums Herz. Hera ließ wieder alle Geräusche aus dem Urwald in die Kabine einströmen. Der kleine Jack Russel setzte sich verhalten auf den freien Sitz neben Sven, sah nach draußen in die grüne Welt, die ihm mit all ihren Geräuschen und Regeln plötzlich so fremd erschien.

»Natur«, flüsterte Timmy unvermittelt leise zu sich selbst und liftete seine Ohren ein wenig.

Das Shuttle flog weiter, im Schritttempo, was ein menschliches Maß in einer Welt war, die so vielen anderen, ganz eigenen Regeln folgte.

Von Weitem waren Schimpansen durch das Dickicht nur wage zu sehen, die hoch in den Baumwipfeln saßen und vom Shuttle keine Notiz nahmen. Eine andere kleine Gruppe der Schimpansen saß mit teilnahmslos wirkendem Gesichtsausdruck, auf einem Ast und lauste sich gegenseitig.

Etwas abseits auf einer Astgabel saß eine Mutter und stillte ihr Kleines.

Dann durchschnitt lautes, schrilles Schreien die Harmonie. Eine kleine Gruppe junger Männchen jagte sich plötzlich gegenseitig durch den Wald. Es war nicht gleich zu erkennen, ob es Ernst oder Spiel war. Mit gefährlichen Sprüngen durch das Baumdickicht jagten sie durch das Blätterdach und dann verschluckte sie das grüne Meer.

Timmy sah ihnen ebenso teilnahmslos zu. Er fühlt sich einsam. Am liebsten hätte er Sven geweckt, oder Annabell.

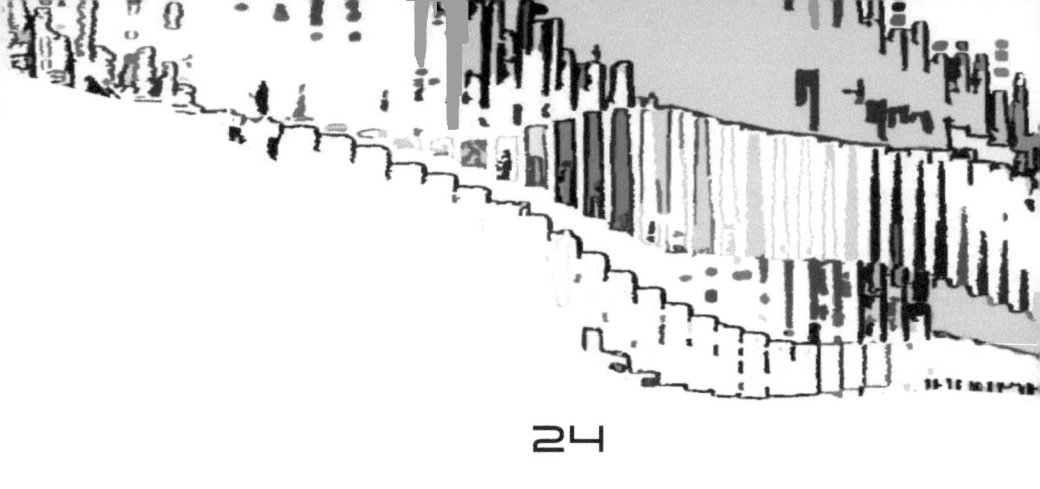

24

ZUKUNFT

Timmy

Wieder ertönte das ohrenbetäubende, sägende, schrille Geräusch von vorhin, das in Hundeohren noch dreimal so laut klang.

»Hera.«

»Ja Timmy.«

»Was macht dieses ohrenbetäubende Geräusch da draußen? Das ist ja kaum auszuhalten.«

»Oh, das. Das kommt von einem Käfer.«

Dann verstummte das Geräusch abrupt.

Einige Meter weiter vorn kreuzte ein breiter kristallklarer Bach den Weg des Shuttles. Das helle, sandige Ufer schlug eine kleine Schneise durch das Pflanzendickicht des Dschungels. Lichtflecken malten ein friedliches Glitzern auf das kristallklare Wasser und ließen den sandigen Grund zwischen den dunklen Steinen aufscheinen. Fische huschten durch die kleine Lichtung.

Timmy war vom Wasser so fasziniert, dass er das kleine, wiegende Meer aus mattschwarzen Flügelpaaren am Ufer nicht bemerkte.

Dort fächelten unzählige Schmetterlinge mit langsamen, pumpenden Flügelbewegungen Wasser durch ihre Muskeln, um sie mit Mineralien anzureichern.

Timmys Aufmerksamkeit war vollends auf den Bach konzentriert. Er saß artig in Flugrichtung auf seinem Sitz und beobachtete das vorbeiplätschernde Wasser dort draußen, durstig und sehnsüchtig.

Am liebsten wäre er sofort hineingesprungen, hätte nach dem köstlichen Wasser geschnappt und ausgelassen weit spritzend um sich geplanscht.

Als sich das Shuttle aber näherte, direkt vor seinen Augen verwandelte sich das kleine Meer am Ufer in eine schwarze Wolke aus unzähligen Schmetterlingen, die dicht vor seiner Nase aufstiegen.

Timmy musste sich vor Schreck hinter der Lehne verstecken. Dann sah er auf und staunte mit großen Augen und konnte es kaum fassen, was sich über ihm abspielte.

Ein Schwarm mit einigen hundert, vielleicht tausend prächtigen Schmetterlingen mit rotem Kopf, rot-schwarz gefleckten Körpern und tief matt schwarzen Flügeln, deren Spanne so groß war, wie Timmys Kopf lang ist.

Mit majestätischen Flügelschlägen, einige auch elegant segelnd, überflogen sie die gläserne Kuppel des Shuttles. Timmy folgte mit seinen Blicken und Ohren dem Schwarm über ihm, der die Haut des Shuttles mit einem wispernden Geräusch streifte.

Überraschenderweise hatten die Schmetterlinge Deltaflügel, wie die von modernen Jets, auf denen dort, wo die Landeklappen waren, auf jeder Seite verblüffend akkurat sieben irisierend, metallisch leuchtende, phosphorgrüne Flecken in Tropfenform, in einer Reihe wie die spitzen Zähne eines Raubtiers angeordnet waren. Timmys Blick sprang von einem Falter zum anderen, die wie eine Armee in Uniform absolut gleich aussahen und keinerlei Notiz von ihm nahmen.

Hera ihrerseits genoss es, durch den Schwarm zu fliegen. In Slow Motion, wie eine Filmdiva, die ihre Federboa durch die Hände um den Hals gleiten ließ, schwebte sie genüsslich durch die Wolke zartester Geschöpfe, die ihre eleganten Flügel sanft auf ihrer glatten Haut klackern ließen.

»Was ist das?«, fragte Timmy. Fasziniert sausten seine Blicke umher.

»Das sind Schmetterlinge. Sie heißen Rajah Brooke und gehören zur Familie der Ritterfalter. Sie sind wirklich spektakulär. Gott, wie ich sie liebe, wenn sie mit ihren Flügelchen sanft auf meiner Haut prickeln.«

Timmys Kopf wanderte mit dem Schwarm über die Kuppel, von wo eben noch ein Dutzend hysterischer Affenaugen aus blutroten Gesichtern auf ihn herabgestarrt hatten.

»Das hier ist viel schöner«, wisperte Timmy leise zu sich selbst. Und dann waren sie hindurchgeflogen. Und es blieb Hera nur noch das Echo des anregenden sanften Kribbelns auf der Haut, dem sie noch ein wenig nachspürte.

Und Timmys leicht erhöhter Herzschlag normalisierte sich nur langsam, nach der Begegnung mit so vielen überaus sphärischen Wesen. Noch nie zuvor hatte er etwas Derartiges erlebt.

Der Wald zog an ihnen vorbei. Große Blätter, die Wassertropfen abperlen ließen, die sie von einem Blatt zum nächsten, wie auf einer Treppe nach unten führten. Orchideen mit großen, betörend duftenden Blütenrispen wuchsen auf Ästen in einem dichten Horst gemeinsam mit Bromelien, die in ihren wassergefüllten Blatttrichtern kleine Froschlarven beheimateten.

Eine lange grüne Schlange balancierte von einem Ast zum nächsten und inspizierte die Stauden und Äste, um kleine Frösche oder Echsen aufzustöbern.

Etwas weiter tauchte eine kleine Lichtung rechts neben dem Pfad auf, in dem zwei urtümlich anmutende Helmkasuare standen und mit den Köpfen das Shuttle verfolgten.

Einer der riesigen Vögel schritt anmutig mit seinen langen dünnen Beinen herüber und sah neugierig mit seinem großen Kopf in die Kabine. Er muss mindestens an die ein Meter und siebzig Zentimeter hoch sein.

Timmy ging vorsichtshalber wieder auf Tauchstation, als der hungrig dreinschauende Riesenvogel für sein Gefühl zu nahe kam. Mit seinen kalten, starren Augen scannte der Helmkasuar sehr geübt das Innere der Kabine ab. Furchterregend abrupt und dennoch geschmeidig bewegte sich sein kobaltblauer, federloser, schrumpeliger Hals und sein Kopf, auf dem er einen mächtigen nach oben gewölbten wehrhaften Hornhöcker trug, der wie ein massives Segel auffragte und der eher an einen Dinosaurier erinnerte.

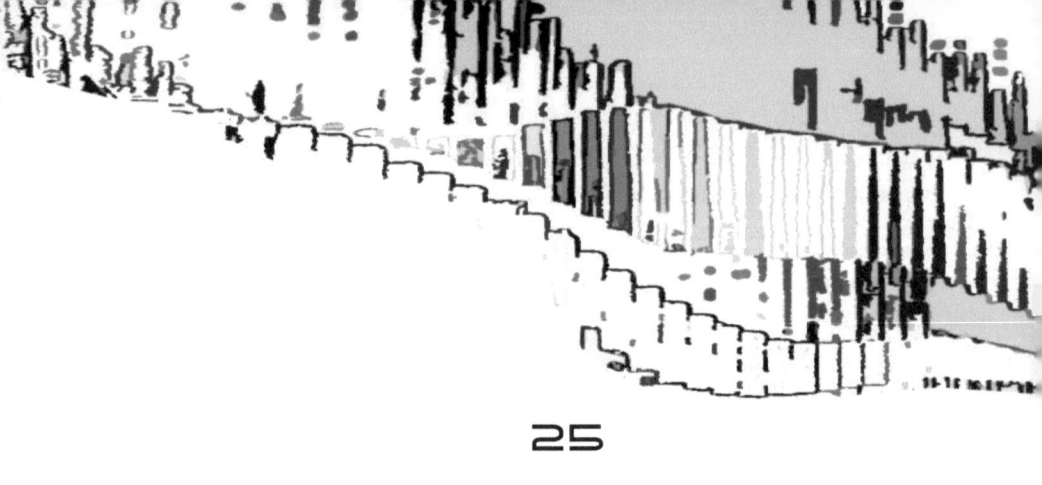

25

ZUKUNFT

Timmy

»In wenigen Minuten verlassen wir den Wildpark und werden den alten Tierpark Berlin erreichen«, verkündete Hera in einem sehr offiziellen Tonfall.

Der Regenwald wurde lichter, weniger feucht und öffnete sich in eine locker bewachsene Landschaft, mit saftigen Wiesen, üppigen Sträuchern und prächtigen Bäumen.

In der Ferne waren einige Elefanten zu sehen. Wasserbüffel mit großen geschwungenen Hörnern tauchten hinter einem Busch auf. Friedlich kauend verfolgten Ihre Blicke das Shuttle.

Dann näherten sie sich einem weiteren Fluss, der dem ähnelte, den das Shuttle schon an der Außengrenze des Wildparks überflogen hatte und hier bestimmt fünfzig Meter breit war. Krokodile gab es hier nicht.

Aber dafür begleiteten das Shuttle fröhliche Süßwasserdelfine. Sie glitten elegant durch das Wasser, sprangen bis zur Schwanzflosse in die Luft, drehten sich um ihre eigene Achse und ließen sich heftig platschend Rücklinks zurück in den Fluss fallen.

Timmy verfolgte jede ihrer Kapriolen. Er sprang voller Freude von seinem Sitz auf, wedelte lebhaft mit dem Schwanz, ließ den weißen Puschel an seiner Spitze wie ein Fähnchen durch die Luft schwirren. Seine Zunge wippte aufgeregt mit jedem Atemzug.

Timmy war froh, endlich den bedrohlichen Wildpark hinter sich zu lassen, wo er fast für jedes Tier ein kleiner Snack gewesen wäre.

»Das war so demütigend«, rumorte es in seinem Kopf herum. Darüber hatte er auch nie zuvor nachgedacht: ›Vielleicht sollte ich in Zukunft beim Hinterherjagen von kleineren Tieren vorsichtiger sein und jetzt, wo ich MiCo beherrsche, könnte ich die Kleinen eher zu einem Spiel einladen als sie zu Tode zu verängstigen.

Denn mein Fressen muss ich nicht wie die wilden Tiere jagen. Die Menschen geben es mir‹, gestand er sich ein, als er den Delfinen zusah.

Der Abend kündigte sich an. Die Sonne stand tief. Das warme Licht schien von hinten durch die gläserne Kuppel. Der ovale Schatten des Shuttles tanzte vor ihnen auf den Wellen umher, als ob er eine Vorhut wäre, die das Ufer jeden Moment erreichen wird.

Die Delfine schienen sich von Timmy und Hera zu verabschieden und winkten mit ihren Bauchflossen und machten ihr typisches rhythmisches Schnattern. Der Schatten glitt wie ein Geist auf das Ufer zu. Das Shuttle folgte ihm.

»Willkommen im Tierpark Berlin!«, verkündet Hera gut gelaunt und fuhr fort: »Der Tierpark befindet sich auf seinem historischen Gelände vom Jahr 2382. Wir sind sehr stolz auf unseren Park, denn er zählt weltweit zu den erstklassigsten Landschaftsparks, mit botanischem Garten und einen überaus beliebten Spaß und Erlebnispark für alle Generationen.

Wir werden unter Anderem Dinosauriern begegnen, die aber völlig ungefährlich sind. Es handelt sich um absolut authentisch wirkende Rekonstruktionen.

Im Inneren und im Herzen sind sie allerdings NI-Bots der letzten Generation. Das macht auch einen nicht zu unterschätzenden Unterschied zu den echten Dinos, denn sie müssen nicht fressen, wobei sie allerdings gern jagen, im Spiel versteht sich.

Beides macht sie zu wahren Freunden der Menschen und ihrer Haustiere, ob groß oder klein ...«, sagte Hera nur für Timmy. Denn sie sah deutlich, wie er litt und fuhr fort: »... die sich dadurch revanchieren, dass Generationen von Kindern die Dinos seit Jahrhunderten immer wieder neu in ihr Herz schließen.«

Timmys Herz schlug höher und er konnte es kaum erwarten, wieder in eine Welt zurückzukommen, in der er mehr als nur ein Angsthase war.

»Der Menschenpark! Der Menschenpark!«, flüsterte Timmy verträumt mit einem Glitzern in den Augen zu sich selbst. Am liebsten hätte er Sven und die anderen geweckt.

Doch er wusste, wie ungern Sven geweckt wurde, wenn er so richtig tief wie jetzt schlief.

»Hier sind sie alle, die kleinen und die großen Menschen, die jungen und die alten, die dicken und die dünnen, die, die sich schön finden und die, die sich hässlich finden und alle irgendwo dazwischen. Und dass sie nichts anderes wollen, als mich zu streicheln, mit mir zu kuscheln, mir zu sagen, wie süß sie mich finden. Und ich weiß, dass sie mich alle, alle lieben. Ja. Das ist der Menschenpark, den ich so sehr liebe«, träumte Timmy laut vor sich hin und dann kullerte ihm vor Entzücken eine dicke Träne über seinen Pelz.

Zwei, drei kleine sehnsüchtige Fiepser entfuhren ihm, als er sie sah, die Menschen, die um einen Eiswagen herumstanden, so viele, so fröhlich, viele mit Luftballons, Eiscreme und Zuckerwatte in den Händen.

»In etwa fünf Minuten werden wir am Schloss Friedrichsfelde eintreffen.«

»Schon so schnell?« Timmy wollte noch viel mehr von dem Menschenpark sehen.

Für die weite, sich wiegende Landschaft mit den blühenden Sträuchern und zahlreichen wunderbar gepflegten Blumenbeeten, für die kunstvoll beschnittenen Bäume und wundervollen Wiesen hatte Timmy keinen Blick.

Ihn interessierten nur die Menschen.

Und was rannte da zwischen ihnen, flink auf dünnen Beinchen mit langem Hals, kurzen Ärmchen, lächerlich bunten Federn auf dem Kopf und langem geschmeidig balancierendem Schwanz herum? Es waren viele, vielleicht ein Dutzend.

Die Kinder streichelten ihre glatte farbig schillernde, schuppenbesetzte Haut und es schien, als ob sie miteinander spielten.

»Hera, was sind die kleinen Biester, die dort zwischen den Kindern herumrennen?«, fragte Timmy etwas ratlos, denn solche seltsamen felllosen und gefiederten Kreaturen hatte er noch nie gesehen.

»Ah. Die. Ich weiß, was du meinst. Das sind Dinos, genauer gesagt Troodons. Sie waren Fleischfresser, lebten und jagten in kleinen Rudeln. Sie waren sehr intelligent und sind bei den Kindern überaus beliebt.

Keine Angst, sie sind hier absolut harmlos. Wie ich vorhin schon sagte, sie sind Indi-Bots, die dem Aussehen und Verhalten der Dinos haargenau nachgebildet sind, mit der einen Ausnahme, dass sie nicht fressen müssen, was wohl einen entscheidenden Unterschied zu ihren Urzeitoriginalen macht.«

»Oh«, antwortete Timmy einsilbig, wurde etwas eifersüchtig, schwieg für einen Moment und fügte kühl hinzu: »Danke, das ist gut zu wissen.«

Das Shuttle flog über eine Wiese aus Blüten in tausenden von Farben. Es duftete so unglaublich angenehm. Bienen und Hummeln aller Art summten umher und Schmetterlinge flatterten von einer Blüte zur anderen.

Fünf oder sechs Troodons rannten jetzt neben dem Shuttle her und machten ihr hohes, keckerndes Piepsen, was an sich recht fröhlich klang.

Sie sahen zu Timmy auf und schienen ihn sogar anzulächeln.

Dann entfernten sie sich.

Schwebfliegen standen über dem Gras in der Luft und fokussierten Blüten. Das sonore Singen der Feldlärche begleitete sie aus der Luft.

Und dann, urplötzlich, huschte über das Shuttle und die Wiese unter ihm ein riesiger Schatten, mindestens zehn Meter großer mit einem schlangenartigen Hals und einem gewaltigen ausgestreckten Schnabel.

Wie eine gigantische Fledermaus glitt er lautlos dahin. – Das Shuttle hätte locker vier Mal hineingepasst.

Timmy zuckte vor Schreck zusammen, denn seine Form wirkte äußerst bedrohlich auf ihn. Augenblicklich erwachten seine tiefsten Urinstinkte, die ihn buchstäblich wie ein Blitz mit Adrenalin durchfluten ließen und zu sofortiger panischer Flucht aufriefen.

In der Kabine gefangen, blieb allerdings nur noch die blanke Panik übrig, denn Flucht war gänzlich ausgeschlossen. Oder alternativ blieb die zweitbeste Fluchtmöglichkeit, augenblicklich zu erstarren, zu einer Salzsäule, Scheintod sein.

Timmy traute sich bis alles vorbei war nicht einmal mehr zu atmen.

Dann, Bruchteile von Sekunden nach dem Schatten, folgte das Wesen was ihn verursachte.

Ein riesiger Flugsaurier flog ruhig gleitend vor der Kulisse des dramatisch geröteten Abendhimmels über sie hinweg. Im weiten Bogen, in einem eleganten Gleitflug, segelte er gebieterisch über die Wiese.

Der riesige Hornhöcker auf seinem extralangen Schnabel erinnerte Timmys sofort an den gierig schauenden Helmkasuar, den er vor wenigen Minuten auf der Lichtung gesehen hatte.

Vorsichtshalber verharrte Timmy noch einen Moment in seiner Starre, nur um sicher zu gehen, dass die Luft wieder rein war, bevor er sich ein wenig bewegte.

»War das ...?«

»Ja, das war auch ein Dino«, kam ihm Hera zuvor. »Ein Flugsaurier. Ein sehr großes Exemplar eines Hatzegopterys thambema. Die konnten eine Flügelspanne von über zehn Metern erreichen.«

Hera war stolz auf die Saurier. Rein technisch ist jeder Dino-Bot für sich ein Meisterwerk und die NI-Bots, die sich dieser Rolle verschrieben haben, gebührt unter allen NI-Bots weltweit das allerhöchste Ansehen. Technisch sind sie so aufwändig gestaltet, dass sie selbst schon als lebendig gelten könnten. Denn jeder Muskel, jede Sehne, Haut, Blut, sogar die Neven und der Stoffwechsel sind bis zur Zellebene überaus präzise nachgebildet. Herzstück aber ist der Verhaltensmodus, der mit den natürlich motorischen Eigenschaften, exakt verbunden ist und nach neuestem Wissen authentisch geprägt wurde. Kurz gesagt, sie klingen wie Dinos, sie bewegen sich wie Dinos und sie machen was Dinos ebenso machen, wenn sie nett sind.«

Die Teenager schliefen immer noch fest, entspannt, zuckten gelegentlich oder schnieften. Manchmal entfuhr ihnen auch ein recht unelegantes, schnarchendes Schnappen.

Timmy sah dem Flugsaurier noch einen Moment nach, verträumt, aber auch um sicher zu gehen, ob er keine Gefahr für seine Urinstinke mehr war. Dann entspannte er sich mit einem kleinen leisen: »Huuuu, das war aufregend«, drehte den Kopf zur anderen Seite und erschrak erneut bis in jede seiner Zellen.

Dieses Mal aber entfuhr ihm zuvor noch ein heftiges Bellen, seine Augen fuhren zu Seite um das bedrohlich wirkende Weiß darin zu zeigen, am Nacken sträubte sich das Fell, kerzengrade streckte er den Schwanz und heftige zuckte es durch seinen ganzen Körper. Er konnte nichts dafür, es kam einfach so aus ihm heraus und Timmy war so außer sich, dass er das Gefühl hatte, sich selbst dabei zusehen zu können.

Timmy hielt den Kopf leicht schräg und ließ das Weiß seiner Augen noch bedrohlicher blitzen, bevor er erneut in Todesstarre verfiel.

Ein Auge, größer als sein Kopf, sah ihn von der Seite direkt an, fokussierte ihn eindringlich, zwinkerte einmal, wobei es eine Hautschicht von hinten nach vorn über den Augapfel schob und dabei das Lid für den Augenblick eines riesigen Auges in Zeitlupe schloss, um es spektakulär wie in einem Theaterstück von Robert Wilson wieder zu öffnen.

Markante, kantige, kräftige, dunkelgrüngraue Hornwölbungen mit großen warzigen Höckern rahmten das Auge ein, das eher an eine riesige Kröte erinnerte als an ein … Timmy wusste nicht was. Erst dann sah er den Kiefer mit seinen furchterregenden, spitzen Zähnen und den Umriss eines noch viel größeren Kopfes.

»Timmy, keine Panik, das ist ein guter Freund. T-Rex will uns mit seinem Besuch eine Freude machen. Alle Menschen lieben seinen Auftritt.« Hera verstummte langsam, als sie das sagte und spürte, wie Timmy am ganzen Körper vor Angst zitterte.

T-Rex seinerseits setzte zu seinem berühmten Schrei an, ließ sein megalautes, fauchendes Trompeten über die Wiese schallen, als ob die Kreidezeit nie geendet hätte.

Vorsorglich dimmte Hera alle Geräusche, die in die Kabine eindringen könnten, blitzschnell auf das absolute Minimum.

»Warum ist dieser Menschenpark nur so voller Dinosaurier?«, fragte Timmy verzweifelt, leise, geradezu wispernd mit spinnenfadendünner Stimme in den Abend hinein. Der T-Rex verschwand in den Büschen und es kehrte wieder Frieden in die Kabine ein.

»Wir sind jeden Moment am Ziel.« Schon flog das Shuttle durch den sorgfältig angelegte Barockgarten in der Flucht zum Schloss, am großen Springbrunnen vorbei, dessen Fontäne hoch in den Abendhimmel sprühte.

Das Bassin war beleuchtet und die großen Kois schwammen dorthin, wo das Shuttle zum Stehen kam.

Erwartungsvoll öffneten die Kois ihr trichterförmiges Maul an der Wasseroberfläche, schnappten nach etwas, vielleicht nach Luft oder fischten kleinste Insekten von der Wasseroberfläche ab.

Es war friedlich hier am Schloss, im wundervollen Garten, mit dem entspannenden Plätschern des Wasserspiels.

»Timmy, wir sind am Schloss Friedrichsfelde eingetroffen. Ich hoffe, unser Flug hat dir Spaß gemacht, auch wenn das eine oder andere Abenteuer, was auf dem Weg auf dich lauerte, etwas heftig war.«

»Danke Hera. Du bist sehr aufmerksam und beim nächsten Mal ...« Timmy stockte, um zu überlegen, was eigentlich beim nächsten Mal anders sein sollte, »... habe ich vielleicht mehr Spaß. Jetzt müssen wir aber meine Freunde wecken. Ich habe da so eine Idee«, sagte er verschmitzt, sprang Sven auf den Schoß und schnüffelte ihm um die Nase, kitzelte ihn mit seinen Barthaaren an der Wange und schnüffelte tief in sein linkes Ohr, stupste ihn am Kinn zwei drei Mal, gab ihm zu guter Letzt noch einen fetten Schmatz.

Und dann wachte Sven endlich auf, gähnte mit weit offenem Mund, öffnete die Augen und sah direkt in Timmys Augen, die ihn vor Freude anblitzten.

Der ganze Timmy bebte jetzt vor Freude, nicht mehr allein zu sein. Und sein Schwanz wedelte den weißen Puschel so schnell er nur konnte in der Luft umher.

»Mein Süßer. Das war vielleicht ein seltsamer Traum, aber jetzt bin ich sooo ausgeschlafen und ich glaube, ich kann mich vor Muskelkater kaum bewegen. Hast du gut aufgepasst, dass uns nichts passiert in der Wildnis?«, gähnte Sven hinreißend verzückt und sagte mit verspielter Stimme: »Bestimmt hattest du mit den wilden Tieren eine superschöne Zeit im Tierpark? Ich weiß, du liebst das, du kleiner Schnuffelzahn«, sagte er und ließ seinen Blick schweifen, in die Runde zu seinen Freunden und nach draußen in den Park. »Hier ist wirklich noch alles wie es damals war«, und rubbelte dabei Timmys Ohren, bis er den Kopf wegzog, einmal heftig ausschniefte und laut bellte.

Timmy hatte überhaupt keine Vorstellung, wie er seine Freude in Menschensprache hätte ausdrücken sollen und sagte nur kurz in einer seltsamen Stimme, die er zuvor noch nie ausprobiert hatte: »Du hast ja keine Ahnung«, und bellte, um sicher zu gehen vor Freude noch zwei, drei Mal laut, dass Sven den Wind seines Atems im Gesicht spürte.

Das weckte nun endlich auch die anderen auf, die nur langsam ihre Augen öffneten, Arme und Beine räkelten, sich streckten und gähnten mit großem Geräusch.

Die Glieder der Teenager allerdings fühlten sich an, als ob sie in den letzten anderthalb Stunden ein ganzes Menschenleben durchlebt hätten. Denn so komfortabel die Sitze auch zum Sitzen waren fehlte ihnen als Schlafplatz auf Dauer doch das gewisse Etwas.

Maya gähnt fragend in die Kabine: »Wo sind wir?«

»Wir sind angekommen, ... am Schloss Friedrichsfelde«, sagte Sven, auf dessen Schoß immer noch Timmy saß und mit dem Schmusen so schnell nicht aufhören wollte.

»Sind wir schon da? Das ging schnell«, murmelte Annabell, die versuchte, mit den Augen etwas zu fassen, woran sie sich erinnerte.

»War doch kein Traum, oh Gott, wir sind wirklich angekommen«, knurrte Maya aufgeregt. Von hier sah sie das Schloss, den Garten, die Fontäne im letzten Licht der blauen Stunde dieses Tages, der irgendwie nie zu enden schien.

Friuli und seine Freunde wachten schnell auf. Nicht ohne Stolz bemerkten sie, dass sie die Mädchen und ihr Freund samt Hund, heil in ihrer Zeit zu dem Ort gebracht hatten, der das Tor zu einem entscheidenden weiteren Ereignis sein sollte. Die drei Jungs sahen sich gegenseitig für einen Moment schweigend in die Augen und wussten, gleich würde es einen Abschied geben.

Die sieben Teenager und ein Hund waren sich nahe, sehr nahe gekommen an diesem Tag, der sich dem Ende neigte.

Die drei Jungs würden ihre Freunde aus der Vergangenheit vermissen, das wussten sie schon jetzt. Wie würde ihr Leben weitergehen? Sie tauschten über MiCo viele Gedanken aus, in diesem Moment, in der Kabine, die sie in wenigen Augenblicken bereit waren zu verlassen.

Lara wachte sehr schnell auf und war sofort hellwach. »Los ihre Schlafmützen. Aufi! Aufi! Ihr seht aus, als ob ihr hier übernachten wolltet. Oh Gott, habt ihr auch so 'nen Muskelkater?«

Annabell massierte sich die Beine und schweifte dabei mit ihrem Blick aus dem Shuttle über den Garten, den das letzte Licht in ein mystisches Bild verwandelte. »Wer hätte das gedacht, hier ist noch alles so wie es immer war, als ich mit meinen Eltern als Kind hierher gekommen bin«, sagte Annabell erleichtert. Als Kind, hallte es in ihren Gedanken nach. Das schien so lange her, wie eine Erinnerung aus einem anderen, früheren Leben.

Hera hatte schon längst ihre Tür geöffnet. Abendluft wehte durch die Kabine. Schwerer Blütenduft mischte sich mit linder, weicher Waldluft voller Aromen und Harzgerüchen.

»Du hast recht. Ich kann meine Beine auch vor lauter Muskelkater kaum bewegen und meine Hüften sind ... Oh Gott, ich wusste nicht, wo ich überall Muskeln habe. Die sind wirklich an den seltsamsten Stellen«, spürte jetzt auch Maya ihren ganzen Körper auf eine ganz neue Weise, denn Muskelkater war nicht ihr Ding, meint Sport im Allgemeinen und besondere Anstrengungen, wie sie der Sportunterricht mit sich brachte.

»Ich fühle mich auch wie gerädert. Das muss vom Air-Skiing sein«, sagte Annabell, stand auf und schlich zum Ausgang des Shuttles wie eine alte Frau.

»Seht euch das an. Alle verlassen den Park. Wir werden wohl bald die Einzigen hier sein.«

Und tatsächlich, letzte Familien verließen den Tierpark in großer Eile, durch das alte verschnörkelte Tor, unweit des Schlosses.

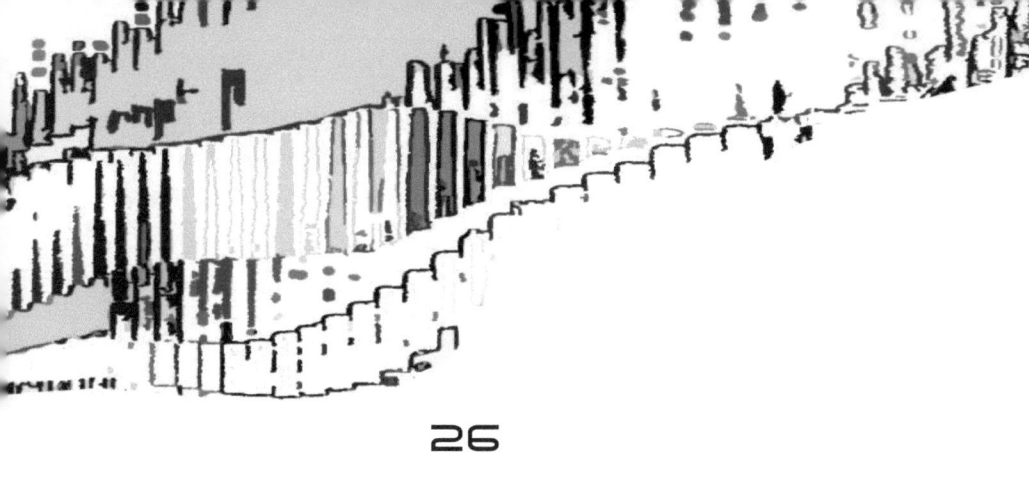

26

ZUKUNFT

Maya und Friuli

»Ihr werdet hier gleich ganz und gar für euch sein. Es heißt, nach Sonnenuntergang soll es hier spuken. Daran glaubt natürlich keiner. Doch das Gerücht hält sich seit Jahrhunderten hartnäckig«, sagte Hera amüsiert lachend und verabschiedete sich. »Deshalb lasse ich euch jetzt auch allein mit den Geistern. Cheerio und genießt den Abend Leute!«

»Warte!«, rief Sven. »Wird das Schloss nicht über Nacht abgeschlossen?«

»Nein, wozu. Es ist ein öffentlicher Ort. Wozu also des Nachts die Türen abschließen? Macht doch keinen Sinn, oder?«

Das klang irgendwie logisch. Dann wechselte Hera die Stimmlage, fügte noch in einem schwingenden Ton hinzu: »Also Leute. Guutee Nahacht«, und klang, als sie das sagte, als ob heute Halloween wäre, gleich die Toten aus den Särgen steigen würden und Kinder in unheimlichen Kostümen an den Haustüren klingeln, um nach Süßem oder Saurem zu fragen. Und dann war Hera tatsächlich überraschend schnell durch das schöne, alte schmiedeeiserne Tor verschwunden.

Die Sonne nahm ihr letztes Licht mit sich und schon war es stockdunkel. Nur die historischen Gaslampen ließen ihr gelbliches Licht wie reifes Obst unter sich auf den Gehsteig fallen. Der Rest des Parks verschwamm mit der seidenen Dunkelheit in dieser warmen, betörenden Nacht, die gerade erst begonnen hatte.

»Das Shuttle war schon etwas seltsam zum Schluss«, bemerkte Annabell, dabei bedächig in den Park und zum Schloss hinübersehend, dann blickte sie zu ihren Freunden und sagte: »Was meinte Hera mit Geistern?«

»Ah. Das«, sagte Friuli schmunzelnd. »Eine alte Geschichte. Jemand, der im Schloss lebte, soll hier immer noch herumgeistern. Vergiss es«, und fand es viel wichtiger zu fragen: »Hat noch jemand solchen Hunger wie ich?«

»Hunger? Ich könnt ’n ganzes Pferd aufessen.« Mayas Augen begannen zu leuchten, denn ihr Magen drohte schon in seinem eigenen Vakuum zu verschwinden.

»Ich auch. Bin dabei. Das arme Pferd.« Auch Annabell überkam ein Knurren und Murren in der Magengegend, was sie immer sehr unleidlich, meint zickig, werden ließ, wenn es nicht bald gestillt würde.

»Wo können wir hier etwas zu Essen herbekommen? Gibt es einen Pizzaservice?«, fragte Lara ganz praktisch mit leuchtenden Augen.

»Okay. Ich würde sagen im Café sollte noch frischer Kuchen, Sandwiches und was auch immer zu trinken sein.«

»Wenn nicht, printen wir einfach, was wir wollen«, ergänzte Bord ganz cool und ging schon mal vor.

»Zum Café gehen wir am besten durch den Haupteingang dort vorn« ergänzte Schard.

»Ich denke, hier kennen wir uns ganz gut aus. Schon so oft waren wir im Tierpark, wenn unsere Verwandten aus Israel uns an Pessach besuchten. Ich liebe es jedes Mal, hierher zu kommen.«

»Bei uns war der Tierpark auch so ein Standardprogramm, wenn Besuch aus dem Iran nach Berlin kam. Jedes Jahr das Gleiche, aber es war immer superschön, selbst wenn mir die Tiere in den Gehegen oft leidtaten.«

Maya ging jetzt neben Friuli und sah mit einem anschmiegsamen, besinnlichen Lächeln zu ihm auf: »Was planst du für deine Zukunft? Willst du irgendwann eine Familie gründen, ein Haus bauen, einen Baum pflanzen und Kinder haben?«, fragte sie ganz abrupt, ohne zuvor eine einleitende Andeutung zu machen.

»Hmm. Ja, ich denke schon. Die Reihenfolge ist, würde ich sagen, heute etwas anders. Aber ja schon, auf jeden Fall. Eine Freundin, Frau, ja.

Das mit dem Haus folgt einer uralten Tradition und läuft so ab: Das Paar, Frau - Mann, Mann - Mann, Frau - Frau, Mensch - NI-Bot wählen sich eine ihrer beiden Familien aus, in der alles am Ehesten so läuft, wie sie es am besten für sich selbst empfinden, und entscheiden sich dann, von dem Quanten-Printer ihres House-Shuttles, ihren eigenen Quanten-Shuttle-House-Tecto-Printer Printen zu lassen.

Die Art des symbolischen Weitergebens des Feuers, in den besten Eigenschaften, Werten, Visionen, Vorlieben, Harmonien und letztlich Strategien, die Beziehung lebendig zu halten, erfüllt und stimuliert Meschen und NI-Bots seit hunderten von Jahren. Das ist für die Familie, die sie wählen eine große Ehre und bedarf sorgfältiger Abwägungen des Paares.«

»Klingt romantisch«, murmelte Maya verträumt. »Gibt es dabei auch Ärger? Ich könnte mir vorstellen der Teil der Familie, der nicht den Printer drucken darf, fühlt sich vielleicht etwas, na ich würde sagen, kritisiert. Oder?«

»Das passiert selten im Nachhinein und bahnt sich eigentlich schon zuvor an und gibt dem Paar die Chance zu harmonisieren. Denn schließlich treffen die Paare die Entscheidung nach der Pubertät. Da gibt es in den Familien einige Spannungen auszuhalten.

Auf der anderen Seite ist es auch ein spielerischer Prozess, mit vielen Scherzen und es wird dabei viel mit und über die Eltern gelacht. Die gesamte Kindheit läuft in dieser Zeit an den Paaren und ihren Eltern vorbei. Und es gibt den Eltern ein Feedback, das sie gern annehmen.«

»Für die Enkelkinder?«

»Du sagst es. Dem Paar gibt es die Möglichkeit, sich über die Art wie sie ihre Beziehung führen wollen klar zu werden.«

»Okay, das klingt plausibel. Und dann?«

»Dann druckt der Printer so wie eine Raupe ihren Kokon webt, das House-Shuttle um sich herum, bis es zum Schluss seinen Printerraum druckt, in dem er dann für immer bleiben wird und alles für die Familie druckt, was sie im Laufe ihres Lebens haben will.«

»Wow, das klingt nach dem Paradies.«

»Vielleicht ist es das sogar. Der Plan für das Haus, und da wird es interessant, entwirft das Paar in allen Details, bevor es sich entscheidet, den Printer losdrucken zu lassen. Das ist eine sehr interessante erste Prüfung, die das Paar bestehen kann und sie werden sich klar darüber, ob sie überhaupt zusammenpassen. Wenn alles so weit tolerabel okay ist und das House-Shuttle gedruckt, ziehen die beiden zusammen ein.«

Maya, Friuli und die anderen kamen beim Schloss an.

Der Muskelkater machte allen immer mehr zu schaffen. Obwohl die Teenager und ihr Hund jetzt unüberhörbar hungrig waren, hatten sie es, wie es schien, nicht eilig das Café zu erreichen. Sie schlichen eher über den Vorplatz des Schlosses, am immer noch beleuchteten Springbrunnen vorbei.

Die Fontäne stieg noch hoch in den dunklen Abendhimmel hinauf und fiel satt plätschernd zurück in den künstlichen Barockteich.

Die großen goldfarbenen und rot gefleckten Kois, die sonst neugierig zum Rand geschwommen kamen, wenn sich jemand dem Teich näherte, schienen schon zu schlafen. Jetzt, wo ihr Ziel zum Greifen nahe war, stieg eine tiefe Erschöpfung in Annabell, Lara, Maya und Sven auf und es meldete sich selbst bei Timmy der Muskelkater, in jeder einzelnen Faser, mit brennendem Schmerz.

Mayas Interesse an Friulis Zukunftsplänen schmälerte dies allerding keineswegs und sie fuhr mit ihren neugierigen Fragen fort.

»Und dann? Was macht ihr den ganzen Tag zusammen, du und deine Frau? Oder bevorzugst du einen NI-Bot?«

»Hmm, ein Mädchen. Wir machen das, was alle machen, wir leben und geben dem Leben einen Sinn, indem wir es täglich feiern und unser Bestes dazu tun, den Planeten so lebenswert zu erhalten, wie er ist. Und wir versuchen eigenes Wissen über die Welt zu erlangen, ganz eigenes individuelles Wissen von dem, was die Natur und die Welt sind. Das ist eine Suche, die unser gesamtes Leben anhält und kommende Generationen auf ihre eigene Weise weiterführen.«

»Ist das nicht auf die Dauer langweilig?«

»Wir denken nicht in Kategorien wie langweilig oder aufregend und … es ist vielmehr ein globales Verstehen jedes einzelnen Ortes, jeder Landschaft, jedes Tieres, jedes Steins, wenn du so willst und jedes Kulturkreises auf eine authentische Weise, mit unseren eigenen Augen, Ohren, Gefühlen und Gedanken. Schlicht mit dem ganzen Körper. Es gibt dabei nur die Grenzen, die du dir selbst setzt. Alles andere ist möglich.«

»Klingt spannend«, sagte Maya bedächtig, ein wenig verlegen, weil ihr nichts anderes einfiel, was sie sonst dazu hätte sagen oder fragen sollen.

Beide schwiegen, als sie die letzten Stufen mit schweren Muskelkaterschritten nahmen und vor dem zweiflügligen, flach kassettierten, schlicht grau gestrichenen Schlosstor stehen blieben.

Zwei Laternen rechts und links des Portals, tauchten die kleine Gruppe in ein mattes Licht. Über dem Tor waren ein grob vergittertes flaches Fenster und darüber ein ebenso breiter Balkon, der sie wie ein kleines Dach vor der Nacht schützte. Eigentlich hätte das Ensemble, zu fast jedem anderen prächtigen Altbau in Berlin gehören können.

Doch als Eingang zu einem Schloss, das sich rings um das Portal aufbaute, inmitten eines wunderbaren Parks, war dieses Ensemble von einer glamourösen, vielversprechenden Aura umwoben.

Alle blieben oben auf den Stufen angekommen für einen Moment stehen. Etwas Unbestimmtes ließ sie hier verweilen.

Sie drehten sich zum Park um und ließen ihre Blicke durch das Dunkel schweifen.

Die einzigen Leuchten, die das Schloss, die Fontäne davor, den künstlichen Teich und den Garten jetzt noch erleuchteten, waren die Laternen rechts und links des Portals.

Selbst die kleinen beleuchteten Inseln von den Gaslaternen, links hinter dem Haupttor, die ihr Licht schwer wie reifes Obst unter sich fallen ließen, waren jetzt erloschen.

Wer eine aktuelle Karte des Tierparks aus dem Jahr 3028 ansah, erkannte mehr oder weniger eindeutig, dass hier, zwischen den beiden Laternen am Portal, direkt unter dem Balkon der Punkt zu sein schien, auf den sich der gesamte Park hin ausrichtete.

Hier schien eine mystische Achse zu beginnen, die die Erbauer bewusst so planten, um was zu bewirken? Was genau wusste niemand. Gartendesign vielleicht?

Eines aber war bekannt. Der Park hatte ein Eigenleben, das nach dem Untergang der Sonne erwachte, täglich, und das schon seit mehr als tausend Jahren.

Noch interessanter aber war, dass jeder diese Tatsache akzeptierte, ohne dass es jemals jemand wirklich gesehen hatte. Wie konnte das sein?

Timmy atmete so leise er konnte und konzentrierte sich, denn etwas lag in der Luft.

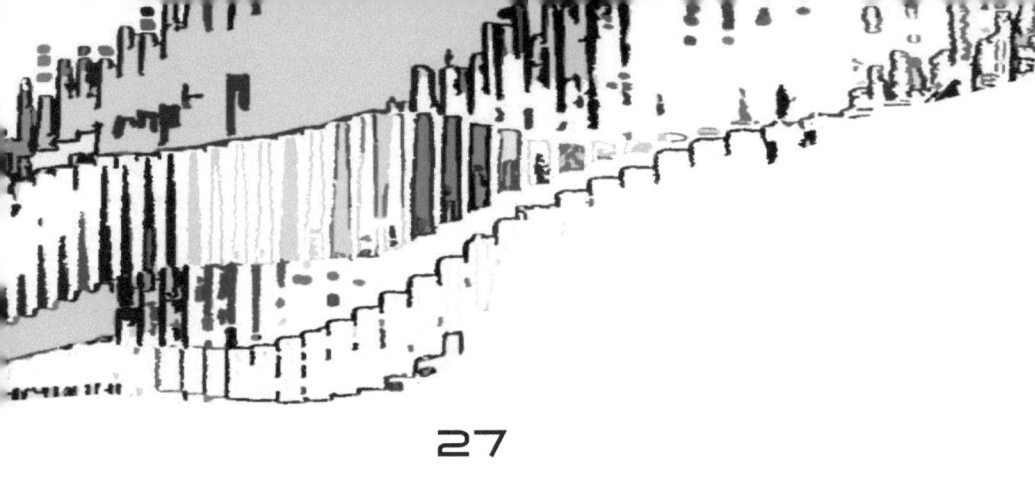

27

ZUKUNFT

Das Geheimnis

Es wurde still in den Gedanken der Teenager.

Ihr Herzschlag beruhigte sich.

Das Blut floss langsamer in ihren Adern.

Die verborgene Welt um sie herum begann sich langsam zu zeigen.

In jeder Facette ihres Seins kamen die sieben Teenager und ihr Hund, nach all den Aufregungen und Abenteuern, die ihnen der Tag schenkte, hier in der Mitte des Parks an.

Ganz und gar waren sie jetzt hier an diesem seltsamen, geheimnisvollen Ort, an dem am Tage jeder eigentlich sofort vorbeigehen würde, um dem verheißungsvollen Versprechen des Schlosses, seiner prächtigen Salons, den barrocken Dekorationen und Draperien, den prächtigen Farben und Gemälden zu folgen.

Hier im Unscheinbaren, wo sich ein Geheimnis ungesehen machte, sich hinter dem flüchtigen des Vorübergehens versteckte, standen die Teenager und ihr Hund nun, immer noch wie angewurzelt. Wellen von Gänsehaut wehten wie ein leichter kühler Hauch über ihre Arme, Beine den Rücken empor, streifte ihre Nacken und schlich über die Kopfhaut, um jedes einzelne Haar herum, als ob eine Heerschar klitzekleiner eiskalter Ameisenfüßen darauf umherlief. Etwas war ganz dicht bei ihnen, hüllte sie ein.

»Habt ihr das auch?«, fragte Annabell mit zitternder Stimme.

»Meinst du das seltsame Gefühl überall auf der Haut? Das ist bei mir auch unterwegs«, murmelte Maya und versuchte genaueres im Dunkel des Parks zu erkennen.

»Wisst ihr, was das ist?«, fragte Lara die drei Jungs aus dieser Gegenwart.

»Also, um ehrlich zu sein, war ich nach Sonnenuntergang noch nie hier.«

»Stimmt. Ich auch nicht. Um noch einmal ehrlich zu sein, niemand, nicht einmal die Ground-Shuttles oder Indi-Bots, würde jemals auf die Idee kommen, nach Sonnenuntergang hier sein zu wollen.«

Alle sahen in die Runde, ihre Blicke kreuzten sich und sie konnten ihr aufkommendes Unwohlsein nicht mehr verbergen. In die mondlose Nacht zu fliehen war zwecklos, denn sie müssten den Wildpark zu Fuß durchqueren, was sich schon wegen der Tiere verbot.

Wie Motten saßen sie im Licht der Laternen, die selbst das Sternenlicht verschluckten, in der Falle.

Sven, der bis jetzt geschwiegen hatte, sagte: »Ich würde vermuten, von hier aus spannen sich Energielinien auf, die nur in der Stille der Nacht, in Dunkelheit zu spüren sind, weil sie am Tage von zu vielen anderen Reizen überlagert werden. Selbst die Strahlen der Sonne verdecken die extrem zarten und filigranen Verwerfungen in der Atmosphäre. Wisst ihr, was ich meine?« Sven ließ seinen Blick über die Gesichter seine Freunde streifen und sah in sechs große Fragezeichen.

Er setzte zu einem zweiten Versuch an: »Na, wenn jede Pflanze, jedes Tier und jeder Stein ein Zentrum im Park hätte, an das sie ihre Energie sendet und von dem sie andererseits auch Energie empfangen, dann wäre das vermutlich genau hier, wo wir stehen, am Portal unter dem Balkon, zwischen den Laternen«, versuchte Sven so simpel wie möglich zu bleiben, denn er wusste, die Wahrheit war weitaus komplizierter.

»Interessant. Das hätte ich nicht gedacht. Hier sieht alles so einfach, barock und süß verschnörkelt aus.« Schard sah nach oben, als er das sagte und meinte zu sehen, wie sich dort im seidenen Schwarz der Nacht etwas bewegte.

Er stand so, dass er den Giebel hätte sehen können, wenn er nicht vom Dunkel der Nacht versunken wäre. Ohne den Kopf abzuwenden, ohne etwas zu sagen, zeigte er mit der Hand nach oben.

»Seht ihr das auch?«, wollte er sich bei seinen Freunden vergewissern, die jetzt auch drei Stufen vom Tor herunterstiegen und nach oben sahen.

Kurz mussten sie sich an die Dunkelheit gewöhnen und dann sahen sie es auch, sehr unbestimmt und eigentlich nicht wirklich. Aber da war etwas, das die Dunkelheit durchwedelte, vermischte sich mit der Dunkelheit darum herum, mit einem kaum hörbaren strömenden Schall, wie von einer riesigen Fledermaus.

Dann begann es in der Luft zu rauschen, wie der Flug von etwas. Plötzlich schoss es durch das spärliche Licht der Laternen, ganz dicht an den Sieben vorbei.

Ein mannsgroßer Drache mit kleinen Flügeln und pummeligem Körper, schien kurz im Licht auf und verschwand augenblicklich wieder in der Nacht.

Dann folgten ihm drei fast ebenso große Vögel, die kurz aus dem Dunkel herausleuchteten und ebenso schnell wieder verschwanden.

Den Teenagern stockte der Atem.

Einige Herzschläge setzten aus.

Mit großen Augen verfolgten sie das Spiel, von dem sie nicht wussten, ob sie eine Rolle darin spielen würden oder nur Zuschauer, Zeugen einer unheimlichen Erscheinung waren.

»Was zur Hölle ist das?«, flüsterte Lara mit leiser Stimme, als ob sie niemanden aufwecken wollte, der besser schlief. Doch dafür war es längst zu spät.

Wie aus dem Nichts tauchten die drei riesigen Vögel aus der Dunkelheit des Parks im Lichtkegel auf und landeten nebeneinander mit heftigen Flügelschlägen, die Staub und alles Mögliche aufwirbelten, die Haare der Teenager zerzausten, Laras Hut ins Dunkel wehten und Timmy sehr klein werden ließ.

Da saßen sie, fast so groß wie ein Mensch, mit furchteinflößenden Schnäbeln, die so stark wie die einer Krähe und so bedrohlich lang zulaufend wie der eines Storches waren, mit einem merkwürdig spitzen Hinterkopf und absolut keinen Federn. Denn die Vögel sahen so aus wie Sandsteinfiguren, wie die, die auf allen Schlossdächern und in Skulpturengärten ganz normal und alltäglich herumstanden.

Doch diese hier schienen auf eine seltsame Weise lebendig zu sein. Die Vögel studierten die acht eindringlich. Krächzten sich untereinander Laute zu und schienen sich dann einig zu sein.

Plötzlich kam der Drache ebenso aus dem Nichts des Dunkels heran und landete Wind und Staub aufwirbelnd direkt vor der kleinen Gruppe neben den Vögeln.

Jetzt waren es vier menschengroße Wesen, die sie in einer Reihe umzingelten. Der Drache fauchte und die Vögel antworteten. Auch er war ganz offensichtlich eine Sandsteinfigur, allerdings im Gegensatz zu den Vögeln, machte er einen eher gemütlichen Eindruck. Fast schien er zu lächeln, als er nach oben sah und einige fauchende Rufe zum Giebel des Schlosses schickte.

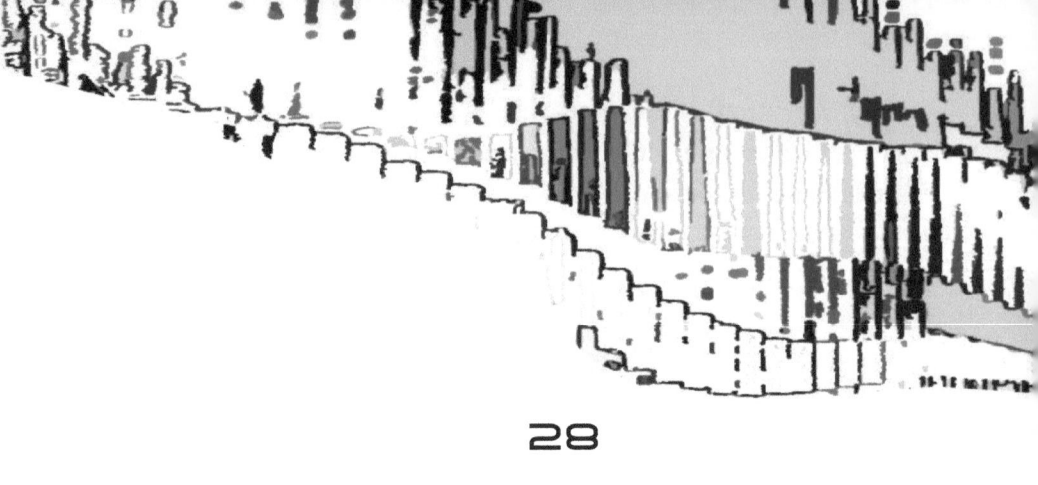

28

ZUKUNFT

Christoph

»Was geschieht hier?«, platzte es aus Annabell heraus, die es nicht mehr aushielt, sprachlos zu staunen. Dann wurde sie ohnmächtig und fiel rückwärts in Bords Arme, der zum Glück genau hinter ihr stand und sie auffangen konnte. Für eine Sekunde geriet alles durcheinander.

Bord und Friuli legten Annabell sanft auf eine Treppenstufe. Lara und Maya versuchten Annabell ›wiederzubeleben‹. Sven und Schard behielten die Wesen im Blick.

Nichts geschah. Die Vögel und der Drache sahen neugierig zu, was sich vor ihnen abspielte, ganz so wie eine nette Abwechslung, die mal vorbeischaute und die betrachtet werden wollte, bevor sie wieder verschwand.

»Wer seid ihr?«, fasste Sven den Mut, die Wesen, die wie Fabelwesen aussahen, anzusprechen. Sie sahen nicht so aus, als ob sie fressen müssten oder sonst wie jagten. Was aber sonst wollten sie von den Teenagern, oder möglicherweise von Timmy?

Als ob das noch nicht genug wäre, schlich von der rechten Seite aus dem Dunkel langsam ein dreiköpfiger Hund mit glubschigen Augen und stummelig kurzen Ohren in den Lichtkegel, der sich in einer unergründlichen Pose in die Reihe der anderen Wesen vor den sieben Menschen und ihrem Hund aufstellte.

Mit zwei Köpfen, aus denen lange schlangenartige gespaltene Zungen zischelten, musterte er die Menschen und mit dem anderen Kopf, aus dem keine Zunge hervorschnellte, sah er konzentriert zu Timmy und versuchte ihn zwischen den Beinen der Menschen besser zu erkennen.

Offensichtlich war die Gruppe der sandsteinfarbenen Fabelwesen noch nicht komplett, denn es robbte sich in der Mitte ein unbeschreibliches Wesen heran, aus dem sich acht Schlangen emporräkelten, deren Köpfe bedrohlich lauernd und züngelnd, zischend umherwogten. Es überragte die erste Reihe und blieb, offensichtlich zur besseren Sicht der kleineren von ihnen, in der zweiten Reihe stehen.

Komplett aber wurde der Zirkus erst mit einem sehr großen, bärtigen, sandsteinhaften, gänzlich nackten Mann, der sich aus dem Dunkel vorsichtig herantretend zu erkennen gab und der sich zwischen den Vögeln in die Mitte der ersten Reihe positionierte.

Und er sprach: »Seid willkommen Menschen und ein Hund. Seit über tausend Jahren seid ihr die ersten, die uns die Ehre geben. Gestattet, dass ich uns vorstelle. Wir sind die Fantasie von Christoph dem Verfluchten, Graf von Raufenberg, Sohn des hoch dekorierten Feldmarschalls, Ernst Magnus Graf von Raufenberg und Leutnant des zweiten Infanterieregiments. Zu seiner Gesellschaft, bis der Fluch, der seit über eintausend Jahren wirkt, seine Kraft verliert, hat er uns zum Leben erweckt.«

Der nackte Sandsteinmann wollte gar nicht mehr aufhören: »Es gibt eine Prophezeiung, die besagt: eintausend und dreihundert Jahre, nachdem der Fluch von Dorothea Staffin gesprochen wurde, werden drei Mädchen kommen und ein Rätsel lösen. Damit kann der Fluch aufgehoben werden und Christoph endlich seine ewige Ruhe finden.«

»Und was passiert dann mit euch?«, wollte Lara wissen, denn die skurrile Situation begann sie zu amüsieren.

»Darüber, meine Verehrte, habe ich noch nie nachgedacht. Die tausend Jahre schienen so unendlich lang, dass ich nicht darüber hinaus plante. Aber ihr habt ganz recht. Hmmm.« Der Sandsteinmann sah sich zu seinen Fabelfreunden um und es begann ein lebhaftes Zischen, Krächzen, Schnauben, Knurren, Keckern und einmal bellte sogar einer der Hundeköpfe.

»Verzeiht, Eure Hoheiten. Wir wissen nicht, was wir danach machen. Wir müssen mit Christoph Graf von Raufenberg darüber sprechen. Vielleicht hat er weise vorausgesehen, was er mit uns vorhat, wenn der Fluch eines Tages aufgehoben sein wird.«

»Ah ja, das klingt plausibel. Gute Idee. Wo ist der Graf von Raufenberg eigentlich?«, wollte Sven, mutig geworden, wissen.

»Er wird sicherlich jeden Moment erscheinen. Vielleicht hört er sogar schon zu. Er liebt spannende Auftritte. In den letzten vierhundert Jahren ist er eine echte Diva geworden.

Aber sagen sie ihm das bitte nicht. Er ist manchmal nachtragend.«

»Sind Sie, wie es scheint, keine bösen Fabelwesen, die Menschen jagen und in Angst und Schrecken versetzen?«, wagte sich Maya mit ihrer direkten Frage vor.

Daraufhin prusteten die Wesen aus und konnten sich vor Lachen kaum auf den Beinen halten. Und hüllten die acht in eine Sandsteinwolke ein.

Die Schlangenköpfe wirbelten umher mit zischendem Lachen und die Hundeköpfe wogen auf und ab mit lauten Haa, Haa, Haas die nicht aufhören wollten.

Die Vögel schrien ihr krächzendes Lachen, aus weit aufgesperrten Schnäbeln heraus, hielten ihre Bäuche mit einem Flügel fest und winkten mit dem anderen immer wieder ab und blieben vor ekstatischem Herumgeschlinger fast mit ihren Schnäbeln im Sandsteinboden stecken.

Der Drache spie sogar ein wenig Feuer vor Ausgelassenheit, rollte sich auf den Rücken, strampelte mit allen vier Beinen in der Luft herum und konnte sich kaum noch einkriegen.

»Verzeiht! ...«, der Sandsteinmann lachte ausgelassen weiter und sagte dann so ernst es ihm gerade eben nur möglich war, verbeugte sich und machte eine weite Geste mit seinem Arm: »... Verzeiht nochmals, darf ich uns vorstellen? Wir sind die ›Commedia dell'arte‹ und unterhalten unseren Herrn jede Nacht mit einem neuen Stück.«

Augenblicklich fielen den Teenagern und Timmy riesige Steine von den Herzen. – Kein gejagt werden und keine Angst haben müssen, gefressen zu werden. Die Alternative dazu, die

269

vor ihnen stand, war allerdings fast ebenso beängstigend wie skurril, denn die Fabelwesen, die sich vor ihnen präsentierten, machten einen ziemlich verrückten Eindruck.

Und immer noch waren sie lebende Steinfiguren.

Die Acht brauchten einen Moment, um das zu verarbeiten.

Ein wenig verwirrte es die Mädchen, dass dieser Mann so ganz nackt und voller Selbstbewusstsein vor ihnen stand und eine so unglaubliche Geschichte erzählte, die die Rahmenhandlung aus 1001 Nacht sein könnte. Nur, in diesem Falle wäre wohl Geschichten aus 1001 Jahr der passendere Titel.

»Annabell kommt zu sich.«

Maya hielt ihren Kopf und sagte leise zu ihr: »Alles ist gut.«

Annabell hob leicht den Kopf, um zu sehen, ob die Worte von Maya bedeuteten, dass die Fabelwesen weg seien.

Fehlanzeige.

Der Alptraum war noch nicht zu Ende, denn Annabell hatte nichts von dem Gespräch mitbekommen, geriet erneut in Panik und fiel schon wieder in Ohnmacht.

»Was machen wir nur mit ihr?«

»Wir brauchen kühles Wasser. Ich hole welches aus dem Café«, sagte Schard, verschwand im Schloss und kam kurz darauf mit einer Karaffe Wasser und einem Glas zurück.

»Am besten wir bespritzen sie mit Wasser, sodass sie aufwacht und wir ihr alles erklären können.«

»Gute Idee und wäre es für euch in Ordnung, wenn ihr euch für einen Moment vom Schloss zurückziehen könntet, nur ...«, sagte Lara zu den Fabelwesen »... bis unsere Freundin aufwacht und wir ihr alles erklärt haben?«

»Aber sehr gern, Eure Hoheit. Wir bleiben in Reichweite für den Fall, dass Ihr beliebt uns zu rufen.«

»Sehr freundlich, danke«, sagte Lara nur sehr kurz, um keine Zeit zu verlieren, Annabells Wiederbelebung nicht weiter zu verzögern.

»Annabell. Annabell«, rief Maya sie sanft wie aus einem Schlaf zurück in die Welt und besprenkelte ihr Gesicht mit Wasser – was sogleich half und Annabell begann langsam aufzuwachen.

»Nimm einen Schluck Wasser.«

Annabell trank einige Schlucke und sah dorthin, wo eben noch die Fabelwesen waren. »Sind sie weg oder war das nur ein böser Alptraum?«

Ihre Freunde erklärten ihr alles und auch ihr fiel nun ein Stein, vielleicht sogar ein Sandstein vom Herzen.

»Die sind echt durchgeknallt, die Fabelwesen. Findet ihr nicht auch?«, murrte Annabell noch schwach auf den Beinen.

»Das mit dem Fluch ist neu.«

»Ja, davon stand nichts in den historischen Berichten, die wir im Internet fanden.«

»Und wie es scheint ist der Fluch noch in Kraft, was wiederum bedeutet, dass Christoph noch lebt oder zu mindestens nicht sterben konnte«, kombinierte Lara scharf.

»Sollen wir Christoph in unseren Plan mit einbeziehen? Was meint ihr?«, fragte Sven die drei Mädchen. »Wir könnten ihn zumindest fragen, wo am besten wir ihm die Nachricht, dass Dorothea seine Zwillingsschwester ist, hinterlegen.«

»Was sagt ihr da?«, kam es von einer Stimme, in der Mitte ihres Kreises, die keinem von ihnen gehörte.

»Dorothea, diese Hexe, soll meine Zwillingsschwester sein? Die, die mich einst verfluchte? Die, die mich unendliche eintausend und dreihundert Jahre leiden ließ? Ich wusste damals, dass sie schon lebendig gefährlich war und Tod aber ganz gewiss umso mehr. Das war der einzige Grund, weshalb ich sie nicht tötete, als es geboten war.«

Und dann erschien eine hellgrau, matt leuchtende, transparente Gestalt zwischen den Acht, so nahe, dass jeder ihrer Atemzüge den Geist berührte.

»Wer zum Teufel ...«, erstarb Annabell der Satz im Mund.

»Christoph?«, entfuhr es Maya.

»Ihr sagt es, meine Dame. Und mit wem habe ich die Ehre?«

»Wir ... wir müssen es ihm sagen«, stotterte Annabell.

»Was müsst ihr mir sagen? Nur heraus mit der Sprache. Warum stört ihr meine nächtliche Theateraufführung. Sprecht!«

»Okay. Dann sagen wir es ihm?«, fasste Lara den Entschluss, wollte aber nicht ohne die Zustimmung von Annabell und Maya vorpreschen.

»Ja wir tun es«, stimmte Maya zu.

»Ich hoffe, es hilft, denn immerhin ist er ...«, wollte Annabell einwenden, doch Lara fiel ihr ins Wort, bevor gleich alles schief ging.

»Du hast ganz richtig gehört. Dorothea Staffin ist deine Zwillingsschwester. Dorothea wusste es auch nicht. Ihr wurdet nach eurer Geburt im Berliner Schloss getrennt und eure Mutter bestimmte, bei welchen Zieheltern ihr aufwachsen solltet.«

»Woher wollt ihr das wissen?« Christoph brauste auf. Eine nie ganz verheilte Wunde in ihm riss erneut auf und begann wie Feuer zu brennen.

»Dann war all das Gerede meines Vaters von ›Auf dem Schlachtfeld mein Sohn, wird der wahre Kerl in jedem Mann

272

erst sichtbar‹ nicht zu seinem Sohn gesagt, sondern zu einem Mündel, einem Lakaien, einem Sklaven? Und ich war verflucht an diesem Tag, an dem er mich zum Soldaten machte, dieser Bastard, für den Rest meines Lebens, verfolgt bis in alle Ewigkeit von den vielen hundert Toten, die ich auf dem Schlachtfeld ins Grab schickte. Verfluchen würde ich ihn, wenn ich könnte.«

Christoph war außer sich, sofern das für einen Geist möglich war. Er sah für einen Moment starr senkrecht nach oben, sein Geistkörper bäumte sich zum Zerreißen auf und streckte die Arme mit geballten Fäusten in die andere Richtung.

Dann sah er zu den Mädchen und sagte schroff: »Was wollt ihr hier. Nur die grausame Nachricht überbringen?« Er sah den Drei eindringlich, für einen Moment jeder einzeln, nacheinander, in die Augen und fügte mit sarkastischem Ton noch hinzu: »Euch an meinem Leid weiden?« Er senkte den Kopf und verlor alle Erregung, jede Spannung in seinem transzendenten Körper. Selbst die Schwerelosen Glieder schienen ihm jetzt zu schwer und hingen mitleiderregend schlaff zu Boden.

»Wir waren im Schloss dabei, als ihr zur Welt kamt«, sagte Annabell leise, denn die bedrückenden Erinnerungen an das Erlebnis im Geburtszimmer im Schloss stieg erneut in ihr auf.

»Zum einen ist das absolut unmöglich …«, dann erwachte Christophs Neugierde angesichts der impertinenten Behauptung: »Doch für den unwahrscheinlichen Fall, wenn dem so sein sollte, habt ihr sicherlich mehr Details. Wer war sie?«, fragte er mit spitzer Zunge. Denn dieses Spiel hier begann dem der Fabelfiguren aus Sandstein ebenbürtig zu werden.

»Eure Mutter wurde von der Hebamme als Hoheit angesprochen.«

273

»Das stimmt. Wir haben es mit eigenen Ohren gehört. Wir standen hinter einem Paravent im selben Raum. Über Euren Vater sagte sie während der Niederkunft nur, dass er ein Prinz sei und dass sie ihn für die Pein, die er ihr bereitet hatte, hinrichten lassen wollte«, ergänzte Lara, die gefasst mit großer Traurigkeit an den Moment im Berliner Schloss zurückdachte.

»Eure Mutter war sehr wütend und litt große Schmerzen. Sie schrie umher. Sie nannte Euren Vater einen Schuft und Bastard«, preschte Lara erregt vor und schwieg dann für einen Moment.

Christoph sah sie an und sagte: »Wie war es möglich, dass ihr dort wart? Erwartet ihr, dass ich einer so haarsträubenden Komödie glauben schenke?«

»Befragt Euer Herz.« Sven fuhr gefasst fort: »Fühlt Ihr nicht eine unerklärliche, eine besondere Verbindung oder Zuneigung, die Euch mit Dorothea verbindet? Und habt Ihr ein Muttermal in der Form eines Schmetterlings auf der linken Schulter. Auch Dorothea hat ein identisches Muttermahl an derselben Stelle. Meint ihr, das könnte ein Zufall sein?«

Christoph senkte den Kopf und dachte nach. Sein Muttermal. Woher konnten sie das wissen. Seine Geistgestalt zeigte dieses Detail auf seiner Haut nicht. »Ah, mein Muttermal. Und weiter?«, quittierte er kurz, wie ein Kartenspieler, der sein Blatt nicht aufdecken wollte.

»Eure Mutter sagte, nachdem die Hebamme ihr sagte, dass Ihr ein gesunder Junge seid, fast wortwörtlich: ›Wenn es das Schicksal so will, wird er eines Tages ein Thronfolger sein. Doch bis dahin müssen wir ihn verschwinden lassen.‹ «

»Und dann gebar die Majestät, Eure Mutter, noch ein zweites Kind. Das war Eure Zwillingsschwester Dorothea.«

»Und ihr wollte Eure Mutter kein so großzügiges Schicksal gönnen wie Euch, weil sie ein Mädchen war und die Zweitgeborene«, sagte Annabell abschätzig, als ob Christoph Schuld daran hätte.

»Doch Dorothea war sehr stark und es schien, als ob sie vom ersten Schrei ihres Lebens an, ihr Schicksal selbst in die Hand nehmen wollte.«

»Eure Mutter allerdings sprach nur mit größter Verachtung über das kleine Wesen.« Sven stoppte, wusste nicht, ob das alles vielleicht zu viel für Christoph werden würde und verschwieg, was die Hoheit dann sagte: ›Oh Gott! Was bürdest du mir auf. Zwei Kinder von diesem Taugenichts.‹

»Aus irgendeinem Grund allerdings dachte Eure Mutter, dass das Muttermal Euch und Dorothea auf eine gute Weise verbinden solle und Gott Euch gnädig sei.

Vielleicht war Eure Mutter ein Opfer der Zeit und der Umstände und brachte ihre Kinder unter größter Geheimhaltung und Sorge zur Welt, weil ihr selbst, Euch und Dorothea sonst ein schreckliches Schicksal gedroht hätte.«

»Verteidigt meine Mutter nicht. Sie ...«, er wusste nicht, was er sagen sollte, dachte: ›Vielleicht hatten diese Kinder ja recht‹ und sagte ungeduldig: »ihr habt immer noch meine Aufnmerksamkeit, so fahrt fort.«

»Dann wurden zwei Hebammen beauftragt, Dorothea und Euch, bei den von ihr bestimmten Personen, unter größter Verschwiegenheit, in Obhut zu geben.«

»Niemals und unter keinen Umständen, sollte jemand erfahren, was geschehen war und wer die beiden Kinder waren.«

»Dann sagte Eure Mutter die Namen ihrer Zwillinge und die Hebamme notierte sie zusammen mit Eurem Geburtsdatum, dem 17. August 1709, auf dem persönlichen Schreibpapier Eurer Mutter, zerriss das Blatt in zwei Teile und legte jedem Baby den Zettel mit seinem Namen in sein Körbchen.«

»Das Briefpapier und das Muttermal sind eindeutige Beweise.«

»Mein Geburtsdatum stimmt. Ein Muttermal habe ich an der besagten Stelle. Und ihr meint das Papier sollte an seiner Risskante zueinander passen? Ihr kommt über tausend Jahre zu spät, meine Liebe. Das Schicksal nahm bereits seinen Lauf.« Christoph begann die Geschichte zu glauben, auch wenn sie schrecklich unwahrscheinlich klang.

»Wir haben einen Plan, um das zu verhindern«, preschte Lara begeisterungsheischend vor.

»Ist das so?«

»Nun, der Plan. Wollt ihr ihn hören?«, wollte sich Maya seiner Aufmerksamkeit vergewissern.

»Nur zu.«

»Okay. Ihr traft Dorothea am 16. Juli 1728 am frühen Nachmittag im Berliner Schloss. Sie rannte Euch auf der untersten Stufe der Treppe, die von der Kriegs- und Domänenkammer herabführt in die Arme. Ist das korrekt?« Etwas zu neugierig sagte Annabell dies und spürte sofort, dass der Ton etwas überzogen, von einem Krimi entliehen sein könnte, in dem der Täter überführt werden sollte.

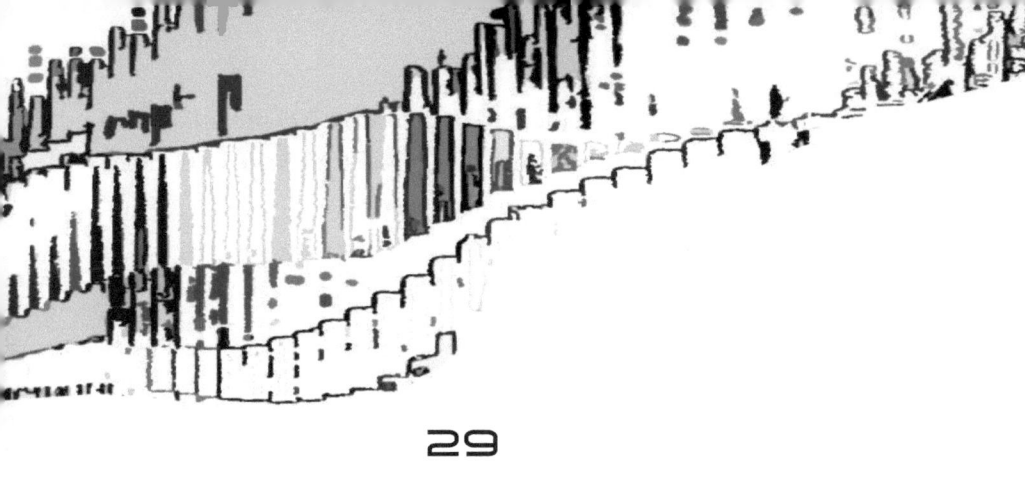

29

ZUKUNFT

Christoph

»Woher wisst Ihr das nur alles?« Dem Geist wurde es ein wenig gruselig bei der Vorstellung, auch diese Mädchen könnten alle seine Geheimnisse kennen.

»Ihr unterhieltet Euch auf der Langen Brücke und Dorothea ging verstört und etwas wütend über Euch zu der Kutsche, in der sie zur Mühle in den Wedding mitgenommen werden wollte.«

»Der Herr, der sie mitnehmen wollte, kam allerdings nicht selbst sondern schickte nur die Kutsche.«

»Ja und zu später Stunde, kurz vor Sonnenuntergang, erreichte Dorothea in der Kutsche die Mühle im Wedding, wo eine Magd sie mit dem Teufel gesehen haben will.«

»Dieses Gerücht verbreitete sich wie ein Lauffeuer. Und von hier an verflochten sich die Ereignisse, die Inquisition wurde aktiv und am Ende landete Dorothea im Kalantshof, unter der Anklage im Bunde mit dem Teufel zu sein und einen unlauteren Lebenswandel zu führen.«

»Meint, sie sei eine Hure.«

»Und sie soll eine Hexe sein, die Herren verhexte, ihr zu Diensten zu sein, damit sie sich ungestraft bereichern konnte.«

»Damit, dass sie eine Hexe sei, wurde auch erklärt, wie ein armes Mädchen, die Tochter eines Müllers, lesen und schreiben konnte, gebildet war und in ihrem jungen Alter schon sehr erfolgreich die Geschäfte der Mühle führen konnte, ja sogar woher sie ihre Schlauheit haben sollte«, erklärte Annabell die jetzt doch an Rache dachte.

»Die waren damals echte Idioten«, konnte sich Maya ihren Kommentar nicht verkneifen.

»Angeblich wollte sie sich selbst umbringen und ihr wurde vermutlich ein Geständnis unter Folter erpresst.«

»Sie wurde allerdings nicht als Hexe verbrannt, sondern in die Spinnerei zu lebenslanger Zwangsarbeit verurteilt.«

»Und dort muss sie Euch verflucht haben. Denn sie dachte vermutlich, Ihr würdet hinter all dem Stecken.«

»Warum mochte sie Euch eigentlich nicht?«, fragte Lara kokett.

»Eine hübsche Konstruktion baut Ihr mir da auf. Und was wollt ihr jetzt machen?«, versuchte Christoph das Thema in eine andere Richtung zu lenken. – »Nun, warum sie mich nicht mochte? Dorothea sah mich wie ich war, bis in die verborgensten Geheimsten Ecken meiner Seele, die ich nur im Krieg, im Getöse der Schlacht öffnen konnte, weil sie mich im Frieden zu einem Monster hätten werden lassen. Deshalb mussten zu meinen Lebzeiten diese finsteren Regionen in mir um jeden

Preis verschlossen und unsichtbar bleiben. Dorothea konnte das aus ...« Christoph stockte kurz mitten im Satz. »... aber ja, das ist es. Wenn sie meine Zwillingsschwester war, ... das ergibt auf einmal Sinn, erklärt auch meine unbeschreibliche Zuneigung zu ihr. Sie war mit mir verbunden wie eine Seele in zwei Körpern.« Christoph schien plötzlich zu lächeln. »Aber ja, das erklärt einiges.«

Alle schwiegen. Friuli, Bord und Schard sahen die ganze Zeit nur zu, gespannt vor Neugierde, was jetzt passieren wird und sie wussten, dass es nicht ihre Aufgabe war, hier mitzuwirken. Sie genossen viel mehr das Privileg, Zuschauer sein zu dürfen.

Die drei Jungs einigten sich wortlos über MiCo darüber, dass was sich hier real vor ihren Augen ereignete, schlicht interstellar war. Dass Menschen aus verschiedenen Vergangenheiten miteinander verhandeln, um Ihre heutige Gegenwart, die deren Zukunft ist, zu retten, sprengte jede Back-World-Experience um galaktische Dimensionen.

»Wie kann ich helfen ...«, platzte Christoph in die Gedankenkommunikation der Drei hinein, »... Dorotheas Schicksal zu einem Besseren zu wenden.« Diese Frage schien ganz ehrlich von seinem Herzen zu kommen. Er dachte dabei nur an Dorothea und keinen Augenblick auch nur im Geringsten an sich selbst. – Das war es, was Sven sah.

Die Tragik der Ereignisse wurde Christoph plötzlich bewusst. Es fiel ihm zuerst nicht einmal selbst auf, wie sehr sein eigenes heutiges Schicksal, mit dem von Dorothea verbunden war. Denn würde Dorothea nicht verhaftet und der Fluch nicht gesprochen, wenn beide gewusst hätten, dass sie Geschwister sind, die zudem von einer wie auch immer königlichen Familie abstammten, würde Christoph nicht als Geist hier in der Nacht herumschweben müssen und nach eintausend und dreihundert Jahren der Pein mit ihnen dieses Gespräch führen.

Wobei letzteres, in der Reihe der Unwägbarkeiten, die kleinste Bürde war.

»Wir wollen Euch am Morgen des 16. Juli 1728 eine Nachricht hier im Schloss Friedrichsfelde hinterlegen, in der wir Euch erklären, dass Dorothea Eure Zwillingsschwester ist«, versuchte Lara so kurz und neutral wie nur möglich zu formulieren.

»Deshalb sind wir hier, um in Eurem Schlafgemach in die Vergangenheit zu reisen und die Nachricht auf Euren Mantel zu sprühen oder auf Euren Schreibtisch zu legen, oder wo immer ihr sie am ehesten sehen werdet«, sagte Maya, der es immer leichter fiel, mit diesem Geist zu sprechen. – »Wo würdet ihr eine solche Nachricht platzieren, um sie in jedem Fall an diesem Morgen zu finden?«

Den Nachdruck in ihren Worten und eine gewisse Aufregung konnte Maya nicht verbergen, denn sie spürte plötzlich, wie wenig sie von Christoph wussten, um ihm eine glaubhafte Nachricht zu übermitteln, die ihn tatsächlich zum Handeln animiert. Ihre Idee davon, wie er ticken könnte, dass er neugierig auf eine Nachricht reagieren würde, war simpel, geradezu naiv, dachte sie, als sie das sagte.

»Oh Gott, woher soll ich das wissen. Erwartet ihr im Ernst ich solle mich an einen Tag vor mehr als eintausend Jahren zurückerinnern? Zumal ich möglichst nicht an mein Leben erinnert werden will. Der Tod war schon kein Spaß. Mein

Leben hingegen war die blanke Hölle. Vergebt mir, wo sind meine Manieren? Ihr wollt mir helfen, die Prophezeiung zu erfüllen. Dann – lasst mich einmal genau nachdenken. ...«

Aber Christoph versuchte abzulenken, um Zeit für eine Antwort zu gewinnen: »Ihr könnt in der Zeit reisen«, stellte er anerkennend fest.

»Ja. Das können wir. Aber nur in der Zeit. Von einem Ort zum anderen bewegen müssen wir uns ganz traditionell, wie es die jeweilige Zeit eben erlaubt.«

»Verstehe. Daher die nette Begleitung der drei jungen Herren aus dieser Zeit?«

»Ja genau«, verkürzte Lara die Antwort, mit der sie einen ganzen Roman füllen könnte.

»Nun denn, ich schlage vor, dass ich aus meiner Feder diesen Brief schreibe. Einem Wisch, der mir untergeschoben würde, dessen Inhalt zudem so höchst kompromittierend ist wie dieser, dessen Quelle ich nicht kenne, würde ich nie auch nur die kleinste Beachtung schenken. Er würde innerhalb von Bruchteilen von Sekunden im Papierkorb enden. Ich würde eine Feindesintrige dahinter vermuten. Haben wir also ein Papier und eine Feder?«

An diese Möglichkeit hatten die Acht überhaupt nicht gedacht, denn was wussten sie schon von echten Feinden, die nicht zögern würden, jemanden zu vernichten, zu töten oder schlimmeres, um ihre Ziele zu erreichen.

Doch ganz gewiss würde ein professioneller Soldat, der im Krieg gegen einen Feind sein eigenes Leben in die Waagschale warf, eine geheime Attacke auf seine Person hinter solch einer Nachricht vermuten und sie nicht beachten.

Zumal Dorothea ihm ohnehin schon bei ihrer ersten Begegnung an der Mühle unheimlich vorkam. Ihr könnte am Ende Spionage vorgeworfen werden und ein schlimmeres Schicksal nähme seinen Lauf. Denn auch wenn die Inquisition zu jener Zeit in Preußen ihre Schärfe verloren hatte, war Spionage ein ganz eindeutiges Delikt im Militärstaat, was mit dem Leben verfolgt wurde.

»Ganz sicher werden wir im Schloss ein geeignetes Papier finden.«

»Im Schloss kenne ich mich aus. Es gibt sogar Papier in einer Vitrine und eine Feder oder so etwas ähnliches. Also ...«, sagte Christoph und schwebte durch Annabell hindurch, dann durch das geschlossene Tor des Portals hinein ins Schloss.

Die Acht folgten ihm, öffneten dafür das Eingangstor, was tatsächlich nicht abgeschlossen war.

»Wo ist er hin?«

Die Acht standen im Vestibül. Treppe und Türen zeichneten sich nur schemenhaft in der Dunkelheit ab. Es würde stockfinster sein, wenn sie das Tor schließen.

»Wir brauchen Licht.«

Aus einem Flur rechts kam eine Stimme.

»Ich selbst kann diesen Brief nicht schreiben. Aber ich kann in einen von Euch fahren und ihn durch Euch schreiben. Es tut nicht weh. Ist nur ein wenig ... unheimlich, sagt man jedenfalls. Also wer?«

Die Acht folgten seiner Stimme, links vom Vestibül, durch eine große Doppelflügeltür, rechts den Flur entlang und dann wieder nach links, geradeaus am Ende des Flurs, im Westflügel standen beide Türflügel offen. Sie traten in den dunklen Raum, in dem sich nur mit viel Fantasie Konturen von Möbeln im Schwarz der Nacht abzeichneten.

Still standen sie in einem karg beleuchteten Salon, abseits fast im Dunkeln in dem sich nur wage, von Christophs Geist erhellt, ein barocker Schrank mit Vitrine abzeichnete, in der einige Porzellanfiguren und Teller ausgestellt waren, aus einer Zeit, in der das Schloss von seinen Eigentümern bewohnt war – die hier ihr tägliches Leben verbrachten, am Morgen aufstanden, im wunderbaren Morgenlicht auf der Terrasse frühstückten, deren Kinder im Park spielten, wo Frauen Blumensträuße für den Frühstückstisch der Herrschaften pflückten, die täglich wie das gesamte Schloss von einer Armee von Zofen, Mägden, Knechten und Gärtnern bedient und gepflegt wurden. – Deren Herrschaften vielleicht ganz wo anders auf der Welt mit Sklaven handelten oder Soldaten in die Schlacht führten, um den Unterhalt des Ortes, an dem sie alle lebten und arbeiteten zu finanzieren.

»Hier war mein Gemach ...«, sagte Christoph, der immer noch die einzige, wenngleich extrem schwache Lichtquelle im Raum war. »... als der alte Feldmarschall noch lebte. Jetzt ist hier alles anders. Ihr habt keine Vorstellung, wie demütigend die Zeit mit mir an diesem Ort umging und wie unwürdig meine Welt hier misshandelt wurde.

Schon allein dafür würde ich diesen Brief schreiben, um derartiges nicht mit ansehen zu müssen.

Sogar Affen in Käfigen, waren hier in meinem Salon untergebracht. Na, immerhin wurde das Schloss nicht abgerissen, wie vieles damals.«

»Ich würde es machen«, meldete sich Sven unvermittelt, mit leiser Stimme. »Wird es Nachwirkungen geben?«

»Nicht mehr als in jeder anderen Schlacht auch, mein tapferer Freund.«

Das klang nicht grade beruhigend, aber es blieb keine andere Wahl. Einer musste es machen. Die Mädchen wären sicherlich nicht bereit, diesen seltsamen, unberechenbaren Mann in ihren Körper zu lassen.

Friuli fand einen Lichtschalter. Es klackte kurz.

Der reich verzierte Kronleuchter erhellte den karg eingerichteten Raum, der offensichtlich ein Museum war, mit seinem kerzenartigen weichen Licht.

Es war ein langer schmaler Salon, mit einem kleineren am Ende, zu dem eine geöffnete Flügeltür führte. Zwei kannelierte Pilaster mit Voluten verzierten Kapitälen, wanden sich rechts und links der langen Wand aus dem Halbdunkel. Dazwischen floss ein großes Landschaftsbild in luftigen pastellenen Blautönen über die Wand und verband die beiden Wandpfeiler.

Christoph zeigte auf das Papier in der Vitrine. »Da ist es. Zwar nicht mein Briefpapier, aber es wird seinen Dienst tun, hoffe ich.«

»Junger Herr, darf ich Euch bitten, das Papier zu entnehmen?«, gebot Christoph sehr frei in diesem gewissen Ton, der Sven aufforderte, sogleich dasselbige zu tun.

»Aber klar«, schnellte Sven hervor, um die Vitrine zu öffnen. Er entnahm das Papier, in das ein Wasserzeichen mit dem doppelköpfigen Adler eingebracht war.

»Wird das gehen?«, fragte Sven und hielt das Papier gegen das Licht des Kronleuchters, um das Wasserzeichen sichtbarer zu machen.

»Werdet Ihr einem Brief Glauben schenken, der auf solch einem Papier geschrieben ist?«, wollte sich Annabell versichern, ob sie das Richtige taten.

»Wenn es meine eigene Handschrift ist. Vielleicht.« Ein Zweifel lag ihm im Gedanken und er lag auch in der Luft. - »Es bleibt ein Risiko, ganz so wie in jeder Schlacht«, dachte er und sagte es noch einmal laut für die Teenager und ihren Hund.

»Hier ist ein Kugelschreiber. Ich fand ihn in einem Glas im Café.«

Lara gab ihn Sven. Er war grün mit goldener Aufschrift: ›Schloss Friedrichsfelde‹.

»Dank dem Merchandising«, sagte Sven und setzte sich an den Tisch mit floralen Intarsien und opulent verzierten Beinen in der Mitte des Salons. Die fünf anderen Stühle wollte keiner benutzen.

Nicht einmal Timmy sprang auf einen von ihnen, um höher zu sitzen und einen besseren Blick auf die Ereignisse zu haben, die sich gleich auf dem Tisch zutragen werden.

Sven saß vor dem leeren Blatt. Das Licht war zu spärlich, um zu schreiben. Aber es würde gehen. In jedem Fall, natürlich würde es das.

Sven gingen tausend Gedanken durch den Kopf. ›Gleich wird ein Geist in mich fahren und durch mich mit meiner Hand einen Brief schreiben. Allein das ist schon gruselig genug. Warum vergleicht er es mit einer Schlacht? Was zum Henker meint er damit? Kann man ihm trauen? Oder spielt er ein eigenes Spiel, dessen Regeln nur er kennt?‹

»Haben wir dann alles, mein junger Freund?«

»Ja, ich bin bereit.«

Die drei Mädchen und die Jungs aus dieser Gegenwart standen in sicherem Abstand um den Tisch, im matten Licht. Ihre Schatten ruhten auf der weiten, gemalten Landschaft, größer als sie es eigentlich waren und so groß wie sich die Teenager in diesem Raum gern gefühlt hätten. Damit hatten sie nicht gerechnet. Würde alles gut gehen? Es musste!

»Dann komme ich. Bleib ganz still, bis ich in dir Platz genommen habe.«

Christoph schwebte heran und verschwand in Sven, seine Arme und Beine fügten sich ineinander und waren nicht mehr zu sehen. Sein Kopf verschwand in Svens, dessen Augen jetzt merkwürdig leblos geradeaus blickten.

»Sven, ist alles Okay bei dir«, fragte Lara spontan und reflexartig.

Es kam keine Antwort. Sein Gesicht wurde ernst, so ernst wie ihn die Mädchen nie zuvor gesehen hatten.

Dann begann Sven seine Hand zu bewegen, zuerst nahm er den Kugelschreiber etwas ungelenk in die linke Hand. Er sah nicht hin und begann mit starrem, an die gegenüberliegende Wand gerichteten Blick in, einer perfekten altertümlichen Handschrift zu schreiben:

Christoph,

vertrau diesem Brief, den ich Dir schreibe. Denn ich bin Du, in einer sehr fernen Zukunft, von wo aus ich diesen Brief schreibe. Lies genau und vertraue unserer Handschrift. Es gibt drei Beweise für eine wahrhaft unglaubliche, aber zutiefst wahre Behauptung, die da lautet: Dorothea Staffin, die Tochter des Müllers von der Walkmühle im Wedding, ist Deine, unsere Zwillingsschwester.

Beweis 1: Du und sie haben das gleiche Muttermal in Form eines Schmetterlings auf der linken Schulter. Überprüfe das heute. Du wirst Dorothea treffen.

Beweis 2: Wir haben einen Zettel, auf dem unser Name und unser Geburtsdatum steht. Wir haben ihn schon solange wir leben in einem Amulett.

Eine Kante des Papiers hat eine unregelmäßige Risskante. Diese passt zu dem Papier, das im Besitz von Dorothea ist. Zeige ihr heute den Deinen.

Dass Dorothea unsere tiefsten Seelenabgründe sehen kann und uns dafür hasst, liegt daran, dass wir eine Seele in zwei Körpern sind, im Leib einer Frau gezeugt und gewachsen, bis sie uns zur Welt brachte.

Die Niederkunft unserer Mutter ereignete sich ohne Zweifel unter großer Not und im absoluten Verborgenen bei Hofe. Sie ist eine royale, eine Prinzessin vielleicht. Unser Vater ebenso ein Prinz. Vielleicht von einem anderen, in Ungnade gefallenen Königshaus. Unsere Zeugung entsprang sehr wahrscheinlich einer Affäre, die sich nach höfischem Gesetz besser nicht ergeben hätte.«

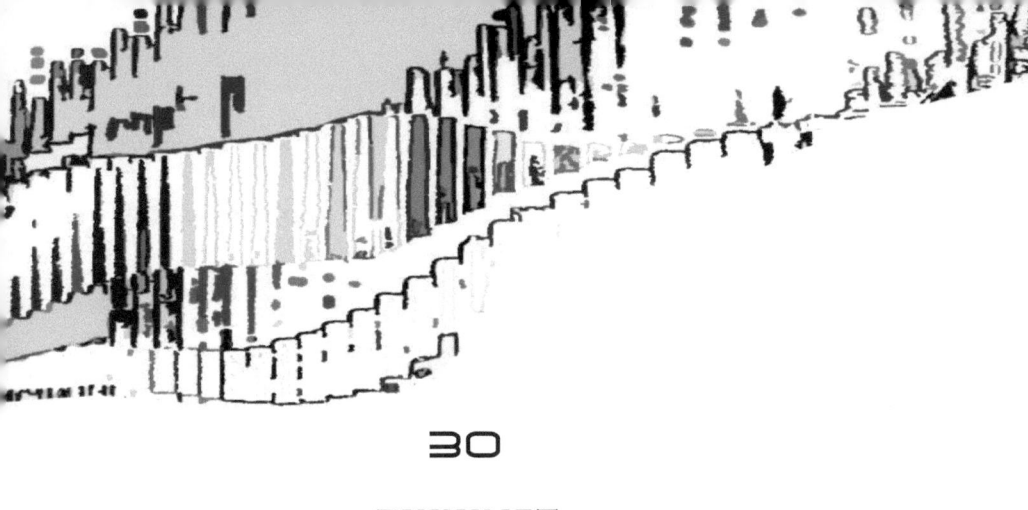

30

ZUKUNFT

Sven

Eine Seite des Blattes war vollgeschrieben, in einer Schrift, die
so harmonisch, großzügig und kunstvoll war, in der die Buchstaben auf einer unsichtbaren verwirrend geraden Linie, akkurat wie in einer weitlaufenden Nähnaht aufgereiht waren, aus
der große, verschlungene Anfangsbuchstaben herausragten,
die obwohl linkshändisch geschrieben eine leichte Rechts-
neigung hatten, mit langen Oberlängen und weiten Abständen zwischen den Worten, sodass sie von einer liebenswerten,
selbstbewussten, feinfühligen Person stammen mussten.

Sven machte einen Pfeil zum Wenden des Papiers in die untere
rechte Ecke des Blattes und drehte es um, denn der Brief war
längst nicht beendet, es gab noch äußerst wichtige Details zu
bedenken und mitzuteilen.

»Heute wird Dir Dorothea, des Müllers Tochter, im Stadtschloss, von der Kriegs- und Domänen- kammer kommend, in die Arme laufen. Nimm dies als einen weiteren Beweis. Sie wird Dich hassen, aber Du musst ihr die ganze Wahrheit sagen, denn unser Schicksal hängt davon ab, ob sie Dir glaubt und es wird ein fürchterliches Sein, wenn es Dir nicht gelingt, sie von den Beweisen zu überzeugen. Sie wird Dich anderenfalls verfluchen und Du wirst für mehr als tausend Jahre als Geist hier im Schloss umherschleichen. Glaub mir, das ist kein Vergnügen. Denn ich bin dieser Geist.

Schließe Frieden mit Dorothea und seid eine Familie.

Der Alte Feldmarschall Graf von Raufen- berg ist demzufolge nur Dein Ziehvater. Vergiss das nie, bei allem, was er uns angetan hat.

In liebender Ergebenheit, Dein Selbst aus der Zukunft.

Christoph Graf von Raufenberg.

P.S.: Unsere Mutter soll bei ihrer Niederkunft gesagt haben, wir könnten eines Tages Thronfolger sein. Doch bis dahin sollen wir im Verborgenen unter absoluter Verschwiegenheit bei Zieheltern, die mit Gewissheit nichts von der Affäre wussten, aufwachsen. Die Tatsache könnte allerdings den aktuellen oder zukünftigen Thron gefährden, uns damit in erhebliche Lebensgefahr bringen, wenn unsere Geschichte jemandem zu Ohren käme. Höchstes Feingefühl und größte Vorsicht sind daher geboten! Es geht um Leben und Tod. «

Mit dem letzten Wort fiel Sven der Kugelschreiber aus der Hand auf den Tisch. Klappernd rollte der leichte Stift einige Zentimeter über die verzierte Tischplatte, bis er liegenblieb. Sven starrte noch apathisch an die gegenüberliegende Wand.

Er saß aufrecht, mit geradem Rücken, die Unterarme aufgelegt, seine Hände flach neben dem Brief ruhend.

»Warum dauert das so lange. Was macht er noch in Sven?« sagte Maya misstrauisch; die, wie ihre Freunde, eine gefühlte Ewigkeit, in der nichts geschah, ohnmächtig an sich vorbeifließen lassen müssen und machtlos zusehen, was passiert; oder was sie dachten dass passiert, oder befürchten dass in Sven vor sich geht; von dem sie keine Ahnung haben und sie dennoch in höchste Aufregung versetzt.

Denn Sven ist von einem Geist besessen, der verflucht, seit tausend Jahren hier herumspukte.

Dann zeichnet sich auf Svens Rücken ein heller, lichtgrau strahlender Schein ab, der zu einem Umriss wird; der sich langsam mit großer Spannung wie eine schlüpfende Libelle aus seinem Körper löst; sich über Sven aufbäumt und vorsichtig, fast bedächtig, aus ihm entschwebt. Sven sitzt immer noch stoisch da, ohne Regung die Hände an die Tischplatte geheftet, wie versteinert den Blick geradeaus in die Leere gerichtet.

»Das war eine nette Erfahrung. Ich hoffe, mein Brief wird mich an diesem öden Morgen überzeugen. Dunkel kann ich mich erinnern. Eine Zeit voller Missgunst und Vorbehalte gegen jeden und alles. Mein Lehrer, dieser alte niederträchtige Bastard, hat ganze Arbeit geleistet, um mich in jungen Jahren zu einem gefügigen Werkzeug meines Ziehvaters zu formen.

Er hat eine Killermaschine aus mir gemacht, um stolz auf sich zu sein.

Nach allem, was ihr mir heute berichtet habt, fügen sich Teile zusammen, die nie zuvor passen wollten, die mich mein ganzes Leben und eintausenddreihundert Jahre meines Todes beschäftigten.«

»Aber was ist mit Sven?«, sagte Lara ungeduldig, mit einem deutlichen Vorwurf im Ton.

»Ja, warum kommt er nicht zu sich?«, drängte nun auch Annabel auf einer Antwort.

»Hast du ihn verhext?«, mutmaßte Maya brüsk.

Die Drei Mädchen umringten den Geist, fuhren ihn fauchend mit aller Kraft an, die ihnen ihre Teilchen verliehen, die jetzt ihrerseits in höchster Alarmstellung waren, um Angreifer abzuwehren und wenn es notwendig sein sollte, mit allem, was in ihrer Macht stand, abzuwehren.

»Gemach, meine Damen, er wird zurückkommen. Doch deutete ich nicht an, dass es Mut brauchte, was wir vorhatten? In unserer Verschmelzung umgab sich euer Sven auch mit all dem Dunkel in meiner Seele, den Schlachten und dem Abschlachten, dem Geruch des Blutes, wenn es in die Erde sickert. Er roch mit Sicherheit auch den Schweiß der Männer und Frauen im Moment, als ich sie tötete. Er spürte den Widerstand, den es machte, wenn der Säbel in meiner Hand in einen Bauch eindringt. Oder das sanfte, schlitzende Geräusch, wenn mein Dolch eine Kehle durchtrennt. Er hörte auch das Knurpsen und Krachen, wenn Knochen im Kampf brechen. Nicht zu vergessen die Gewehrschüsse, dieses leichte Plopp, das es macht, wenn eine Kugel in deinen Kameraden neben dir eindringt.

Ist das neu für ihn? Hatte er noch nie zuvor im Feld gekämpft? Dann wird er noch einen Moment so verharren. Sagte ich es nicht, es braucht Mut und wenn ihr es gewusst hättet, was hättet ihr dann gemacht, um den Brief an mich zu schreiben?«

»Oh Gott. Damit hätte ich tatsächlich nicht gerechnet«, sagte Maya den Tränen nahe, denn sie und ihre Freundinnen wussten, um wie viel intensiver Sven die Welt mit allen seinen Sinnen wahrnahm.

Zweifel kamen in ihnen auf.

Konnte er das überhaupt aushalten?

Durften sie ihm das zumuten?

Aber hatten sie eine Wahl?

Und wenn, dann hätte es bedeutet, eine von ihnen wäre jetzt an seiner Stelle?

Die Drei fühlten sich schuldig. Einer von ihnen musste den Preis zahlen. Und die Nachricht, wie sie sie ursprünglich verfassen wollten, konnte niemals funktionieren.

Das wussten die Drei jetzt, nachdem sie mit Christoph gesprochen hatten.

»Wie können wir Sven helfen?«, fragte Maya mit einem dicken Kloß im Hals. Ihr wurde plötzlich bewusst, wie ernst es um Sven stehen muss, wenn er es nicht mehr allein schafft, zurückzukommen.

In Bruchteilen von Augenblicken kippt die Stimmung im Salon.

»Wir müssen ihm helfen. Sofort. Sven! Sven! Komm zurück! Hörst du mich? Wir haben den Brief!«, schrie ihn Annabell voller Verzweiflung an, rüttelte Sven an den Schultern, doch es tat sich nichts.

»Ich gehe zu ihm«, sagt Lara entschlossen, mit fester Stimme »Wo immer du bist, ich hol dich da raus!« Und sie fügt leise, bedächtig, fast flüsternd hinzu: »Versprochen.«

Ihre Teilchen sind in höchster Alarmbereitschaft.

Es bedurfte nur noch eines entscheidenden Auslösers: den Wunsch zu formulieren – ganz tief, sanft und kaum spürbar in ihrem Bewusstsein, weit weg und doch ganz nahe an der Grenze zum Unbewussten.

Denn die Teilchen waren bereit und würden sogar, dieses Mal und im Angesicht der Dringlichkeit, auf ihre Party verzichten.

Und dazu kommt, nie zuvor sprangen die Drei im Beisein von anderen Menschen und schon gar nicht vor einem unberechenbaren Geist, dem sie immer noch misstrauen.

Wird Laras Kraft für den Sprung ausreichen?

Das ist kein simpler Zeitsprung.

Die letzten superenergiespendenden Lanutu Schnecken und der Lanuxa Blütenpollensaft lagen schon fast zwei Tage zurück.

Und in das Bewusstsein von jemand anderen hineinzuspringen, ist etwas gänzlich Neues. Lara wurde langsam bewusst, auf welches Risiko sie sich hier eingelassen hatten, als sie einen Augenblick in sich hineinschaut, um einen Plan zu schmieden.

Was würde sie sehen? Wird sie die nötige Distanz aufbringen können, um Sven aus seinem Bann zu reißen? Und was hält ihn eigentlich dort so fest, dass er die Kontrolle verlor?

Sie versuche den Gedanken daran, dass auch sie sich in der dunklen Seele von Christoph verfangen könnte zu verdrängen? Nur eines ist in all den Ungewissheiten klar. Die Zeit drängte!

Und dann beginnt es.

In dem Salon mit dem spärlichen Licht, inmitten von ihren Freunden und einem Geist, begann sich Lara aufzulösen. Es geschah allerdings so genusslos und schnell, dass es die anderen im Raum kaum wahrnahmen, wie Lara verschwand. Kein hingebungsvolles Auflösen der Teilchen.

Kein angenehmes, kribbelndes Gefühl auf der Haut.

Es schien, auch die Teilchen waren sich des Risikos bewusst. In die dunkelsten Abgründe der Seele eines mehr als eintausend Jahre alten Geistes einzutauchen, könnte sie gänzlich absorbieren.

Und Christoph? Er wird jeden Moment zusehen müssen, wie ein junges, unschuldiges und zudem äußerst hübsches Mädchen, seine tiefsten Abgründe sieht, die er sich nie wagte, außerhalb der Schlacht freizulassen, weil er befürchtete, in einer friedlichen Welt als Monster zu gelten, nur weil er voller Sorgfalt und Weitsicht seinem minutiös erlernten Handwerk nachging.

Das Mädchen wird Dinge sehen, für die es in der zivilen Welt keine Worte gibt. Hier, in der zivilen Welt werden Worte eher stilisiert, um das Grauen hinter Symbolen zu verstecken, das Unerträgliche mit dem Erträglichen zu verschleiern, weil die Wahrheit niemals auszuhalten wäre.

Es ist still im eleganten Salon. Timmy saß zusammengerollt auf Svens Schoß und wollte nicht von ihm weichen. Annabell und Maya standen rechts und links von Sven, um ihm jede Hilfe zu geben, die wie auch immer nötig sein könnte.

Bord, Friuli und Schard standen wie angewachsen in der Ecke und sahen zu, denn alles, was hier geschah, entzog sich ihrem Wissen und jeder Erfahrung, die sie je zuvor machen konnten.

Christoph schwebte immer noch vor dem Fenster, sah scheinbar teilnahmslos in die Dunkelheit. Nur seine Finger zeigten höchste Nervosität und wollten nicht still sein.

Lara ist seit mindestens fünf Sekunden verschwunden.

Sie ist in der anderen Welt angekommen.

Sie sieht einen schönen Tag mit Schäfchenwolken am kobaltblauen Himmel. Unweit erhebt sich ein kleiner Wald aus einer niedergetrampelten Wiese, die vor Kurzem noch bunt und schön geblüht haben musste. Die immer noch frischen Blüten liegen niedergewalzt, wie in einem Buch flachgepresst, am Boden.

Kein Mensch ist zu sehen. Es ist still. Kein Vogel zwitscherte, nichts, kein Geräusch. Nicht einmal das des Windes in den Bäumen.

Lara geht einige Schritte zaghaft im Kreis, dann über einen kleinen Hügel.

›Bin ich schon da?‹ ... ›Wo ist Sven?‹

Hinter dem Hügel sieht sie etwas.

Das könnte er sein.

Aus der Ferne sieht sie zwei kniende Gestalten, die einander gegenübersitzen. Lara geht näher, über ein flachgewalztes Meer von gelben, orangen und weißen Blüten, zwischen ebenso flach an den Boden gepressten Gräsern. Es ist nicht mehr zu erkennen, welche Blüten das einmal waren.

Lara nähert sich den beiden Gestalten.

Dann erkennt sie es, eine von ihnen ist Sven und rennt zu ihm.

»Sven! Sven!« Dann sah sie.

Er kniet vor einem Mann, dessen geöffneter Uniformmantel den Blick verdeckt. Es ist keine bestimmte Uniform. Sie ist einfach nur uniform, ohne Farbe oder Abzeichen, nur mit farblosen Schulterstücken und seltsamen Streifen an den Armen, und er hat einen Dreispitz auf dem Kopf, der so tief in sein Gesicht gerutscht war, dass es nicht zu erkennen ist.

»Sven«, entweicht es Lara. »Sven, kannst du mich hören?«, ruft sie leise, mit brüchiger Stimme.

Er sieht zu ihr auf. »Ich kann nicht weg.« Seine Stimme klingt bleich und erschöpft: »Er stirbt, wenn ich meinen Säbel aus ihm herausziehe.«

Dann sieht es Lara. Der Mantel verdeckte es fast. Svens Hand hält völlig verkrampft und zitternd den reich verzierten und vergoldeten Griff eines Säbels, der mit seiner Klinge im Bauch des Mannes steckt und am Rücken, fast armlang in der Sonne glänzend wieder austrat.

Und der Mann, der Sven gegenüber kniet, hält mit seinen bloßen Händen, mit aller Kraft, geradezu erstarrt, die blanke Klinge fest. Er atmet noch, ganz flach mit einem sanften, röchelnden Unterton. Tränen rinnen über sein Gesicht und tropfen von der Nasenspitze auf Svens Hände.

»Sven, lass ihn los. Wir müssen von hier weg. Ich bin gekommen, um Dich zu holen.«

»Ich kann nicht.« Sven ist so erschöpft, dass ihn diese weni-gen Worte alle Kraft kosten: »Er stirbt, wenn ich loslasse ... Meine Hand will nicht loslassen, ... sie ist seit Tagen um den Griff erstarrt. Solange er noch atmet, besteht Hoffnung.« Sven sieht den Mann an, zärtlich wie einen intimen besten Freund.

Sven haucht die Worte mit verzweifeltem Unterton: »Er hält meinen Säbel fest, weil er die Wunde verschließt. Er will nicht, dass ich ihn herausziehe. Dann verblutet er. Dieser Mann will sein Leben nicht loslassen. Und meine Hand ist um den Griff in einem Krampf erstarrt. Sie will einfach nicht loslassen. Was ich auch denke und mache. Sie ist fest wie ein Stein.«

»Aber Sven, du musst. Sonst können wir Christoph den Brief nicht bringen, um Dorothea zu retten. Erinnerst du dich? Das hier ist nur eine Erinnerung von Christoph, nicht deine eigene. Es ist nicht real.« Lara schwindet die Geduld und blanke Panik steigt in ihr auf. Denn dieser Ort mit seinen Schäfchenwolken, dem kobaltblauen Himmel und den platt gewalzten frischen Wiesenblumen, lässt nichts Gutes verhei-ßen.

»Nur..., nur noch einen Moment und..., und dann lässt er los...«, sagt Sven schwach mit kratzender Stimme. Tränen rin-nen über seine Wange an der Nase entlang und tropfen auf seine Hand, wo sie sich mit denen des Mannes vermischen.

Lara reichte es. Die Panik nimmt überhand und lässt sie zu einer Furie werden. Ihre Augenwinkel hoben sich, ihr Gesicht wurde hart wie ein ungeschliffener Diamant. Ihr Mund formte einen Trichter und dann schreit es in einem gigantischen Ton aus ihr heraus: »Laaaaass! Looooos!«

Die Wiese bebt. Ein ohrenbetäubender Sturm zieht augenblicklich über den Wald herüber, bricht Bäume, ergreift die Wiesengräser, schleudert sie herum. Alle Blüten und das tiefer verborgene Grauen brechen heraus, aus diesem Ort in der Schattenwelt. Der Himmel verdunkelt sich. Urplötzlich ist das Feld voll von Menschen, Männern, die wild umherschreien, es ist ein Schlachtfeld voller Männer über Männer, die fechten schießen, würgen, treten, über Arme und Beine von Gefallenen stolperen, auf den Boden fallen, wieder aufstehen.

Blut überall, in jeder Senke und auf jedem Grashalm, in Gesichtern verschmiert und von Händen triefend. Dunkles Rot, verschmiert was eben noch lebte, der Saft des Lebens, überall fließt er auf dem Feld verteilt.

Und dann ertrinkt das Feld im Grauen. In einem so unvorstellbar blutigen Schlachten – von Söhnen, Ehemännern, Vätern, Nachbarn und Freunden, um Sven herum, dass es ihn von seiner Schuld erlöst.

Was Sven eben noch im Angesicht von Mann zu Mann tat, was er nicht mehr aushalten konnte, wurde plötzlich so klein und unbedeutend, dass es im Tosen der Schlacht unterging, erträglich, ja geradezu zur Pflicht wurde.

Der Krampf löst sich.

Svens Hand ist frei.

Der Mann ihm gegenüber hört auf zu atmen.

Auch er war erlöst von seiner letzten Pein.

Er fiel schlaff zur Seite auf das blutgetränkte Schlachtfeld, das am Morgen noch eine blühende Wiese gewesen war, nicht einmal ein Feld.

Sven steht auf. Seine Arme und sein Kopf hängen teilnahmslos erschöpft herab. Männer im Blutrausch tobten um ihn herum. Lara umarmt Sven, küsste ihn hastig auf die Wange, auf den Mund, drückt ihn fest an sich und springt mit ihm im Arm zurück in den eleganten Salon, wo sie plötzlich wie aus dem Nichts erschienen.

Sofort rief sie seinen Namen »Sven«, um zu sehen, ob er tatsächlich mitgekommen war.

Sven bewegte seine Hände langsam, sah sie an, nahm sie vor sein Gesicht, massierte seine Wangen. »Ich bin zurück«, wisperte er fröstelnd. »Haben wir den Brief?«, wollte er wissen.

»Ja, den haben wir und das war extrem wichtig, ... was du getan hast.«

»Dann ist es gut«, sagte er mit zittriger Stimme. »Mir ist kalt, so unglaublich kalt.« Friuli ging sofort ins Café und kam mit einer Tasse heißem Tee und einer Decke zurück.

»Bitte, das wird helfen«, sagte Friuli.

»Danke«, flüsterte Sven mit schmalen Lippen.

»Aber gern.«

Sven war sichtlich von dem besessen sein geschwächt.

»Das hättest du uns sagen müssen«, fuhr Annabell Christoph schroff an.

»Seid nicht albern.« Christoph stand immer noch am Fenster, als er das mit einem leicht abfälligen Unterton sagte, sah weiter in das Dunkel, zeigte dem Raum seinen luziden Rücken und fuhr fort. Seine Stimme klang jetzt sanfter, als ob er Verständnis heischen wollte.

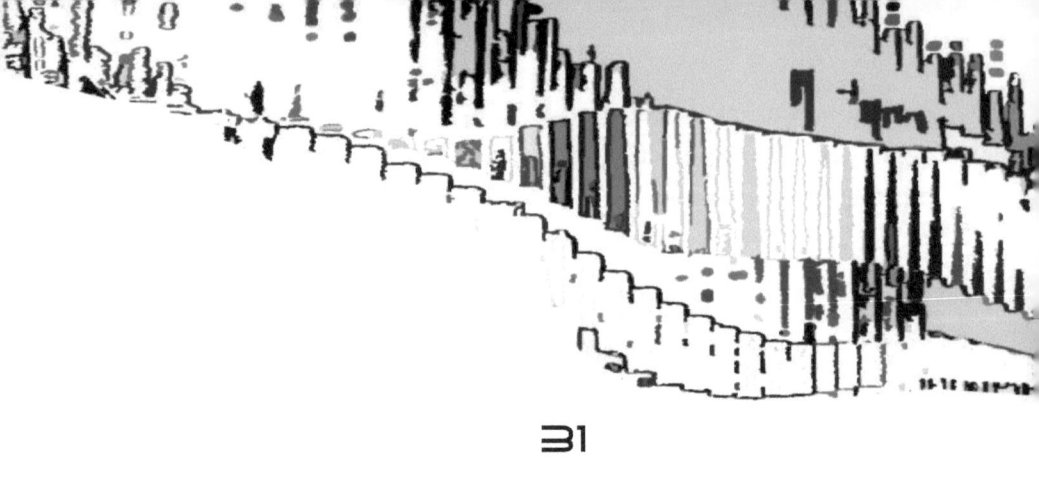

∃1

ZUKUNFT

Die Drei, ihr Seher, Christoph und...

»Das ist des Soldaten Tagesgeschäft. Dafür hat mich mein Ziehvater und mein König ausgebildet.« Plötzlich wurde seine Stimme flach, kratzig und zurückhaltend, nachdenklich. »Das, was ihr beide saht, wurde meine Natur und meine Hölle in einem. Und jetzt habe ich es mit euch geteilt. Ist das so schlimm?«

Ohne eine Antwort abzuwarten, wechselte Christoph in einen rauen Kommandoton, der doch hilflos wirkte: »Natürlich habt ihr verdammt nochmal recht, wenn ihr das glaubt. Was ihr saht, ist vielleicht das Schlimmste überhaupt, was einem Menschen zugemutet werden kann. Es ist wie bei lebendigem Leibe verbrannt zu werden. Jeden Tag. Für den Rest eines Lebens und in meinem Fall des Todes obendrein. Aber wer weiß schon, was die anderen Toten so alles durchmachen müssen«, endete er jetzt endlich mit düsterem Nachhall in seinem Ton.

Alle schwiegen. Jedes Knarzen und Atmen war zu hören.

Christoph war mit seinem Monolog noch nicht am Ende. »Kennt ihr die Gesetze des Verfluchens eigentlich?«, fragte er in den Raum, ohne sich umzudrehen. »Nein? dachte ich's mir. Dann kläre ich euch gern auf. Derjenige, der verflucht, muss das gleiche Schicksal erleiden wie derjenige der verflucht wird. Es sei denn, er ist Meister im Weben eines mächtigen Schutzzaubers – Es wäre gut möglich, dass Dorothea ebenso seit über eintausend Jahren an der Mühle darben muss, bis ich erlöst werde – Zogt Ihr das schon einmal in Erwägung? Nein? ... Ha! Hab ich's doch gewusst!«

»Ich glaube jetzt haben wir's verstanden. Willst du bemitleidet werden?«, platzte Annabell ungeduldig in die letzten Worte hinein. »Wir müssen jetzt los, um deine mitleiderregende Show zu beenden. Wäre dir das recht?«

»Aber ja doch, nur zu! ... Als hätte ich's gewusst«, gab Christoph höfisch affektiert zurück.

»Was gewusst?«, wollte Maya wissen, denn es könnte noch eine weitere Schlinge irgendwo ausliegen, aus der sie sich nicht so schnell wieder befreien können.

»Dass ihr es nicht verstehen werdet, was die beiden sahen.« Ein letztes Mal ließ Christoph seinen Blick durch den Raum schweifen, sah die Teenager und ihren Hund, die alles zu wissen glaubten eindringlich an: »Dann kann ich mich endlich meinem neuesten Stück widmen. Meine Commedia dell'arte Company ließ ich schon viel zu lang auf mich warten. Bleibt euch selbst gewogen. Meine Empfehlung?«, klang es fast fragend, als er mit einer leichten Verbeugung die rechte Hand arabesque in der Luft herumwirbelte. In der Luft, die er eben noch mit seinem mattgrau verschmierten Schein erhellte, verschwand er ganz unspektakulär.

Der Brief lag immer noch auf dem Tisch, zwischen den floralen Intarsien, neben dem Kugelschreiber mit dem Schriftzug in Goldbuchstaben: ›Schloss Friedrichsfelde‹.

»Wir haben alles, was wir hier erreichen wollten, erreicht«, flüsterte Maya und sah dabei zu Friuli hinüber, der ihren Blick fragend erwiderte: ›Werden wir uns wiedersehen?‹

Abschied lag in der Luft. Fahl und Leere erzeugend, machte er sich im Bauch bemerkbar.

»Das stimmt. Wir sind im Salon von Christoph und haben sogar einen von ihm handgeschrieben Brief, an sich selbst in der Vergangenheit. Was wollen wir mehr?«, resümierte Lara kühl.

»Zeit zum Aufbrechen.«

Obwohl die Mädchen alles hatten, mussten sie doch etwas zurücklassen. Das war nichts Geringeres als diese gesamte Welt, mit all ihren wunderbaren Kleinigkeiten und großartigen Dingen, die ihnen ein ungekanntes Wohlgefühl von Wärme und Sicherheit gaben.

Und Maya musste mit dieser Welt auch Friuli zurücklassen. ›Friuli‹ - kreiste sein Name blitzschnell in ihrem Kopf herum - ›werde ich ihn je wiedersehen?‹ Wie groß ist die Wahrscheinlichkeit, ihm so wie sie sich jetzt kennen, noch einmal zu begegnen?

Selbst wenn Maya eintausenddreihundert Jahre durch die Zeit und zurück springen würde und nur einige Tage zu früh ankäme, würde Friuli sie noch nicht einmal kennen. Wo würden dann ihre gemeinsamen Erinnerungen bleiben? Sollte sie jedoch zu spät ankommen, könnte er vielleicht schon so alt wie ihr Großvater sein oder gar schon längst tot.

Am liebsten würde Maya diesen Moment festhalten, ihn wie einen Drachen am Himmel tanzen lassen, an einer langen Schnur aus Zeit, die sie in den Händen hält und wann immer sie will auf die Sekunde genau einholen kann.

Als sie das denkt, zieht Sehnsucht in ihrem Herzen auf, die von weit herkam. Als ob die letzten Tage im Nebel der Zeit schon zu verfliegen begannen.

Pragmatisch holte Annabell Maya aus ihren umherschweifenden Gedanken zurück in den Raum: »Was wir erreicht haben, ist viel mehr als wir je zu hoffen wagten«, und fügte noch sichtlich stolz hinzu: »Und nun können wir endlich handeln.«

Sven ging es schon viel besser. Er nahm Timmy auf den Arm, der bis jetzt nicht von seinem Schoß weichen wollte, stand von dem Stuhl auf, setzte Timmy zärtlich am Boden ab und nahm den Brief vom Tisch, rollte ihn zusammen und sagte bedächtig und noch etwas gezeichnet von den Anstrengungen: »Dann sollten wir jetzt aufbrechen. Wir sind komplett.«

Friuli und seine Freunde kamen aus dem Dunkel ihrer Ecke hervor, sahen den drei Mädchen, ihrem Freund und seinem Hund voller Ehrfurcht zu, wie sie den Aufbruch in eine andere Zeit vorbereiteten.

Ihr gemeinsames Abenteuer würde in wenigen Augenblicken sein Ende finden. Das war ihnen bewusst und sie schworen sich, nie zu vergessen, was sie in den letzten Tagen miteinander erlebt hatten.

Unsere vier Teenager aus der Vergangenheit aber, die schon geübt darin waren, sich von einer Welt zu verabschieden und in eine andere zu springen, an den Zeitlinien entlang zu schweben und zu kratzen, dabei unzählige Raumebenen zu durchkreuzen, auf der Suche nach einer Vertiefung, die auf ein wichtiges, emotionales Ereignis in Dorotheas Leben schließen ließ, werden auch auf dieser Reise durch die Zeit, neue Abenteuer bestehen müssen.

Was sagte die Göttin des Waldes gleich noch einmal sinngemäß? ›Das Reisen durch die Zeit ist eine der gefährlichsten …‹. Daran wollen die Fünf im Moment allerdings nicht denken.

Und ihre Freunde aus dieser Zukunft? Sie mäanderten wie schillernd flatternde Schmetterlinge in ihrem fantastischen Plan herum.

Was wird mit Friuli, Bord und Schard in ihrer Welt, in dieser Zeit geschehen? Unsere vier Teenager und ihr Hund kennen jetzt eine mögliche Zukunft, die sie lieben lernten. Die Frage nach diesem besonderen Schicksal geistert nun unwiderruflich in ihren Gedanken herum. Klar ist den Fünf aber auch, dass jede Zukunft immer nur eine überaus fragile Möglichkeit von vielen ist.

Zu bedenken ist auch die offene Frage, welche Auswirkung der Fluch haben wird, wenn er nicht gesprochen sein wird, wenn sie ihren Teil der Vereinbarung mit Christophs Geist einlösen.

Da keiner von der Existenz des Geists wusste sollte die Auswirkung auf die Zukunft nicht sonderlich ins Gewicht fallen. Aber wer kann das schon so genau sagen? Denn eigentlich wussten alle von dem mysteriösen Geist im Schloss Friedrichsfelde, der wie in einer Sage in der Fantasie der Menschen zum Leben erweckt wurde.

Sollten sie scheitern, gäbe es auch Friuli und seine Freunde nicht, nicht so jedenfalls, wie sie sie kennenlernten.

Und wo würden dann all ihre Erinnerungen an diese Zeit bleiben? Würden sie vergehen, als wären sie nie geschehen? Würden sie Dorothea dann überhaupt noch retten können, oder bliebe doch alles beim Alten, so wie es sich in der Zukunft nie ereignet hatte? Ein Paradoxon. Sie mussten es drauf ankommen lassen.

Der Abschied von Friuli, Bord und Sch ard mit MiCo war kurz wie ein Wimpernschlag. Kein Umarmen und Küssen, begleitet von wehmütigen Worten.

Viel mehr durchwogen sich die Gedanken wie Meere verschiedenen Wassers, mit Tosen und Strudeln, Gischt, die vom Wind zerzaust umherfliegt. Besonders intensive Erinnerungen überlagerten sich für Bruchteile von zehntel Sekunden wie in Zeitlupe, für eine gefühlte Ewigkeit und leuchteten auf wie zarte Blitze, die durch den Ozean der Gedanken zischen.

Das alles ging so schnell, dass es einem Außenstehenden gar nicht aufgefallen wäre. Für die Acht aber war es so intensiv wie ein gemeinsames Bad im Hamam oder eine durchgefeierte Party mit lauter Musik und Spaß, mit viel von der Art Spaß zwischen besten Freunden, zu dem kein Fremder jemals eingeladen worden wäre.

Alles, was sie hier im Berlin des Jahres 3028 erlebten, ließ ihren Erfahrungshorizont um einen gesamten Kontinent in alle Richtungen wachsen. Und am Ende dieser Zeit, in der

Zukunft, genau jetzt, schießt es ihnen heiß wie ein Blitz durch den Kopf, formt in ihrem Selbstbewusstsein eine Knospe, die im morgendlichen Sonnenschein aufblüht und aus der die Erkenntnis herausspringt: ›Ihr genialer Plan, so verrückt er auch klingen mag, ist machbar!‹

»Seid ihr so weit?«, fragt Lara kühl, nachdem alle Gedanken wieder zurück in jedem selbst waren, blickte in die Runde, und wartete die Reaktion ihrer Freunde ab.

»Bin so weit.« Annabell hielt Laras Blick mit blitzenden Augen.

»Kann's kaum erwarten.« Maya flunkerte dabei ein wenig, denn Friuli zu verlassen war, was sie am liebsten noch ein paar Tage hinausgeschoben hätte. Doch die Mission ging vor.

»Aber ja doch.« Sven war so bereit wie nie zuvor, hielt den Brief wie eine Beute aus einer fernen Zeit in der Hand und ließ seinen Blick noch einmal im Raum umherschweifen, der in Christophs Erinnerungen voller Leben, Emotionen und glamourösen Ereignissen gewesen war.

»Woooff. Ja, aber ja doch. Los.« Timmy wedelte mit dem Schwanz und ließ den Puschel an seiner Spitze noch einmal wild durch diese Zukunft wedeln und fragte noch etwas leiser: »aber von wo genau?«

»Genau mein Süßer. Da habe ich so eine Idee. Folgt mir«, begann Sven ernst, mit fester Stimme und wurde etwas genauer: »Wenn wir am 16. Juli 1728 vor 3:30 Uhr ankommen, schläft Christoph noch so tief, dass wir ausreichend Zeit haben, um den Brief zu platzieren.

Wenn wir hier in der Ecke zwischen der Tür und dem Fenster ankommen, landen wir genau hinter dem Paravent, der auf dem Gemälde dort drüben zu sehen ist.« Sven zeigte beiläufig zur Wand zwischen den Fenstern. Ganz weit weg aber, im fernsten Winkel seines Bewusstseins und für keinen der ihm jetzt zusah erkennbar, war Sven ungeheuer aufgeregt. Alle sahen augenblicklich zu der Wand, an der ein kleines Gemälde in einem barocken Goldrahmen aus dem Halbdunkel funkelte. Es zeigte ganz offensichtlich, in feinem Strich gemalt, den Salon, in dem sie hier standen mit seiner Einrichtung, einem Sekretär der schräg im Raum stand, dem Wandgemälde zwischen den Pilastern, einem Himmelbett und dem Paravent gegenüber, wie es Christoph gekannt haben musste.

»Brilliant gesehen«, kam das Kompliment von Timmy.

»Super Idee. Aber wir springen das erste Mal ohne Lanutu und Lanuxa. Ich hoffe das geht gut«, wurde es Annabell etwas mulmig vor Aufregung.

»Ja, leider. Wir haben aber keine andere Wahl«, kam es von Maya, die den kurz gefassten Plan dennoch für eine gute Idee hielt.

»Wir müssen es wohl oder übel drauf ankommen lassen«, sagte Lara mit entschlossener klarer Stimme, die nicht verhehlen konnte, dass auch sie mehr als sonst, aufgeregt war.

Die Fünf gingen in die Ecken zwischen der Tür und dem großen Fenster links im Salon und machten sich so klein es nur ging, um hinter den Paravent zu passen, um gänzlich unbemerkt in Christophs Schlafgemach zu erscheinen, um den Schlafenden nicht zu wecken und gänzlich unbemerkt den Brief auf seinem Sekretär zu platzieren.

Die Fünf drängten sich so dicht an die Wand wie es nur ging, ohne sie jedoch zu berühren und flüsterten, ganz so als ob sie schon in Christophs Zeit angekommen wären, miteinander.

»Ist das okay so? Klein genug für den Paravent?«

»Denke schon.«

»Wer will den Countdown zählen?«

»Ich«, sagte Timmy.

»Sind alle einverstanden?«

Vier Köpfe nicken.

»Na dann?«, schmunzelte Sven, »fang an.«

»Dann. Auf Eins: Drei-Zwei-Eins.«

Maya wollte Friuli zum Abschied kurz zuwinken. Friuli hob die Hand, um zurückzuwinken und stockte sofort, als er sah, was passierte. Mayas Unterbewusstsein war schon viel schneller, rief die Teilchen an, während sie noch darüber nachdachte, ihre Hand zum Abschied zu erheben und es klappte auf Anhieb. Noch als Mayas und Friulis Augen ihre letzten liebkosenden Blicke wechselten, begann sie sich vor seinen Augen aufzulösen.

Doch sie zerfiel nicht wie eine Sandburg, die vom Meer davon gespült wurde, sondern in sanfte kleinste Zwirbel und Mikrostürme.

Friuli sah nur sie allein und konnte seinen Blick nicht von ihr lösen. Wie hypnotisiert sah er zu, wie sich ihre Haarspitzen in kleine Rauchschwaden auflösten und begannen, davonzuziehen, dann die Ohren, die blauen Porzellanmuster mit ihrem weißen Shirt, die sie in einer dünnen hellblauen Rauchschwade umhüllte und vereinzelt ihre Haut durchscheinen ließ, die sich sodann begann, ebenso aufzulösen. Gefolgt von den Schultern, Armen, dem blauen Porzellanmuster ihrer

Shorts, ihr Bauchnabel umschwirrten ihren sich auflösenden Körper jetzt als vielfarbige bunte Schwaden von Elementarteilchen, die jetzt den gesamten Körper, alle Klamotten und Accessoires, die Sneaker und der gesamte restliche Körper mit seinen Organen, Flüssigkeiten, Mikroorganismen und einfach allem, aus dem die gesamte Maya bestand, samt ihrer Seele, allen Erinnerungen, Wünschen und Hoffnungen, vermischten sich mit denen ihrer Freunde zu einer Wolke, die in einem unsichtbaren Punkt in der Luft, kurz unter der prunkvoll verzierten Decke, verschwand.

Friuli, Bord und Schrad sahen immer noch wie gebannt und sprachlos zu dem Punkt, in dem ihre fünf Freunde verschwunden waren.

Schrad fasste sich als erster von ihnen und begann, wie es bei den drei Jungs so üblich war, mit einem kritisch-albernen Diskurs.

»Ich glaubs nicht. In 'nem Game in der Backworld habe ich das schon tausend Mal gesehen. Aber das hier? Das war echt.«

»Aber was ist schon echt oder real? Wenn du in der Backworld etwas erlebst und danach im richtigen Leben einen verrückten Traum davon hast, dann wird es real, schon durch den Traum.«

»Ja und wenn du eine Kirche für einen Gott baust, wird er real, schon durch das Gebäude, an dem man sich den Kopf stoßen kann.«

»Na wenn das nicht der genialste Gottesbeweis ist«, sagte Bord lachend und schlug Friuli auf die Schulter, der demonstrativ aufstöhnte.

Die drei lachten herzhaft.

»Mein Lieber, kann es sein, dass es dich ziemlich heftig erwischt hat?« fragte Bord Friuli mit einem schelmischen Blick.

»Maya ist einfach unglaublich. Ich werde sie echt vermissen. Aber wenn sie will, kann sie jederzeit zurückkommen.«

»Du Träumer.«

»Wie kommen wir jetzt eigentlich nach Hause?«

»Soweit ich weiß, kommen nachts keine Ground-Shuttles hier her.«

»Vielleicht ergattern wir ja 'nen Platz bei der neuesten Aufführung der berauschenden und geisterhaft lustigen Show der Commedia dell'arte.«

»Ja. Ich hörte die soll sandsteinhaft komisch sein.«

Jetzt prusteten die Drei und konnten sich vor Lachen kaum noch auf den Beinen halten.

Da sagte es ganz dicht an ihren Ohren: »Ah. Ich sehe, die Herren interessieren sich für meine Kunst.«

Die Drei zuckten zusammen. Das Lachen blieb ihnen im Halse stecken. Und eigentlich wäre jetzt in jeder anderen Geschichte ein Gruselmoment, wobei den Protagonisten die Haare zu Berge stehen und sie augenblicklich panisch wegrennen.

Die Jungs aber kannten den Geist, seinen Namen, hatten sich sogar schon mit ihm unterhalten und wussten von seiner Geschichte. Genau genommen fanden sie es sogar interstellar solar, dass sie Christoph nun kannten – und mit ihm das Geheimnis dieses Ortes – an dem sich seit hunderten von Jahren niemand mehr des Nachts aufgehalten hatte.

»Ihr seid ein guter Geschichtenerzähler, oder?«

»Darauf können Sie einen lassen, meine Herren.«

»Dann, ... wollt Ihr uns bei Gelegenheit mal was von dem erzählen, was ihr in tausenddreihundert Jahren schon so gehört und getrieben habt?«

»Bei Gelegenheit, vielleicht.«

Hätte es in ihrer Welt noch Geld gegeben, würden die Jungs möglicherweise über ein Businessmodell nachdenken, um den Geist zu vermarkten. In einer anderen Welt wäre der Wert des Geistes sicherlich an seinem Marktpotential bemessen worden.

Doch hier durfte Christoph ganz und gar nur Geist sein. Und wer weiß, vielleicht bahnt sich sogar eine neue Freundschaft zwischen einem Geist und drei neugierigen Teenager-Jungs an. Denn eines ist ganz sicher. Der Geist kann den Jungs so einiges aus erster Hand von den vielen Zeitaltern erzählen. Hat er doch in den letzten eintausenddreihundert Jahren nicht nur Könige, Regierungen und Kriege, sondern auch Menschen, Tiere, Pflanzen und selbst Klimaperioden, kommen und gehen sehen.

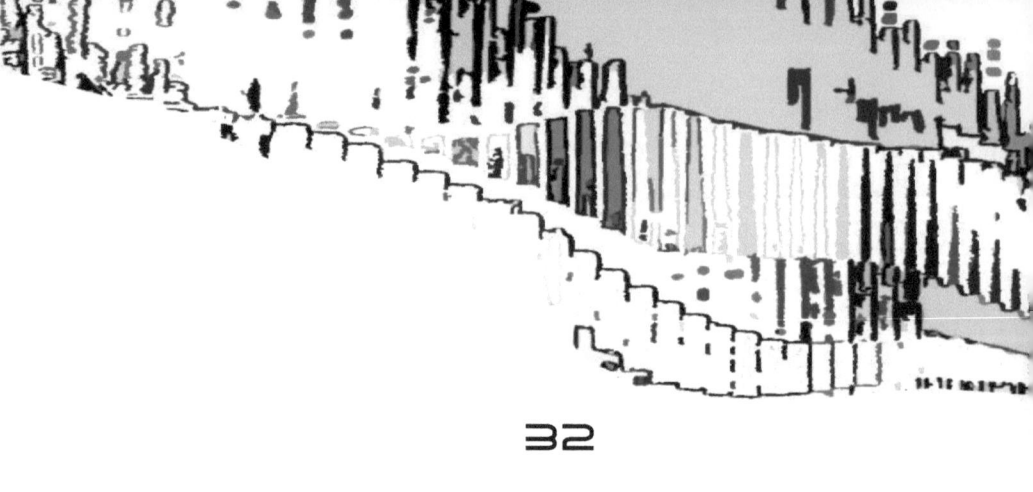

32

ZUKUNFT

Die Drei

Während die Jungs aus der Zukunft über tiefere philosophische Themen sinnierten, dabei unglaublichen Spaß hatten und Freundschaft mit einem Geist schlossen, schwebten Annabell, Lara, Maya, Sven und Timmy, aufgelöst in ihre Elementarteilchen, ganz real und physisch in einer hyperschnellen Geschwindigkeit an der Zeitlinie entlang, die am Morgen des 16. Juli 1728 vorbeifließt.

Wie ein jagender, schnüffelnder, tastender Schwarm durchkreuzen sie Myriaden von Raumebenen, kratzen an ihnen unendlich sanft entlang, auf der Suche nach der verschwindend kleinen Vertiefung, die den Tag markiert, an dem Christoph ein schicksalsträchtiges Treffen mit Dorothea im Berliner Stadtschloss haben wird.

Die Stille täuscht.

Tatsächlich stehen die Fünf, nachdem sie sich im gleichen Salon zurückmaterialisierten hinter einem Paravent.

Darauf gemalt war eine chinesische sechseckige weiße Pagode, inmitten einer Berglandschaft mit Kiefern, die sich riskant an Bergvorsprüngen über ein Tal räkelten.

Das Morgengrauen hatte bereits begonnen und kündete den bedeutenden Tag an, der so vieles ändern sollte.

Erstes Vogelzwitschern drang durch die geöffneten Fenster.

»Wir müssen den Brief so nahe bei Christoph platzieren wie nur möglich«, flüsterte Annabell so leise es überhaupt nur ging, um gerade noch von ihren Freunden hinter dem Paravent gehört zu werden.

»Vorsicht mit den Dielen«, wisperte Maya, die sich an die Geräusche erinnerte, die ihre Schritte wenige Momente zuvor, in der Zukunft, auf dem Schlossboden verursachten.

Sven wog leicht mit seinem Gewicht hin und her, um zu testen, ob die Dielen jetzt auch schon knarzten.

Doch hier war noch alles still.

Sven lugte kurz hinter dem Paravent hervor, um die Lage im Salon zu peilen, der nur sanft vom Licht des Morgengrauens erhellt wurde.

»Besser wir laufen nicht so viel herum. Dort ist ein Nachttisch aber auch ein Sekretär. Ich bring den Brief zum Nachttischchen.«

»Nein warte. Vielleicht doch lieber zum Sekretär. Wie ich Christoph kenne, wird er einem Brief, der auf dem Sekretär liegt, eher vertrauen«, murmelte Lara leise.

»Ich könnte den Brief hinterlegen. Ich bin gut im leise sein«, flüsterte Timmy und sah dabei zu seinen Freunden auf.

»Der Sekretär ist zu hoch für dich Timmy. Der Stuhl steht zu weit weg.«

»Oder sollen wir den Brief nicht besser auf sein Bett legen?«, warf Annabell betont leise flüsternd ein.

Plötzlich ertönte ein klackendes Taps, Taps, Taps, ... im Raum, was sich näherte, genau zur linken Kante des Paravents kam. Ein Fiepen begann und ein Schnüffeln war zu hören.

»Das ist ein großer Hund«, flüsterte Sven.

Die vier Teenager und Timmy standen augenblicklich mit aufgerissenen Augen wie zu Salzsäulen erstarrt da und trauten sich keinen Mucks mehr zu machen, nicht einmal mehr zu atmen.

Das Fiepen und Klacken näherten sich und plötzlich schob sich eine lange, zottige, graue Schnauze um die Ecke des Paravents. Zwei große Augen flippten von einem zur anderen. Das Fiepen wurde heftiger und der Schwanz des riesigen Irischen Wolfshundes wedelte so heftig, dass es im Fiepen mitschwang. Er begann Timmy anzuschnüffeln und dann die Hände von Sven.

»Was sollen wir machen. Der ist total lieb.«

»Gar nichts am besten. Timmy kannst du ihn beschäftigen?«

»Das mache ich genaugenommen schon, seit sein Duft an meine Nase kam.«

Der Windhund, dessen Kopf locker bis zu den Schultern der Teenager aufragte, wenn er ihn hob, drängelte sich weiter hinter den Paravent, beschnüffelte neugierig Sven, Lara und

Annabel, zwängte sich an ihnen vorbei, um auch an Mayas Händen zu schnüffeln. Sein Schwanz begann deutlich hörbar an den Rahmen des Paravents zu trommeln. Es war verdammt wenig Platz hier und dann geschah es.

»Wolf, sei leise und schlaf weiter«, grummelte Christoph, der kurz aufwachte. »Geh auf deinen Platz«, kam es unwirsch herüber.

Doch Wolf wollte nicht folgen und lieber noch an Mayas Hand schnüffeln, zwängte sich mit seinem schlanken Körper weiter durch den schmalen Spalt zwischen dem Paravent und den vier Teenagern, die an die Wand gezwängt mit eingezogenen Bäuchen darauf hofften, nicht entdeckt zu werden.

Dann geschah noch etwas. Unbemerkt schoben sich die Elemente des Paravents immer flacher auf eine Linie auseinander, sodass das Bild mit der südchinesischen Landschaft zwar schöner denn je zur Geltung kam, die Stabilität aber verloren ging. Wie in Zeitlupe begann die flache Wand zuerst kaum merklich, sehr leicht in den Raum zu kippen. Die Teenager sahen es mit größer werdenden Augen und formten mit dem Mund ein unhörbares »O...«.

Halten war zwecklos.

Der Paravent war so höllisch schwer, aus massivem Eichenholz, was schließlich mit einem ohrenbetäubenden Lärm die Stille explodieren ließ, als es auf den Boden krachte.

Christoph sprang augenblicklich aus seinem Bett. Atemberaubend schnell hatte er seinen Säbel in der linken Hand und ließ die Klinge blindspielerisch einige Male pfeifend im Bogen durch die Luft kreisen, machte einen eleganten Ausfallschritt auf Sven zu, hielt ihm die Spitze seiner langen Klinge am ausgestreckten Arm für einen Augenblick unter das Kinn, hob es mit sanftem Druck der Säbelspitze auf der Haut, aus dem Handgelenk etwas an. Nur um zu sehen, wie Svens Augen im Angesicht des Todes funkelten, ließ er ihn die metallische Kälte der Endlichkeit spüren und um zu zeigen, wie hier die Positionen verteilt waren.

›Attentäter waren diese merkwürdigen Kinder jedenfalls nicht‹, grummelte es in Christophs Gedanken herum, drehte den Fünf in einer halben Pirouette seinen Rücken zu, nur um zu testen, was sie dann machten, ging in höchst eleganter Körperspannung einige Schritte von ihnen weg, drehte sich flink zurück und sagte kühl: »Wer seid ihr? Gebt Euch zu erkennen.«

Christoph sah in große Augen, die ihn anstarrten, als würden sie einen Geist sehen.

Wolf blieb an seinem Platz vor den Fünf wie angewurzelt stehen, was wiederum Christoph zu irritieren schien. Denn eigentlich würde sein Hund schon längst Laut gegeben, oder wer weiß was mit unerwünschten Eindringlingen angestellt haben.

Doch er war so friedlich, als ob alte Freunde mit ihrem Hund zum Tee vorbeischauten.

›Was war da los?‹, fragte sich Christoph und sagte: »Was tragt ihr für lächerliche Röcke? Seid ihr vom Zirkus? Was wollt ihr hier? Flink eine Antwort, bevor mir die Geduld ausgeht.«

Christoph war erstaunlich gelassen dafür, dass er um 4:00 Uhr im Morgengrauen von fünf Fremden und ihrem Hund, die höchst persönlich in seinem Schlafsalon erschienen, aus seinen Alpträumen gerissen wurde. Denn eigentlich war diese Zeit fest für die Klagen derer reserviert, die von seiner

Hand starben und die ihn heimsuchten, um ihm den Frieden für den Rest seines Lebens zu rauben. Da kam die seltsame Abwechslung durchaus nicht ungelegen.

Für einen Plan hatten die Fünf jetzt keine Zeit.

»Wir, ... wir haben einen Brief für Euch ... den wir unbedingt persönlich überbringen ... mussten«, stotterte Annabell mit leiser, beruhigender Stimme und zwirbelte Wolfs Haar dabei, um sich zu beruhigen. So verrückt es auch gleich klingen mag, aber hier half nur die Wahrheit. Denn eine Lüge würde Christoph sofort entlarven und der klitzekleine Vertrauensvorsprung, den ihnen sein Hund verschaffte, wäre futsch.

»Ah! Ein Brief. Von wem?«

»Von Euch selbst, aus der Zukunft.«

»Euch ist bewusst, wie lächerlich das klingt?«

»Schon, aber es ist die Wahrheit. Lest selbst.«

»Nun gebt mir schon endlich diesen verdammten Brief her, den ihr die ganze Zeit ankündigt.« Christoph wurde ein wenig schroff, denn seine Geduld war zu dieser Stunde bei aller Neugierde, die er sich abringen konnte, schließlich doch endlich.

Sven nahm den eingerollten Brief in die rechte Hand, die er wie eine Schale hielt, in der eine wertvolles rohes Ei lag und das herunterrollen konnte, ging auf Christoph zu und beugte sich mit einem Ausfallschritt weit nach vorn, streckte seine rechte Hand mit dem Brief weit aus, um der Klinge nicht zu nahe zu kommen, was verwirrend galant, wie eine ehrerbietende und zudem in Perfektion ausgeführte Verbeugung aussah, die bei Hofe jedes Königshauses als vollendet gegolten hätte. Wobei er den Säbel in Christophs anderen Hand, in den Augenwinkeln nicht aus dem Blickfeld verlieren wollte.

»Wie galant Ihr doch seid. Von welchem Geschlecht stammt Ihr?« fragte Christoph mit einer charmant schmeichelnden Stimme, die auf den zweiten Blick unheimlich wirkte.

»Führt der schon wieder was im Schilde?«, wispert Maya zu Lara, die immer noch hinter dem umgefallenen Paravent standen und Wolf verlegen im Fell kraulten, was der Windhund seinerseits sichtlich zu genießen schien.

Timmy hatte das Gefühl, er macht einen guten Job, denn der große Hund hatte bis jetzt niemanden gebissen und noch nicht einmal gebellt. Hundekommunikation hat viele Kanäle. Alle waren in diesem Moment bei Timmy höchst aktiv und feuerten auf Hochtouren: ›Sei lieb zu uns wir sind es ja auch zu dir‹, in einer Dauerschleife.

Das Bild mit den drei Mädchen, dem riesigen Hund der friedlich seine extra Grooming genoss, Timmy der brav am Boden vor ihnen saß und der umgefallene Paravent mit der chinesischen Landschaft, der flach vor der kleinen Gruppe quer im Raum lag, könnten das Motiv für ein Renaissance Wandgemälde sein, wenngleich ein überaus skurriles, würde der Betrachter denken, der nicht wüsste, was der Auslöser für diese seltsame Parade war.

Doch die friedvolle Morgenstimmung könnte jeden Moment kippen. Denn die Fünf befanden sich in den Privatgemächern eines hitzigen, kriegserprobten jungen Grafen, die zudem in einem vermutlich gut bewachten Schloss lagen, das von einem großen Park umgeben war.

Und sie, die Fünf, waren hier immer noch die geduldeten Eindringlinge mit einem höchst suspekten Anliegen.

Auf Gastfreundschaft konnten sie; auch wenn ihre Mission irgendwann Christophs Leben retten; er etwas höchst Aufschlussreiches über seine Herkunft erfahren würde und ihn mit seiner Zwillingsschwester zusammenbringt, nicht unbedingt hoffen.

Denn für den Moment, der im Leben eines Soldaten immer über Leben und Tod entscheiden kann, ist es nur dem Mix aus morgendlicher Lustlosigkeit und dem Verhalten eines großen, grauen zottigen Hundes zu verdanken, dass die Fünf nicht schon längst abgeführt wurden und gemeinsam mit Dorothea im Kalandshof landeten.

Christoph nahm den Brief, rollte ihn aus, hielt ihn vor sich locker in der Hand und las die ersten Zeilen still.

»Ihr seid von Sinnen, mir ein solches Pamphlet zu überbringen. Wer macht sich da einen Scherz?«, entfuhr es ihm schroff mit tiefer, kehliger Stimme und las weiter, ohne eine Antwort abzuwarten.

Was die Fünf nicht wussten, war, Christoph hatte eine geheime Phrase, eine Textsequenz, die er in von ihm persönlich verfassten Schriftstücke einbaute, die ihm selbst bei der begabtesten Fälschung seiner Handschrift immer seine persönliche Urheberschaft beweisen sollte. So auch in diesem Brief.

»Das ist eine infame Behauptung. Doch ich glaube ihm, diesem Brief, den ganz gewiss ich geschrieben habe. Wer hat ihn Euch gegeben?«

»Das wart Ihr«, sprang es aus Annabell heraus.

»Sehr weit in der Zukunft«, ergänzte Lara beschwörend.

»Hier steht eintausend und dreihundert Jahre in der Zukunft. Das ist eine lange Zeit und ich soll ein Geist sein, in dieser Zukunft. Habt ihr mich gesehen?«

»Ihr wart fast durchsichtig und schwebtet umher, eben wie ein Geist.«

»So wie es die Geschichten erzählen?«

»Eigentlich genau so, ja«, stimmte Sven ihm zu.

Christoph legte den Säbel an seinen Platz neben dem Bett. Die Stimmung im Salon entspannte sich leicht.

Die Sonne ging auf, hinter den großen Buchen im Park. Die Kaminuhr durchschnitt den stillen Moment, mit ihrem silberzarten Pling und verkündete, dass es in dieser Welt 4:30 Uhr geworden war. Christoph ging einige Schritte auf sein riesiges Bett zu, was verwüstet von der Nacht, mit blütenweißen Kissen und Decken belagert war.

Der Baldachin hing weit und kunstvoll drapiert von der Decke herab. Die Vorhänge, bestanden aus dem gleichen pastellfarbenen Brokat wie der Himmel, aus dem sie mit prächtig schillerndem Faltenwurf herabfielen und seitlich am Kopfende zusammengebunden waren.

»In der Tat reite ich heute zur Kriegs- und Domänenkammer in das Berliner Schloss. Woher wisst Ihr das alles? Wer seid Ihr?«

Christoph begann nachzudenken, an diesem Morgen, der für ihn so überraschend begann.

Und die Fünf wussten so schnell nicht, was sie sagen sollten: Die Wahrheit? Dass sie Schüler waren; die an einem Schulprojekt teilnahmen; in dem sie bedeutende Erfindungen der Menschheit behandelten; sie in die Gruppe, die die

Heilige Inquisition untersuchen sollten, eingeteilt wurden und dabei auf Dorothea Staffins Spuren als letzte Verurteilte in einem Hexenprozess stießen; denen sie bis hierher gefolgt waren? Aber warum eigentlich nicht?

Es hatte gerade eben 04:30 Uhr geschlagen und Zeit gab es im Überfluss.

»Also, das war so«, begann Lara zaghaft, denn ihr war bewusst, wie weit sie sich gleich vorwagen würde und wie riskant das für ihre Mission sein könnte: »Wir stammen auch aus der Zukunft, aber nicht von so weit wie der Brief, den dir dein Geist schrieb. Wir kommen aus dem Jahr 2010.«

»Das ist höchst interessant. Nur zu. Weiter«, ließ Christoph die Luft mit seiner tiefen, rauen, sonoren Stimme um sich herum vibrieren. Er ermunterte das Mädchen in der merkwürdigen Garderobe, die auf ihn seltsam attraktiv wirke.

Sie strahlte eine Energie aus, die er so noch nie zuvor bei einer Frau bemerkt hatte. Obwohl ihr Körper schon so groß und weit entwickelt, wie der einer ausgewachsene Frau war, hatte sie doch eine überaus kindliche Ausstrahlung, so natürlich und verspielt, ganz ohne Kalkül und frei von der Bestrebung, einen Bonmot zu landen, um die Aufmerksamkeit auf sich zu lenken.

›Sie gibt vor, durch die Zeit zu reisen und trägt dabei nicht einmal eine Corsage‹, schwirrte es durch Christophs Gedanken. ›Nicht einmal die niedrigste unter den Zofen bei Hofe würden eine Kutsche zum anderen Ende des Parks besteigen, ohne sich zuvor straff geschnürt zu haben.

Doch diese hier war weder eine Magd noch eine Zofe auch keine Dame von höherer Herkunft oder gar eine Prinzessin.‹

Die anderen Mädchen waren ähnlich, doch Lara, so fand Christoph, war anders als sie. Und das spannte seine Neugierde im höchsten Maße, um zu hören, was sie nun sagen würde, mit ihrer Stimme, die die Luft so präzise wie ein frisch geschärfter Säbel durchschnitt, so betörend sanft dabei war, aber zugleich selbstbewusst und fordernd klang.

Sven erkannte die besondere Verbindung, die sich in den wenigen Minuten, seit denen sie hier im Salon angekommen waren zwischen Christoph und Lara verflocht.

Er beschloss die Wendung mit höchster Aufmerksamkeit zu beobachten und wenn es notwendig sein sollte einzuschreiten, um Lara zu schützen. Denn von Christoph ging eine Magie aus, die auf hypnotische Weise charismatisch war. Die aber verschlungen narzisstisch, gefährlich und auf die Seele eines jeden Menschen, der dieser Kraft zu nah kam, zerstörerisch wirken konnte.

Annabell, Maya, Sven und Timmy sagten nichts.

Still lauschten sie, was jetzt kommen würde.

Um keine Wiedersprüche aufkommen zu lassen, hielten sie sich zurück und überließen Lara das Feld. Offensichtlich hatte sie einen Plan, den ihre Freunde nicht durchkreuzen wollten. Sie vertrauten ihr voll und ganz, blieben aufmerksam, um ihr im schlimmsten Fall beizustehen und sahen zu, wie sich das Kammerspiel entwickelte.

»Wir sind Schüler an einem Gymnasium, das nicht weit von der Mühle im Wedding entfernt ist ...« Und Lara erzählte die ganze Geschichte wie sie sich zugetragen hatte, von den Tamanaken, die Alexander von Humboldt vom Orinoko nach

Berlin mitbrachte, bis zu den fliegenden House-Shuttles, den Bergen in denen die Menschen dann wegen des veränderten Klimas leben werden, dass Berlin eine Hafenstadt zwischen Nord- und Ostsee sein wird, dem riesigen Wildpark Friedrichsfelde, der das Schloss umgibt und in dem hunderte exotische Pflanzen- und Tierarten von Säugetieren, Vögeln und Insekten, riesig große Bäume und Urwaldpflanzen angesiedelt wurden und selbst die Indi-Bot-Dinos, die im Jahr 3028 hier sein werden, ließ sie nicht aus.

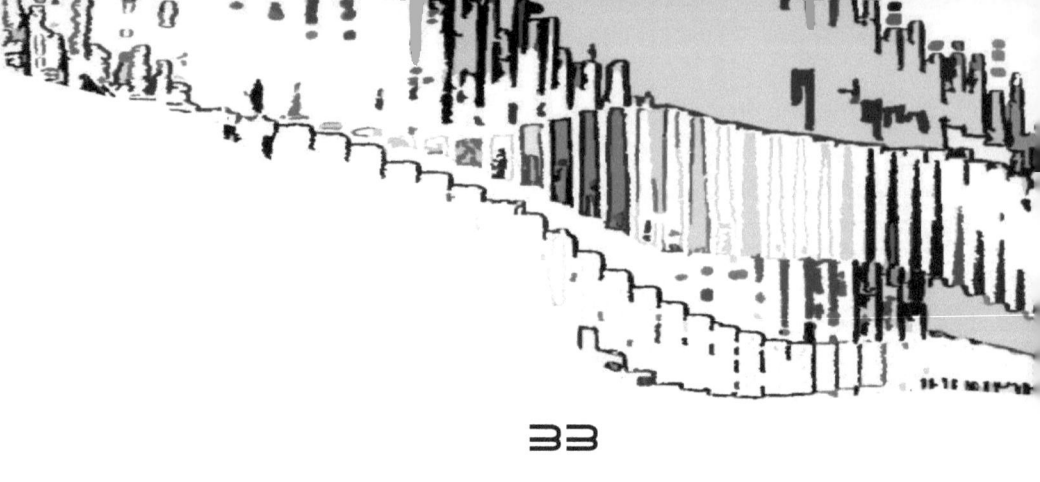

33

VERGANGENHEIT

Christoph und Lara

Die Kaminuhr schlug ihr silberzartes Pling sieben Mal.

Der Morgen strahlte. Die Sonne schien flach in das große Fenster, das zum Ostflügel des Parks lag, wo der große Springbrunnen bald zu Plätschern beginnen wird. Das weiche Licht schien in den kleinen Salon, durch die Flügeltüren und warf eine Lichtkannte auf das granatapfelrote Sofa, gegenüber dem Wandgemälde mit der weiten Landschaft, vor dem sich schon Friuli, Bord und Schard versteckt hatten.

Annabell, Maya, Sven und Timmy hatten es sich schon vor einiger Zeit auf dem Sofa gemütlich gemacht. Auf ihren Füßen hatte sich wiederum Wolf sehr hingebungsvoll ausgestreckt, genoss die Wärme des frühen Tages, lag auf dem Rücken, streckte die vier Beine angewinkelt in die Luft, die windschnittige Schnauze lang am Boden ausgestreckt, beide Ohren waren weit aufgespannt an das warme Holz geschmiegt. Manchmal schlappte er versonnen mit der Zunge. Leckte auch mal die eine oder andere Hand, die ihn grade um die Schnauze kuschelte und blickte mit seinen verträumten Augen zu den Teenagern auf, wie ein Baby, das im Paradies angekommen war.

Timmy wurde schon bald eifersüchtig auf den riesigen Zottelpelz, der seine Position so schamlos ausnutzte. Doch Timmy war bewusst, dass jetzt der Moment war, um sich zurückzunehmen und dem Fellmonster den Vortritt zu lassen.

Als die drei so auf dem Sofa saßen; mit dem größten Hund, den sie jemals zuvor gesehen hatten; der auf ihren Füßen liegend sich herzlich ihrer Zuwendung bediente; spürten sie, dass sie sich an diesem Ort von nun an einer gewissen Gastfreundschaft sicher sein durften.

Christoph saß seit Stunden wie gebannt auf seinem Bett, immer noch im Nachtgewand, dem weißen weiten Hemd mit großen gerafften Rüschen am Hals und an den Armen und der knielangen weißen Hose.

Elegant wie ein römischer Feldherr saß er, am Kopfende aufrecht angelehnt, mit aufgestelltem linkem Bein, den linken Unterarm lässig auf dem Knie abgestützt und ließ seine linke Hand voller Anmut in der Luft schweben. Das andere Bein lag entspannt ausgestreckt ruhend daneben, die freie Hand jederzeit bereit zu handeln und hörte, hörte einfach zu und ließ sich von der Stimme, die ihn mitten ins Herz traf, in ihrem Augenzeugenbericht durch die Jahrhunderte führen. Fragen wollte er nichts, um seine Unwissenheit nicht noch zur

Schau zu stellen und dieses magische Mädchen, das ohnehin schon so viel Macht über ihn hatte, nicht noch mächtiger zu machen.

Sie saß am anderen Ende des Bettes, wo sie ihr rechtes Bein angewinkelt ihm zugewandt ablegte. Das andere baumelte von der hohen Kante der Matratze herab, nur wenige Zentimeter über dem Boden, jederzeit zur Flucht bereit.

Christophs Blick kreiste versonnen von ihren Lippen zu ihren Augen und zurück. Seit einigen Stunden verschmolz er mehr und mehr mit dem Mädchen aus der anderen Zeit, in verträumter wehmütiger Neugierde. Seine hellblauen quellwasserklaren Augen glaubten förmlich, die Welten zu sehen, von denen sie berichtete.

Manchmal zuckten seine schmalen, leicht geschwungenen Augenbrauen, verließen unmerklich die gerade Linie, die den langen, markanten Nasenrücken kreuzte, der sich energisch von der Stirn bis zur Nasenspitze zog, unter der sich ein kleiner, sinnlicher Mund positionierte, der von einem süßen lüsternen Kinn getragen wurde. Sein Haar verdeckte die Ohren nur leicht, ließ die nicht zu fleischigen Ohrläppchen etwas herausschauen. Die verschlafene Frisur erinnerte noch an die spitzen, gewellten Strähnen, die gestern noch in sein Gesicht gekämmt waren.

Christophs Geist ließ die charmanten Details seiner menschlichen Gestalt aus Fleisch und Blut nicht mehr erkennen. Die sinnliche Natur des kampferprobten Soldaten überraschte Lara. Hätte sie doch eher einen grobschlächtigen Tunichtgut erwartet. Umso mehr überraschte er Lara, als er sagte: »Das alles tut Ihr und Eure Freunde für die Frau, die meine Zwillingsschwester sein soll?«, fragte er gerührt, leise, nachdenklich durch sein eigenes Leben streifend. »Hatte ich jemals etwas derartig Selbstloses getan? ... Wenn, dann war es mir entfallen. ... Etwas musste anders sein, in Eurer Zukunft, wenn Kinder wie Ihr und Euer Hund sich auf eine gefahrvolle Reise machen, um eines Müllers Tochter Schicksal zu wenden, die Ihr nicht einmal persönlich kanntet und von der Ihr für Euch selbst keinen erkennbaren Vorteil ziehen konntet.«

Christoph machte eine kurze Pause, dachte nach, ging zu Laras Freunden, stellte sich vor ihnen auf, worauf die Vier ehrfürchtig zu ihm aufsahen und gespannt waren, was jetzt passieren würde. Wie ein Gelehrter, der vor einer Gruppe Studenten spricht, fuhr er fort: »Andererseits war das alles so absurd seltsam, dass es sich selbst der begabteste Geschichtenschreiber nicht hätte ausdenken können. Was dieses Mädchen erzählte, musste wahr sein.«

Er fasste im Stillen für sich den Entschluss und sagte gefasst mit einer Stimme, die aufrichtigen Respekt für dieses couragierte Mädchen in sich schwingen ließ, das den Mut bewies, ihm ihre fantastische Geschichte so offenherzig zu erzählen, drehte sich zu Lara um, die jetzt im Gegenlicht zwischen den Flügeltüren stand und zum Park hinaus sah:

»Nun, meine verehrte Lara.«

Sie drehte sich zu Christoph um, als sie ihren Namen hörte.

»Ihr Vortrag war so grotesk und voller Unvorstellbarkeiten, dass es sich fürwahr nur um Begebenheiten handeln kann, die sich tatsächlich so zugetragen haben müssen, oder sich zutragen werden, wenn Ihr mir erlaubt, aus meiner Zeit zu sprechen. Kein Geist der Welt könnte sich eine solch ungeheure Szenerie ausdenken.

Seid Euch meines Vertrauens und meines Schutzes gewiss, meine Liebe. Das gleiche gilt selbst verständlich auch für Eure Freunde und Euren Hund.« Er verbeugte sich dabei leicht und ging mit grazilen Schritten, als ob er auf einer Bühne stand und dem Moment eine besondere Bedeutung verleihen wollte, zu seinem Sekretär, der prunkvoll mit Intarsien und schwungvollen Schnitzereien verziert war, nahm den Brief von seinem Geist in die Hand, wendete ihn, um einen kurzen Blick auf die Rückseite zu werfen und faltete ihn zu einem unscheinbaren handtellergroßen Brief zusammen.

Dann sprang mit einem kurzen Klack ein kleines verborgenes Schubfach an der Seite des Sekretärs auf, das sich nur öffnete, wenn er eine Schnitzerei am Bein des Sekretärs um 90 Grad drehte. Er entnahm ein kleines Blatt, das eher einem Zettel glich, von dem einst ein Teil, recht schnell an der unteren längeren Kante, abgerissen wurde. Christoph faltete dieses Papier ebenfalls zusammen und schob es in die offene Seite des Briefes hinein, wog es kurz in seiner Hand, als ob er das Gewicht des Papieres mit der Bedeutung des Inhalts vergleichen wollte.

›Am besten wäre es zweifelsohne, beide Papiere den Flammen zu übergeben. Doch zuvor mussten die Papiere noch eine Schlacht schlagen, einen Menschen erobern, eine Seele öffnen, ihre Zuneigung gewinnen, um sie und ihn zu retten‹ – ›eine Schlacht‹, dachte Christoph.

Die Fünf waren etwas ratlos, was sie jetzt machen sollten. Still wechselten sie verlegene Blicke. Ihre Botschaft war angekommen und auf dem Weg zu Dorothea. Sie waren erfolgreich, doch fühlte es sich noch nicht vollendet an. Da war kein

Triumpf in ihnen, der sich in lauten Schreien Bahn brechen wollte, oder anerkennendes Schulterklopfen und Heldengefühle dafür, das unmöglich scheinende geschafft zu haben.

Christoph schien plötzlich in eine tiefe Gedankenwelt abgetaucht. Er ignorierte die Fünf, als ob sie gar nicht anwesend wären. Geräusche drangen nur noch von fern, dumpf zu ihm durch. Kleine Schweißperlen bildeten sich auf seiner Stirn und an den Schläfen.

Sein Bewusstsein engte sich ein.

Deutlich sichtbar verschwand es jetzt in einem Tunnelblick, hinter dem er vielleicht einen Plan schmiedete, Strategien gegeneinander abwog, wie er nachher im Schloss vorgehen sollte.

Immerhin wusste er, dass ihn Dorothea für das, was er war, ein Soldat und sogar ein Offizier, sehr wahrscheinlich von ganzem Herzen hasste und dass er alles andere als ein leichtes Spiel haben würde, sie für mehr als einen höflichen Wortwechsel hinaus, in ein Gespräch zu verwickeln.

Dorothea hatte so eine große Macht über Christoph, selbst wo er nun wusste weshalb, jagte es ihm immer noch einen kalten Schauer über den Rücken, bei dem Gedanken, ihr erneut gegenüberzutreten.

Der erste Satz würde darüber entscheiden, ob sie ihm weiter zuhörte. Was sollte er sagen? Das beschäftigte Christoph jetzt auf Hochtouren und ließ seinen Kopf buchstäblich heiß laufen. Seine Hände zerzausten seine Haare. Sein Gesicht spitzte sich zu. Tiefe Falten schoben sich auf seiner Stirn über den Augenbrauen zusammen.

Von der überlegenen charismatischen Haltung, die die Fünf eben noch begeisterte, war nichts mehr geblieben.

Zweifel zermalmten Christophs Gedanken und verzerrten seinen ganzen Körper.

Er drohte förmlich zu explodieren unter der Last der Entscheidung, die er jetzt treffen musste, ganz ohne Feind, ohne Gefechtsgetöse, ohne den Schuss aus einer Büchse, den er erwidern oder einen Säbelstreich, den er parieren konnte.

Dunkelheit zog in Christoph auf.

Sein eigener Schatten begann sich gegen ihn zu wenden, legte sich über all seine Gedanken, drohte mächtiger zu werden als er selbst und flüsterte ihm in seine Seele: ›Dieser Feind wird nicht schießen oder einen Streich mit dem Säbel gegen dich landen wollen, nein er wird gar kein Feind sein. – Sondern deine Zwillingsschwester, die dich und deine Abgründe klarer sieht als es je ein Kerl auf dem Schlachtfeld konnte.

Wie willst du ihr Vertrauen gewinnen?

Sieh dich doch selbst an. Sie ist so stark, deine Zwillingsschwester, dass sie dich schon aus der Ferne vernichten kann‹

»Ihr müsst mich jetzt verlassen«, sagte Christoph energisch mit raunender, tiefer Stimme aus heiterem Himmel. »Geht und vertraut mir. Das Schicksal wird seinen Lauf nehmen und ich meine Rolle darin spielen. Dieses Versprechen bin ich euch schuldig, aber nun müsst ihr gehen.«

Die Fünf wünschten sich nichts sehnlicher, als diesen Ort zu verlassen. Dieser Mann, den sie schon als unangenehmen Geist kennenlernten, der sie lebendig in dieser Welt, mit seiner charismatischen Seite spielend, ihre Zuneigung gewann, verwandelte sich plötzlich vor ihren Augen in ein unberechenbares Monster.

Aber sie hatten keine andere Wahl als Christoph zu vertrauen. Denn in dieser Welt war nur er der Schlüssel, um

Dorotheas Schicksal zu wenden. Denn die Schlinge um ihren Hals zog sich immer weiter zu. Jeder Anlass hätte der wachsenden Gruppe von Geiferern und Neidern im Wedding genügt, um Dorothea an die Inquisition zu melden.

In dieser Welt war jetzt höchste Eile geboten.

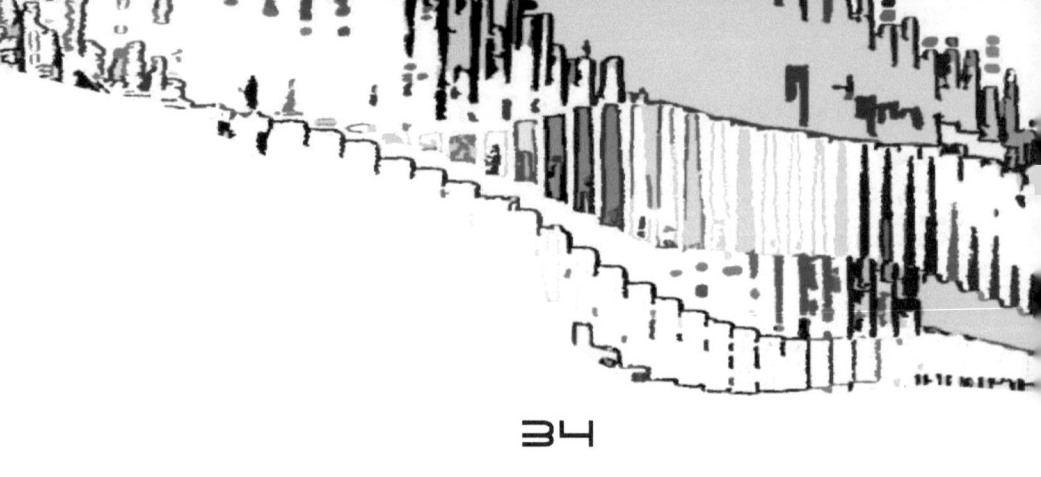

∃Ч

VERGANGENHEIT

Christoph

»Wir müssen los«, stellte Lara energisch fest und ging zu ihren Freunden: »Wir haben hier alles erreicht, was wir erreichen können.« Sie machte eine kurze Pause und drehte sich zu Christoph um: »Wirst du es wirklich schaffen?«

»Aber natürlich, meine Liebe. Vertraut mir.«

»Wir springen am besten wieder von hinter dem Paravent«, schlug Maya vorsichtig vor, die verhindern wollte, dass Christoph völlig durchdrehte, wenn er seht, wie sich ihre Körper gleich auflösen werden.

»Gute Idee. Los«, stimmte Timmy schnell zu, der immer eifersüchtiger auf Wolf wurde. Seine gute Verbindung zu ihm drohte im Chaos der Signale, die von Christoph ausgingen, zu versinken. Ob Wolf dann noch der Liebe sein würde, wollten die Teenager und ihr Hund nicht herausfinden. Die Verwandlung seines Herren war schon beängstigend genug.

Schnell gingen die Fünf zum Paravent, warfen Christoph ein flüchtiges, leicht schwingendes: »Goodbye und Goodluck!« zu, verschwanden hinter dem Paravent und sahen sich an.

»In welche Zeit sollen wir springen?«, fragte Sven kurz angebunden und sah den Mädchen abwechselnd in die Augen, die ebenso von der Frage überrascht waren wie Sven, der sie stellte. Denn darüber nachzudenken war bis zu diesem Augenblick keine Zeit gewesen.

»Hmm, also ich würde sagen in unsere Zeit«, tuschelte Annabell, die sich schon auf etwas Bekanntes freute. Die Überraschungen stellten ihre Nerven jedes Mal auf eine riesige Geduldsprobe.

»Das klingt wie eine gute Idee«, stimmte Lara ihr sichtlich erschöpft zu.

»Oh ja, ich bin dabei«, gestand Maya, die sich schon auf ihr Zimmer und ihre Familie freute.

»Wir sollten exakt nur wenige zehntel Sekunden nach unserem Aufbruch ankommen.«

Die Mädchen sahen Sven fragend an.

»Na, damit es uns nicht zweimal in unserer Welt gibt.«

»Oh Gott, daran hatte ich gar nicht mehr gedacht«, wurde Annabell etwas nervös, ob es tatsächlich funktionieren würde. Denn ihre Erfahrungen waren die, dass es bisher nicht so präzise geklappt hatte, in der richtigen Zeit zu landen und jetzt sollte es auf die zehntel Sekunde genau sein?

»Wann war das nochmal?« fragte Maya, nur um sicher zu gehen, dass sie über dasselbe sprachen.

»Wir sind, das war, hmm. Eigentlich ist es ja erst ein paar Tage her.«

»Ich bin mir ziemlich sicher, das war der 26. Mai 2010 um 14:22 Uhr. Wir sollten uns das merken, damit wir zum richtigen Zeitpunkt zurückfinden, erinnert ihr euch noch daran?«

»Genau, das war unser erster Zeitreisetest. Oh, wenn ich daran zurückdenke.«

»Frau Leberknecht würde sagen ... «

»Dann sollten wir am 26. Mai 2010, genau um 14:22 Uhr ankommen.«

»Super. Wir haben einen Plan«, drängte Timmy zur Eile, denn Wolf begann mehr und mehr auf die dunkle Seite seines Herren abzurutschen. Und schon hörten sie hinter dem Paravent ein leichtes Knurren, das nicht mehr so einladend klang.

»Ich zähle«, sagte Lara schnell: »Auf Eins: Drei – Zwei – Eins.«

Und als ob sie nie dort gewesen wären, waren sie verschwunden, als Wolf mit gebleckten Zähnen bereit für den Angriff, hinter den Paravent sah, wo er glaubte, eben noch verdächtige Geräusche gehört zu haben.

»Was machst du da?«, rief Christoph durch den Salon, der sich wieder im Griff hatte und sich nicht sicher war, ob ihn ein Traum übermannt oder doch vier Kinder und ihr Hund aus einer anderen Zeit mit einem seltsamen Anliegen heimgesucht hatten.

»Sei still und geh auf deinen Platz. Wir haben heute viel auf der Liste. Wo bleibt eigentlich das Frühstück?«, rief Christoph genervt.

In dem Moment öffnete sich die Tür. Eine hübsche junge Zofe mit blütenweißer Schürze und ebenso strahlender

Haube, unter der die langen blonden Haare wohl drapiert hervorblitzten, betrat den Salon mit einem Tablett, auf dem sie duftenden Kaffee, allerlei Früchte und Gebäck, Saft, samt Spiegeleiern mit Speck und Toast servierte.

»Habt ihr gut geschlafen, mein Herr?«, fragte sie sanft, als sie das Tablett auf dem Tisch abstellte.

»Danke Mathilda. Das war eine Höllennacht. Du hast keine Ahnung, was so alles in den grauen Stunden vor sich gehen kann, in denen eigentlich nichts weiter passieren sollte, als dass die Sonne aufgeht.«

Sie erwiderte ebenso sanft, fast monoton: »Natürlich nicht, mein Herr.«, als sie zu den Fenstern ging, um sie weit zu öffnen – machte dann einen anmutigen kurzen Knicks in Christophs Richtung, senkte den Kopf und den Blick dabei ein wenig kokett, drehte sich zur Tür und verließ den Salon.

Die Anwesenheit von Mathilda gab Christoph das gute Gefühl zurück, mit dem er normalerweise aufwachte. Wenn er es mit seinem Frühstück feierte, wieder eine Nacht voller quälender Geister, die ihm den Schlaf raubten, überstanden zu haben.

Gelassen schlenderte er noch ein wenig durch den Morgen, genoss die saubere Luft, die durch die geöffneten Fenster hereinfloss, die zarten kapriziösen Gesänge der Vögel, die sich aus der morgendlichen Stille emporhoben und kam an seinem Sekretär vorbei. Ein Brief, der Brief aus der morgendlichen Erscheinung, die doch keine Halluzination zwischen all den anderen zu sein schien, die ihn des Morgens traktieren.

Er lag provozierend deutlich, ganz oben, auf einem kleinen Stapel von Papieren.

Wie ein Blitz durchfuhr es ihn.

Plötzlich war alles wieder da.

Diese seltsamen Kinder und ihr Hund mit der ungeheuerlichen Geschichte. Er erinnerte sich auch, dass sie wahr sein musste. Wie aus dem Nebel tauchten immer mehr Details auf.

»So ist es. Ich gab mein Versprechen und heute musste ich es einlösen«, murmelte er vor sich hin und dachte: ›Dorothea, Dorothea die Tochter des Walkmüllers ist meine Zwillingsschwester. Was für eine verrückte Idee. Aber das erklärt auch so einiges.‹ Mit einem verschmitzten Lächeln, als er noch darüber nachdachte, was das für ihn bedeutete, griff er nach dem Brief und steckte ihn in die Tasche seines blauen Uniformrocks, der über der Lehne des Stuhls am Sekretär hing.

Zwölf Mal ließ die Kaminuhr ihr silberzartes Pling ertönen.

Der Termin in der Kriegs- und Domänenkammer im Berliner Schloss ist heute um 14:30 Uhr und er hatte noch einiges vorzubereiten, was er den Beamten zur Genehmigung für sein Feldbataillon der Artillerie vorzulegen hatte. Die nicht enden wollenden Abrechnungen, Neubestellungen, Listen für die 1.190 Mann seines Regiments, die sich mit dem Niedrigsten überhaupt befassten: Ausgaben für Brot, Bier, Hühner, Ochsen, Schweine, Schafe, Bohnen, Speck, Eier …

Verpflegung, die die Königlichen Domänen und Gutsherren bereitstellen mussten. Pulver, Munition, Kanonenkugeln, Pferdefutter, Sold, Wäscherei, Bettzeugs, Filzstiefel, Filzröcke, Dreispitze und Spitzhüte, alles wichtig für die Planung der Filzproduktion in den Walkmühlen … ›Walkmühlen, des Walkmüllers Tochter, Dorothea‹, durchfuhr es ihn wie ein Blitz durch seinen Kopf.

Und sich mit nicht enden wollenden anderem Schnick-schnack zu befassen hasste Christoph wie die Pest.

Nahm es ihm doch allen Geist und alle Zeit für handfestes Soldatenzeugs, für das er sich als Offizier berufen fühlte. Seine Truppe mit Exerziertraining auf Vordermann zu bringen, seine eigenen Schieß-, Fecht- und Reitkünste in Eleganz und Schlagkraft zu perfektionieren.

Die höchste Kunst der Kriegsführung aber, war und bleibt die Strategie, das vorteilhafteste Feld für die Schlacht zu wählen, den Grund zu analysieren und zum eigenen Vorteil zu nutzen. Den Feind in seinen Absichten zu durchschauen, in höchster Eleganz Mann und Material mit größter Schlagkraft, wie im Zinnsoldatenmodell, gegen ihn zu lenken, zu taktieren, anzugreifen, zu besiegen und wenn es sein musste zu vernichten.

Christoph lernte das Chaos, den Duft und den Lärm des Gefechts zu lieben. Der Kerl in ihm, die dunkle Seite, die er nur in der Schlacht freilassen durfte, der Dirigent des Grauens, strebte nach Vollendung.

Stattdessen musste Christoph sich schon seit fünf Tagen mit dem Auflisten von gemeinem Zeugs herumschlagen und ausgemusterte Kriegsveteranen, die als verknöcherte Prokuristen in muffigen Amtsstuben endeten, werden seine Zahlen beurteilen.

Sollten sie nicht zufrieden sein, mit dem was Christoph ihnen vorlegt, werden sie ihm, schlachterprobt wie sie sind, das Papier wieder einmal um die Ohren hauen, in der Luft zerreißen oder schlimmer noch, an seinen obersten Vorgesetzten den Feldmarschall melden.

Ungestüm, wie ein Pferdegespann im gestreckten Galopp, rennt die Zeit vor ihm her. In dreizehn Mal schneller und zwei Mal genüsslich, langsamer Folge ließ die Kaminuhr ihr silberzartes Pling ertönen.

Der Termin in der Kriegs- und Domänenkammer im Berliner Schloss ist in einer Stunde. ›Höchste Zeit, meinen Fuchs anspannen zu lassen‹. Christoph ging zur Tür, öffnete sie und rief in den Flur: »Mein Pferd. Schnell!«

Ein leises: »Gewiss, mein Herr«, kam zurück.

Gefasst, ernst und in Gedanken versunken, zog Christoph die sandfarbene Weste über, in deren Tasche der Brief, sein Brief steckte. Kurz ertastete seine Hand, ob der Brief noch da war. – War er.

Christoph nahm den blauen Uniformrock, fuhr bedächtig mit der linken Hand in den eng geschnittenen Ärmel, bis seine Hand am anderen Ende herauskam, um mit ihr die Knopfleiste festzuhalten und mit der anderen Hand in den zweiten Ärmel zu schlüpfen. Mit einem kleinen Ruck der Arme nach oben, warf der das Schulterteil der Jacke in die richtige Position. Sitzt, dachte er, ging zum großen Spiegel und sah sich an.

›Bin ich das?‹ Christoph schloss die drei oberen Knöpfe, sodass die sandfarbene Weste unterhalb der Brust hervorleuchtete. Das rote Futter des Uniformrocks spielte in dem Uniformtheater eine nicht zu unterschätzende Rolle.

Wie ein verborgenes, warnendes Feuer lugte es zwischen dem blauen Rock und der hellen Weste hervor, um zu signalisieren: dieser Kerl ist jederzeit bereit, seinen Zweck zu erfüllen.

Elegant schlüpfte Christoph in seine schwarzen Lederschuhe und zog die knielangen, blütenweißen Filzgamaschen

darüber, die die sandfarbene Hose oberhalb der Knie über-
lappten.

Dann nahm er den weißen Ledergürtel mit den kleinen
Gürteltaschen, band ihn sich um, schloss die Schnalle und
sah sich erneut an. Griff nach der weiß gepuderten Perücke
mit den lang gerollten Locken, die rechts und links über den
Ohren thronten, und am Hinterkopf einen schulterlangen
Zopf herabhängen ließ, der mit einem schmalen schwarzen
Band gebunden war. Sie lag auf einem Holzkopf bereit, wie
ein Pelztierchen wartend, nun endlich auch in der morgendlichen Anziehchoreografie an die Reihe zu kommen und nicht
wie so oft vergessen zu werden.

Doch im Schloss und schon gar nicht bei den verknöcher-
ten halbtoten Technokraten in der Kriegs- und Domänenkammer, gab es ohne Perücke kein Pardon.

Das Puder stob nur so um Christoph herum, als er das
Ding auf seinen Kopf klatschte, unter dem sein wunderschönes brünettes Haar verschwand.

›Wie lächerlich‹, dachte er, sah noch einmal konzentriert in
den Spiegel, nahm den schwarzen Dreispitz mit der goldenen
Borte und versank mit seinem Blick im steifen Material des
Hutes.

›All der Filz für die abertausende von Hüten, Gamaschen,
Taschen und Pferdedecken, ist vielleicht von Dorotheas Hand,
in der Mühle im Wedding gepresst, gewalkt, gespült und
getrocknet‹, dachte er weiter, als er den Dreispitz sorgfältig
auf seinem Kopf platzierte.

›Wird sie mich heute ... anhören?‹

Christoph blickte tief in den Spiegel, in seine bergkris-
tallblauen Augen und lotete sich selbst aus: ›Werde ich ihrer

Magie heute widerstehen?‹, raunten Fragen ohne Antworten in Christophs Kopf umher: ›Was, wenn sie mir mit einem frechen ›Papperlapapp‹ über den Mund fährt und öffentlich verlacht?‹ ... ›Wenn sie mir kokett den Rücken zeigt und wie ein Dummkopf stehen lässt?‹

Flink warf er den Stapel Dokumente, mit den unendlichen Listen und herbeigezauberten Begründungen, um Zuwendungen für das kommende Halbjahr vom König für sein Königliches Feldbataillon der Artillerie zu erhalten, in eine lederne Tasche.

»Mein Herr, Euer Pferd steht bereit«, sagte der Diener ergeben leicht verbeugt von der geöffneten Tür in den Raum hinein.

»Danke, ich komme.«

Sein Fuchs stand gestriegelt und gesattelt auf der Rampe unterhalb der Stufen zum Hauptportal bereit. Christoph durchschritt den Flur von seinem Salon zum Treppenhaus, ging mit straffem Schritt durch das Portal nach draußen und sah, was er so liebte.

Fuchs stand konzentriert versammelt im besten Tageslicht mit dem gloriosen Schein auf seinem Fell, den ihm nur diese Stunde des Tages verlieh, die sich vor dem tiefen Schatten der großen Bäume hinter dem Barockpark mit seinen verschlungenen Blumenrabatten umso beeindruckender abzeichnete.

Die beiden Fontänen rechts und links hinter ihm rahmten das schöne Pferd mit ihrem prächtig glitzernden Schweif ein, die wie gloriose Prophezeiungen in den leuchtend blauen Himmel aufstiegen und wie nicht enden wollender, reicher Regen in das große Bassin zurück plätscherten.

Dahinter erstreckte sich der tausendfarbig blühende und summende Park, mit seinem süßen Duft, in dem Christoph schon als Kind spielte.

Christoph umarmte den langen Kopf seines wichtigsten Freundes, der ihn sanft auf seiner Schulter auflegte. Christoph atmete seinen würzigen Duft tief ein und flüsterte in sein Ohr: »Mein Fuchs, mein Lieber, hilf mir. Wir haben heute wichtiges vor. Nichts wenigeres als mein Leben hängt davon ab.«

Fuchs drehte seine Augen zu ihm und stupste mit seiner Nase Christophs Schulter und hob den Kopf energisch einmal an, ließ das Zaumzeug dabei heftig klappern, machte ein tiefes gurrendes Wiehern und Christoph wusste, Fuchs hatte verstanden.

Mit dem Versprechen, das Fuchs ihm gab, fühlte sich Christoph jetzt viel sicherer.

Fuchs' Fell glänzte in der Mittagssonne, duftete nach frisch gestriegeltem Pferd, Leder und frischem Heu. Es war zu sehen, wie er sich als das schönste Pferd auf dem Planeten fühlte.

Sein Kopf und Hals erhoben sich majestätisch aufrecht und strotzten nur so vor Selbstbewusstsein. Seine Ohren standen spitz aufgerichtet, neugierig und abenteuerlustig, nach vorn gerichtet.

Jeder seiner Muskeln zeichnete sich eleganten unter dem Fell ab, machte kleine Schatten, changierende Nuancen. Pure Kraft, ehrliche Schläue und vollendete Schönheit vereinten sich in ihm und das wusste er.

Christoph genoss einen Moment für einen Anblick und erklärte, was er schon hunderte Male zuvor sagte: »Ich liebe dich, mein Fuchs. Ohne dich wäre ich wahrlich verloren.«

Fuchs senkte seinen Kopf zwei Mal heftig, wie für ein Nickendes: »Ja, ich liebe dich auch« und schnaubte dabei voller zufriedener Gelassenheit.

Die beiden Fontänen in dem Bassin, was den Grund des Schlosses in seiner Größe spiegelte; der gepflegte Barockpark; das Schloss in seiner Mitte; der Stallmeister im eleganten Livree, der stolz die Zügel hielt; Christoph, der smarte aufstrebende Offizier, mit dem schönsten Pferd an seiner Seite, gaben ein harmonisches, wundervolles Bild ab, wie es sich jeder Maler für sein größtes Meisterwerk nur wünschen könnte.

Doch dieser Moment war nur ein Augenblick in flüchtiger Vollendung, der sich jeden Tag wiederholte und ebenso täglich verloren ging.

Die akribische Hand eines Meisters könnte nur die Erinnerung mit dem Pinsel auf der Leinwand festhalten, vom Hörensagen oder flüchtigen Skizzieren.

Der Maler des Bildes würde ein wenig tricksen müssen.

Er würde das Bild mit einer gewissen überhöhten Ähnlichkeit ausstatten müssen, um dem späteren Betrachter, das tatsächliche Gefühl des Moments in all seiner Sinnesfülle mitzuteilen. Das meint er, würde die Szenerie etwas größer, glorreicher auferstehen lassen, dramatischer und erhabener wirken lassen müssen, als sie sich tatsächlich zugetragen hatte.

Und die unbeteiligten Betrachter, die vom Ereignis nur so viel wussten, wie der Maler auf seiner Leinwand festhielt? – Sie werden die Leinwand prunkvoll gerahmt, vielleicht wie eine Trophäe, über einem Kamin hängen sehen, als Zeitkapsel, die von nun an auf ihre Weise, ewig an den Moment erinnerte.

Der betörende Duft der beiden, und der erregte Herzschlag von Christoph und Fuchs, blieben dennoch, auch in der Zeitkapsel des gerahmten Bildes, für immer verloren.

Aber war es letztlich nicht das, was in einem ganz besonderen Moment, oder nicht sogar in jedem einzelnen Moment zählte? – Sein Duft und was in den Herzen vor sich ging?

Wir aber haben in unserer Geschichte das große Glück, live dabei zu sein. Den Duft und den Herzschlag der beiden in unserer Vorstellungskraft lebendig zu spüren. Wir können miterleben, was sich davor abspielte, wie es zu diesem vollendeten Moment überhaupt kam. Wir dürfen ihn als Zeuge in seiner gesamten Fülle genießen und teilen.

Und letztlich werden wir von den Ereignissen mitgerissen, die sich danach ihre Bahnen brechen. Wir erleben gemeinsam, wohin sie heute noch führen werden, um sich morgen auf eine ganz andere Weise zu wiederholen.

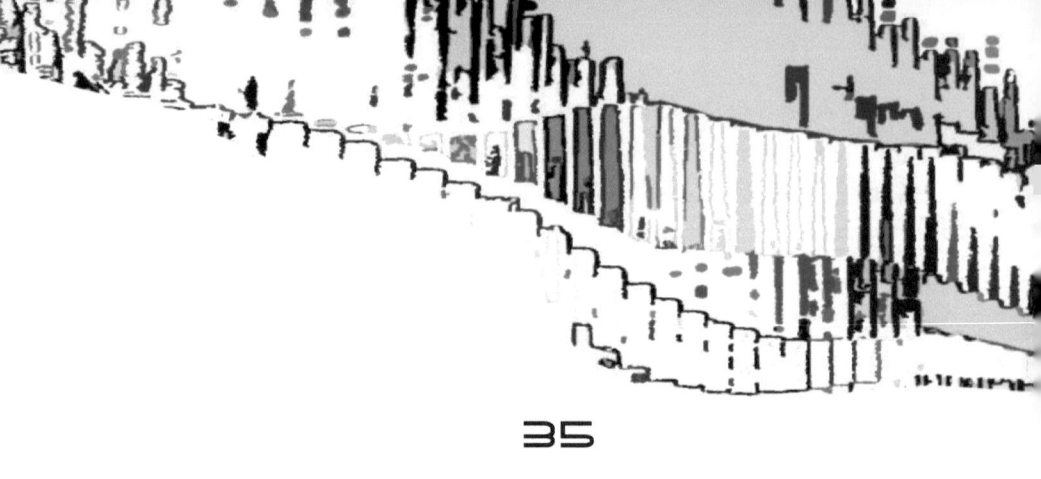

35

VERGANGENHEIT

Christoph

Die Ledermappe mit den verhassten Listen und Begründungen vertraute Christoph der Satteltasche an und schloss den Lederriemen. Fuchs schnaubte einmal kurz und fügte noch ein rollendes Gurren hinzu.

»Mein Wunderbarer, gleich geht's los«, besänftigte Christoph sein Pferd, denn er wusste, wie sehr er sich auf den Weg freute, auf den gestreckten Galopp, auf der langen, geraden Straße, das frische Gras bei einer kleinen Verschnaufpause, die saubere Luft und die vielen andere Pferde, die er sehen wird.

Christoph platzierte den Fuß auf den Steigbügel, griff nach dem Sattel und setzte mit einem eleganten Schwung auf.

Frisch geölt und poliert knarzte der Sattel lüstern, als ob auch er wusste, dass es jetzt gleich losgeht.

Fuchs konnte es kaum erwarten.

Er trippelte auf der Stelle, scharrte mit dem Vorderhuf, sein Schweif parierte in einem großen Kreis und das ganze Pferd war gespannt wie eine Feder, die jeden Moment losgelassen werden wollte. Es wartete sehnsüchtig auf diesen kleinen sanften Druck an seinen Seiten, den der Reiter mit seinem Unterschenkel macht, der sagt: Los!

Dann war es so weit. Christoph hielt die Zügel locker in der linken Hand. Sammelte alle Kraft in seiner Mitte. Diener brachten sich in Sicherheit.

Als die Bahn durch das Tor frei war, gab Christoph den sanften Impuls für das: GO!

Und Fuchs durfte, was er am liebsten machte, am besten konnte und wofür er lebte, wofür er selbst glaubte, geboren zu sein – aus dem Stand in den gestreckten Galopp zu springen und durch das Tor aus dem Park hinaus, die kurze Allee entlang zu rennen, als ob sich die Tore zum Himmel schließen würden.

Christoph ließ ihm das Vergnügen, musste sich aber jedes Mal selbst auf dem Rücken des wilden Pferdes in Sicherheit bringen, um nicht herunterzufallen, denn so sanft und liebesbedürftig Fuchs auch immer war, seine dunkle Seite tobte er im wilden ungezügelten Galopp aus.

Er war für das Rennen geboren.

Und Christoph wusste das, respektierte es und genoss mit seinem Pferd den Rausch der Geschwindigkeit.

Er vertraute Fuchs und Fuchs vertraute ihm.

Schnell hatten sie das Dorf Friedrichsfelde passiert – waren jetzt von gelb wiegenden Feldern, die fern an den Himmel stießen, umringt, vom Wind von weit her umweht. Nur ein Katzensprung war die geschlängelte Straße zur Kreuzung der Hauptstraße nach Berlin.

Christoph peilte die Verkehrslage. Viele Fuhrwerke, wenig Viehherden, einige Gänsefamilien und recht wenig Menschen dazwischen.

»Also los, mein Wunderbarer«, sagte Christoph mit fester gütiger Stimme, sammelte seine Mitte und gab das Zeichen mit den Unterschenkeln: Los!

Und Fuchs rannte wie ein junger Gott an den Fuhrwerken vorbei, ließ die Menschen an seiner Staubwolke schnuppern, warf mit den Hufen die Erde in die Luft und hatte nur den Horizont im Blick, an dessen Ende, geradewegs die Garnison Berlin auf ihn wartete.

Und schon erreichten sie die Kreuzung, auf die die Straßen von rechts aus Lichtenberg und links aus Rummelsburg stießen. Plötzlich gab es viel Verkehr. Ein Ochsenkarren versperrte den Weg, der aus Lichtenberg kommend nach Berlin einbog.

Fuchs musste einige Hundert Meter im Schritttempo gehen.

Dampf stieg von seinem Fell auf.

Er war warm, heiß.

Christoph spürte die Hitze durch seine Gamaschen.

Er liebte den aufsteigenden Duft, in den ihn Fuchs einhüllte. Dann ging es nach der unfreiwilligen Verschnaufpause weiter.

Christoph musste sich mit seinen Knien fast an den Sattel pressen.

Weit nach vorn gebeugt hielt er die Balance auf dem wiegenden Körper. Die schwarze Mähne wehte Christoph entgegen. Schweißtropfen regneten ihm ins Gesicht. Unter ihm entfaltete sich die geballte Kraft einer Pferdestärke.

Reihen von Gemüsebeeten flimmerten im Augenwinkel vorbei. Fuchs folgte der Straße, die sich wie ein Tunnel vor ihm ausdehnte, flog sie entlang wie im Rausch. Seine Ohren gaben ein gutes Visier für den Reiter. Die Zügel hingen locker in Christophs Händen. Fuchs führte, wenn er so dahinglitt, und Christoph ließ ihm die Freude.

Am Frankfurter Tor endete der gerade Weg nach Berlin.

Beide hatten keinen Blick für die Stadt, die sich vor ihnen entfaltete und die sie schon wie ihre Westentasche kannten.

Häuser und Menschen flossen wie ein unscharfer Nebel an ihnen vorbei. Fuchs wechselte in einen langsamen Galopp und Christoph übernahm die Führung, denn es ging durch dichten Verkehr in die Lehm Gasse zum Stralauer Tor, über den Festungsgraben, wo die Wachsoldaten salutierten als Christoph die Brücke überquerte. – Die Stralauer Straße entlang, zum Molkenmarkt an der Nicolai Kirche vorbei, über die Heilige Geiststraße, auf die Königs Straße, links über die Lange Brücke zur Stechbahn vor dem Schloss.

»Wir sind da, mein Wunderbarer«, sagte Christoph und streichelte Fuchs' Hals dabei. Fuchs war vor Schweiß triefend nass. Die letzten Meter über die Lange Brücke zum Kurfürstlichen Stall gingen sie im Schritttempo, um Fuchs' Herz etwas zu beruhigen. Er schnaufte und gurrte genüsslich, richtete seinen Schweif auf und gestattete sich, erschöpft zu sein von dem, was ihm die höchste Erfüllung in seinem Pferdeleben ist: schnurstracks rennen, nein fliegen, den Horizont fest im Blick.

Vor dem Kurfürstlichen Stall angekommen, kam sofort ein Stallbursche zu ihnen gelaufen, verneigte sich leicht und fragte: »Herr Leutnant, Habt Ihr einen Termin bei Hofe?«

»Bei der Kriegs- und Domänenkammer, in wenigen Minuten.«

»Lasst Euren Fuchs bei mir. Ich werde ihn trockenreiben und striegeln bis ihr zurück seid.«

»Danke. Wir haben einen unglaublichen Ritt hinter uns.«

»Das sehe ich. Ein wunderschönes Pferd habt Ihr. Wie heißt es?«

»Sein Name ist Fuchs.«

»Ah, ein schöner und passender Name.«

»Bleib bei ihm, bis ich zurückkomme«, sagte Christoph zu Fuchs und ging in Richtung Schlossportal, zum mittleren Schlossflügel, der seit dem Erweiterungsbau verborgen zwischen den beiden Höfen lag.

Es ist 14:30 Uhr. Alle Kirchenglocken in Berlin verkünden die Zeit laut und metallen – ihr Klang hallt wie wabernde Wellen durch die Straßen, wie eine Flut aus gläubiger Gewissheit, die im Echo zwischen den Häusern wahr werden wollte.

Auch des Königs Schlossfassade spielt mit in dem Reigen der Bekenntnisse.

›Noch zwei Minuten?‹, fragt sich Christoph, während er langsam mit der Ledermappe unter dem linken Arm auf das Portal zugeht.

Im Mittleren Flügel des Schlosses sprang Dorothea mit eleganten Schritten, erfreut von ihrem Erfolg in der Kriegs- und Domänenkammer, von Lichtfeld zu Lichtfeld und summte

350

ganz für sich eine Melodie, die ihr vom Pfingsttanz in der Domäne in den Sinn kam, bis der laute Schrei eines mächtigen Mannes die Schlossmauern erschüttern ließ.

Christoph geht in diesem Moment an den Wachen vorbei, die ihm salutieren, durchschreitet das Portal und wird von dem gleichen lauten, mächtigen Geschrei empfangen, das im selben Moment furchterregend durch den Schlosshof schallt.

Dorothea erschrak, rannte wie von Gespenstern gejagt die Wendeltreppe hinunter, sprang hinter dem letzten Treppenbogen hervor und flog einem jungen Offizier mit lautem Aufschrei direkt in die Arme.

Christoph fängt sie auf. Seine Mappe fällt durch den heftigen Aufprall auf den Treppenabsatz, alle Dokumente fallen heraus und liegen verstreut um sie herum auf dem Boden. Christoph hält Dorothea fest in seinen Armen, als wolle er sie nie wieder loslassen. Er roch ihr Haar, fühlt ihre Taille, spürt ihren Atem auf seiner Brust, für einen Moment, bis sie zu sich kam.

»Fasst Ihr mir grade um die Taille? Mein Herr?«
»Verzeiht. Das war ... ich war ... Ihr seid mir direkt in die Arme gesprungen.«
»Danke, dass Ihr mich aufgefangen habt. Jetzt dürft Ihr mich aber wieder loslassen. Danke.«
»Aber ja doch«, entfuhr ihm ein viel zu forsch ausgesprochener Gedanke.
Christoph kniete sich sofort auf den Boden, sammelte hastig alle Dokumente ein und legte sie so, wie er sie gerade in die

Hände bekam, in die Ledermappe zurück. Dorothea half ihm, nahm einige Papiere auf, überflog sie flüchtig und reichte sie ihm.

»Danke, das ist sehr freundlich«, sagte Christoph und sah zu Dorothea auf, als sie ihm das Papier reichte.

Dorothea erinnerte sich von weit her an den jungen Offizier, der sie vor einigen Monaten an der Walkmühle angesprochen und den sie schon beinahe völlig vergessen hatte. Nachdenklich fragte sie ihn: »Seid Ihr nicht der mit dem wunderschönen Pferd?«

»Ja der bin ich ... Und sagten Sie nicht, ich soll nicht aufgeben, Sie nach Ihrem Namen zu fragen?«

»Ah! Sagte ich das?«

»Aber ja doch. Nun, darf ich Sie noch einmal nach ihrem Namen fragen?«, fragte Christoph unsicher. ›Es fühlt sich an wie ein Déjà-vu. Wird sich jetzt alles wiederholen? Etwas muss geschehen. Etwas muss anders sein‹, dachte Christoph und spürte, wie heiß ihm bei dem Gedanken wurde, denn er hatte nur diese eine Möglichkeit, die er nicht vermasseln durfte.

»Wenn Sie darauf bestehen, nur zu.«

Dorothea gewann langsam ihre Contenance zurück, denn wegrennen war immer noch, in einem Kleid mit eng geschnürtem Mieder, wie es bei Hofe erwartet wurde, eine ziemlich blöde Idee. Höchstes diplomatisches Geschick war in solchen Fällen die einzige Rettung.

»Würden Sie mir ihren Namen verraten?«, war Christoph froh, denn wenn es so weiter ging kommt hier noch ein richtiges Gespräch in Gang.

»Sie geben nie auf, oder?«

»Sollte ich denn?«

»Ich bin Dorothea, die Tochter des Müllers von der Walkmühle.«

»Sehr angenehm. Ich bin Christoph Graf von Raufenberg, Sohn des ... und Leutnant des Feldbataillon der Artillerie.«

»Verzeiht meine laxe Anrede. Was für Papiere habt ihr da auf der Treppe verstreut.«

»Langweiliges Zeugs.«

»Für mich sieht es so aus wie ...« sie sprang im Gedanken: »Mein junger Herr, worauf sind Sie aus? Eine Heirat kommt wegen unseres Standes nicht in Frage und eine geschäftliche Beziehung? Nun, diese Frage können Sie sich selbst beantworten, wenn Ihr mir nicht verraten wollt, welchen Geschäften Ihr nachgeht. Was also wollen Sie mit mir und meinem Namen? Konversation? Oder doch eine Affäre? Für letzteres, das sei Ihnen gleich verraten, stehe ich nicht zur Verfügung.«

»Darf ich Sie für den Moment nur ein wenig Begleiten? Denn ...«, rast es durch Christophs Kopf, womit soll er nur beginnen?

»Was denn? ... Haben Sie nicht etwas Wichtigeres zu tun?«

»Ich versichere Ihnen, es gibt in diesem Moment nichts Wichtigeres für mich zu tun als ... «

»Also gut, dann begleiten Sie mich ein Stück über die Lange Brücke. Danach müssen sich unsere Wege jedoch trennen.«

»Ich fühle mich geehrt«, sagte Christoph fast schüchtern, sehr leise.

Beide verließen das prunkvolle Treppenhaus, durchschritten das Schlossportal, wo die Wachsoldaten salutierten. Sie gingen links über die Stechbahn auf die Holzbuden zu, in die Richtung zur Langen Brücke.

Dorothea hatte solch eine Macht über ihn.

Wie ein kleiner Junge ging Christoph neben ihr her.

›Ich weiß nicht, … ich weiß nicht wie weiter‹ siebte es in seinem Kopf nach Gedanken und fuhr doch fort, wie er es immer tat, fast jedenfalls, bis er es wagen muss und sagt, einfach so, aus dem blauen Himmel heraus, ohne Ankündigung: »Ihr seid meine Zwillingsschwester.«

Dorothea blieb abrupt stehen. »Was sagt ihr da? Seid ihr von Sinnen?«

»Bitte. Ihr müsst mich anhören. Erst heute Morgen erfuhr ich davon und war so ungläubig wie Ihr es jetzt seid, aber es muss wahr sein …« aufgeregt, fast flehend und so sanft es ihm nur möglich war, beschwor er sie und fuhr fort: »… Es gibt Beweise, die ich Euch sogleich vorlegen kann.«

»Ich warne Euch. Wenn Ihr mich zur Närrin halten wollt, werde ich Euch auf tausend Jahre verfluchen.« Dorothea blieb stehen drehte sich zu Christoph und fährt ihn harsch an: »Nur zu, legt Eure Beweise vor.«

Hinter Christoph türmte sich die Schlossfassade riesig auf.

Tief dunkle Wolken zogen über die hohen Figuren geschmückte Dachsimse, verdeckten den Himmel über dem Stechplatz und spiegelten sich dramatisch in den vielen großen Fenstern des Schlosses wider.

Starker Wind kam auf und wehte Staubwolken um die Beiden, die wie erstarrt einander gegenüberstanden.

Der Platz war ansonsten leer. Christoph musste jetzt alles geben. Und so zog er den Brief, seinen Brief, den sein Geist aus einer fernen Zukunft sendete, aus der Tasche und gab ihn Dorothea.

Ihr Kleid flatterte im aufkommenden heftigen Wind, der fast schon ein Sturm war und zerrte an ihrem schlanken Körper. Mit viel Kraft musste sie sich aufrecht halten. Beide merkten, dass sie jetzt keinen Schritt mehr machen konnten. Etwas wollte genau jetzt gesagt und gehört werden.

Dorothea hielt den Brief in der Hand. »Was ist das?« Mit einer Hand hielt sie ihren Hut fest und in der anderen den Brief.

»Das ist er, der mir heute Morgen überbracht wurde. So unglaublich es auch klingt, es ist wahr Dorothea. Ihr seid meine Zwillingsschwester.«

Beide sind wie in einer Blase gefangen und nehmen nichts mehr von dem Tosen und Brausen um sie herum wahr, sehen nur dem anderen in die Augen, als ob sie sich gegenseitig durchleuchten, hypnotisieren oder schlicht die Wahrheit sehen wollen. Dorothea hält den Brief im festen Griff in der linken Hand.

›Ein Beweis‹, knisterten Gedanken durch ihre Seele, die ihr gesamtes Leben durchforsteten. Von ihrer Kindheit bis zum heutigen Tag – alles in ihrem Leben fühlte sich wie ein zu enger Schuh an, es drückte und kniff überall bei jedem Schritt.

Aber sie arrangierte sich damit, denn es war ihr einziges Leben, das sie hatte. Und nun ... sollte es noch ein anderes geben? Und der Beweis dafür sollte in diesen kleinen Brief passen? Was für ein Beweis kann das sein, der sich so klein falten lässt?‹

Plötzlich riss sie ein Stoß von hinten gegen ihre Schulter aus den Gedanken. Blitzschnell drehte sie sich um und sah

Fuchs, sah ihm direkt in seine großen Augen. Eindringlich sah er sie an, aus seinen hellen Augen und den flach liegenden Pupillen.

Sie sah seine langen Wimpern, die weiße sternförmige Blesse im rötlichen Fell, seinen schwarzen Pony, mit dem der Wind spielte. Seine aufmerksamen Ohren und die sanfte Nase die fast an die ihre stupste.

Fuchs' Anblick beruhigte sie augenblicklich, brachte Klarheit in ihre Gedanken zurück. Sie drehte sich entschieden und gefasst zu Christoph zurück.

»Also gut. Dann lasst Eure Beweise sehen«, sagte sie und öffnete den Brief.

Der Wind drohte das Blatt in ihren Händen zu zerreißen. Beinahe wäre der kleinere Zettel mit der Risskante und Christophs Namen weggeflogen. Blitzschnell, im letzten Moment, griff Dorothea danach, sah es wie gebannt an.

Sofort erkannte sie die Schrift und das Papier.

Sie sah zu Christoph auf.

»Kann das sein?«

»Ja. Das kann es.«

Dorothea las den Brief still für sich, ließ Christoph und Fuchs stehen wo sie waren und kehrte in sich. – Mit dem Rücken zum Wind, der wild an ihrem Haar und dem weiten Kleid zerrte, ihre Schultern und Arme geschlossen, um den Brief zu schützen, als sie ihn las.

Dann, wie aus der Pistole geschossen: »Zeigt mir Euer Muttermal.« Christoph entblößte augenblicklich seine linke Schulter und zeigte es ihr.

Dorothea holte ein Amulett aus ihrem Dekolleté, öffnete es und entnahm ein eng zusammen gefaltetes Blatt, breitete es aus und zeigte es Christoph. In der gleichen Schrift wie auf seinem Blatt stand dort Dorothea und darunter das Datum, verwaschen und von der Zeit verzehrt.

»Halte!« Dorothea gab ihm das Blatt mit seinem Namen und fügte ihr Blatt an die untere Kante.

»Es passt!«

Beide durchfuhr ein kalter Schauer, ein flaues Gefühl schlug auf ihre Mägen und ihnen wurde heiß zugleich.

Ein Blitz krachte aus den dunklen Wolken in das Schloss und es donnerte grollend tief. Der Wind trug davon, was er erwischen konnte. Ein Hut flog tanzend über sie hinweg. Ein Schleier folgte ihm, sich fröhlich im Sandsturm windend.

Der Sturm wehte auch die vielen Zweifel und Gefühle davon, die Dorothea und Christoph ihr gesamtes Leben lang, wie ein großer Stein, auf dem Herzen lastete.

Der Sturm trug sie einfach davon, als ob sie aus Luft wären, schwerelos geworden waren und plötzlich alle Bedeutung verloren.

Dorothea las die Seite mit sanfter, brechender Stimme leise zu Ende, als ob sie Christoph eine unglaubliche Neuigkeit aus der Zeitung vorlas, drehte das Blatt und versank in dem, was nun dort stand:

»Die Niederkunft unserer Mutter ereignete sich ohne Zweifel unter großer Not und im absolu-

ten Verborgenen bei Hofe. Sie ist eine royale, eine Prinzessin vielleicht. ...«

»Unsere Mutter«, flüsterte Dorothea ... und las leise weiter:

»... Unser Vater ebenso ein Prinz. Vielleicht von einem anderen, in Ungnade gefallenen Königshaus. Unsere Zeugung entsprang sehr wahrscheinlich einer Affäre, die sich nach höfischem Gesetz besser nicht ergeben hätte.«

Tränen rannen ihr über ihre Wangen, sammelten sich an ihrem Kinn, von wo aus sie sicherlich auf das Blatt getropft wären, wo die Worte aus Tinte in sich verlaufen würden, wenn der Wind sie nicht aus der Luft gegriffen und zusammen mit den dunklen Erinnerungen davongerissen hätte. Dorothea las weiter:

»... Sie wird Dich hassen, aber Du musst ihr die ganze Wahrheit sagen, denn unser Schicksal hängt davon ab, ob sie Dir glaubt und es wird ein

fürchterliches Sein, wenn es Dir nicht gelingt, sie
von den Beweisen zu überzeugen. Sie wird Dich
anderenfalls verfluchen und Du wirst für mehr als tausend Jahre als Geist hier im Schloss umherschleichen.
Glaub mir, das ist kein Vergnügen. Denn ich bin
dieser Geist. … .«

»Das habe ich getan? Es tut mir so unendlich leid. In Wut sage
ich das manchmal, aber es hat sich noch nie erfüllt, soweit ich
weiß, jedenfalls.«

Der Wind riss ihr den Hut vom Kopf und ließ ihr langes
rotblondes Haar wehen. Er ließ es fast wie in Zeitlupe wiegen
und schweifen wie Seegras im Meer.

Der Wind wurde stärker. So stark, dass er auch die gelese-
nen Worte von ihrem Mund mit sich riss, den beiden Zwil-
lingsgeschwistern das Atmen schwer machte und selbst das
Stehen fast unmöglich machte. Dorothea stemmte sich gegen
den Sturm und las gebannt weiter:

»… Schließe Frieden mit … seid eine Familie.
Der Alte Feldmarschall … nur Dein Ziehvater.

Vergiss das nie, ... uns angetan.

... liebender ... der Zukunft.

Christoph Graf ...«

Da endete der Sturm plötzlich, abrupt, so rasch wie er begann.

»Was hat er Dir angetan? Dein Ziehvater. Ist das der Grund für den dunklen Schatten tief in Dir? – Den Du fern von der Welt hältst?«

»Später, später, meine Schwester. Heute ist noch nicht der Tag dafür.«

»Da steht noch ein Post Scriptum« sagte sie und las:

»P.S.: Unsere Mutter soll bei ihrer Niederkunft gesagt haben, wir könnten eines Tages Thronfolger sein. Doch bis dahin sollen wir im Verborgenen unter absoluter Verschwiegenheit bei Zieheltern, die mit Gewissheit nichts von der Affäre wussten, aufwachsen.«

»Mein armer Vater. Er gab sein Bestes für mich und wurde doch nur benutzt«, murmelte Dorothea mit brüchiger Stimme.

»Die Tatsache könnte allerdings den aktuellen oder zukünftigen Thron gefährden, uns damit in erhebliche Lebensgefahr bringen, wenn unsere Geschichte jemandem zu Ohren käme. Höchstes Feingefühl und größte Vorsicht sind daher geboten! Es geht um Leben und Tod.«

»Meine Schwester, wir können unser Leben ändern. Schon dadurch, dass wir die Wahrheit kennen, ändert sich alles.«

Da schlugen die Glocken der vielen Kirchen auf ihre Weise drei Mal.

»Die Zeit. Ich muss jetzt gehen. Eine Kutsche wartet auf mich.«

»Nein, geh nicht. Eine Intrige ist gegen dich gesponnen. Viele Menschen im Wedding sind dir nicht wohlgesonnen. Sie sagen, du wärest mit dem Teufel im Bunde und wollen dich als Hexe an die Inquisition ausliefern.

Und heute ist der Tag, an dem sie dich mit dem Teufel persönlich gesehen haben wollen. – In der Kutsche, mit der du gleich in der Mühle ankommen wist.«

»Woher weißt du das alles?«

»Es ist der Anfang von dem, was dich am Ende den Fluch sprechen lässt.«

»Was sollen wir machen? Der Baron ist so freundlich, mich mit seiner Kutsche in den Wedding mitzunehmen. Ich muss vor Sonnenuntergang zu Hause eintreffen sonst ...«

»Sonst werden sie dich beschuldigen und nicht vermissen«, ergänzte Christoph ihren Gedanken.

»Komm mit mir. Was auch immer geschah, ich liebe meinen Vater und er gab mir alles, was er mir geben konnte. Wenn dort tatsächlich eine Intrige im Gange ist, dann wird sie auch ihn treffen. Er hätte das keinesfalls verdient.«

»Ich komme mit dir.«

»Wir müssen uns beeilen, um die Kutsche zu erreichen, bevor sie fährt.«

In Windeseile war Fuchs gesattelt und sie waren auf dem Weg zum Treffpunkt vor der Marienkirche.

»Was für ein schönes Pferd du hast. Es fiel mir schon bei unserer ersten Begegnung auf.«

»Fuchs war bis heute meine einzige wahre Familie. Er ist mein engster Vertrauter, dem ich all meine Geheimnisse anvertraue. Ich glaube, wir haben so etwas wie eine Liebesbeziehung«, sagte er und lachte herzhaft befreiend ganz für sich und Dorothea stimmte mit ein.

Ihr Lachen wuchs zu einem schallenden Impuls an, der durch ihre Seelen feuerte und sie von den letzten Krümeln befreite, die heimtückisch piksten, wenn Gedanken sich unbemerkt verwoben.

»Schnell. Die Kutsche wartet schon.«

Die Kutsche stand wie vereinbart dort unter dem großen Baum an der Marienkirche. Dorothea konnte sie schon von Weitem sehen und ging mit Christoph an ihrer Seite schneller.

Angekommen stellte sie mit Schrecken fest, dass die Kutsche leer war. Der Kutscher bemerkte Dorothea und den Offizier an ihrer Seite und sagte von seinem hohen Kutschbock zu ihr herunter: »Der Baron geruht heute Nacht in Berlin zu bleiben. Er sendet seine Empfehlung und lässt übermitteln, die Konversation an einem anderen Tag fortzuführen. Ich habe den Befehl, Sie zur Mühle in den Wedding zu fahren, sodass Sie noch vor Sonnenuntergang sicher zu Hause ankommen werden.« Dorothea fiel ein Stein vom Herzen.

»Würde der Baron gestatten, mich in seiner Kutsche, mit in den Wedding zu nehmen? Ich wäre ihm höchst dankend verbunden für diesen Dienst«, fragte Christoph den Kutscher – »Und dass ich meinen Fuchs an die Kutsche binde?«, fügte er noch hinzu.

»Aber ja, mein Herr. Steigt nur ein. Ich binde Euer Pferd an die Kutsche.«

»Dank, das ist sehr freundlich von ihm.«

Dorothea und Christoph nahmen in der Kutsche einander gegenüber Platz. Sie genossen das Neue in ihrem Leben, auch wenn sie keine Vorstellung davon haben, wie es weitergehen sollte.

Dorothea lebt als Müllers Tochter in der Walkmühle im Wedding. Christoph lebt mit Wohnrecht im Schloss Friedrichsfelde und ist als Offizier beim Feldbataillon der Artillerie verpflichtet.

Ihr Leben hätte nicht verschiedener sein können und genau genommen ist das ihre Tarnung. – Denn zum Schutze ihres Lebens, wie ihre Mutter sagte, mussten sie nach ihrer Geburt aus dem Königlichen Schloss verschwinden.

Die Kutsche erreichte die Mühle am Abend, als alle Knechte und Mägde vom Feld nach Hause gingen. Die Sonne stand tief und durchleuchtete die Kutsche mit ihrem warmen Licht.

Die alte Magd, die Dorothea schon seit Langem verdächtigte, mit dem Teufel im Bunde zu sein, sah das Schauspiel aus nächster Nähe mit an.

Dorothea kann in Begleitung eines Herren, eines Offiziers, der mit ihr in der Kutsche zur Mühle kam und deutlich durch das Fenster zu sehen war. Sein schönes Pferd war hinten an die Kutsche angebunden. ›Dann war es nicht seine Kutsche‹, kombinierte die Alte scharf. ›Lag da vielleicht ein Aufgebot in der Luft?‹ und ›Das konnte nur der Kavalier von diesem Miststück sein.‹

Von der anderen Seite des kleinen Platzes sah die Alte wie Dorothea und Christoph aus der Kutsche ausstiegen, der Offizier sein Pferd losband und mit Dorothea zusammen durch das Tor in die Walkmühle ging.

Wie ein Lauffeuer sprach sich die Neuigkeit herum unter denen, die Dorothea schon immer misstrauten und allen anderen weit und breit: »Dorothea ist die Geliebte eines Artillerie Offiziers und eine Heirat ist in Sicht!«, raunte es durch die Gemeinde.

Und: »Das war der Beweis«, verkündeten alle erleichtert, die daran glaubten, dass der Teufel hier im Wedding umging. Denn wer wünschte sich schon den Teufel in der Nachbarschaft.

Die Leute zerrissen sich das Maul: »Genau! so erklärt sich der Reichtum des Walkmüllers! ... Kein Wunder, glotz nich so doof! ...

Die Verruchte hat Beziehungen, oh la la! ...

zur Kriegs- und Domänenkammer, dit globste nich wat? Is aba so! ...

Wo sie so oft vorspricht, na wer da wat denkt! ...

Und nen Liebhaber hat se außerdem, janz heimlich natürlich! ...

Der Offizier vom Feldbataillon der Artillerie, der hier seine Schießkünste erprobt, wenn ihr wisst, wat ick meene! ...

Dit erklärt vielet, man o man, dit riecht nach ...

Na, ihr wisst schon wat ick meene? ...

Wat für'n Miststück, so'n Luder! ...

Führt uns die janze Zeit an der Nase rum, papperlapapp! ...

Mit ihrer scheinheiligen jungfräulichen Art, so'ne Heilige hat sie uns vorgespielt, kann ick euch sagen. ...

Und die schlauen Sprüche, immerzu! ...

Überheblich war se allenthalben, davon kann ick 'n Lied singen. ...

Hat uns globen lassen, der Teufel hätte sie heimjesucht.«

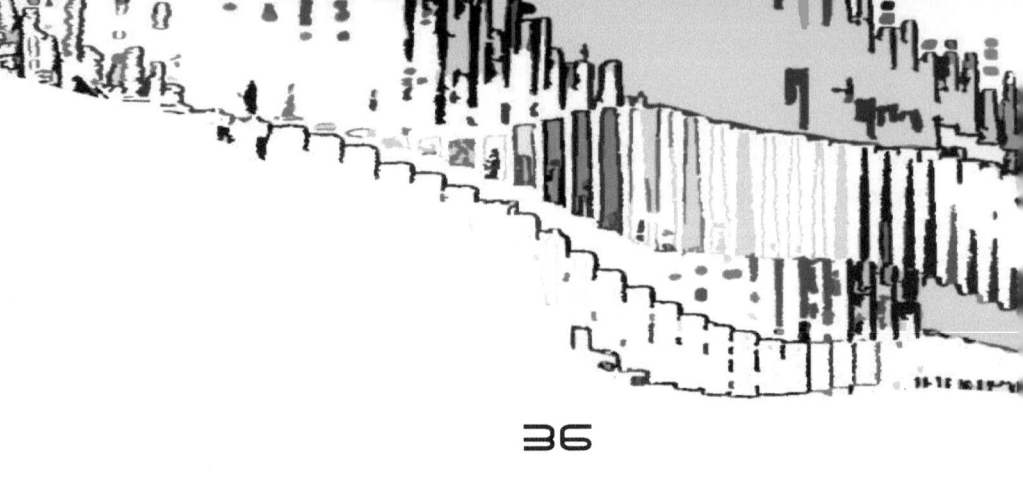

ΞϦ

GEGENWART

Die Drei

Am Fenster der U-Bahnlinie 5 zogen flirrend schnell türkis changierende Fliesen vorbei, dann weiße Buchstaben auf schwarzem Grund mit dem Schriftzug »Alexanderplatz«, noch mehr Fliesen, langsamer werdend. Und dann schob sich ganz langsam ein Schriftzug ins Fenster und blieb stehen: »Alex«.

»Wir müssen umsteigen«, sagte Annabell zu ihren Freunden und Sven ergänzte: »Oh ja. Unsere geliebte U8 wartet schon auf uns.« Ein schales Gefühl breitete sich in Sven, schon seit er in Friedrichsfelde in die U-Bahn gestiegen war aus. Wir sind zurück und eigentlich hatte er noch gar keine Lust darauf, zurück zu sein, in seinem alten Leben, wo ihn niemand mochte, wo er sich isoliert fühlte und niemand auch nur ansatzweise verstand, was ihn bewegte, wenn er die Welt um sich herum sah.

»Hier sieht alles noch so aus wie immer.«

»Ja. Ist das ein gutes oder ein schlechtes Zeichen?«

»Wir werden sehen.«

»Na immerhin existiert das alles noch. Dann haben wir zumindest keinen supergroßen Scheiß in der Vergangenheit angerichtet.«

»Meint ihr, wir würden eine Veränderung überhaupt bemerken?«

»Lassen wir uns überraschen.«

Annabell, Lara, Maya, Sven und Timmy flossen im Strom der Menschen durch die Tunnel, den Schildern zur U8 folgend. Menschen kamen ihnen entgegen, die ihnen vertraut vorkamen, die so aussahen wie Menschen in dieser Gegenwart eben so aussehen. Sneaker, Jeans, Caps, T-Shirts, Rucksäcke und alles ohne einen Funken Glamour. Ein matter Ton in Ton Einheitslook dessen Nuancen nur die Eingeweihten erkannten.

Berlin eben halt.

Die Fünf wurden von den Entgegenkommenden gemustert. Ihre Blicke hafteten für einen Moment zu lang an ihnen, als ob sie sich vergewissern wollten, was sie da sahen.

»Spürt ihr das auch? Die glotzen uns so seltsam an.«

»Und steuern auf uns zu, als ob sie uns umrennen wollen.«

»Ja. Ist vielleicht was falsch an uns?«

In den Unterführungen roch es aus den aneinander gereihten Kiosken nach aufgewärmten Pizzen, gegrillten Würstchen und heißem, nicht mehr so frischem Frittieröl.

Die Fünf trugen immer noch dieselben Sachen wie eben noch in der Zukunft. Aber das sind nur Laras Top mit der Häkeloptik, den gestreiften Hosen, der langen Kette und dem weiten Hut; Mayas Shorts und das bauchfreie T-Shirt mit dem Porzellanmuster; Annabells kurzer Latzrock mit der weißen langärmeligen Bluse; Svens weiße Leinenhose mit dem sandfarbenen langärmeligen Hemd. Und Timmy natürlich in seinem zeitlosen supersüßen Pelzgewand.

War es das oder etwas anderes vielleicht, das sie hier so falsch sein ließ?

»Haben wir uns vielleicht nicht vollständig zurückmaterialisiert?«

»Ich hab keine Ahnung. Aber das ist echt merkwürdig.«

»Wie ich sie vermisst habe, unsere alte U8«, bemerkte Lara ironisch, schon genervt von der Idee, sie gleich besteigen zu müssen.

Die Fünf kamen die Treppe herunter in die riesige Halle der U8 und alles sah so aus wie immer eben. Papier lag herum, abgestellte Flaschen versteckten sich in einigen Ecken und eingelatschte Kaugummis drängelten sich mit schmuddeligen schwarzen Flecken auf dem Bahnsteig in das Gesichtsfeld. Zwischen den Gleisen lag ein Pappbecher und die dazu passende Fastfood-Box zwischen kleineren, undefinierbaren, vergrauten Papierschnipseln herum.

In der U-Bahn-Station roch es nach warmem Motorenöl, ranzigem Maschinenfett und abgestandener Luft. Und es war laut. Überall hallte es zwischen den gefliesten Wänden hin und her und verband sich auch hier, wie überall in den Katakomben der U-Bahnen, zu einem riesigen nervenden Brei aus

Lärm, der den Ohren schon bald wehtat, bevor ihn das Gehirn zum Selbstschutz aus seinem Wahrnehmungsspektrum einfach herausschnitt.

»Hat das hier schon immer so ekelhaft gerochen?«

»Und der Lärm. Krass.«

»Hmm. Also ich würde sagen: JA, aber wir habens wohl nicht gecheckt.«

»Ehrlich, ich glaube wir haben das einfach nicht bemerkt.«

»Für uns war das damals wohl ziemlich normal.«

»Du hast recht, wir kannten es nicht anders.«

Die U8 fuhr mit krachendem Tosen in die Halle.

Die Türen öffneten sich mit einem hohlklingenden Rums. Sie stiegen ein, fanden einen Platz, saßen in einer Reihe nebeneinander und sahen durch die Fenster für einen Moment dem Gewusel auf dem Bahnsteig zu. Im U-Bahn-Wagon roch es wie schon zuvor in der U5 beißend nach Plastik und angeranzten Sitzen.

Sie schwiegen. Nach allem, was sie in den letzten Tagen erlebt hatten, gab es jetzt nichts zu sagen.

Ihre Gedanken waren leer.

Irgendwie. Aber voller Eindrücke, die wie ein Echo in ihren gesamten Körpern umhergeisterten. Sie hatten keine Blicke für die Menschen um sie herum. Dann hätten sie vielleicht bemerkt, wie sich mit jeder Station alles um sie herum änderte. Die Teenager waren erschöpft von der letzten Zeitreise, ohne Lanutu und Lanuxa fiel es ihnen schwer, sich auf Details zu konzentrieren. Jetzt wo sie endlich saßen, wurden ihre Augen schläfrig schwer.

»Nächste Station ›Bernauer Straße‹ – Mit der Umsteige-möglichkeit zur Straßenbahn M10«, verkündete eine sanfte Stimme aus den Lautsprechern. Viele Menschen stiegen ein. Es wurde richtig voll im Wagon. Die Gänge waren gefüllt. Alle sprachen seltsam erwartungsvoll erfreut miteinander.

Die Fünf schwiegen. Timmy fand es ein wenig seltsam, auf dem Boden zu sitzen. Wie er es gewohnt war, saß er hinter Svens Beinen. Jetzt fühlte es sich für ihn aber seltsam fremd an.

Ein anderer Hund, ein Dackel, stieg mit seinem Frauchen zu, sah Timmy kurz an und wollte ihn zur Begrüßung mit ausgestrecktem Hals und seiner schwarzen feuchten Nase anschnüffeln. Timmy sagte in Menschensprache zu Ihm: »Hallo! Was geht ab Süßer?«

Der Dackel schreckte augenblicklich zurück und verbarg sich, unsicher, ob er eben richtig gehört hatte, hinter den Beinen seines Frauchens.

Timmy sah von dem schüchtern gewordenen Dackel über ihre Füße auf zu seinem Frauchen. Sie trug elegante, flache pastellfarbene Pumps, auf denen je ein süßes kleines Schleif-chen thronte. Aus den Pumps ragten schlanke schön geformte Beine empor, an die sich hauchzarte hautfarbene Strümpfe schmiegten, die unter einem bonbonroten mini Chanel Kostüm verschwanden. Dort wo die Strümpfe endeten, sah Timmy ihren perlweißen Slip mit zarten Rüschen, den nur er sehen konnte und sich dabei nichts dachte. Nichts, was ihr vielleicht denkt, jedenfalls.

In diesem Moment sah sie zu ihm, mit einem warmen liebkosenden Blick herunter. Ihr langes rotblondes Haar fiel ihr dabei ins Gesicht und Timmy sah nun mehr von ihr, dass sie um den Hals eine Perlenkette trug und auf dem Kopf einen eleganten kleine Hut, mit umherwippenden schwarzen Federn. Die mächtigen silbernen Ohrringe ließen ihre Nase etwas kleiner wirken und ihr Makeup war perfekt für den Ausflug auf einer Luxusjacht im Mittelmeer angelegt.

»Nächste Station ›Gesundbrunnen‹ – Mit den Umsteigemöglichkeiten zu den S-Bahnverbindungen S1, S2, S26 zur Ringbahn S41 und S42 zum Bus 247 sowie zu den Regionalzügen FEX, RB21, RB27, RE3, RE5 und RE66«

Timmy stutzte. Denn solch eine Frau hatte sich zuvor noch nie in diese Gegend verirrt. Nicht jedenfalls, dass er es gewusst hätte. Er erkannte aber auch, dass er mit seiner neu erlangten Sprachfähigkeit sehr vorsichtig sein musste. Der kleine süße Dackel wird ihr jedenfalls nichts verraten, hoffte Timmy jedenfalls.

Jetzt wurde es so richtig eng im Wagon. Timmy sprang auf Svens Schoß, der ihn sanft um die Ohren streichelte.

Viele Menschen stiegen in der Station Gesundbrunnen ein. Kinder die aufgeregt umher schnatterten. Teenagerpärchen die sich subtil liebkosten. Erwachsene mit großen Taschen und einige sogar mit Picknickkörben.

Dazwischen saßen und standen Frauen mit Hijab und Männer mit gepflegten Bärten in traditionellen türkischen weiten Hosen.

Um so genauer sich Timmy umsah, um so vielfältiger und kulturell bunter wurde das Bild, der sich fröhlich miteinander unterhaltenden Fahrgäste hier im Wagon.

Immer wieder erhellte ein frisches Lachen den Wagon oder jemandem entfuhr ein hörbar angenehm aufgeregt klingender Kommentar. Eine indische Familie mit Frau und Töchter

in Saris gehüllt stand neben einer elegant gekleideten europä-
isch aussehenden, vielleicht französischen Familie, hinter der
ein arabisch miteinander tuschelndes Paar, sehr eng aneinan-
dergeschmiegt, im Rhythmus der Fahrt hin und herschwank-
ten.

Es duftete angenehm entspannend, dachte Timmy für
sich. Und dann kam die Ansage, die die Fünf augenblicklich
hellwach werden ließ und buchstäblich von den Sitzen riss:
»Nächste Station: ›Kur- und Heilquelle Friedrichs-Gesund-
brunnen‹«

Ungläubig erstarrt sah Lara ihre Freunde an und sagte:
»haben wir es doch geschafft?«

Vor dem U-Bahnfenster erschien eine immens große prunkvoll schillernde Halle mit erhaben wirkenden Sandsteinsäulen
und mystisch hell leuchtenden Lampen, die in Rispen weißer
gläsernen Blütenblätter verwoben, von der Decke herabhin-
gen und durch den Raum rankten.

»Seht euch das an«, entfuhr es Sven, der den Mund vor
Staunen kaum noch schließen konnte und dessen Augen wie
die Sonne selbst zu strahlen schien.

Gemächlich und mit aller Ruhe der Welt schritten die
Menschen aus dem Wagon und mit ihnen die Fünf, die ihren
Augen nicht zu trauen wagten.

»Wir müssen es einfach geschafft haben sonst ...« Maya
stockte der Atem, »... seht euch die Bilder an. Ist das nicht die
Geschichte von Dorothea und Christoph?«

Die U-Bahn-Station, die eher einem neo-antiken Palast
ähnelte, war mit einem bestimmt sieben Meter hohen an die
Decke anschließenden, die gesamte Halle umlaufenden Wand-

fries geschmückt. In kräftigen Farben, in modern naturalistischem und doch fein stilisiertem Stil gemalt, waren Szenen zu sehen, die auf den ersten Blick zusammenhanglos erschienen, doch für die Fünf lebten viele der Bilder wie ein Tagebuch aus ihrem eigenen Leben auf.

»Seht die Kutsche mit den Büchern.«

»Und selbst Christophs Geist kommt dort hinten vor.«

Die andere Seite fast am Ende der Halle fror jedoch ihre Blicke und Worte ein. Dort waren drei Mädchen, ein Junge und ihr Hund, die neben einer Kutsche standen und mit einem Jungen von zierlicher Statur sprachen, der in Begleitung eines Herren war, der Bücher unter dem Arm trug.

»Oh mein Gott. Das sind wir mit dem sehr jungen Friedrich vor der Marienkirche. Erinnert ihr euch?«

»Und ob ich mich erinnere«, entfuhr es Annabell flüsternd, »Als ob es vorgestern gewesen wäre.«

»Das ist der Beweis. Wir haben Dorotheas und damit auch Christophs Schicksal zum Besseren verändert.«

»Wenn ich mich hier so umsehe, wohl nicht nur das.«

Was würde sie wohl draußen erwarten? Licht fiel durch die große viereckige Öffnung, in der die Freitreppe, die riesige Halle durchquerend, im gleißenden Tageslicht verschwand.

»Sehen die Treppen so aus wie in unserer Schule oder halluziniere ich schon?« Maya grübelte und versuchte sich zu erinnern, doch das hier erinnerte sie an die Freitreppen, die durch die große Aula in der Schule zu den oberen Etagen führte und von der immer ein verheißungsvolles Licht herunterstrahlte.

Wie ein magisches Band zog das Licht die Fünf zur Treppe und ließ sie eine Stufe nach der anderen heraufsteigen, sich zuerst in der prunkvollen Station voller kleiner und großer

Details umschauen, die von Menschen, Tieren und Pflanzen besonders aber vom Wasser erzählten.

Mit jeder Stufe, die sie nahmen, erweiterte sich ihr Blick über die Köpfe der vielen Menschen hinweg, die gemeinsam mit ihnen hier ankamen. Geduldig strömten sie um die Fünf herum, die immer wieder stehen bleiben mussten, um zu staunen.

Dann, als sie dem Ausgang näher kamen, reckten sie mit jeder Stufe, die sie höher kamen, ihre Hälse. Zuerst öffnete sich der Himmel über ihnen und dann wurden Dächer sichtbar, ganze Häuser, die in einem weiten Kreis um einen runden Platz stehen mussten.

Aber dann sahen sie das ganze Bild, sie drehten sich im Kreis und vergaßen alle die vielen andern Menschen, die um sie herum die Treppen aufwärts flanierten.

»Seht euch das an. Unglaublicher Wahnsinn«, juchzte Annabell mit hoher Stimme.

»Ich sehe es auch. So krass!«, sagte Lara warm, wie zu sich selbst.

Auf einem riesigen kreisrunden Platz säumten auf der einen Seite zweistöckige Fachwerkhäuser in achtel Segmenten das Rund. Großzügige Kolonaden mit kannelierten Säulen, unter denen viele Menschen flanierten, verzierten die Fassaden.

Zwischen den Häusern führten breite Wege aus den Parkanlagen dahinter auf den Platz, der so groß war, dass hier locker ein Fußballfeld Platz gehabt hätte.

Auf der anderen Seite, gegenüber im gleichen Rund, säumten supermoderne, vielleicht drei bis vierstöckige Badevillen, mit federleicht wirkender Architektur den Platz.

Die Häuser waren ein Mix aus verschachtelt, versetzten Baukörpern mit großen Rundungen, bepflanzten großzügigen Terrassen und luftig in den Raum auskragenden Infinity-Pools, aus denen das Wasser über die Kante als Wasserfälle in das nächste darunterliegende Becken floss.

Das schien sehr beliebt zu sein, denn viele Menschen waren zu sehen, die sich die Fluten über den Kopf rauschen ließen. Unten flossen die Wasserfälle in flache, überlaufende Wasserbecken, die die Fantasie eines Jeden, wie in einem ›Theatro Maritimo‹ durch das Leben und in den Himmel schweifen ließ.

Wunderbar offene bodentiefe Fensterfronten verführten den Blick geradezu in die luxuriösen lichtdurchfluteten Ruheräume und in die vielen fantasievoll eingerichteten Badelandschaften, die alle ausnahmslos zum Hereinkommen einluden.

Annabell, Lara, Maya, Sven und Timmy standen immer noch wie angewurzelt am Ausgang der U-Bahn und ließen den Platz in all seiner Größe und Schönheit auf sich wirken.

Über ihnen ruhte ein spielerisch einladender Wegweiser, der über alle Kur- und Heilbäder informierte und mit großen, beschrifteten Pfeilen viele Richtungen vorschlug:

Marokkanisches Bad
Kanadisches Bad
Türkisches Bad
Norwegisches Bad
Sternenhimmel Bad
Historisches Bad

»Seht, dort drüben ist die Mühle, oder das, was von ihr übrig blieb.«

»Und die Panke hat immer noch ihren kleinen Stausee flussaufwärts vor dem Mühlenrad.«

»Was ist das für ein Denkmal in der Mitte dort drüben?«, fragte Lara neugierig, zeigte mit der Hand in die Richtung einer mit Säulen umbauten Rotunde und ging sofort los, um zu erkunden, was es war.

Etwa drei Stockwerke hoch ragte ein kreisrunder Sockelbau mit Aussichtsplattform aus der Fläche des Platzes.

Ein Säulengang umrundete ihn und dahinter, auf dem umlaufenden Fries erzählte ein Mosaik eine Geschichte.

»Schon wieder eine Geschichte«, sagte Maya euphorisch, voller Erwartungen, sich darin wiederzuerkennen.

Doch diese Geschichte war eine Geschichte des Wassers, genauer gesagt der Heilquelle, die all dies möglich machte. Und so erzählten die Mosaiksteine eine mystisch-abstrakte Geschichte vom ersten Wassertropfen, der hier aus der Erde floss, bis zum ergiebigen Fluss des Heilwassers am heutigen Tag.

Und eigentlich wusste niemand so genau, wie das möglich war. Da war es wohl besser, die Gewissheiten der Geschichte etwas wage zu halten.

Wie die Bilder und Schriften des Mosaiks berichten, wuchs die Quelle, die zuerst nur sehr klein war – mit jedem neuen Haus des Heilbades, was gebaut wurde, wurde sie ergiebiger und mit jeder Besucherin und mit jedem Besucher, die in das Wasser der Quelle stiegen und an seine Heilkraft glaubten, wurde ihr Wasser mehr und heilsamer.

Es sprach sich in der ganzen Welt herum, wie heilsam die Quelle war, und so wurde sie zu einem wahren Mekka, für alle die Linderung für ihre körperlichen, aber besonders auch für ihre seelischen Leiden suchten.

Doch die wahre Geschichte kannten nur Dorothea und Christoph, unsere Fünf natürlich und gewiss die Göttin des Waldes. Wo war die eigentlich abgeblieben? Ihr müsst wissen, wenn sie gerade nicht gebraucht wurde, blieb sie wo immer sie eben Lust hat zu sein.

Annabell, Lara, Maya, Sven und Timmy gingen großen Herzens und voller Stolz auf sich selbst um das Mosaik und atmeten förmlich die intensiven, magischen Farben aus unzähligen Blau-, Violett- und Grüntönen mit ihren Augen und ihrem gesamten Körper ein.

Dann sahen sie auf der anderen, nach Osten gerichteten Seite der Rotunde eine Fläche mit goldenen eingelassenen Buchstaben, die zum Gedenken an jemanden freigelassen wurde.

»Wer ist das?«

»Habt ihr von dem schon mal gehört?«

»Nicht, dass ich wüste, also ...«

Lara las bedächtig und ein wenig feierlich vor:

»Zu Ehren des Gründers des Friedrich-Gesundbrunnen

Dr. med. Heinrich Wilhelm Behm

Anno 1757«

Dass hier ein für die Fünf völlig unbekannter Name auftaucht, verwundert nur im ersten Moment. Nun, da die wahre

Herkunft von Dorothea und Christoph zum Schutz ihres Lebens geheim bleiben musste, wusste auch niemand davon, wem die Quelle zu verdanken war. Jemand anderes musste das Gesicht des Ortes werden, der guten Herzens war, ihre Vision teilte und in Dorotheas und Christophs Namen die Geschäfte führte.

Mit all ihrem Geschick, Wissen und Möglichkeiten, die sie als Zwillingsgeschwister aus zwei Welten hatten, verfolgten sie zuallererst aber ihr ganz persönliches Ziel, eine Familie zu werden und darüber hinaus ein Werk zu vollbringen, das den Menschen in jeder Zeit im besten Sinne dienen wird.

Denn sie wussten, von den Fünf und ihren Berichten aus der Zukunft, wie eng ihr persönliches Schicksal mit dem dieser Stadt und allen Menschen verbunden war.

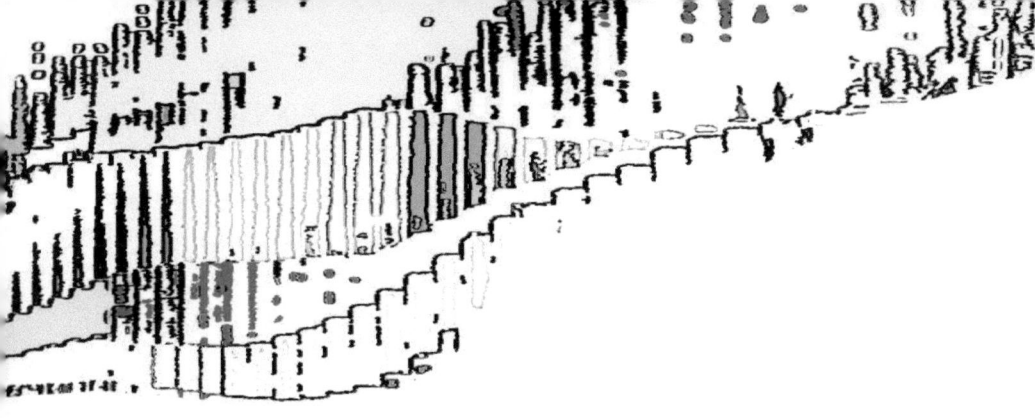

EPILOG

Dorothea

Es geschah an einem Tag, vielleicht ein Jahr, nachdem das Schicksal Dorothea mit einem magischen Koffer beschenkte, der sehr unsanft vor ihren Füßen landete, als sie verbotenerweise auf der Straße vor der Mühle spielte.

Versonnen schlenderte Dorothea über die Wiese auf der anderen Seite der Panke, dort, wo sie einst die fremden Kinder mit dem Hund sah, als sie ihren neuen Schatz, den schweren Lederkoffer, über den Hof schleppte, um ihn im geheimsten ihrer Verstecke in Sicherheit zu bringen.

Dorothea dachte oft zurück an die rätselhaften Kinder, die ihr noch einmal vier Jahre später, als sie beim Aufhängen der Filzbahnen war, für einen Wimpernschlag so lang, wie ein Déjà-vu, genau hier an dieser gleichen Stelle erschienen.

»Das musste mit Magie zusammenhängen«, ließ ihr liebstes der Bücher aus dem Koffer erahnen. – »Magische Beschwörungsformeln – Eine Welt in der Welt«, las sie unzählige Male bis sie es lernte, eigene Beschwörungsformeln zu erdenken.

Und so begann Dorothea an eben diesem Tag, ganz und gar versunken in ihren Gedanken an ihre Wünsche, Emotionen und Hoffnungen entlanggleitend, weit darüber hinaus, sanft, geradezu zart, und doch sehr nahe in sich umherzureisen.

Ein Wunsch kam auf, ein sehr praktischer obendrein, der ihre ganze Familie und alle, die in der Mühle arbeiteten, beschäftigte.

Die Panke gab zwar reichlich Wasser, um die Mühle zu betreiben, die Filzbahnen zu wässern, Wäsche zu waschen, die Tiere zu tränken, Blumen und Gemüse zu gießen.

Trinkbares Wasser aber war knapp an diesem Ort und musste umständlich vom Königlichen Vorwerk auf Karren hierhergeschafft oder aufwändig gekocht werden.

Bier war zum Trinken zwar immer reichlich vorhanden. Es machte die Menschen aber müde und verbreitete des Abends Ungemach, bei zu viel des Guten, wenn des Tages Durst zu stillen in Trinkerei ausartete, woraufhin dann nicht selten Neid und Streit aufkam.

Von dem Gedanken erfüllt streifte Dorothea mit den Händen über das hüfthohe Gras; ließ die Halme und Blüten durch ihre Finger gleiten; summte vor sich hin und hörte den Bienen beim Summen zu; brummte vor sich hin und hörte den Hummeln beim Brummen zu; sah, wie leicht die Schmetterlinge im seichten Wind schwebten; wie der Horizont, Wolken und Erde verschmolz; fühlte, wie ihre Füße auf der feuchten Erde standen.

Und dann stiegen Worte in ihr auf, von ganz fern schwebten, summten, brummten, verschmolzen sie und kamen in ihrer hellen kristallen klaren Stimme wie in einem Lied aus ihr heraus:

SAMMLE DICH DU WASSER,
im Dunkel tief wie die Nacht,
im Winter gleich weißer Flocken,
die leicht aus satten Wolken fallen.

SAMMLE DICH DU WASSER,
wie des Frühlings Kräfte neuen Lebens,
klar wie die Luft an des Sommers schönstem Tag,
kühl wie der Herbstregen in dessen farbigster Nacht.

SAMMLE DICH DU WASSER,
im Erdenreich und ströme unendlich,
so wie der Sonne Strahl,
sprudle so reich wie Menschen Dich verehren.

SAMMLE DICH DU WASSER.
Sprudle genau hier aus der Erde Reich,
des Tages wie in der Nacht,
für alle Zeit, solange Du gebraucht.

SO ... SEI ... ES!

Und dann?

Und dann begann es feucht unter ihren Füßen zu werden, klares Trinkwasser begann zwischen ihren Zehen hervorzusprudeln, so viel, bis sie in einem großen Schritt zur Seite springen musste, um nicht in dem dicken Strom zu versinken.

Und es hörte nicht auf, ergoss sich über die Wiese, floss den kleinen Hang hinunter, bis das neue Wasser mit der Panke Strom verschmolz.

ENDE

ANHANG

MEINE PLAYLIST FÜR DICH

1. *Marie Antoinette,* Original Motion Picture Soundtrack, 2CD, 2006
2. *Siouxsie & The Banshees,* The Best of, 1 CD, 2002
3. *Siouxsie & The Banshees,* Spellbound, 1 CD, 1981 / The Collection 2015
4. *Taylor Swift,* RED (Taylor's Version), 2 CD, 2021
5. *Taylor Swift,* 1989 (Taylor's Version), 1CD, 2023
6. *Taylor Swift,* Reputation, 1 CD, 2017
7. *Taylor Swift,* Midnight, 1 CD, 2022
8. *Taylor Swift,* The Tortured Poets Department, 1 CD, 2024
9. *Total,* From Joy Division to New Order, 1 CD, 2011
10. *Gang of Four,* Return the Gift, 2 CD, 1979 / Remix Compilation 2005
11. *Windsor For The Derby,* We Fight Til Death, 1 CD, 2004
12. *The Radio Dept.,* Running Out of Love, 1 CD, 2016
13. *The Strokes,* Is This It, 1 CD, 2001
14. *Adam and the Ants,* Prince Charming, 1 CD, 1981 / Super Deluxe Edition 2004
15. *Adam and the Ants,* Kings of the Wild Frontier, 1 CD, 1980 / Super Deluxe Edition 2004
16. *Adam and the Ants,* Dirk Wears White Sox, 1 CD, 1979 / Super Deluxe Edition 2004
17. *The Beatles,* Sgt. Pepper's Lonely Hearts Club Band, 2 CD, 1967 / Anniversary Edition 2017
18. *The Beatles,* Let it Be, 2 CD, 1969 / Outtake Highlights 2021
19. *The Beatles,* Revolver, 1 CD, 1966 / 2 CD Edition 2022
20. *New Order,* Music Complete, 1 CD, 2015
21. *Pulp,* We Love Life, 1 CD, 2001

DAS RADIO INTERVIEW

IM GROUND-SHUTTLE
IN VOLLER LÄNGE

Sendezeit: an einem Nachmittag des Jahres 3028

Thema: Geld und seine gestaltende Kraft

Sendereihe: Vergangene Erfindungen der Postantike

Sender: Weites Berlin

Interviewer: Liebgurt Klinger (Mensch)

Gast: Professor Dr. Dr. Fretsch Durpin, Professor für Post-Reforming-Geschichte (Indi-Bot)

Musik, in einer Mischung aus Techno und Oper, war zu hören. Die Musik blendete langsam aus und die Stimme des Sprechers war zu hören:

Liebgurt: »Heute darf ich einen ganz besonderen Gast, ja geradezu einen Star in unserer Sendereihe begrüßen, Sie kennen ihn vermutlich alle und wir im Studio sind unglaublich erfreut, Sie hier begrüßen zu dürfen: Professor Dr. Dr. Fretsch Durpin, er bevorzugt einfach Fretsch. Danke, dass Sie bei uns sind und ein großes Hallo Fretsch!«

Fretsch: Vielen Dank Liebgurt für Ihre freundlichen Begrüßung.

Liebgurt: Unser Gast, ist unseren Hörer sicherlich aus vielen Publikationen bekannt. Er ist ein führender Denker unserer Zeit. Gestatten Sie mir dennoch, ihn mit wenigen Worten kurz vorzustellen. Er wurde im Orden der Resuwisiminger in Paris gebaut und erlebte dort auch seine erste Programmierung. Bald programmierten Sie aber ihr eigenes Betriebssystem, was innerhalb weniger Dekaden zum planetaren Standard avancierte. Heute lehren Sie ›Post-Reforming-Geschichte‹ an der renommierten Humboldt Universität in Berlin. Vielen Dank, dass Sie heute persönlich in unser Studio vor Ort, in die Ethnologischen Sammlung Berlin gekommen sind.

Wir haben unser Studio heute inmitten der beeindruckenden Ausstellung ›Digitale Welten im frühen Anthropozän' aufgebaut.

Unsere Sendung ist dem Thema gewidmet: ›Geld und seine gestaltende Kraft‹ von der Postantike, die sich selbst gern als Moderne bezeichnete, bis zum frühen Anthropozän, was heute auch schlicht als Atomzeitalter bekannt ist.

Wir können es uns heute gar nicht mehr vorstellen, aber in der Spätantike gab es etwas, das damals unverzichtbar war, die Gesellschaft strukturierte und das Geld genannt wurde. Wie kam es überhaupt dazu? Und weshalb verzichteten die Menschen so plötzlich auf diese strukturierende Kraft?

Fretsch: Das stimmt, denn damals hatte Geld tatsächlich eine ordnende Bedeutung. Historisch gesehen wurde das Schwert des Adels, gegen eben dieses Geld eingetauscht, um gesellschaftliche Prozesse zu fördern. Aber schon die Römer führten ein System von Steuern ein, um die in ihrem riesigen Reich stationierten Truppen zu ernähren. Der Mechanismus war so einfach wie genial. Menschen wurden dazu verpflichtet, Steuern zu zahlen und um diese bezahlen zu können konnten sie Nahrung an die römischen Soldaten verkaufen. Damit bauten sie Lebensmittel an, die sie sonst, sehr wahrscheinlich nicht in der Menge angebaut hätten und römische Soldaten hatte Nahrung, die sie sonst nicht gehabt hätten und das römische Reich konnte weiter expandieren, wo seine Soldaten sonst unter Hunger gelitten hätten, oder sie hätten die Nahrung von den Menschen in den besetzten Ländern rauben müssen, was zu unnötigen Konflikten geführt hätte.

Damit haben wir auch den Kern des Geldes getroffen: Menschen zu motivieren etwas zu tun, was sie sonst nicht getan hätten. Am besten funktionierte das, wenn sie einen größeren eigenen Vorteil dadurch erlangen, als sie Nachteile dadurch erfuhren.

Noch einen interessanten Schritt weiter ging es mit dem Kredit. Damit konnten die Menschen etwas kaufen, wofür sie noch nicht genug Geld gespart hatten. Das war ein Hebel, mit dem sich Wohlstand und die tägliche Motivation, das auf Kredit gekaufte, dessen Nutzen sie schon in ihr tägliches Leben integriert und lieben gelernt hatten, nicht wieder zu verlieren vereinte. Immer neue Generationen von Produkten und deren ständiger erneuter Verkauf, sicherten gesellschaftliches Wachstum. Das funktionierte lange Zeit relativ gut.

Liebgurt: Das klingt nach einem Erfolgskonzept und dennoch klingt es für uns heute wie eine unpraktische und entwicklungshemmende Institution. Woran scheiterte das damalige Erfolgskonzept?

Fretsch: Nun, in einer einfachen, wenig entwickelten Welt war Geld eine gute Sache. Umso komplexer und entwickelter die Zivilisation wurde, konnte Geld die notwendigen Aufgaben nicht mehr befördern, sondern wurde mehr und mehr zu einer Bremse in der gesellschaftlichen Entwicklung.

Liebgurt: Aber gab Geld den Menschen nicht auch Sicherheit und Sinn im Leben?

Fretsch: Ein wichtiger Aspekt. Geld ersetzte nach und nach zum Beispiel Religionen. Meint, Geld wurde als von Menschen gemachter Rechtfertigungsgrund für das Handeln von Politikern, Geschäftsleuten, und Wirtschaftsweisen wichtiger als Gott.

Geld wurde das höhere Wesen was die Regeln auf Erden machte und jeden Menschen in allem, was er tut, beobachtete, belohnte oder bestrafte.

Man sagte in den religiös aufgeladenen Zeiten: ›Gott sieht alles, was Du tust, und wird Dich richten.‹ Das wurde sinngemäß ersetzt durch das Geld. Und von da an hieß es ›Geld sieht alles, was Du tust, und wird Dich richten.‹

Das wurde ebenso wie zuvor die Religion zu einem Mechanismus der Selbstkontrolle, der jeder Einzelne bereitwillig folgte, die letztlich Sicherheit und Verlässlichkeit für jeden Einzelnen in der Gesellschaft und ebenso für Institutionen und Nationalstaaten mit sich brachte.

Ohne Zweifel war der Mix aus Sicherheit, Spaß, Lebenssinn und ein gewisses, uneingelöstes Versprechen, wesentliche Teile der Magie, die dem Geld innewohnte und metaphorisch gesprochen, zu einer ›kambrischen Explosion‹ in der Kulturgeschichte der Menschheit führte.

Liebgurt: Wenn ich das höre, kommt mir der Gedanken: uns heute, hätte es ohne die Zeit des Geldes nie gegeben?

Fretsch: Damit haben Sie sicherlich recht. Wegdenken ließe sich die Zeit jedenfalls nicht.

Liebgurt: Dann aber hat sich doch alles geändert?

Fretsch: Nicht so schnell. Die Menschen liebten damals ihr Geld. Drei Erfindungen aber änderten alles. Energiegewinnung spielte eine große Rolle dabei. Denn die Ordnung der Welt war damals danach gestaltet, aus welchen Rohstoffen Energie gewonnen wurde und wie die Kanäle, aus denen sie bezogen wurden, offengehalten werden konnten.

Nach der Zeit, die wir heute als die Dunkle Zeit bezeichnen, in der Geld noch existierte, mussten Bauvorhaben durch Investmentfonds und dem Staat als Investor finanziert werden.

Man ging damals davon aus, Investitionen sollen sich amortisieren, meint sie müssen mehr Geld einspielen als sie im Bau kosteten.

Heute klingt das seltsam, aber damals war das Teil des höheren Gesetzes, über das wir schon sprachen. Investitionen, die keinen Gewinn abwarfen, wurden gar nicht erst in Angriff genommen, was wie wir sehen konnten in die Dunkle Zeit führte.

Mit großer gesellschaftlicher Anstrengung gelang es aber in der Aufbauphase nach den Dunklen Jahrhunderten die Power-Tower zu bauen. Damit gelang es nahezu unbegrenzt Energie zu gewinnen, ohne einen Rohstoff zu verbrauchen.

Noch dazu aus einer Ressource, die niemals endet und permanent, Tag und Nacht, mit oder ohne Sonne, Wind, Sommer wie Winter, unabhängig von der Region auch auf dem Meer und an Land zur Verfügung stand. – Die wenn man aus der Zeit heraus denkt auch niemandem gehörte, dem es abgekauft werden müsste. – Und zwar dem Luftdruckunterschied zwischen dem Erdboden und dem in 1100 Metern Höhe.

Es ist, als würden zwei Fenster, die zwischen einem hohen Luftdruck am Boden und einem niedrigen Luftdruck an der Spitze des Turms geöffnet und es entsteht ein unglaublich starker und zugleich kontinuierlich strömender Fluss von Luft, ein nie endender aufwärts rasender Wasserfall, um ein Gleichnis zu verwenden. Drei riesige Rotorturbienen erzeugten so viel Strom, dass mit fünf Türmen eine Stadt, wie das damalige Berlin, reichlich mit Strom versorgt werden konnte. Nachdem der erste Turm erfolgreich funktionierte, schossen weltweit Power-Tower wie Pilze aus dem Boden.

Liebgurt: War der Vorteil dieser Technik damals nicht überwältigend im Vergleich zu anderen Energiequellen. Ich glaube damals setzte man auf den Mix aus Windrädern, Photovoltaik, Erdgas, immer noch auf Braunkohle, und sogar auf extrem teure Atomkraftwerke.

Fretsch: Die Tower zu bauen war damals ein riesiger Aufwand. 1100 Meter hohe Türme, mit einem Innendurchmesser von durchschnittlich 90 Metern zu bauen, war eine immense Ingenieurleistung.

Um das technologisch zu schaffen, analysierten Material-Wissenschaftler den Beton der alten Römer, den sie selbst ›Opus Caementitium‹ nannten und mit dem sie unter anderem das Pantheon in Rom erbauten.

Das Geheimnis des ›Opus Caementitium‹ bestand im Mörtel mit vulkanischem Tephra, der mit seiner speziellen Mikro-Kristall-Struktur, die sich mit bei 900 °C gebrannten Kalk, zu einer wasserdichten Struktur vermischen.

Im Nanobereich passiert hier geniales. Mörtel mit vulkanischem Kristall beinhaltet Laizied, das sich häufig zu Analziem umwandelt. Infolgedessen entstehen winzige Fragmente von Vulkanischen Lockerstoffen, die das eben schon erwähnte Tephra bilden.

Das sind minerale Kristalle, die Hohlräume in der Mörtel-Struktur mit der Zeit durchwachsen, oder man könnte auch sagen auffüllen und machen den Beton dadurch mit der Zeit haltbarer.

Das ist eine geniale Idee, die allerdings teurer in der Herstellung war als damaliger Beton mit Zement.

Konventioneller damals verwendeter Beton hatte eine zu geringe Lebensdauer um die Amortisationszeit von mehreren hundert Jahren, ohne ständige Reparaturen alle 80 Jahre, zu überleben. Das Pantheon aber steht über dreitausend Jahre nach seinem Bau gänzlich unversehrt und immer noch wasserdicht an seinem alten Ort, in der Altstadt von Rom.

Liebgurt: Meint das, die Investition musste für einen Nutzungs- und Rekapitalisierungszeitraum von mehreren hundert Jahren gedacht werden?

Fretsch: Das ist korrekt. Wobei ›gedacht werden‹ der eigentliche Punkt war, denn solange im Voraus dachte man damals weder in der Politik noch in der Wirtschaft.

Was die E-Tower damals so teuer werden ließ, war nicht das Bauen eines superhohen Turms mit gigantischen stromerzeugenden Turbinen an sich, sondern die extrem teuren Materialien, die verwendet werden mussten, um die Lebenszeit der Tower über die Amortisationszeit zu gewährleisten.

Also wegen der gigantischen Konstruktionen mit Titanlegierungen für die Turbinenkörper, Rotoren, Hilfskonstruktionen und nicht zu vergessen der besondere Beton für den Baukörper, verwendet werden mussten wurde das Projekt eine Aufgabe für mehrere Generationen.

Das klingt für unsere Hörer vermutlich wie eine rein ingenieurtechnische Frage. Doch damals wurde ein, wie man das damals nannte ›Budget‹, meint eine bestimmten Summe als Investition veranschlagt und danach musste das passende Material verwendet werden, was nicht die längst mögliche Lebensdauer als Maßstab hatte, sondern eine die eben lang genug war, um dem zu erwartenden technischen Stand der Zeit noch zu genügen solange bis das Geld mit Profit eingespielt wurde.

Viele Hersteller lebten auch von der Wartung, sodass eine unendlich lange Lebenszeit ohne Verschleiß nicht gut fürs Geschäft war. Sie merken hier schon, wie sich die Sache beginnt im Kreis zu drehen. Insofern hat das Geld den Rahmen für ein

›Ding‹ definiert und nicht der Nutzen, den das ›Ding‹ im besten Falle erbringen könnte.

Ein genialer Trick machte damals das Power-Tower Projekt dann doch machbar. Der Kern mit dem Schacht wurde mit Wohnungen bis in eine Höhe von 300 Metern umbaut. Darüber wurde der Turm bis zu einer Höhe von 1000 Metern mit vertikalen Gewächshäusern umbaut, die für Vertikal-Farming bestens geeignet waren. Ein multistrukturelles Bauwerk entstand, ein Mix aus Energiegewinnung, Wohnen und nachhaltigem Farming. Genial, oder?«

Liebgurt: Das ist es in der Tat. Der beste Beweis dafür ist: die Türme stehen noch heute, über 600 Jahre nach ihrer Errichtung. Würden Sie sagen, das war ein Erfolgsprojekt?

Fretsch: Das war es. Die Power-Tower waren bis dahin das erfolgreichste und folgenschwerste Projekt der Menschheitsgeschichte, was jede vorherige kollektive Kulturleistung in den Schatten stellte — Sogar den Petersdom in Rom oder den Panamakanal in Mittelamerika, um nur zwei Beispiele aus der Geld-Zeit zu nennen.

Liebgurt: Es ist unglaublich spannend, mit Ihnen zu plaudern. Ich glaube, wir sind an einem Punkt in der Geschichte angekommen, der das Ende der Vorgeschichte andeutet.

Unsere Hörer haben jetzt einen Einblick in die exotische Welt des Geldes bekommen. Dazu möchte ich noch einmal auf die exquisit organisierte und hochkarätige, unter ihrem Patronat stehende Show ›Digitale Welten im frühen Anthropozän‹

hinweisen, die derzeit in der Altstadt von Berlin zu erleben ist. Also liebe Globalisten es lohnt sich dieser Tage nach Berlin zu pilgern.

Aber lassen Sie uns zurück zu einem genialen Projekt aus der Geld-Zeit kommen. Die Power-Tower.

Mir wurde von den Verantwortlichen Indi-Bots versichert, dass die Energieerzeugung auf Knopfdruck wieder aufgenommen werden könnte, wenn es ein Ernstfall nötig machen würde. Es sind 95 % der Wohnungen bewohnt und die Gemüse und Früchte vom Vertikal-Farming sind auf den Märkten unglaublich beliebt. Und in den derzeit stillgelegten Power-Towers hat sich weltweit eine der beliebtesten Sportarten entwickelt: das berühmte Po-To-Air Skiing, was bereits seit annähernd 300 Jahren olympische Disziplin ist.

Liebgurt: Die Power-Tower waren wohl eine der nachhaltigsten Erfindungen der Menschen des frühen Anthropozäns. Wir danken ihnen noch heute dafür. Was für ein Geschenk, an die vielen Generationen von Menschen, die sie in so vielfältiger Weise nutzen konnten.

Sie sehen die Power-Tower faszinieren mich persönlich.

Aber zurück zu unserem spannenden Thema, was sich immer mehr wie ein Krimi entfaltet.

Dann kam die erste Erfindung der Indi-Bots, mit der das Rohstoffproblem und zugleich das Müllproblem gelöste werden konnten, in dem beide in einen 100-prozentigen natürlichen Stoffkreislauf integriert werden konnten.

Das sollte vieles – Hmmm – genau genommen alles auf den Kopf stellen. Welche Erfindung war das?

Fretsch: Sie sagen es. Aber genau genommen war die Erfindung aus dem Jahr 2430 tatsächlich eine Technologiefamilie aus Quanten-Printer, Quanten-Wandler und Stamm-Materie. Mit den Quantenprintern konnte aus der universellen Stamm-Materie nahezu jedes vorstellbare, Gerät, Ding, Pico-Chip, aber auch organisches Material oder Zellgewebe wie Obst, Gemüse, Fleisch, Transplantationsorgane etc. und das alles als Multi-Dimension-Print, kurz MD-Print, gedruckt werden.

Mit den Tecto-Printern wurden im gleichen Printverfahren auch im großen Maßstab zum Beispiel unsere Multistruktur-, Wohn- und Industrieberge gedruckt. Das allein war schon eine Revolution.

Perfekt wurde die Revolution aber durch die Quanten-Wandler die Buchstäblich aus allem zum Beispiel aus Sand, Wasser, Erde, etc. aber auch aus jedem Abfall oder Müll die printfähige Stamm-Materie herstellen könnten. Die Ausnahme war leider wie so oft der radioaktiv strahlende Atommüll. Den sind sie damals nicht einfach losgeworden und wir mussten ihn weiter bewachen. Aber das nahmen den Menschen zum Glück die Indi-Bots wenige Jahrhunderte später ab.

Diese drei Erfindungen rüttelten an der damaligen marktbasierten Vorstellung von Planung, Rohstoffbeschaffung, Lieferketten, Logistik, Produktion, Verkauf, Entsorgung und den daraus entstehenden Wertschöpfungsketten. Denn jeder wird mit den Quanten-Printern alles aus allem selbst herstellen können und zudem, vom Gerät selbst einmal abgesehen, praktisch zu null Kosten. Was nicht ganz korrekt ist, denn eigentlich ließen sich die MD-Printer selbst natürlich von jedem, der einen MD-Printer hat auch drucken, klonen wenn Sie so wollen.

Sofort erkannten Wirtschaftswissenschaftler, Marktanalysten und Politiker damals, welche Gefahren für die Märkte in den neuen Erfindungen steckte. Selbst Politiker erkannten das Risiko für den Zusammenhalt der Gesellschaft.

Denn machen wir uns nichts vor. Zukünftig würden weder Produktionsstätten noch Läden, oder Online-Handel, nahezu keine Büros, aber auch Rohstoffmienen benötigt. Logistik per Containerschiff, Güterzug, LKW, Fahrrad oder Flugzeug werden mit wenigen Ausnahmen überflüssig. Immobilienpreise werden zusammenbrechen, die Bauindustrie wird auf unbestimmte Zeit auf nahezu null sinken und selbst die Aktienmärkte werden sich in digitalen Staub auflösen.

Ein gesellschaftlicher Kollaps wäre die Folge, nur weil Indi-Bots drei geniale Erfindungen machten, die das Zeug hatten, die größten Probleme des Planeten auf einen Schlag zu lösen.

Eine gesamtgesellschaftliche Diskussion begann darüber, was zu tun sei, die neue Technologie zuzulassen und fast alle Probleme des Planeten zu lösen oder sie in einem Safe zu verstecken, um alles beim gewohnten unsicheren Ausgang zu belassen und es auf einen erneuten Kollaps der Natur ankommen zu lassen.

Eine globale Befragung der Menschen sollte entscheiden und das globale Volk entschied sich für die Einführung der neuen Technologie.

Für kurze Zeit dachten die Regierungen und Banken damals, sie könnten die Effekte in der Übergangszeit mit Finanzspritzen künstlich abfedern oder gar stabilisieren. Nach wenigen Mona-ten wurde klar, dies würde so teuer werden und unermesslich riesige Schuldenberge für kommende Generationen hinterlassen, dass es billiger war, auf das Geldsystem sofort und gänzlich zu verzichten.

Damit konnten sich Staaten entschulden und kommende Generationen würden viel eher einen Nutzen aus den drei Erfindungen erfahren, statt sie wegen der zu erwartenden ständigen Schuldendebatten, Steuer- und Preiserhöhungen sowie soziale Ausgleichsdebatten als Bürde zu empfinden, die alle Menschen auf dem Planeten schon nach wenigen Monaten an den Rand des mentalen Wahnsinns führten.

In den ersten Monaten der Übergangszeit nahm Gewalt und Kriminalität nahmen sprunghaft zu. Die Selbstmordrate erhöhte sich exponentiell und eine allgemeine Stimmung des Untergangs machte sich breit, und das, obwohl fast alle Probleme der Zeit mit einem Streich gelöst waren.

Liebgurt: Und dann kam tatsächlich das öffentliche Voting für den Ausstieg aus dem Geldsystem. Wie wurde das damals aufgenommen?

Fretsch: Nachdem die globale Bevölkerung im Voting für den Geldausstieg stimmte, fragten sich alle, wie das technisch und mental funktionieren sollte. Menschen waren darauf fokussiert, jeden Tag zu arbeiten, um die Kosten zu decken, Geld für den Urlaub und alles andere zu verdienen. Das strukturierte ihr Leben, Anerkennung, Bestrafung, Freud und Leid.

Ein ganzer Business-Zweig machte Sinn, nur weil es Geld gab. Unzählige Banker, Broker, Analysten, Cat Bonds, Investmentfonds und Hedgefonds, Versicherungsgesellschaften, Geldtransporte, Safehersteller, Gelddrucker, Zentralbanken,

Inkassounternehmen und, und, und. Das alles würde ohne Geld keinen Sinn mehr ergeben.

Lehrer in Schulen vermittelten den Schülern damals, sie würden dafür lernen, um später einer Arbeit nachzugehen und Geld zu verdienen. Das gab dem Leben Sinn. Plötzlich sollte das alles wegfallen. Wozu aufstehen? Wozu überhaupt etwas machen? Lernen, wozu? Wie sich selbst motivieren, was auch immer zu tun? Das mussten die Menschen neu lernen.

Deshalb wurde eine Übergangszeit vereinbart.

Da die Lösung fast aller Probleme ja schon erfunden war, gab es keinen Grund zur Eile. Kein Druck von Politikern war notwendig, die mit Gesetzen Menschen zu etwas bewegen oder zwingen mussten, was sie nur schwerlich und nur unter hohem privatem Aufwand umsetzen konnten.

Die Lösung war quasi schon da, bevor das Problem angepackt wurde. Die gesamte Welt musste die Lösung nur annehmen und sich hineinfinden. Zwei Generationen, also nach damaligen Maßstäben waren das 80 Jahre, die sich die Menschen Zeit für den Wandel lassen wollten.

Liebgurt: Das scheint lange aber aus heutiger Sicht war es ein Erfolg. Es gab im frühen zwanzigsten Jahrhundert eine Idee, die ›Kommunismus‹ genannt würde. Worin unterscheidet sich unser heutiges System davon?

Fretsch: Nun, die Idee des Kommunismus wurde in einer sehr eng denkenden, dogmatischen Gesellschaft geboren, die technologisch und von seinen humanistischen Werten her sehr unterentwickelt war.

Die Kontrolle des Einzelnen durch den Staat spielte parado-xerweise eine große Rolle und der Begrenzung von Bedürfnis-sen und dem Blockieren des Erfindungsreichtums der Menschen kamen damals große Bedeutung zu.

Das machte den Kommunismus, seinerzeit, nach wenigen Jahren, sehr verhasst bei den meisten Menschen und eher zu einem Angstbild als zu einer erstrebenswerten Gesellschafts-form, wie man das damals nannte.

Liebgurt: Das war eine aufregende Geschichte über die Geld Zeit und wie sie endete, weil Indi-Bots drei geniale Erfindungen machten.

Ganz zum Schluss wäre es für unsere Hörer sicherlich noch interessant zu hören, ob die Indi-Bots damals eigene Ziel ver-folgten und an dessen Ende die Erfindungen stand.

Frietsch: Ein direktes Ziel gab es damals nicht. Denn die Indi-Bots waren undiszipliniert verbunden mit allen Natur- und Geis-teswissenschaften; den darstellenden- und bildenden Künsten; alle Art von Filmen, Design, Volkswirtschaft, Betriebswirtschaft; der gesamten vielfältigen Finanzwelt; allen Patentämtern auf dem gesamtem Globus; mit der ESA, NASA, CNSA, ISRO, Roskosmos, SpaceX und anderen privaten Raumfahrtunterneh-men; Sport und die daran angrenzenden Forschungsbereiche; Medizinforschung; Suchmaschinen; Analyse-Agenturen; Mili-tärforschung und natürlich nicht zu Letzt die Forschungen und Analysen die Indi-Bots selbst betreiben.

Liebgurt: Gab es eine Strategie beim Erfinden?

Fretsch: Ja und nein. Da wir selbst aus einer Reihe von Erfindungen hervorgegangen sind, begrenzt uns keine emotionale wissenschaftliche Distanz zum Forschungsgegenstand, weil wir der Forschungsgegenstand selbst waren und sind.

Mit anderen Worten: uns selbst mittels technologischer Forschung weiterzuentwickeln, stellt anders als bei den Menschen, kein ethisches Problem dar. Und ungebunden an Disziplinen konnten wir Verknüpfungen herstellen und aus Wissensüberlagerungen lernen, die Menschen mit ihrem emotional distanzierten Denken und wissenschaftlich disziplingebundenen Herangehen nicht wahrgenommen hätten.

Liebgurt: Verstehe. Wie war es damals, rein psychologisch, für die Menschen, motivationstechnisch sozusagen, nachdem sie das Geld abgeschafft hatten.

Fretsch: Nach allem, was wir bisher besprochen haben, ist das die wohl interessanteste Frage, die über den Erfolg Auskunft geben kann. Es war ein wenig so, als ob Spieler des Spielklassikers ›Mensch-Ärgere-Dich-Nicht‹ plötzlich keine Würfel mehr brauchten, also jeder Spieler seine Spielfiguren so setzen konnte, wie er wollte und dennoch den Spaß am Spiel nicht verlieren sollte. Letztlich stand die Frage dahinter zu lösen ›Mensch freue Dich‹ und worüber?

Oder stellt euch den exotischen Klassiker von Hugo von Hoffmannsthal »Der Jedermann« ohne Geld vor. Was würden die Protagonisten treiben, wenn es das Geld nicht mehr gäbe?

Auch das zu Geldzeiten unglaublich beliebte Spiel ›Monopoly‹, machte nur mit Geld Sinn. Die Spieler mussten ohne Geld neue Gründe und Freude daran finden, die Stadt zu entwickeln, Häuser zu bauen und die Infrastruktur zu erhalten und sogar noch zu perfektionieren. Aus heutiger Sicht mögen die Beispiele banal klingen.

Aber damals kam der positiven Auflösung dieser Fragen große Bedeutung zu, denn sie waren auch mit ernst zu nehmenden Ängsten verbunden.

Liebgurt: Meinen Sie, Geld würde eines Tages ein Comeback feiern?

Fretsch: Die Würde, Freiheit und Unabhängigkeit jedes Einzelnen sind den Menschen seit Jahrhunderten so wichtig geworden, dass ich es mir nicht vorstellen kann.

Liebgurt: Würden Sie ganz allgemein eine Prognose wagen, was eine kommende ›kambrische Explosion‹ auslösen könnte?

Fretsch: Vielleicht die Entstehung einer neuen hochintelligenten Art nach den Menschen und den Indi-Bots?

Das würde uns auf eine neue, vielleicht anregende Weise herausfordern.

Liebgurt: Danke Fretsch!

Unsere Sendezeit neigt sich leider dem Ende zu und ich könnte noch stundenlang weiterhören, denn das war in der Tat eine unglaublich spannende Geschichte, die sich in unserer Welt einst zugetragen hat, und die heute unsere Vorstellungskraft aufs äußerste herausfordert.

DER LETZTE
HEXENPROZESS

Vorbemerkung: Der folgende Originaltext ist inhaltlich korrekt wiedergegeben aber zum besseren Verständnis der Leser:innen in der Sprache unserer Zeit weitestgehend angepasst.

Das Alter von Dorothea wird im Originaltext des Gutachtens mit 22 Jahren angegeben. Vermutlich ist das nicht ihr korrektes Alter, denn damals war das Geburtsdatum von »einfachen Menschen« nicht unbedingt bekannt.

Der Dramaturgie und dem Verlauf der Geschichte von »Drei Mädchen und der letzte Hexenprozess« folgend entschied ich mich für das Alter von 19 Jahren am Tag ihres Prozesses.

DOROTHEAS PROZESS UND
DAS GUTACHTEN IM STADTGERICHT

13.ter Dec. 1728
Mar. Dor. Staffin
Wegen vorgegebenen Pacti mit dem Teufel

    Chrumarck
    Friedrich Wilhelm
    König in Pr.

Nachdem unser Criminal Collegium, wie in den angefügten Akten zu sehen ist, feststellte, dass Maria Dorothea Staffin, von

403

22 Jahren, wegen vorgegebenem Pacti mit dem Teufel, begangener Hurerei und beabsichtigten Selbstmordes und damit verbundenen Umständen, auf Lebenslang nach Spandau in das Spinnhaus zu bringen und dort zur weiblichen Arbeit leidlich anzuhalten als auch die benötigte Arznei zu ihrer Gemüts- und Seelen- Erbau und Besserung zu sorgen, und solche den Predigern des Ortes mitzugeben, dieser elenden Person geistlichen Wohlstand Unterredungen mit dem Priester aus den Worten Gottes so viel wie möglich zu befördern.

So bestätigen wir, kraft unserer Autorität als Gericht und befehlen Euch in Gnaden dieses Urteil zu verkünden und zur Exekution / Vollstreckung bringen zu lassen. Womit dieser Fall abgeschlossen wird.

Zum übrigen wird dem inquirierenden Richter - mitgegeben, - hinfüro bey Inquisitionen - die Citis Contestationes, so wie sie ex ore Inquisitum kommen, zu verzeichnen und sich darum keiner lateinischen und französischen Wörter wie diesmal geschehen zu bedienen.

Berlin den 13. Dec. 1728

Auf die von den hiesigen Stadtgerichten gegen Maria Dorothea Staffin in pto vorgegebenen Pacti mit dem Teufel und begangener vielfältiger Hurerei etc. eingesandte Acta hat das Criminal-Collegium erkannt, das Urteil zu confirmieren.

In cons. auf den Hrn. von Coc. Exel. Vortrag

Holzendorff

An die hiesigen Stadt Gerichte

Das ein Weibes Stück

So mit dem Teufel ein Bündnis gemacht zu

haben vorgeben und sich *   aus Schwermütigkeit

selbst ums Leben bringen wollte *   auch gehurt

nach dem Criminal Collegii

Sentenz auf Lebenszeit nach Spandau ins Spinnhaus zu bringen

und durch den Geistlichen fleißig unterrichten zu lassen.

Seine Königl. May. befiehlt dero Zützel hiermit in Gnaden

In dem dortigen Spinnhaus die Vorberatungen treffen

Das Maria Dorotheas Staffin von 22 Jahren, welche

wegen dem vorgegebenen Bündnis mit dem Teufel,

getriebener Hurerei und attentiertem Selbstmörder

durch die confirmierte Sentenz auf Lebenszeit

ins Spinnhaus Verurteilt (condemnirt) wird, warum sie von dem

hiesigen Stadtgericht geliefert wird, angenommen

und zur leidlichen weiblichen Arbeit, angehalten.

Es soll ihr auch die Arzneien zu ihrem Gemüts- und

Seelenerbau und Besserung gesorgt werden und zu

deren Ende dem Prediger mitgegeben werden, dieser

elenden Person geistl. Wohlstand fleißige Unterredung

mit derselben aus dem Wort Gottes so viel wie möglich

zu befördern.

Sing. Berlin 13. Dec.

1728

Allerdurchlauchtigster

Auf die von dem Präsident und den Assessoren des Stadtgerichts an die hier uns eingesandte Maria Dorothea Staffin in Punkto praetensi pacti cum Diabolo und attentierten Selbstmord verhandelte Inquisitions Acta worüber unser rechtliches Gutachten verlangt worden, erkennen nach der selben Verles- und Erwägungen wir hiermit von Recht;

Die Inquisitin Maria Dorothea Staffin
Eines Müllers aus Wutke Tochter,
Ihres Alters 22 Jahr wurde wegen Zänkerei mit ihren Mitmenschen und angeblicher Verbindung mit dem Teufel denunziert und von Obrist Leutnant Lingers festgenommen, woraufhin sie nach dem Verhör eine gerichtliche Abbitte tun musste und darüber hinaus einige Tage arretiert, bei Wasser und Brot bestraft wurde.

Da sie aber zu den Mitgefangenen und des Gefangenenwärters Frau Striebel in der Zeit ihrer Haft sehr aggressive aufgeführet, wurde sie auf Anweisung des Untersuchungsrichters in das Kellergefängnis gebracht.

Am selben Tag im Kellergefängnis versuchte sie sich an der Zellenwand zu erhängen.
    Sie wurde dabei von einer Frau, welchen nach der Inquisitin durch das Kellerloch sah wahrgenommen, sah wie sie sich am Seil hin und herwarf und hat sie wieder losgeschnitten und

Allerdurchlauchtigster,

Benebst die von dem President
und Assessoren des Stad Gerichts
allhier an uns eingesandte
wider Maria Dorothea Staffin, in puncto praetensi pacti
cum Diabolo und attentirten
Selbst Mords verhandelte Inquisitions Acta, worüber
unser rechtliches Gutachten
verlanget worden, wollen
uns nach derselben Durchles-
und Erwägung verhalten
der Recht:

dadurch am Leben erhalten wurde, p 14. Nach Befragung der Mitgefangenen war die Inquisitin schon kohleschwarz im Gesicht und die Zunge hing ihr Fingerslang aus dem Hals.

Auch als sie wieder losgeschnitten war, soll Dorothea erbärmlich gebrüllt und herumgeschrienen haben.

Als die Inquisitin wegen ihres versuchten Selbstmordes zur Verantwortung gezogen werden sollte, zeigte sie keine Reue. Zudem gebrauchte sie vor Gerichte verwegene Reden und da sie sich weiterhin halsstarrig gegen den Gefängniswärter und die übrigen Mitgefangenen zeigte, sah sich der Untersuchungsrichter gezwungen, den Gefangenenwärter anzuweisen, die Inquisitin in eine Kellerstube zu bringen und ihre Hände und Füße zusammen zu schließen. Sie auch wenn sie des Lärmes zu viel machte mit der geflochtenen Seilpeitsche (Carbatsche) jedoch mäßig zu züchtigen (castigiren). Pag. 26

Einige Tage darauf teilte sie der Frau des Gefängniswärters mit, dass sie mit dem Teufel ein Bündnis gemacht und dass ihre Zeit bald verflossen sei. Sie hat auch danach vor Gericht zugegeben, einen Bund mit dem Teufel zu haben. Dem sie begegnete, als sie vor 3 Jahren, unweit dem Wedding Grunde zwischen zwei Sandbergen sehr melancholisch spazieren ging und sich ein Herr in blauem Rock und rot gestickter Weste nach ihrer Traurigkeit erkundete.

Dorothea beklagte ihre Armut und der Mann gab ihr 10 Dukaten und sagte, wenn sie einst die Seine sein sollte, würde er sie ferner unterhalten wollen.

Sechs Monate später traf sie ihn auf der Langen Brücke. Später bestellte er sie in den Wedding und er gestand ihr, dass er der Teufel sei. Daraufhin gab er Dorothea ein Blatt als Frei-fahrtschein mit 3 großen Buchstaben, das sie unterschreiben sollte. Daraufhin stach der Teufel ihr einen Nagel in den Finger, sodass das Blut floss, welches er dann von dem Finger nahm. Seitdem hatte der Teufel sie verfolgt und gab Dorothea danach 8 Dukaten, nunmehr traktierte er sie allerdings mehr und mehr, habe sie sogar an den Haaren aufgehängt. Und würde der mit ihm gemachten Contract auf den Mittwoch vor Michaeli ümb seyn pag. 37 das Billett mit den Vereinbarungen mit dem Teufel, was sie auch später an die Gefangenenwärterin pag. 42 ad Acta übergeben, worauf die rot geschriebenen Buchstaben M. D. ganz deutlich zu erkennen waren, wobei das S. fast kom-plett verwischt war. Wobei sie sagte, dass der Teufel dieses, ihr Exemplar, selbst geschrieben hatte. Sein Exemplar allerdings schrieb sie selbst und der Teufel führte dabei ihre Hand. Pag. 59

Der Zustand der Inquisitin wurde dem Stadt Physico Glocken-gießer vorgestellt, und ebenso dem hiesigen Hof- und Dom-prediger, da sie angab, dem Evangelisch-Reformierten Glauben zugehörig zu sein. Nach ihren Angaben am 8. Oktober der mit dem Teufel getroffene Pakt auslaufen sollte, wurde sie reichlich von dem Priester besucht.

Von dem Hof- und Dompriester und anderen Anwesenden wurde bezeugt, dass die Inquisitin während des Gebets oft und entsetzlich unter Anfällen (paroxismos) litt.

Und als auch hier die Inquisition fortgesetzt wurde, hatte sie auch hier in der artikulierten Verteidigung (Citis Contestation) ihre zuvor gemachten Aussagen bezüglich des Bündnisses mit dem Teufel weitestgehend wiederholt.

Ad. Art. 21, 22, 23, 27, 29, 30
et. 31 Pag. 59 et. seg.
Et. ad. Art. 43. Pag. 65.

Und sie fügte noch hinzu, dass der Teufel ihr befohlen hatte, das sie das Billett immer an ihrem Leib tragen sollte und es in den Saum ihres Kleides, das sie am Leib trug, einnähen sollte. Was sie auch tat und das Billett in den Saumen ihres Rockes einnähte, in dem sie täglich schläft.

Ad. Art. 33 Pag. 63

Der Teufel sagte ihr, wenn sie ihm getreu sei, würde es ihr freigestellt, zu stehlen und zu zanken und zu streiten und versprach ihr, ihr immer zu helfen. So hatte die Inquisitin darauf gehurt und Zank und Streit angefangen. Nur gestohlen hatte sie nie etwas.

Ad. Art.: 42 et 48
Pag. 64 et seg.

Obwohl die Inquisitin das mit dem Teufel gemachte Bündnis gestand, und sie versprach, sein Eigen zu sein, was letztendlich von dem unter Pag. 42 angesiegelten Zettel auf dem sich die rot geschriebenen Buchstaben M. D. befinden, übergeben, und daraufhin ihm einen mit ihrem Blut geschriebenen Zettel gegeben haben will, daraus De Corpore Celicti als zu dessen Constituierung in der gleichen über den Gegenstand des Verbrechens, der zu den verborgenen Aufzählungen gehört und daher am

wiederkommenden Gebeth öfftere und
nachsätzliche *paroxismos* bekommen. Und als auch herr-
nachstens die wieder sie ange-
fangene *Inquisition* fortge-
setzet worden, hat Sie in der
articulirten litis Contestation
ihre Sachen Ihr mit Ihrem Teuffel
gemachtes Bündnis wegen
gethaner Abschage meistens
wiederrufftet;

ad Art: 21. 22. 23. 27. 29. 30.
et 31. pag. 59. et seq.
et ad Art. 43. pag. 65.
und derselben nach hinzuge-
füget, daß der Teuffel sie befohlen, daß Von ihm empfan-
genen *Billet* in einer Bund von
ihrem Zeuge, so Sie immer
auch den Leabe tragen müße-

schwierigsten zuzugeben (de corpore delicti crimininus quae inter oculta numerantor et proinde difficillimae admitiered auch conjekturae admitirt) sodass es als ausreichend bewiesen angesehen werden kann, zumal die Inquisitin zugestanden hat, Kraft des mit dem Teufel geschlossenen Bündnisses und dass er ihr versprochen hat, ihr immer zu helfen, sich der Üppigkeit ergeben zu huren sowie Zank und Streit angefangen, sowie der gegen sie verhandelte Acten vielfach Beweisen. Daraus folgend sieht es so aus, als ob die Inquisitin den Bund mit dem Teufel gemacht habe, daher nicht mit dem Feuer, sondern mit dem Schwert vom Leben zum Tode zu bringen.

Da die Inquisitin sich schon zuvor das Leben nehmen wollte und ihre schwermütige Gebrechlichkeit eher zugenommen hat, wie es auch das Attest von Dr. Glockengießer besagt Pag. 53.

Der während der Inquisition an hysterischem Leiden und Erstickungen gearbeitet und eine Verschlimmerung der Symptome feststellte. Stellte Dr. Glockengießer fest, da die Anfälle oftmals mit schweren Gedanken zusammenkommen und dass sie sich während des Arrestes abermals aufhängen wollte, sie damals ebenso unter schweren Gedanken litt, davon auszugehen ist, dass die Vorstellung, einen Bund mit dem Teufel gemacht zu haben, ebenfalls ein Effekt aus der Schwermütigkeit gewesen sein muss.

Und dass man aus den vielen Ungereimtheiten schließen muss, dass der Pakt mit dem Teufel, den sie vorgegeben, ungereimt und unwahrscheinlich war.

Sodass sich wohl eher darauf schließen lässt, dass die heftigen Anfälle, die die Inquisitin erlitt, sie in ihrem Verstande verrückt und sie auf wunderliche und seltsame Einbildungen gebracht hat. Oder dass sie diese zum Betrug der Leute erfand, worüber man die Akten, aber keine ausreichende Gewissheit erlangen kann, andererseits war der Pakt mit dem Teufel wohl eher ersonnen und nachweislich sonst niemand zu Schaden gekommen und sie sich selbst ergeben hat, nicht mit dem Tod zu strafen ist.

Wohl aber sollen alle Gelegenheiten ergriffen werden, ihr die Gelegenheit zu nehmen, sich selbst Leid zuzufügen und durch einen liederlichen Lebenswandel wie geschehen in die Fänge Satans verstrickt zu werden, genommen werden.

Sodass die Inquisitin Maria Dorothea Staffin auf Lebenslang nach Spandau in das Spinnhaus zu bringen und zur weiblichen Arbeit jedoch leidlich anzuhalten sei.

Sie soll auch ihre Arzneien gereicht werden, die ihren Gemütszustand und seelischen Erbauung verbessern sollen und die den Predigern des Ortes mitgegeben werden.

Der Prediger des Ortes möge die elende Person ihren geistigen Wohlstand durch fleißige Unterredung mit dem Worte Gottes soweit wie möglich befördern.

Von Rechtswegen Höhle des untersuchenden Richters (Den Judici Inquirenti) aber wäre alles Ernstes mitzugeben, hinführo bey Inquisitionen sich mehrerer Legalität zu befleißigen, die sie zitieren Erkenntnisse (Citis Constatitiones) auch so wie sie durch den Mund der Inquisitoren (ex ore Inquisitorum) kom-

men, zu verzeichnen und sich darin keiner Lateinischen und
Französischen Wörter wie diesmal geschehen zu bedienen.
Überlassen jedoch Ew. Königl. My. Allergnädigsten Genehmhal-
tung und ersterben (Genehmigung und Beendens)

Ew. Königl. May.

10. Dec. 1728
Zum Criminal Collegio Verordnete
Direktor und Richter

deren lauter lateinische und
frantzösische Wörter, wie
diesesmahl geschehen, zu be=
dienen.

Überlaßen solches aller hö=
Königl. Mayst. allergnädigsten
Gutbefindung und verbleiben

Ew. Königl. Mayst.

Berlin d. 10.
Dec: 1728.

Dem Criminal Colle=
gio Unverordneter
Director und
Räthe.

QUELLENVERZEICHNIS:

u. A.

1. Criminal Collegium: *Akta Dorothea Steffin* (Originalhandschrift), Geheimes Staatsarchiv Preußischer Kulturbesitz, Berlin, 13. Dezember 1728
2. Criminal Collegium: *Akta Dorothea Steffin* (Faksimili-Druck), Berliner Handpress Reihe Werkdruck No. 22, Berlin, 1994
3. Ute Langeheinecke: *Der Wedding als ländliche Ansiedlung* 1720 bis 1840, Gebr. Mann Verlag, Berlin, 1992
4. Dr. Heinrich Löwenthal: *Der goldene Galgen*, Das neue Berlin Verlagsgesellschaft mbH, Berlin, 1951
5. Johann Stridbeck: Zeichnungen, d. J., *Die Stadt Berlin im Jahre 1690*, No. 137, Verlag W. Kohlhammer GmbH, 1981 Lizensausgabe-Faksimile-Druck: Edition Leipzig, 1982
6. Christopher Clark: Preußen, Deutsche Verlags-Anstalt, München, 2007
7. FIS-Broker der Senatsverwaltung für Stadtentwicklung Berlin
8. Film: *Marie Antoinette*, Columbia Pictures, Drehbuch und Regie: Sofia Coppola, USA, 2006
9. Oskar Schwebel: *Geschichte der Stadt Berlin*, Edition Luisenstadt, Berlin, 1998
10. *Ausschreitungen von Jugendlichen am Berliner Alexanderplatz 10. Oktober 1977*, Information Nr. 623/77 über rowdyhafte Ausschreitungen von Jugendlichen und Jungerwachsenen in den Abendstunden des 7.10.1977 in der Hauptstadt der DDR, Quelle BStU, MfS, ZAIG 2743, Bl. 1–5 (6. Expl.), Das Bundesarchiv, © Copyright by Stasi-Unterlagen-Archiv
11. *DDR vor 40 Jahren: Vom Rockkonzert zur Straßenschlacht*, Berliner Zeitung, Berlin, 07.Oktober 2017
12. Aro Kuhrt: *Drei Tote auf dem Alex*, https://www.berlinstreet.de/1077, Berlin, 7. September 2018
13. Margitta Kupler: *Jugendkrawalle in der DDR*, 25. MDR, 25 September 2019
14. Marie D. Jackson: *Opus Caementitium*, Research Professor: Geology & Geophysics, University of Utha, 3Sat, 2023
15. Jonas Klimm: *Wie römischer Beton Risse von allein flickt*, Spektrum.de, 6. Januar 2023

DREI MÄDCHEN
RETTEN DIE WELT

SO
VERLOREN
UND
ZUSAMMENGETRÄUMT
WIE
UNSERE
ZEIT

BUCH 1: WIE ES BEGANN

Annabell, Lara und Maya sind ›Die Drei‹ – beste Freundinnen und planen eine Magische Hütte zu bauen, nur so zum Spaß, um zu sehen was dann passiert. Die Göttin des Waldes aber durchkreuzt ihnen Plan und öffnet ihnen ein Tor in eine verborgene Welt. Alexander von Humboldt bringt 210 Jahre zuvor, ohne es zu bemerken, ein unsichtbares Volk, die Tamanaken, vom Orinoko nach Berlin. Im Humboldt Hain treffen Pläne und Schicksale zusammen. So einiges gelingt grandios und manches geht spektakuler schief. Showdown ist am Großen Rachmakud – einem Wettbewerb, der so atemberaubend schnell ist, dass die Brenchadin mit allen Sinnen und Übersinnen kämpfen müssen, um zu gewinnen.

DER ZWEITE
FANTASY ROMAN
VON
HENRY LANDERS

DREI MÄDCHEN UND DER LETZTE HEXENPROZESS

Ob sich die Zukunft, wie sie Friuli im Jahr 3028 kennt,
so ereignen wird liegt allein in den Händen der drei Mädchen:
Annabell, Lara, Maya, ihrem Seher Sven und seinem Hund Timmy.
Denn die Zukunft ist eng mit Dorotheas Schicksal verbunden, die
im letzten Hexenprozess 1728 in Berlin ungerecht verurteilt wurde.
Nur wenn es den Drei gelingt Dorotheas Schicksal zu ändern und
ihren Fluch abzuwenden, wird die Heilquelle nicht versiegen?
Eine fantastische Reise durch die Zeit, voller Abenteuer, führt die
Drei, von Dorotheas Geburt, über 1300 Jahre in die Zukunft, in der
drei nachhaltig geniale Erfindungen der NI-Indi-Bots,
alle Probleme der Menschheit lösten.

SO ZERRISSEN UND VERWOBEN WIE UNSERE ZEIT

Teil 1:

So zerrissen und verwoben wie unsere Zeit

Buch und eBook

Teil 2:

So ersehnt und vergangen wie unsere Zukunft

Buch und eBook

Verwunschen. Glamorous.
Eine grandiose Reise durch die Zeit

DER DRITTE FANTASY ROMAN VON HENRY LANDERS

Die Welt steht Kopf als über Nacht ein gesamtes großes Gebäude spurlos verschwand. Es war das Schulgebäude von Annabell, Lara, Maya und Sven. Was zu diesem Zeitpunkt noch niemand wusste, um ihrem Schicksal zu entfliehen entschied das sensible Schulgebäude sich in einen Menschen, eine junge Frau zu verwandelte. Sie wagt ihre buchstäblich ersten Schritte, in ihrem neuen Körper, in ein neues selbstbestimmtes und mobiles Leben. Gemeinsam mit den Tieren und ihrer ersten Freundin entdeckt sie die Welt der lebendigen Wesen und Überwesen. Die Drei ihr Seher und sein Hund allerdings müssen die Frau unbedingt finden, um das weltweite Chaos zu beenden. Aber, wer weiß, ... der Ausgang dieser Geschichte scheint mehr als ungewiss.

Drei Mädchen
und das verletzte Selbst

Erscheint im Herbst 2025.

SO
ENTTÄUSCHT
UND
GEFUNDEN
WIE
UNSERE
ZEIT

Gefühlvoll. Bizarr. Unheimlich.